Editado por Harlequin Ibérica.
Una división de HarperCollins Ibérica, S.A.
Núñez de Balboa, 56
28001 Madrid

© 2007 Heather Graham Pozzessere. Todos los derechos reservados. LA DAMA DE LA REINA, N° 60 - 1.4.08
Título original: The Queen's Lady
Publicada originalmente por HQN Books.
Traducido por Sonia Figueroa Martínez

Todos los derechos están reservados incluidos los de reproducción, total o parcial. Esta edición ha sido publicada con permiso de Harlequin Enterprises II BV.
Todos los personajes de este libro son ficticios. Cualquier parecido con alguna persona, viva o muerta, es pura coincidencia.
™TOP NOVEL es marca registrada por Harlequin Enterprises Ltd.

® y ™ son marcas registradas por Harlequin Enterprises Limited y sus filiales, utilizadas con licencia. Las marcas que lleven ® están registradas en la Oficina Española de Patentes y Marcas y en otros países.

I.S.B.N.: 978-84-671-6219-6
Depósito legal: B-9409-2008

Para Joan Hammond, Judy DeWitt,
y Kristi y Brian Ahlers, con amor
y agradecimiento por brindarme siempre su apoyo

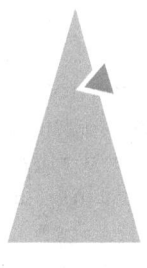

Prólogo

Antes del fuego

Al oír el sonido de pasos y el golpeteo de algo metálico, Gwenyth supo que los guardias se aproximaban a su celda. Le había llegado la hora.

A pesar de que había sabido desde el principio que estaba condenada, a pesar de que estaba decidida a morir desafiante, sintió que se le helaba la sangre en las venas. Era fácil ser valiente a priori, pero estaba aterrada ante la hora de la verdad.

Cerró los ojos, e intentó hacer acopio de todas sus fuerzas.

Al menos podía mantenerse en pie. No tendrían que arrastrarla a la hoguera, como a tantas pobres almas a las que habían «animado» a confesar. Los que se habían dado cuenta del error de sus acciones gracias a empulgueras, al potro de tortura, o a cualquiera de los variados métodos que se empleaban para conseguir que un prisionero confesara, casi nunca podían mantenerse en pie. Ella les había dicho a sus enemigos lo que habían querido desde el principio, se había mantenido erguida y orgullosa mientras se burlaba de sus jueces con su irónica confesión. Le había ahorrado una buena suma de dinero a la Corona, ya que los monstruos que torturaban a los prisioneros para sacarles la verdad recibían dinero por su detestable labor.

Y se había ahorrado a sí misma la ignominia de tener que ser arrastrada hasta la hoguera sangrando, deshecha y desfigurada.

Se oyó otro golpeteo metálico, y los pasos fueron acercándose cada vez más.

Se dijo que tenía que respirar. Podía morir con dignidad, y eso era lo que iba a hacer. Estaba de una pieza, y después de haber visto de lo que eran capaces, sabía que tenía que sentirse agradecida por poder ir caminando hacia su ejecución. Pero el terror...

Permaneció completamente erguida, pero no gracias al orgullo, sino porque estaba tan helada como el hielo y se sentía incapaz de inclinarse siquiera. Aunque eso no duraría demasiado, ya que las llamas la envolverían pronto en un abrazo profundo y mortal. El fuego servía para que los condenados quedaran completamente destruidos... cenizas a las cenizas, polvo al polvo... pero no se usaba para incrementar la agonía del castigo ni para torturar aún más a las almas destrozadas, ya que antes de que se encendiera la hoguera se solía estrangular a los condenados... por regla general.

Sin embargo, cuando los jueces estaban enfadados era posible que el fuego se encendiera con demasiada rapidez, para que los verdugos no tuvieran tiempo de acelerar la muerte y disminuir en algo la agonía. Ella tenía enemigos, había hablado alto y claro por otras personas y había luchado por sí misma, así que era dudoso que su muerte fuera rápida.

Se había ganado demasiados enemigos, y por eso la habían condenado y estaba a punto de morir. Le había resultado fácil ordenar las piezas del rompecabezas... después de que la arrestaran.

Mucha gente, incluyendo a la reina a la que había servido con tanta lealtad, creía en el diablo, en que la brujería era la fuente de toda la maldad del mundo. Muchos creían que la humanidad era débil, que Satán aparecía por la noche, que se firmaban pactos con sangre, y que se maldecía y se hechizaba a los inocentes. Creían que la confesión podía salvar el alma eterna, que la tortura y la muerte eran el único modo de regresar a los brazos del Todopoderoso; de hecho, de momento la mayoría compartía aquellas creencias, y tanto en Escocia como en la mayor parte de Europa la brujería era un pecado capital.

Ella no era culpable de brujería, y sus jueces lo sabían. Su crimen era la lealtad, el amor a una reina que los había condenado a todos por culpa de su imprudencia.

Aunque lo cierto era que no importaban ni la causa ni la farsa de juicio al que la habían sometido. Lo único que tenía importancia en ese momento era que estaba a punto de morir.

Se preguntó si acabaría flaqueando... ¿qué pasaría cuando sintiera el contacto abrasador de las primeras llamas?, ¿acaso gritaría? Claro que sí, estaría sufriendo una verdadera agonía.

Se había comportado con rectitud, sabía que tenía razón, pero nada de eso le servía en ese momento.

Y más allá del miedo a la muerte y al dolor, sentía una profunda tristeza. No se había dado cuenta de todo lo que había puesto en juego por mantenerse fiel a sus ideales. El dolor de todo lo que iba a dejar atrás se había convertido en una herida que le hacía sangrar el corazón, que la atormentaba como si le hubieran cubierto de sal la carne viva. Nada de lo que estaban a punto de hacerle a su cuerpo podía ser tan terrible como la agonía que le desgarraba el alma, porque cuando ella ya no estuviera... ¿qué sería de Daniel?

Nada, seguro que no le pasaría nada, Dios no podía ser tan cruel. El juicio y la ejecución tenían el objetivo de silenciarla a ella, pero Daniel estaba a salvo junto a personas que lo querían. Estaba convencida de que el padre de su hijo no permitiría que le pasara nada, a pesar de lo que ella había hecho y de lo mucho que lo había desafiado.

Los pasos fueron acercándose hasta detenerse al otro lado de la puerta. La luz de una antorcha la cegó por un instante al iluminar la oscuridad de la celda, y sólo alcanzó a darse cuenta de que había tres personas. Cuando se le aclaró la visión, sintió que le daba un vuelco el corazón al ver quién estaba allí.

No pudo creer que él quisiera que muriera así. A pesar de lo mucho que se había enfadado con ella, a pesar de todas las veces que la había advertido y amenazado, era imposible que le deseara aquello. Le había dicho en incontables ocasiones y con cierta razón que se parecía demasiado a la reina a la que había servido, que era demasiado franca con sus opiniones sin pensar en lo peligrosa que podía resultar tanta honestidad, pero no podía creer que él formara parte de aquella farsa, de aquel espectáculo de injusticia política y oscuras maquinaciones. Aquel hombre la había tenido en sus brazos, había hecho que se diera cuenta de forma efímera de cómo el corazón podía mandar sobre la mente, cómo la pasión podía destruir la razón, cómo el amor podía eliminar cualquier vestigio de cordura.

Habían compartido tantas cosas... demasiadas, pero aun así... las personas podían traicionarse las unas a las otras en un abrir y cerrar de ojos por salvar su propia vida, por ganar riquezas y poder, tierras y prosperidad. ¿Era realmente posible que él formara parte de aquella trama?

Rowan irradiaba toda su grandeza. Su pelo trigueño tenía un tono dorado bajo la luz de la antorcha, y era la personificación de la nobleza de pies a cabeza... vestía sus colores, y una capa ribeteada de piel enfatizaba la anchura de sus hombros. Estaba flanqueado por el juez y el verdugo, su rostro cincelado mostraba una expresión severa y condenatoria, y sus ojos la observaban con frialdad y desdén.

Sintió que una mano helada le oprimía el corazón, al darse cuenta de lo tonta que había sido al creer que había ido a rescatarla. No, no estaba allí para salvarla, sino para rubricar su condena. Rowan no era inmune a las maquinaciones políticas, y como en el caso de tantos otros nobles, durante los años de derramamiento de sangre había aprendido a permanecer con un pie en ambos lados para poder decantarse por el bando ganador, tanto en el campo de batalla como en los salones del gobierno.

Lo miró sin moverse ni prestar ninguna atención a los otros hombres. Se obligó a olvidarse de lo sucia que estaba, de que tenía la ropa desgarrada, húmeda y llena de la mugre y el moho de la mazmorra. Se forzó a mantenerse firme bajo su mirada penetrante y permaneció erguida y orgullosa a pesar de los harapos que la cubrían, ya que estaba decidida a que su vida tuviera un final digno. Él la contempló en silencio, y sus ojos azules estaban tan oscurecidos de desaprobación, que se le antojaron fosos estigios en los que podía vislumbrar el infierno en el que se hundiría cuando la agonía del fuego la llevara a exhalar su último aliento.

Ella le devolvió la mirada con desdén, apenas consciente de que el juez estaba leyendo la acusación y la sentencia y le decía que había llegado la hora.

—Quemada en la hoguera hasta morir... cenizas al viento...

Permaneció inmóvil, sin pestañear siquiera. Se limitó a quedarse allí de pie, con la cabeza erguida. Se dio cuenta de que el reverendo Martin estaba tras los otros tres, y le hizo bastante gracia que le hubieran enviado a aquel perro faldero para que intentara aterrorizarla, para que reafirmara su confesión de culpabilidad justo antes de enfrentarse a la hoguera; al fin y al cabo, si admitía ante la multitud que era un engendro del demonio culpable de toda clase de maldades, los rumores que afirmaban que era inocente y víctima de una trama política no se alzarían hasta convertirse en gritos que pudieran extenderse por todo el país.

–Lady Gwenyth MacLeod, confesad ante la multitud para tener una muerte rápida –le dijo el reverendo–. Confesad y rezad ahora, ya que si mostráis vuestro más profundo arrepentimiento, es posible que nuestro gran Padre que reside en los Cielos os salve de pasar una eternidad en las entrañas del infierno.

Ella no pudo apartar la mirada de Rowan, que se cernía sobre los demás con una fuerza indómita y seguía mirándola con repugnancia. Rogó para que su propia repulsión fuera visible en sus ojos, por encima del miedo que la atenazaba.

–Tened cuidado, reverendo –le dijo con suavidad–. Me han condenado, pero afirmaré que soy inocente si hablo ahora ante la multitud. No voy a confesar una mentira ante la gente, ya que en ese caso es posible que el Todopoderoso decida abandonarme. Voy hacia mi muerte y camino del Cielo, ya que Nuestro Señor sabe que soy inocente y que estáis usando su nombre para libraros de una enemiga política. Me temo que seréis vos quien se pudra en el infierno.

–¡Blasfema!

Gwenyth se quedó sin palabras, ya que había sido Rowan quien había hablado. Antes de que pudiera reaccionar, la puerta se abrió de golpe con una fuerza terrible y él la agarró del pelo con brusquedad para obligarla a mirarlo a los ojos. La mantuvo inmóvil, de modo que no pudo impedir que posara la otra mano en su mejilla.

–No se le puede permitir que hable ante la gente. Ella sabe que su alma está condenada a ir al infierno, y seguro que intentará arrastrar a otros hasta los pútridos dominios de Satán. Creedme, conozco demasiado bien la brujería de su hechizo.

¿Cómo era posible que él pronunciara aquellas palabras con tanto odio y convicción? En otro tiempo, había jurado amarla para siempre. Le había prometido su amor ante Dios.

Gwenyth sintió que se le rompía el corazón ante la certeza de que no sólo había ido a contemplar su agonía, sino a incrementarla.

Rowan tenía una mano grande y sus dedos eran largos y sorprendentemente tiernos, a pesar de que estaba acostumbrado a empuñar una espada. Recordó con dolor cómo la había acariciado en el pasado con una ternura infinita, y sus ojos... aquellos ojos la habían mirado con tanto entusiasmo, con tanta diversión, incluso con furia a veces, pero sobre todo con una pasión profunda que le había llegado al alma. En ese momento, sólo la miraban con una brutalidad carente de piedad.

Cuando él se movió ligeramente sin soltarla, Gwenyth se dio cuenta de que tenía algo en la mano... un pequeño frasco de cristal, que acercó a sus labios mientras se inclinaba ligeramente hacia ella.

—Bébetelo. Ya —le susurró al oído.

Ella se quedó mirándolo sin entender nada, consciente de que no tenía más opción que obedecer, y estuvo a punto de sonreír al ver un destello de... de algo en aquellos ojos de un tono azul que desafiaba tanto al cielo como al mar. Vio desesperación y algo más, y de repente se dio cuenta de lo que pasaba. Rowan estaba actuando, no la había olvidado.

—Por el amor de Dios, bébetelo ya —insistió él.

Gwenyth cerró los ojos, y obedeció.

La habitación empezó a dar vueltas a su alrededor al cabo de un instante, y entonces se dio cuenta de que se trataba de un mero gesto piadoso por parte de Rowan. Quizás el recuerdo de la pasión avasalladora que habían compartido lo había impulsado a darle veneno, para que no tuviera que sufrir la agonía de sentir que el fuego le devoraba la carne y la consumía hasta convertirla en ceniza.

—¡Es la zorra de Satán!, ¡quiere burlarse de nosotros! —dijo él con aspereza, mientras la agarraba del cuello con ambas manos.

Estaba claro que quería que pensaran que la había estrangulado para que no pudiera hablar ante la multitud.

La oscuridad empezó a envolverla, y las extremidades se le fueron entumeciendo. Se desplomó contra él cuando fue incapaz de permanecer de pie, y aunque se sintió agradecida por no tener que sentir cómo la consumía el fuego, en aquellos últimos momentos la destrozó el dolor de saber que el hombre en el que había confiado y al que había amado más que a la vida, el hombre con el que había compartido el éxtasis y que la había llevado al paraíso, era quien iba a arrebatarle la vida.

Sus miradas se encontraron de nuevo, y se preguntó si aquellos ojos azules como las llamas la seguirían hasta la muerte.

—Malnacido —le dijo.

—Nos encontraremos en el infierno, mi señora.

Su voz apenas fue un susurro, pero ella supo que su sonido también la seguiría hasta la eternidad. Creyó ver que él esbozaba una sonrisa casi imperceptible, y se preguntó si estaba burlándose de ella en el momento de su muerte. Lo miró a los ojos para confirmarlo, pero vio en ellos dolor y algo más... era como si estuviera intentando decirle algo en silencio, como si estuviera intentando transmitirle un mensaje que los demás no podían ver.

Ella continuó manteniéndole la mirada todo lo que pudo, intentó descifrar lo que él quería decirle y mandarle su propio mensaje.

«Daniel...».

Pero a pesar de que quería pronunciar aquel nombre, no se atrevió. Sabía que Rowan querría a su hijo, no tenía ni la más mínima duda. Sabía que él se aseguraría de que a Daniel no le faltara de nada, y que al contrario que ella, jamás sería víctima de las vicisitudes del poder. Rowan siempre había sido un hombre de estado, y sus enemigos nunca subestimaban ni su poder ni su popularidad.

La oscuridad fue envolviéndola, pero no sintió ningún dolor. Deseó haber aprendido a lidiar mejor con los asuntos de estado, que la reina también hubiera aprendido aquella lección. Se preguntó si, al igual que María, se había dejado arrastrar demasiado a menudo por la pasión de sus propias convicciones, por su propia noción de lo que estaba bien y lo que estaba mal. ¿Acaso había habido un modo mejor de mantenerse firme y de ayudar a la mujer que sabía que estaba en peligro? Era posible que la reina también muriera, ya se había visto obligada a abandonar todo lo que le importaba en la vida.

Nadie habría podido anticipar aquel desenlace, todo había empezado con tanto poder y tanta grandiosidad... había sido como un sueño hermoso y glorioso. Mientras la luz se desvanecía, recordó el brillo con el que había resplandecido tanto tiempo atrás.

Primera parte
EL REGRESO A CASA

19 de agosto, año 1561 de Nuestro Señor

–¿Quién es ése? –susurró una de las damas que iban tras la reina María, cuando llegaron a Leith antes de lo esperado.

Gwenyth no supo quién había hablado. María, la reina de los escoceses, había abandonado de niña su patria natal junto a cuatro damas de compañía que compartían su nombre: María Seton, María Fleming, María Livingstone, y María Beaton. Todas ellas le caían muy bien, ya que eran dulces y encantadoras. Aunque cada una tenía su propia personalidad, se las conocía como «las cuatro Marías» o «las Marías de la reina», y a veces daba la impresión de que se habían convertido en una persona colectiva, como en ese momento.

Todas, incluyendo a la reina, estaban mirando hacia la orilla, y tenían la mirada fija en el contingente que las esperaba. A Gwenyth le pareció que los preciosos ojos oscuros de la soberana estaban tan húmedos como el día, y pensó que no había oído la pregunta hasta que comentó:

–Es Rowan. Rowan Graham, el señor de Lochraven.

Vino a Francia hace unos meses con mi medio hermano, lord Jacobo.

Gwenyth ya había oído aquel nombre, porque Rowan Graham era uno de los nobles más poderosos de toda Escocia. Le pareció recordar que había alguna extraña tragedia asociada a él, pero no pudo recordar de qué se trataba. También sabía que tenía fama de hablar sin tapujos, que se decía que tenía tanto el poder personal como la fuerza política necesarios para lograr que sus opiniones se tuvieran en cuenta.

En ese momento, intuyó que aquel hombre iba a marcar su vida. Estaba junto al medio hermano de la reina, el regente lord Jacobo Estuardo, y habría resultado imposible pasarlo por alto. La reina era más alta que la mayoría de hombres que estaban a su servicio; de hecho, el mismo Jacobo era más bajo que ella, pero aunque hubiera tenido mayor estatura que la soberana, el hombre que tenía a su lado seguiría cerniéndose sobre él. La luz era tenue, pero iluminaba el pelo rubio como el trigo de Rowan Graham y lo convertía en un guerrero dorado que recordaba a los vikingos de antaño. Vestía los colores azules y verdes de su clan, y a pesar de las fastuosas ropas del grupo que había ido a recibir a la reina, todos los ojos se volvían a mirarlo a él.

Lochraven estaba en las Tierras Altas. Dentro de la misma Escocia, los habitantes de aquellos lugares se consideraban una estirpe por derecho propio. Gwenyth conocía Escocia mejor que la reina, y sabía que un señor de las Tierras Altas podía ser un hombre peligroso. Ella misma había nacido en aquella zona, y era más que consciente del poder que tenían los distintos clanes. Sería mejor no perder de vista a Rowan Graham.

Aunque la reina no tenía por qué temer a ningún escocés y le habían pedido que regresara a casa, ella sabía cosas que la soberana ignoraba. Hacía un año que el protestantismo se había convertido en la religión oficial de Escocia, y como había fanáticos de lo más persuasivo predicando en Edimburgo, como por ejemplo John Knox, la devoción de la reina por la fe católica podía ponerla en peligro. Parecía muy injusto, porque María tenía intención de permitir que cada cual eligiera sus propias creencias. Como mínimo habría que otorgársele la misma cortesía.

–Mi hogar. Escocia –María murmuró aquellas palabras, como si estuviera intentando emparejar ambos conceptos en su mente.

Gwenyth se volvió a mirarla con preocupación. Estaba encantada de regresar a casa, ya que a diferencia de muchas de las damas de la reina, ella sólo llevaba un año fuera de allí. María se había ido antes de los seis años, así que era más francesa que escocesa. Al partir de Francia, la soberana había permanecido en la cubierta del barco durante largo rato, repitiendo «*Adieu*, Francia» con lágrimas en los ojos.

Gwenyth sintió una efímera punzada de resentimiento en nombre de Escocia, porque ella adoraba su tierra natal. No había nada tan hermoso como la costa rocosa, que en primavera y verano estaba teñida de gris, verde y malva, y en invierno se convertía en una fantasía blanca. Le encantaban los castillos de su país, que encajaban a la perfección en aquel terreno escarpado.

Entonces se dio cuenta de que quizá no estaba siendo justa con la reina, ya que ésta llevaba mucho tiempo lejos de allí; además, los franceses pensaban que Escocia era una tierra llena de bárbaros, y que no tenía nada que pudiera compararse con la sofisticación de su país.

María apenas tenía diecinueve años, era viuda, y había dejado de ser la reina de Francia para ser la soberana de su país de origen, al que apenas conocía.

–Hemos llegado –comentó la reina con alegría forzada.

–Sí, a pesar de las amenazas de Isabel –le dijo María Seton.

Había habido cierto nerviosismo al embarcar, ya que la reina Isabel no había respondido a la petición que se le había mandado para que les asegurara un viaje seguro. Había muchos en Francia y en Escocia que habían temido que la reina inglesa intentara capturar a su prima, y aunque había habido un incidente aterrador en el que los habían detenido unas naves inglesas, se habían limitado a buscar piratas en todos los barcos menos en el de la reina. Habían interrogado a lord Eglington, pero finalmente lo habían liberado. Tanto los caballos como las mulas de la reina habían sido confiscados en Tynemouth, pero les habían asegurado que se los devolverían en cuanto obtuvieran los documentos necesarios.

—Qué excitante —comentó María Seton, con la mirada fija en el alto escocés.

La reina volvió a mirar hacia la orilla, miró al hombre en cuestión, y se limitó a decir:

—No es para ti.

—A lo mejor hay más como él —bromeó María Livingstone.

—Hay muchos como él —dijo Gwenyth. Cuando todas se volvieron a mirarla, se ruborizó y no pudo evitar ponerse un poco a la defensiva al añadir—: Escocia tiene fama de tener los mejores guerreros de todo el mundo.

—Tendremos paz —dijo la reina, con la mirada fija en la orilla.

Al ver que la soberana se estremecía, Gwenyth supo que no era por frío, sino porque estaba pensando en que Francia era un país mucho más majestuoso que Escocia, que ofrecía mejores acomodos, y que tenía mejor tiempo. La mayoría del mundo conocido consideraba a Francia el centro del arte y del conocimiento, y pensaba que Escocia había tenido una gran suerte al verse ligada a un poder tan enorme gracias al vínculo del matrimonio. María había disfrutado de lo mejor de todo en Francia, y era posible que se sintiera decepcionada por lo que podía ofrecerle su tierra natal.

María sonrió cuando la vitorearon desde la orilla. A pesar de que habían llegado pronto tras cinco días de viaje por mar, se había reunido bastante gente para recibirlos.

—Curiosidad —murmuró la soberana, con cierta sequedad.

—Han venido para honrar a su reina —protestó Gwenyth.

María se limitó a seguir sonriendo mientras saludaba con la mano. Cuando bajó radiante del barco, su hermanastro Jacobo se adelantó para recibirla en primer lugar, y no tardaron en seguirlo el resto de miembros de la corte. El gentío seguía vitoreándola con entusiasmo. Aunque era posible que la gente sólo se hubiera acercado hasta allí por curiosidad, era obvio que todo el mundo estaba impresionado. María hablaba su lengua natal con fluidez, y además de ser una mujer hermosa, alta y esbelta, se movía con una majestuosidad innata.

Gwenyth permaneció tras la soberana y su medio hermano, pero de repente el hombre rubio, lord Rowan, se acercó y le dijo a lord Jacobo al oído:

—Es hora de irnos. Ella lo ha hecho bien, será mejor que no nos arriesguemos a que el gentío cambie de opinión.

Cuando el hombre retrocedió, Gwenyth lo miró con indignación, pero él no se amilanó ante su furia y pareció hacerle gracia. Al ver que esbozaba una sonrisa, ella se indignó aún más, porque María de Escocia era una reina que se preocupaba por sus súbditos. Sí, era joven y se había criado en Francia, pero desde la muerte de su esposo, que no sólo había sido el rey y su marido, sino su querido amigo desde la infancia, había demostrado que sabía manejar los asuntos de estado con firmeza. El hecho de que aquel hombre dudara de ella resultaba indignante, además de traicionero.

No tardaron en montar y en estar listos para partir hacia

el palacio de Holyrood, donde estaba previsto que comieran mientras se preparaban los aposentos de la soberana. Gwenyth suspiró con suavidad. Estaba convencida de que aquel regreso sería positivo y de que la gente seguiría apoyando a María, así que se permitió el lujo de disfrutar contemplando aquella tierra que era su verdadero hogar. A pesar de que había una ligera niebla, el cielo gris y malva formaba parte de la belleza salvaje de Escocia, igual que el terreno accidentado.

—Al fin —dijo una de las jóvenes Marías—. Parece que en este sitio todo el mundo adorará y honrará a la reina, aunque no sea Francia.

Gwenyth se inquietó al sentir un extraño escalofrío mientras avanzaban por Leith, pero intentó convencerse de que no pasaba nada. Todo el mundo vitoreaba a la soberana a su paso, así que no había razón alguna para sentir temor.

—¿Por qué estáis tan ceñuda?

Gwenyth se volvió sobresaltada, y se dio cuenta de que Rowan Graham se había colocado a su lado y la miraba con diversión.

—No estoy ceñuda.

—¿En serio? Y yo que creía que erais lo bastante inteligente para preocuparos por el futuro, a pesar de tanto entusiasmo.

—¿Por qué debería preocuparme?, ¿acaso las preocupaciones del mundo pueden llegar a imponérsele a una reina?

Él miró hacia delante, con una mezcla de diversión y de distanciamiento.

—Una reina católica ha llegado para gobernar una nación que se convirtió al protestantismo el año pasado —se volvió de nuevo hacia ella, y le dijo—: Eso debería causar cierta preocupación, ¿no?

—El medio hermano de la reina, lord Jacobo, le ha asegurado que puede tener las creencias que quiera.

—Por supuesto —le dijo él, con una sonora carcajada.

—¿Acaso le negaríais el derecho a venerar a Dios? Si es así, quizá sería mejor que regresarais a las Tierras Altas, mi señor.

—Vaya, qué lealtad tan firme.

—La misma que vos le debéis a la reina —le espetó Gwenyth.

—¿Cuánto tiempo lleváis lejos de aquí, lady Gwenyth? —le preguntó él con suavidad.

—Un año.

—Entonces, tales opiniones son absurdas o se deben a que por desgracia no sois tan culta e inteligente como suponía. Habláis de lealtad, pero supongo que sabéis que eso es algo que debe ganarse. Quizá sea cierto que vuestra joven reina se merece una defensa tan vehemente, pero después de pasar tanto tiempo lejos de aquí, debe probar su valía ante su gente. ¿Acaso habéis olvidado cómo son las cosas en estas tierras? Hay zonas en las que la monarquía y el gobierno no significan nada, y la lealtad se centra en el clan de cada uno. Cuando no tenemos una guerra en la que luchar, batallamos entre nosotros. Soy un hombre leal, mi señora. Completamente leal a Escocia. La joven María es nuestra reina, y como tal tiene mi lealtad y todas las fuerzas que pueda proporcionarle, así como mi espada y mi vida; sin embargo, si quiere tener un control real como monarca, deberá conocer a su pueblo y conseguir que su gente la ame. Y si lo logra... no habrá batalla en su nombre que sea demasiado grande. A lo largo de la historia hemos demostrado ser temerarios y estar demasiado dispuestos a morir por aquellos que tienen la pasión necesaria para conducirnos al campo de batalla. El tiempo dirá si María es una de ellos.

Gwenyth lo contempló con incredulidad. Aquel hombre había pronunciado un discurso heroico, pero creyó entrever cierta amenaza velada en sus palabras.

—Tenéis la educación de un deslenguado de las Tierras Altas, mi señor —le dijo, mientras intentaba controlar su genio.

Él se mostró indiferente ante sus palabras, y Gwenyth se irritó aún más al ver que se echaba a reír.

—Pasar un año en Francia ha hecho que tengáis esos aires altivos de superioridad, ¿verdad? ¿Se os ha olvidado que vuestro padre procedía de las Tierras Altas?

¿Acaso estaba haciéndole un reproche velado? Su padre había muerto en el campo de batalla con Jacobo V, aunque no había dejado un legado tan magnífico como el rey. Había sido el señor de los MacLeod, un clan de la isla de Islington, pero la pequeña extensión de terreno situado a escasa distancia de los acantilados apenas proporcionaba recursos suficientes para que sus habitantes subsistieran. No la habían enviado a Francia por el poder económico de su familia, sino por el respeto que la gente sentía por la memoria de su padre.

—Mi padre era un hombre leal y valiente, además de cortés en todo momento.

—Vaya, qué afilada es la daga —murmuró él.

—¿Qué es lo que os pasa, mi señor? Es un día para festejar, ya que una joven reina ha regresado para reclamar lo que le pertenece. Mirad a vuestro alrededor, todo el mundo está encantado.

—Sí, al menos de momento.

—Andaos con cuidado, vuestras palabras podrían resultarles traicioneras a otros oídos —le dijo Gwenyth con frialdad.

—Lo que quiero decir es que esta Escocia es muy diferente de la tierra de la que ella se marchó hace tanto tiempo; de hecho, difiere incluso de la Escocia que vos misma dejasteis atrás. Pero os equivocáis si pensáis que no me alegro de tener aquí a María, ya que quiero que ella permanezca en el trono. Yo también creo que cada uno tiene el derecho de venerar a Dios como le plazca, sin necesidad de preocuparse por los detalles que han dividido a la Iglesia Católica y a la gente de este país. Los hombres poderosos son los que escriben las normas e interpretan las palabras sobre el papel, pero son los inocentes quienes a menudo mueren por ello. Estoy acostumbrado a hablar claramente y sin tapujos. Siempre protegeré a vuestra María... incluso contra ella misma, si es necesario. Vos sois joven, querida mía, y aún tenéis una percepción idealista de la realidad. Que Dios os guarde también.

–Espero que empiece a hacerlo ayudándome a evitar a los patanes de mi propia tierra –le dijo ella con rigidez.

–Sois tan encantadora y leal, mi querida lady Gwenyth, que no tengo ninguna duda de que Nuestro Creador os concederá vuestros deseos.

Gwenyth hizo que su montura acelerara el paso para poder alejarse un poco de aquel hombre, y se estremeció al oír que él se echaba a reír. Lord Rowan se las había ingeniado para ensombrecer un día en el que sólo tendría que tener cabida el triunfo, y no alcanzó a entender cómo era posible que sus palabras la hubieran afectado tanto.

De repente, hizo que su caballo retrocediera de nuevo. Era muy buena amazona, y no dudó en hacer gala de su habilidad al hacer que su montura diera media vuelta, retrocediera, y volviera junto a aquel hombre insufrible.

–Habláis sin conocimiento de causa, ya que no conocéis a María –le dijo, acalorada–. La mandaron a Francia de niña y le dieron un esposo. El pobre rey fue enfermizo desde el principio, pero ella fue una amiga firme y leal además de su esposa, y permaneció a su lado sin flaquear hasta el final. Se ocupó de él hasta que murió, y después lloró por su pérdida con dignidad. Cuando los diplomáticos y los cortesanos de todo el mundo llegaron para aconsejarla sobre cuál debería ser su siguiente matrimonio, ella sopesó sus opciones y tuvo en cuenta lo que sería mejor para Escocia, fue plenamente consciente de las responsabilidades que le imponían sus circunstancias. ¿Cómo os atrevéis a dudar de ella?

Aquella vez él no se rió, y su mirada se suavizó de forma visible.

—Si es capaz de ganarse una defensa tan acalorada de alguien como vos, entonces debe de tener recursos consistentes bajo su apariencia bella y noble. Espero que siempre estéis tan segura de todo.

—¿Por qué no debería estarlo?

—Porque el viento cambia de dirección con mucha facilidad.

—¿Y lo mismo puede decirse de vos, lord Rowan?

Él la contempló por un instante con cierta calidez, como si se hubiera encontrado con una niña curiosa.

—El viento soplará y doblegará los árboles más fuertes del bosque, lo quiera yo o no. Cuando se fragua una tormenta, es mejor estar prevenido. El árbol que no se dobla acaba por quebrarse.

—Ése es el problema con los escoceses —le dijo ella.

—Vos misma sois escocesa.

—Sí, y he visto en demasiadas ocasiones la facilidad con la que los grandes líderes cambian de punto de vista por medio de sobornos.

Él miró hacia delante. A pesar de lo que opinaba de él, era innegable que su perfil era muy atractivo. Tenía una barbilla fuerte y afeitada, unos pómulos elevados y firmes, unos ojos sagaces, y una frente ancha. A lo mejor era su apariencia lo que le permitía mostrarse tan condescendiente sin temor a represalias.

—Conozco a mi gente, y sé que se trata de personas supersticiosas que creen en el mal, en Dios... y en el diablo.

—¿Y vos no?

Él se volvió a mirarla de nuevo, y le dijo:

—Yo creo en Dios, porque me reconforta hacerlo. Y si existe el bien, entonces también debe de existir el mal. Me pregunto si a un ser superior tan poderoso como Dios le importa en qué interpretación de su Palabra cree una persona, porque me temo que no me susurra su verdadera sabiduría al oído.

—Me resulta sorprendente, porque cualquiera pensaría que sí que lo hace a juzgar por vuestra actitud.

—He visto muchas tragedias y miserias... pobres ancianas condenadas a la hoguera por brujería, grandes hombres enfrentados al mismo destino por sus convicciones... creo que hay que transigir para alcanzar puntos medios, y propongo que eso sea lo que haga la reina.

—¿Queréis que transija, o que ceda por completo? —Gwenyth intentó ocultar la indignación que sentía.

—Sólo que transija hasta alcanzar un acuerdo —le dijo él. Sin más, hizo que su caballo acelerara el paso y se alejó.

Gwenyth se preguntó si había decidido que estaba desperdiciando su sabiduría hablando con una mera dama de compañía, si ya no la encontraba entretenida.

—Hablaré a la reina sobre ti —murmuró para sí misma. Sus palabras la habían preocupado más de lo que quería admitir, ya que sabía que los barones eran hombres poderosos cuya lealtad resultaba imprescindible para la reina.

Conforme fue avanzando el día, se convenció de que tenía que mantener vigilado a lord Rowan. No había razón alguna para dudar que todo fuera a desarrollarse de la mejor manera posible, tanto para Escocia como para la reina. Los nobles y el pueblo habían acudido a recibirla con los brazos abiertos, y el ambiente parecía impregnado de esperanza y felicidad. María ofrecía juventud y sabiduría, el deseo de estar en casa, y la alegría al ver a su gente... aunque era posible que por dentro se le estuviera rompiendo el corazón.

A pesar de que Gwenyth no consideraba a su amada tierra natal un territorio bárbaro e ignorante, era cierto que el terreno era agreste, salvaje, y a menudo peligroso. Y lo mismo podía decirse de los nobles escoceses.

No, no era igual que Francia, pero era una tierra que tenía mucho que ofrecerle a su hermosa reina.

Mientras avanzaban por Edimburgo, Rowan se sintió satisfecho al ver que la población le daba la bienvenida a la soberana con cautela. Las calles estaban llenas de gente, y había muchas personas disfrazadas que habían sido contratadas para divertir y contribuir a que el recibimiento estuviera animado. Había hombres con turbantes y pantalones de tafetán amarillo que hacían reverencias al paso de la comitiva, como si estuvieran ofreciendo enormes riquezas. Cuatro doncellas que representaban a las virtudes recibieron a la reina desde un estrado que se había levantado apresuradamente, y un niño se adelantó con timidez para entregarle a la soberana una Biblia y las llaves de la ciudad.

Antes de la llegada de la reina, se habían producido varias discusiones acaloradas. Algunos de los nobles protestantes habían querido mostrarle a María la imagen de un sacerdote en la hoguera, pero muchos se habían negado en redondo. Conforme fueron avanzando, encontraron indicaciones sutiles que recordaban que aquél ya no era un país católico, como quema de imágenes de hijos bíblicos que habían adorado a falsas divinidades. Incluso en el discurso de bienvenida del niño hubo una ligera mención al hecho de que la reina debería convertirse a la religión de su país. Sin embargo, ninguna de todas aquellas indicaciones fue demasiado patente, así que la soberana pudo hacer caso omiso de lo que no le gustó; en todo caso, el ambiente festivo era sincero, y la gente estaba dispuesta a darle la bienvenida.

Rowan se mantuvo vigilante, pero no pudo evitar que

sus ojos se desviaran a menudo hacia lady Gwenyth, cuya mirada estaba fija en su soberana y en la gente que la rodeaba. La joven era increíblemente hermosa; de hecho, todas las doncellas de la reina eran atractivas. Probablemente, a María no le importaba estar rodeada de mujeres guapas porque ella misma era encantadora y no se sentía amenazada por el aspecto de las demás, pero era algo que hablaba en su favor.

Se preguntó por qué se sentía tan atraído por lady Gwenyth. Sí, era preciosa, pero lo mismo podía decirse de muchas otras; sin embargo, su forma de hablar y sus ojos tenían algo especial, algo que le resultaba de lo más provocativo. En el interior de aquella mujer ardía un fuego abrasador de un color parecido al de su pelo... era un tono que no acababa de ser ni castaño ni rubio, y que tenía reflejos rojos. Sus ojos contenían una mezcla tempestuosa de verde, marrón y dorado. No era tan alta como la reina, pero teniendo en cuenta que María era más alta que muchos hombres, no era de extrañar que sus doncellas parecieran bajas a su lado; aun así, lady Gwenyth debía de medir un metro setenta más o menos. Era una mujer que entregaba su lealtad sin reservas, y se había mostrado dispuesta a defender sus puntos de vista con lógica y con una forma de expresión certera. Era ingeniosa, y estaba convencido de que si decidía desdeñar a alguien, lo haría con una mordacidad afilada. Si odiara a alguien, lo haría con todas sus fuerzas, y cuando amara, lo haría con una pasión y una profundidad indudables.

Sintió una extraña punzada de dolor en el corazón que no alcanzó a entender, ya que hacía mucho tiempo que había aceptado la tragedia de su propia situación. No podía olvidar y nunca lo superaría por completo, y a pesar de que no podía negar sus necesidades carnales, sólo se permitía satisfacerlas cuando las circunstancias se aliaban para proporcionarle una conjunción aceptable de tiempo, lugar y compañera. Aquella dama de la reina no podía tomarse a la ligera, y por tanto no podía ser suya.

Decidió que tendría que mantener las distancias, pero sonrió al recordar lo mucho que había disfrutado al discutir con ella. Era demasiado divertida, además de tentadora.

De repente, sus ojos se encontraron. Ella no se ruborizó ni apartó la mirada, sino que lo miró desafiante. Su reacción era comprensible, ya que él se había atrevido a dejar patente su cautela ante aquel recibimiento. Aunque debía admitir que las cosas habían ido muy bien, al menos de momento. Se sorprendió al ver que tenía que ser el primero en apartar la mirada, y para ocultar su desconcierto hizo que su montura acelerara el paso para acercarse un poco más a Jacobo Estuardo y a la reina María. La gente seguía vitoreándola con entusiasmo, pero aun así... en Escocia había algunos fanáticos, y se sintió aliviado cuando la soberana llegó por fin al palacio de Holyrood.

Era posible que las apariencias no resultaran engañosas, y que la reina llegara a ser aceptada y amada... quizás incluso reverenciada y adorada. No entendía a qué se debía el profundo temor que llevaba inquietándolo todo el día. A Lord Jacobo, el medio hermano ilegítimo de la soberana que había estado gobernando Escocia, había parecido complacerle el regreso de María. Él lo había acompañado a Francia y había conocido a la soberana, y le había parecido una mujer elegante, ecuánime y diplomática. También era muy hermosa, y su altura contribuía a enfatizar su impresionante apariencia. Pero, a pesar de todo, le preocupaba que hubiera pasado la mayor parte de su vida en Francia.

Él no tenía nada en contra de los franceses, y sus ocasionales insultos hacia los escoceses le resultaban divertidos e incluso halagadores. Sí, su tierra era dura y accidentada, y algunos de los señores de las Tierras Altas tenían una fiereza y un orgullo justificados. No eran un pueblo de petimetres y eran más guerreros que cortesanos, pero sus corazones eran fuertes y leales. Además, cuando su gente creía en algo de corazón, lo hacía sin medias tintas, y la causa protestante era un claro ejemplo de ello.

Pero la reina era católica.

Ella no tenía la culpa; de hecho, admiraba su lealtad. Había pasado toda su vida venerando al Dios de la Iglesia Católica, y era fiel a sus creencias. Pero él había visto cómo se cometían demasiadas brutalidades en nombre de la religión.

Isabel, una reina protestante, ocupaba el trono de Inglaterra. Pero a pesar de que era una mujer juiciosa que no ordenaba ejecuciones a la ligera, no tenía miedo de hacer lo que fuera necesario. Había creado un reino en el que nadie moría por sus elecciones a la hora de rendir culto a Dios.

En cambio, en Escocia sólo hacía un año que se había extendido la fiebre del protestantismo, y él sabía que cuando su gente aceptaba algo, lo hacía por completo. Por eso temía a lo que pudiera depararles el futuro.

Cuando llegaron al palacio de Holyrood, sintió que su inquietud se desvanecía en parte. Se trataba de una construcción magnífica construida al pie de la colina de Edimburgo, y estaba rodeado por unas vistas magníficas y unas arboledas fantásticas. Holyrood había sido inicialmente una torre, pero en tiempos del padre de la reina se había ampliado y se había empleado el estilo del Renacimiento escocés. Albañiles franceses habían realizado gran parte del trabajo, y el resultado era un palacio que no tenía nada que envidiar a las edificaciones continentales. Hacía diecisiete años que los ingleses habían quemado tanto el mismo Holyrood como la abadía cercana, pero todo se había restaurado desde entonces.

Cuando llegaron vio el rostro de la reina, y se sintió complacido al ver que se mostraba encantada al ver el hogar que le correspondía como soberana de Escocia. Desde su llegada se había mostrado muy diplomática, pero él mismo había participado en el juego de la diplomacia durante bastantes años y sabía que su entusiasmo al ver el palacio era sincero.

Entonces su mirada se posó de nuevo en lady Gwenyth, que estaba observando a su soberana con ansiedad. Aquella dama era un verdadero enigma. Por sus palabras y su comportamiento, era obvio que no se tomaba a la ligera su posición en la corte de la reina, y parecía sentir por María algo que tenía un valor incalculable incluso para los reyes y las reinas: una amistad verdadera. Sin embargo, estaba claro que no era ninguna tonta. No había pasado demasiado tiempo fuera de su país natal, y a pesar de que amaba a Escocia, era incluso más consciente que la misma soberana de los peligros que acechaban, a pesar de que quizás ella misma se negara a admitirlo.

La servidumbre estaba reunida en el patio cuando llegaron la reina y su séquito, y el bullicio se convirtió en un murmullo expectante mientras los criados esperaban a que la soberana los saludara. María no los defraudó y Rowan se sintió impresionado de nuevo al ver su carisma, ya que mantuvo su porte regio mientras ofrecía cortesía e incluso afecto a los allí congregados. Lord Jacobo se ocupó de asistir a su hermana y dejó que los demás se las ingeniaran para encontrar sus aposentos, con lo que se formó un pequeño caos. Varios de los miembros franceses del séquito murmuraron con alivio que el palacio parecía sorprendentemente acogedor, aunque estaba claro que lamentaban que no hubiera arte, música ni poesía en aquella tierra que para ellos carecía de cultura.

—¿Rowan?

Cuando se volvió al oír que lo llamaban, se dio cuenta de que lord Jacobo estaba mirándolo con expresión interrogante, y se limitó a asentir. La torre noroeste se había designado para acomodar los aposentos reales, y era obvio que el hermano de la reina estaba pidiéndole que ayudara.

–Mis señoras, si me acompañan...

Después de hacerle una indicación a una de las criadas, condujo a las damas de la reina hacia sus habitaciones. Oyó varias risitas y murmullos en francés a sus espaldas, y se sorprendió al darse cuenta de que no sabían que muchos de los nobles escoceses conocían aquel idioma. Era plenamente consciente de que estaban hablando de su atuendo y de su trasero, además de hacer suposiciones sobre lo que había bajo la lana de su falda escocesa.

No le hizo ninguna gracia que le encomendaran aquella tarea, ya que estaba mucho más interesado en ver cómo lidiaba María con los criados y los miembros de la corte. Mientras les mostraba a las damas el magnífico palacio y les indicaba dónde estaban sus aposentos y los aposentos de la soberana, las Marías no dejaron de flirtear con él. Eran encantadoras, alegres y llenas de vida, pero tan castas como lo era la misma reina a pesar de ser viuda. Aquellas damas se casarían con la aprobación de sus familias algún día, pero como de momento sólo querían divertirse, se esforzó por ser lo más galante posible.

Sin embargo, una de ellas no reía ni flirteaba, y se limitaba a seguirlos y a escuchar en silencio. Se trataba de lady Gwenyth, por supuesto.

Él sabía que estaba observándolo, y no pudo evitar sonreír para sus adentros ante su desconfianza. Estaba convencido de que a ella le daba igual lo que pudiera haber bajo su falda, porque lo detestaba... o al menos, creía hacerlo.

–¿Os satisfacen los aposentos?, ¿podréis encontrar el camino? –le preguntó al fin, después de mostrarles a todas dónde iban a alojarse. Los pasillos eran largos y la configuración del palacio bastante complicada, aunque sin duda no era nada comparado con los majestuosos palacios de Francia. Aun así, aquellas mujeres estaban en un nuevo hogar, y era posible que se sintieran un poco confundidas.

–Estoy segura de que no tendremos ningún problema –le contestó ella.

Rowan había notado que tendía a mantenerse un poco apartada de las demás, aunque a lo mejor era algo normal. Ella no se había ido de Escocia siendo una niña, como tantos otros niños escoceses. Los lazos con Francia se habían establecido mucho tiempo atrás, y eran muchos los hijos de nobles que estudiaban en Francia mientras el comercio entre ambos países florecía.

Ella lo miró con obvia desconfianza, y Rowan no pudo evitar pensar en lo hermosa que era. Se trataba de una mujer culta y educada, y a pesar de lo que le había dicho, estaba convencido de que también estaba inquieta por la seguridad de la reina. Pero a pesar de su inteligencia y de su agudo ingenio, tenía cierto aire de ingenuidad.

Se apartó un poco de ella, y después de despedirse con una seca reverencia, se alejó por el pasillo. A pesar de que estaba ansioso por regresar junto a Jacobo y a la nueva reina, se detuvo a mirar por una de las ventanas, desde la que podía verse el castillo de Edimburgo. El cielo estaba tan gris como las piedras que formaban la construcción, y las almenas estaban rodeadas de niebla. El gris tenía un ligero toque malva que resultaba maravilloso para aquellos que tenían por hogar aquella tierra, aquel país que para los acostumbrados a los cielos azules podía resultar inhóspito.

Miró hacia la Milla Real, donde había tiendas que vendían mercancía de todas partes del mundo. Holyrood era un buen palacio y Edimburgo una buena ciudad, así que sin duda la reina encontraría muchas cosas a las que amar tanto en aquella tierra como en su gente, que la había vitoreado a su llegada.

A lo mejor había estado demasiado a la defensiva y se había preocupado sin necesidad, pero... sabía que muchos de los miembros del séquito francés de la reina desdeñaban aquella tierra, que decían que era un territorio frío y duro, como las rocas del castillo de Edimburgo. Para ellos, las tiendas de Francia eran mejores, los palacios más majestuosos... a pesar de que en Holyrood habían trabajado albañiles franceses.

Se obligó a ver la ciudad con los ojos de un recién llegado. El castillo se alzaba como una fortaleza sombría y terrible en el marco de un día gris, y los habitantes eran igual de duros.

La roca contra el mármol, la lana contra la seda.

Se tensó y se dijo que sólo necesitaban tiempo, que los cambios que la reina y sus acompañantes necesitaban irían llegando de forma paulatina. Los lazos que unían a Escocia y Francia eran fuertes y longevos, pero aun así...

Ninguna alianza estaba basada sólo en una simple amistad. Tanto los escoceses como los franceses habían luchado contra los ingleses, y esa enemistad compartida los había aliado, pero la amistad a menudo sólo era superficial y se rompía con facilidad cuando aparecían necesidades menos desinteresadas. Y ahí residía el dilema.

¿Qué había realmente bajo las aguas más profundas de aquella alianza, teniendo en cuenta que la reina criada en Francia había regresado a casa?

—Estoy exhausta —suspiró la reina, antes de tumbarse en su cama. Se quedó mirando al techo, y cuando se echó a reír con suavidad, por un instante pareció una joven como otra cualquiera—. Lo cierto es que se trata de un lugar muy agradable —comentó, mientras miraba a su alrededor. Se incorporó ligeramente y se volvió hacia Gwenyth, que permanecía de pie cerca de la cama, y susurró—: Lo es, ¿verdad?

—Es magnífico —le aseguró ella, consciente de lo mucho que la soberana echaba de menos a Francia.

María volvió a recostarse, y comentó:

—Las coronas pesan muchísimo.

—Mi reina... —empezó a decirle Gwenyth, pero se calló al ver que se sentaba en la cama y negaba con la cabeza.

—Por favor, deja a un lado las formalidades por ahora. Estamos solas, y debo confiar en ti. No has pasado demasiado tiempo lejos de aquí y no ansías ninguna recompensa, no estás poniéndome a prueba ni valorándome. Tutéame como si sólo fuéramos un par de amigas. Eres mi amiga de verdad, y eso es lo que necesito en este momento.

—María, creo que tu llegada ha sido un completo éxito.

Tu gente está encantada con el regreso de su joven y hermosa reina.

–Todo el mundo parece tan adusto...

–Son... –Gwenyth se detuvo por un segundo, sin saber qué decir, y finalmente admitió–: Sí, son adustos –tras una pequeña vacilación, añadió–: Se debe a John Knox, y al hecho de que son muy devotos de su nueva iglesia.

–Sí, es cierto. No pueden acatar las órdenes de los ingleses, pero como tampoco quieren creer en la antigua religión, deben tener su propia iglesia –María soltó un suspiro, y dio unas palmaditas en la cama para indicarle que se sentara. Cuando Gwenyth obedeció, la abrazó con fuerza y le dijo–: ¿Te has dado cuenta del frío que hace aquí?

–La chimenea está encendida.

–Sí, la habitación no tardará en caldearse. Pero este lugar es bastante extraño. En Francia, mientras mi marido aún vivía, ser reina hacía que me sintiera maravillosamente segura, pero aquí... es como si estuvieran valorando mi valía.

–No olvides que lord Jacobo ha tenido el poder desde la muerte de tu madre. Las cosas han cambiado conforme ha ido pasando el tiempo, pero ahora, tanto los lores como los clérigos se han unido para darte la bienvenida. No lo olvides. Todo va a ser maravilloso.

–¿De verdad lo crees? –María se levantó, y cuando se acercó a la chimenea para calentarse las manos, por un momento pareció trágicamente frágil–. Ojalá... –de repente, irguió la espalda y se volvió de nuevo hacia Gwenyth–. Acabo de llegar, aún estamos vestidas con los grises y los negros del duelo, pero... ¿sabes en lo que estaban pensando todos esos nobles que nos han dado la bienvenida y nos han conducido hasta aquí?

–¿En qué?

–En mi siguiente matrimonio.

–Mi reina...

—Amigas, aquí somos amigas.

—María, lamento tener que decirte esto porque sé cuánto has sufrido por la muerte de tu marido, pero desde el momento en que falleció el rey de Francia, los nobles y los monarcas de todo el mundo empezaron a hablar de tu siguiente matrimonio. Eres una reina, y tus alianzas personales y políticas pueden cambiar el curso de la historia. Es una realidad difícil de afrontar cuando se sufre, pero así es el mundo.

—Soy un peón —dijo María con suavidad.

—Eres una reina.

María empezó a pasearse de un lado a otro, y le dijo:

—Tienes razón. Apenas tuve tiempo de enterrar a mi marido con los honores debidos antes de darme cuenta de que mi futuro debía decidirse. Hoy, cuando hemos pisado la orilla, me he preguntado si estaba cometiendo un grave error. Recibí ofertas de casas reales católicas, pero me temo que no hay ningún paso claramente correcto. Si concertara un matrimonio con alguna de esas casas, Escocia se pondría en mi contra, pero hoy me ha quedado clara la opinión de los nobles que han ido a recibirme. Quieren que elija a uno de ellos como consorte, a un hombre que honre a Escocia y que tenga sangre puramente escocesa para compensar el hecho de que yo me haya criado en Francia, que para ellos es una desventaja. Gwen, ¿qué es lo que les pasa? ¿Cómo puedo darle la espalda a lo que me han inculcado durante toda mi vida, a lo que he leído, al Dios que conozco?

—Nadie te pide que lo hagas.

María negó con la cabeza, y Gwenyth tuvo que admitir para sus adentros que, por desgracia, lo más probable era que la soberana tuviera razón.

—Lo esperan todo de mí, pero no soy una reina inconstante y pienso venerar a Dios como yo crea que debo hacerlo. Pero... —la reina se volvió, y agachó ligeramente la cabeza.

—¿Pero qué? —Gwenyth esbozó una sonrisa, porque creía haber visto algo en el rostro de María.

—Bueno... —tras inhalar hondo, la reina admitió—: A pesar de lo mucho que le quise, mi difunto marido... nunca estuvo bien.

—No hubo romanticismo —susurró Gwenyth.

María se volvió de golpe, y fue apresuradamente hacia la cama.

—¿Acaso soy una persona horrible?, conozco a alguien que... bueno, acababa de enviudar cuando lo vi por primera vez; de hecho, es un primo lejano mío —le lanzó una mirada pícara, y añadió—: Es muy atractivo.

—¿De quién se trata?

—De Enrique Estuardo, lord Darnley.

—Ah.

Gwenyth apartó la mirada. María se merecía algo de felicidad, porque se había pasado la vida haciendo lo que se esperaba de ella y cumpliendo con su deber. El entusiasmo que irradiaba su voz era de lo más gratificante.

Enrique Estuardo era, al igual que la misma María, uno de los nietos de Margarita Tudor, la hermana del rey Enrique VIII de Inglaterra. Gwenyth no lo conocía demasiado, pero había oído hablar de él. En ese momento estaba viviendo en Inglaterra en calidad de supuesto «invitado» de la reina Isabel, ya que el padre de Enrique era escocés y se había opuesto a aquella soberana; sin embargo, como su madre pertenecía a la nobleza inglesa, su estancia obligada no podía considerarse una encarcelación.

Gwenyth lo había conocido al mismo tiempo que la reina, cuando había ido a ofrecer sus condolencias por la muerte del rey Francisco, y le había parecido un hombre apuesto y encantador. Sin embargo, sabía que otros nobles, sobre todo los escoceses, no le tenían ninguna simpatía, porque era dado al juego, a la bebida, y al libertinaje. Tenía sangre de los Estuardo pero también inglesa, aunque lo último también podía decirse de la mayoría de la nobleza escocesa.

De repente, sintió una profunda inquietud, aunque por fortuna la reina no se dio cuenta de que no aprobaba al hombre que la atraía.

—¡No me mires así! ¿Por qué no puedo aprovechar el hecho de que he encontrado a un hombre que es aceptable para muchos además de atractivo? No te preocupes, no he perdido la razón. Estoy de luto y quise a Francisco de corazón a pesar de todo, aunque lo cierto es que no era un amor apasionado, sino más bien una profunda y tierna amistad. No tomaré decisiones precipitadas, tendré cuidado y prestaré atención a mis consejeros. Aún estoy considerando entrar en negociaciones con don Carlos, de España, o con otros príncipes extranjeros. Mi mayor fuerza reside en poder decidir por quién voy a decantarme, y no voy a olvidarme de que para mí el matrimonio no es una cuestión de amor, sino de alianzas políticas.

—María, sé que harás lo correcto, pero también tienes derecho a soñar con tu propia felicidad.

Aquella reina alta y elegante, ataviada con una suntuosa toga ribeteada en piel, la miró con sus ojos oscuros y susurró:

—Estoy asustada. Me da miedo no poder conseguir que mi gente sea feliz, por mucho que me esfuerce en hacer lo correcto.

—No digas eso, te han dado un maravilloso recibimiento y vas a ser una reina fantástica. Ya lo eres.

—Es que... este sitio es tan diferente...

—Estás con tus súbditos, y te quieren.

—Son tan... —María se detuvo por un instante, y finalmente sonrió—. Tan escoceses.

—Es cierto que esto no es Francia, pero estamos en un

país maravilloso lleno de gente excepcional. ¿A quién acuden los extranjeros cuando necesitan asistencia militar? Ofrecen suculentas recompensas para que los escoceses luchen a su lado, porque somos indómitos, fuertes y leales.

–Pero lo que yo ansío es la paz.

–Por supuesto, pero a menudo se obtiene mediante el uso de la fuerza.

–En Escocia, no.

–Eso no es cierto en todos los casos, María. Recuerda el pasado. Somos un país gracias a la determinación y al valor de hombres como William Wallace y Robert de Bruce, tu propio ancestro. También hay escoceses que se dedican a la poesía y a la ciencia, que van a escuelas extranjeras y tienen amplitud de miras. Sólo tienes que querer a los escoceses para que ellos te quieran a ti.

–Ruego... sí, ruego para que sea así. Y te doy las gracias, amiga mía. Adoro a mis cuatro Marías, pero no conocen esta tierra tanto como tú. Esta noche necesitaba tu amistad y tu comprensión, y no me has decepcionado.

–María, todos los que te conocen saben que tienes un gran corazón, y que eres considerada e inteligente. No me necesitas, sólo tienes que creer en ti misma y estar dispuesta a entender a tu gente.

–Estoy decidida a intentarlo, porque quiero ser una gran reina –tras una pequeña vacilación, añadió con suavidad–: Incluso más grande que mi prima que ocupa el trono de Inglaterra.

Gwenyth sintió que un escalofrío le recorría la espalda. Isabel estaba demostrando ser una reina muy poderosa, tenía diez años más que María y ocupaba el trono de Inglaterra desde hacía varios años. Además, era una oponente en el terreno político. Tras la muerte de María Tudor, la realeza francesa había proclamado a María no sólo reina de Escocia y de Francia, sino también de Inglaterra e Irlanda, por considerar que Isabel era la hija ilegítima de Enrique, y que por lo tanto no tenía derecho a reinar.

La política podía ser un juego muy peligroso. Gwenyth sabía que María no tenía intención de arrebatarle el trono a su prima, pero era leal a su religión y había quedado patente que los ingleses no sólo querían seguir teniendo a Isabel como reina, sino que además no querían saber nada de una soberana católica. Y era allí donde estaban las semillas de un potencial y quizás incluso inevitable conflicto.

A lo largo de los siglos, las guerras contra Inglaterra habían resquebrajado a Escocia. Nadie quería que los ingleses provocaran más derramamiento de sangre, pero cada alianza era como una daga en el corazón de algunas de las otras naciones. Los ingleses se mostraban suspicaces ante la amistad entre Escocia y Francia, y todos ellos vigilaban a los españoles, que hacían lo propio.

—Creo que será mejor que esta vez me case con alguien de este reino —comentó la reina, como si le hubiera leído el pensamiento—. Y es muy apuesto, ¿verdad?

—¿Quién?

—Lord Darnley.

—Ah, sí.

María la miró con picardía, y le dijo:

—Parece que crees que hay alguien más que también es apuesto, y creo que sé en quién estás pensando.

—¿A quién te refieres?

—A lord Rowan.

—Es muy grosero.

—Habla sin tapujos, y como eres tú quien está enseñándome cómo es mi gente, deberías saber que es normal que un hombre tan poderoso como él, tan diestro en el campo de batalla y en cuestiones políticas, hable con franqueza. Es la personificación del perfecto noble escocés.

—En ese caso, ¿por qué no te has interesado en él?

—Estás bromeando, ¿verdad?
—No, claro que no.
La reina soltó una carcajada, y comentó:
—Vaya, parece que los rumores no están tan extendidos como cabría esperar.
—María, ¿de qué estás hablando?
—Mi padre tuvo trece hijos ilegítimos reconocidos. Algunos de ellos son encantadores, como mi querido hermano Jacobo.

Gwenyth no supo si el ligero matiz de amargura que le pareció oír en la voz de la reina era fruto de su imaginación. Tiempo atrás se había hablado de la posibilidad de legitimar a Jacobo, aunque al final no se había hecho.

—Lord Rowan no es uno de los hijos ilegítimos de tu padre, ¿verdad? —le preguntó con incredulidad.
—No, es hijo de uno de los ilegítimos de mi padre. Su madre fue el primer fruto de una de las primeras amantes de mi padre.
—¿Es cierto, o se trata de un simple rumor?
—No te preocupes tanto, mi querida amiga, o te saldrán arrugas en la frente. El linaje de lord Rowan es del todo aceptable, pero sería imposible que me sintiera atraída por mi propio sobrino. Además, ya está casado.
—Ah —murmuró Gwenyth.
—Es una historia bastante trágica, porque su esposa es lady Catherine de Brechman.
—¿La hija de lord Brechman? Pero... sus tierras están en suelo inglés —Gwenyth se dio cuenta de que estaba a punto de enterarse del misterioso y trágico pasado de lord Rowan.
—Sí. ¿Cómo es posible que yo sepa todo esto y tú no? Supongo que se debe a que en los últimos meses he estado en contacto permanente con mi hermano Jacobo, ha sido él quien me ha contado la triste historia. Estaban muy enamo-

rados, y Rowan le declaró sus intenciones al padre de ella. Tanto la reina Isabel como mi hermano les dieron permiso para que se casaran y lady Catherine se quedó embarazada casi de inmediato, pero poco antes de que llegara la fecha en que salía de cuentas, sufrió un accidente mientras viajaba en carruaje por las tierras de su padre. Resultó gravemente herida, contrajo una fuerte fiebre, y el niño no sobrevivió. Ella no ha recuperado la cordura, ni ha sanado del todo desde un punto de vista físico. Vive en el castillo de lord Rowan, en las Tierras Altas, al cuidado de una enfermera y del administrador de las propiedades de lord Rowan, que es un hombre gentil y leal. Ella está muy frágil, y casi todos temen que no tarde en morir.

Gwenyth no pudo hacer otra cosa que mirar a la reina, enmudecida.

—Cierra la boca, querida —le dijo la soberana, con una sonrisa triste.

—Es... es... qué historia tan triste.

—Sí —María la observó con atención, y le dijo—: No te enamores de él.

—¿Cómo puedes pensar que sería capaz de tal cosa?, es un... un patán atrevido y vulgar.

—Ya veo —María sonrió, y añadió—: Bueno, aunque quizás esto no te interese, debo decirte que él ya no cohabita con su esposa. Eso sería muy cruel, ya que ella tiene la mente de una niña. Pero él ha manejado la situación con cierta dignidad.

—¿Qué quieres decir?

—Todo esto lo sé por Jacobo, claro, pero dicen que a pesar de que lord Rowan no se ha mantenido célibe, sus aventuras son discretas y con mujeres que no pueden resultar dañadas. No quiero que te hagan daño, mi querida amiga.

—No tienes de qué preocuparte, no tengo intención alguna de enamorarme. Eso sólo contribuye a convertirnos en tontorronas, y resulta peligroso. Y si fuera lo bastante idiota como para enamorarme, desde luego no sería de un salvaje de las Tierras Altas como lord Rowan.

María fijó la mirada en el fuego de la chimenea, y esbozó una sonrisa nostálgica.

—Ésa es la diferencia entre nosotras. Yo ansío enamorarme, experimentar una pasión ardiente... aunque sé que el matrimonio sólo es una cuestión de contratos para mí. Aun así, sentir por una vez esa clase de amor...

—María —murmuró Gwenyth con inquietud.

—No te preocupes, querida amiga. Cuando vuelva a casarme, no me olvidaré de lo que le debo a mi gente, pero incluso una reina puede soñar. En fin, ha sido un día largo y difícil, y nos esperan muchos más igual de agotadores.

Gwenyth se apresuró a ir hacia la puerta al darse cuenta de que la reina estaba dando a entender que era hora de ir a dormir.

—Buenas noches, mi reina.

—Gwenyth...

—Me voy ya, así que volvéis a ser mi reina.

—Pero seguimos siendo amigas.

Gwenyth inclinó la cabeza con una sonrisa, y salió de los aposentos de la soberana. Estaba deseando llegar al dormitorio que le habían asignado en aquel enorme castillo escocés que sería su hogar en adelante, pero mientras avanzaba por uno de los pasillos se detuvo al oír voces. Se dio cuenta de que estaba escuchando una conversación que procedía de una de las salas reservadas para cuestiones de estado.

—Es la única opción viable, no podéis romper vuestra palabra —dijo una voz profunda y masculina que reconoció de inmediato. Se trataba de lord Rowan.

—Esto puede resultar problemático.

Al darse cuenta de que la segunda voz pertenecía a Jacobo, el hermano de la reina, Gwenyth se preguntó si aquel hombre era realmente un aliado, o si ansiaba poseer la corona y planeaba obtenerla como fuera.

–Puede, pero no hay otra opción. Esperemos que prevalezca la determinación de la reina por evitar repercusiones religiosas.

–Entonces, debemos estar preparados, tal y como habéis dicho antes.

–Siempre.

Gwenyth se sobresaltó cuando la puerta se abrió de repente y lord Rowan la pilló allí parada. Estaba claro que había estado escuchando su conversación a hurtadillas. Tragó con dificultad, mientras él la miraba con expresión muy seria.

–Me... me he perdido –consiguió decir al fin.

–¿En serio? –le dijo él, con claro escepticismo.

–Sí, en serio –le espetó ella con indignación.

–Los aposentos de las damas están por allí, tendríais que haber doblado la esquina. Si es que lo que buscáis es vuestra propia cama, por supuesto.

–¿Qué otra cosa podría estar buscando?

–Sí, ¿qué otra cosa? –después de despedirse con una reverencia burlona, Rowan dio media vuelta y se fue sin más.

Gwenyth se enfadó al ver que la ignoraba con tanta facilidad, y su propia reacción la sobresaltó. Detestaba a aquel hombre, y a pesar de que se sentía apenada por su pobre esposa, él no parecía llevar una vida muy cristiana. Además, era maleducado, indignante, presuntuoso, y... y estaba exhausta. Iba a acostarse cuanto antes para poder disfrutar de un merecido descanso, y no iba a pensar en él.

Su dormitorio era pequeño, pero no tenía que compartirlo con nadie. Aunque eso no tenía demasiada importancia, porque al viajar con la reina por Francia algunas veces había tenido sus propios aposentos, y otras había tenido que compartir la cama con una o incluso varias de las Marías. Habían compartido muchas risas, ya que les encantaba imitar a los príncipes, los nobles y los diplomáticos que les presentaban. Al igual que a la reina, les encantaba bailar e incluso los juegos de azar, y adoraban la música. Llevaban tanto tiempo juntas, que eran como una familia, pero a pesar de que todas la habían acogido con calidez desde el principio, ella nunca llegaría a ser una de ellas por completo.

En Holyrood iba a poder dormir sola. Su habitación tenía una pequeña ventana, e incluso una chimenea. El resplandor del fuego le permitió ver la vidriera de la ventana, que contenía la imagen de una paloma posada en un árbol bajo el que se encontraba el escudo de armas de los Estuardo.

En ese momento, decidió que se alegraba de tener privacidad en su tierra natal. Las Marías llevaban demasiado tiempo lejos de Escocia, y a pesar de lo mucho que las quería y de que no deseaba perder su amistad, no quería oír cómo hablaban mal del país al compararlo con Francia.

Si se enfadaba con alguien, podía refugiarse en su habitación y despotricar contra su almohada. Si necesitaba pensar, allí podía estar sola. Si necesitaba esconderse... ¿de quién iba a necesitar esconderse?

Eso daba igual, lo importante era que aquella pequeña habitación era su santuario personal. Su colchón era cómodo, y su almohada mullida. Junto a la chimenea había una puerta, y al abrirla descubrió que incluso tenía su propio excusado. Increíble.

Era maravilloso estar en casa de nuevo.

Se quitó la ropa de viaje y lo colocó todo en su baúl de inmediato, ya que la habitación era demasiado pequeña para que fuera dejando cosas por medio. Se puso un cómodo y suave camisón de lana que abrigaba mucho y se acostó, pero a pesar de que estaba agotada y de lo a gusto que se encontraba, permaneció despierta... pensando en lord Rowan.

Una súbita algarabía procedente del patio la arrancó de su ensimismamiento, y se levantó de golpe. Sintió un miedo terrible por la reina y salió corriendo sin pararse a ponerse zapatillas ni una bata, mientras el alboroto continuaba.

Corrió por el pasillo hacia el dormitorio de María junto con muchos otros que también se habían sobresaltado, y vio que la puerta estaba entreabierta. Cuando entró a la carrera junto a otras damas y a un montón de guardias, vio a María de pie junto a una de las ventanas, mirando hacia el patio.

—No pasa nada —la soberana alzó una mano con una sonrisa, mientras todo el mundo se paraba en seco y se agolpaba en la puerta—. Mis súbditos están dándome la bienvenida con una serenata, escuchad —les dijo risueña, a pesar de que era obvio que estaba muy cansada.

—*Mon Dieu*, eso no es una serenata —dijo Pierre de Brantôme, uno de los escoltas franceses de la reina—. Parecen mil gatos maullando al pisarles la cola.

—Son gaitas —le dijo Gwenyth con cierta irritación—. Si escucháis con calma, os daréis cuenta de que es un sonido realmente hermoso.

—Ya las había oído antes —Brantôme la miró con los ojos entrecerrados, como si acabara de recordar que ella se había criado en una tierra que a él le resultaba inhóspita y carente de sofisticación.

—Tienen cierta cualidad realmente agradable, y está claro que María, la reina de los escoceses, sabe apreciarlas.

Gwenyth no sabía con certeza cuál era la función exacta que desempeñaba Pierre, aunque él se consideraba un diplomático y un cortesano. No le caía demasiado bien, ya que era demasiado desdeñoso para su gusto. Sin embargo, el afecto que sentía por la reina era indudable, así que tenía que tolerarlo.

—Sí, me encanta el sonido de las gaitas —les dijo María—. Mi querido Pierre, debéis aficionaros a este tipo de música.

—Es bastante sonora, de eso no hay duda —comentó él con sequedad.

Sí, aquello era cierto. Daba la impresión de que había por lo menos un centenar de personas, ya que el sonido de las gaitas se mezclaba con los esfuerzos de un coro un poco desentonado.

María parecía agotada, pero ante todo era reina.

—Qué encantador —se limitó a decir.

De modo que todos permanecieron allí escuchando mientras los cortesanos franceses no dejaban de refunfuñar en voz baja, y cuando el concierto acabó, todo el mundo regresó a su cama en medio de risas y de conversaciones animadas.

Gwenyth fue la última en darle las buenas noches a la reina, y en esa ocasión fue directamente y sin tropiezos a su dormitorio.

Logró dormirse, pero en sus sueños vio a la pobre esposa loca de lord Rowan cantando acompañada por el sonido lastimero de una gaita, mientras su señor, que había dejado de ser su amante para convertirse en su cuidador, se cernía en la distancia.

—No te enamores de él —le había dicho la reina.

La mera idea era absurda, ya que ni siquiera estaba segura de poder superar el desagrado que sentía por él.

Gwenyth empezó a tranquilizarse en los días posteriores al regreso a casa, y pensó que su inquietud había sido absurda al ver el obvio cariño que los escoceses sentían hacia su reina.

Tanto los franceses de la corte como los escoceses que llevaban tiempo viviendo en Francia y parecían considerarse nativos de aquel país empezaron a dejar de quejarse. Además de que Holyrood era un palacio precioso, la servidumbre se mostraba ansiosa por complacer a la reina, que a su vez trataba con una amabilidad exquisita a todo el mundo. A los miembros de la corte les encantaba ir a cabalgar por el espeso bosque que rodeaba el palacio, y había unas vistas espectaculares del castillo de Edimburgo.

La fortaleza de piedra impresionaba incluso a aquellos que no habían querido alejarse de Francia. Gwenyth se había llevado de compras a las Marías una tarde, y las jóvenes habían comentado que la capital escocesa tenía un encanto único. Todo parecía ir bien... hasta el primer domingo.

—Esto no pasaría en Francia —comentó uno de los franceses.

Aunque Gwenyth era protestante, se había comprometido a ir a misa junto a la reina mientras estuvieran en Escocia para mostrar que apoyaba su decisión, y había planeado asistir después a la ceremonia de su propia fe. La soberana estaba lista para ir a la iglesia, ya que su hermano le había asegurado que podría celebrar la misa sin problemas, igual que en Francia.

Cuando María se había marchado de niña, la revuelta contra el catolicismo aún no se había iniciado, y su madre había sido una francesa muy devota de aquella fe.

Jacobo apoyaba a la iglesia escocesa reformada, pero Gwenyth confiaba en que cumpliera con su palabra. Era un escocés firme y de ideas fijas, pero no había razón alguna para dudar de su sinceridad. Era posible que en el fondo se considerara merecedor de la corona, pero se parecía a María en muchos aspectos, y era obvio que no soportaba que se recurriera a la violencia por diferencias religiosas.

En el exterior de la pequeña capilla privada que había justo delante del palacio se había congregado una pequeña multitud. El sacerdote que iba a oficiar la misa estaba temblando, y le daba miedo avanzar hacia el altar. Los criados que llevaban las velas estaban aterrorizados, y su terror se acrecentó cuando algunas personas intentaron agarrarlos.

—¡Matad al sacerdote!

—¿Es que tenemos que volver a aguantar la idolatría?

—Dios del Cielo... —susurró el sacerdote.

Jacobo Estuardo llegó junto a Rowan Graham en ese momento, y gritó enfurecido:

—¡He dado mi palabra!

—Tenéis que cumplir las promesas que se le han hecho a la reina —dijo Rowan.

—¡Nosotros no somos papistas! —gritó alguien entre la multitud.

—La reina ha decretado que la relación entre Dios y cada cual no va a ser causa de disputas —dijo Rowan con dureza–. ¿Acaso queréis que aquí ardan las hogueras como en Inglaterra, en los días en que la herejía de alguien dependía de los caprichos del gobernante?

La multitud empezó a aquietarse entre murmullos, y el cortejo real entró en la capilla escoltado por Jacobo, Rowan, y un grupo de sus hombres de confianza.

El sacerdote no dejó de temblar durante toda la misa y se apresuró todo lo que pudo, de modo que la ceremonia pareció durar un momento. María estaba claramente afectada, pero se las ingenió para saludar con la mano a sus súbditos mientras regresaba a sus aposentos en compañía de sus damas, y entonces su hermano se encargó de dispersar a la gente que aún permanecía en el patio.

Gwenyth temía que María se desmoralizara, pero la soberana demostró una fortaleza sorprendente y les dijo a sus damas de compañía:

–Acabarán entendiéndolo. No pienso tolerar que haya violencia en contra de los católicos ni de nadie por elegir una doctrina determinada, ya sea la de la Iglesia protestante de Escocia o la de cualquier otra.

Todas sus doncellas estaban bordando, pero a pesar de que a María también le encantaba hacerlo, en ese momento tenía en sus manos un volumen de un poeta español. De repente, miró a Gwenyth y dijo con vehemencia:

–¡La culpa es de Knox! Es la personificación del fanatismo y de la violencia.

La habitación quedó sumida en un silencio absoluto, y por un instante Gwenyth pensó que su soberana estaba casi condenándola, como si ella hubiera tenido que evitar el altercado de aquella mañana por estar más familiarizada con Escocia.

Sabía que María no podía hacer nada contra John Knox, ya que en ese caso estaría contradiciendo su propia campaña en contra de la persecución religiosa, y se expondría a que su gente se rebelara; en todo caso, la reina no quería recurrir a la violencia, sino llegar a algún acuerdo con aquel hombre.

Al darse cuenta de que lo que la soberana pretendía era debatir con él sobre aquella cuestión, le dijo:

—Mi reina... John Knox es un hombre letrado y conocedor del mundo, pero opina que las mujeres somos inferiores a los hombres.

—Y a pesar de todo nos necesitan, ¿verdad? —comentó María Livingstone con una sonrisa.

Gwenyth le devolvió el gesto, pero se volvió hacia la reina de nuevo y le dijo con seriedad:

—Muchos de los hombres de aquí creen en la inferioridad de la mujer, pero están dispuestos a aceptar a una reina como... un mal necesario, por decirlo de alguna forma. También creen que es mejor que una soberana que no les acaba de gustar acepte la reforma... o muera. Knox es un gran orador, y a pesar de que fueron las gentes del pueblo quienes aceptaron la nueva doctrina primero, él convenció a los nobles para que también lo hicieran, y su influencia posibilitó que hace un año se legalizara la Iglesia de Escocia. Es un hombre inteligente, pero también es un extremista y debéis tener mucho cuidado con él.

—Tengo que hablar con él.

Gwenyth estuvo a punto de protestar, pero sabía que no podía hacer nada. María estaba decidida, y era la reina; sin embargo, su soberana no había presenciado ningún discurso de John Knox, y ella sí.

Rowan estuvo junto a Jacobo Estuardo el día en que John Knox acudió a una audiencia con la reina, y cuando lo acompañaron al salón de recepciones, no se sorprendió al ver que la soberana había elegido como única acompañante a lady Gwenyth MacLeod, de la isla de Islington. Tenía entendido que Gwenyth había oído alguno de los discursos de Knox, y a pesar de que todas las damas de compañía del círculo más íntimo de la reina eran escocesas, ella era la única que sabía de primera mano cómo estaba la situación en el país.

Estaba un poco inquieto, ya que Knox era un hombre muy peligroso, al igual que todos los fanáticos. Tenía cerca de cincuenta años, y una mirada intensa y enfebrecida. Era el pastor de la gran iglesia parroquial de Edimburgo, y tenía una gran influencia sobre la gente; a pesar de todo, se comportó con decoro y cortesía ante la reina, que a su vez se mostró bastante cordial y señaló que debían hablar en privado. Su hermano, Rowan, y Gwenyth fueron a sentarse en unas sillas que había más cerca de la chimenea, a una distancia prudencial.

—Qué mal tiempo que hace, ¿verdad? —le dijo Jacobo a Gwenyth con amabilidad.

—Parece que el otoño ha llegado de lleno, mi señor —le respondió ella.

Rowan permaneció observándola en silencio. Lo cierto era que todos estaban intentando oír la conversación que estaban manteniendo la reina y Knox, y las cosas parecieron empezar bastante bien. Knox se mostró cortés pero un poco brusco, y María le dijo con firmeza que no tenía intención alguna de perjudicar a la Iglesia de Escocia. A continuación, Knox detalló sin andarse por las ramas sus propias opiniones. Mientras que la reina consideraba que era posible dejar que cada cual eligiera su propia doctrina, él creía con total certeza que sólo había un camino correcto, y afirmó que existía el riesgo de que se formara una revuelta para apoyar al catolicismo al ver que la soberana profesaba aquella fe, y que príncipes extranjeros podrían atacar con sus ejércitos para intentar instaurar de nuevo la fe católica en Escocia.

—Una misa me parece más peligrosa que diez mil enemigos, mi señora —le dijo con firmeza.

María intentó mostrarse razonable.

—No represento peligro alguno para lo que ya está establecido. ¿No podéis entender que estudié con grandes eruditos, que conozco la Biblia y a mi Dios?

—Un montón de eruditos equivocados os han llevado por el camino incorrecto.

—Pero hay muchos hombres con grandes conocimientos que no interpretan la palabra de Dios como vos —le dijo la reina.

—Los súbditos tienen el derecho de oponerse a sus soberanos si gobiernan contra la ley de Dios.

—No estoy de acuerdo. Dios me ha elegido para que sea vuestra reina.

—No está bien que se siente en el trono una frágil mujer. Se trata de una circunstancia penosa, y de un verdadero peligro.

—Mi buen señor, no soy nada frágil; de hecho, soy mucho más alta que vos.

Bajaron la voz un poco más, por lo que resultó imposible oírlos. Rowan se sorprendió al ver que Gwenyth estaba sonriendo, y enarcó una ceja en un gesto interrogante.

—La reina está disfrutando de esta discusión —le aclaró ella.

—Mi hermana es muy inteligente, y las palabras son un arma que tiene a su disposición —comentó Jacobo, que parecía orgulloso de María.

—Sí, la reina no está dejándose avasallar —dijo Rowan, consciente de que Gwenyth estaba mirándolo—. Pero Knox no va a detenerse ni a ceder.

Al oír que la reina alzaba un poco la voz, Gwenyth se sobresaltó y empezó a levantarse, pero Rowan negó con la cabeza de forma casi imperceptible. Ella pareció indecisa por un instante, pero finalmente volvió a sentarse.

Oyeron que Knox le decía a la reina que iba a aceptarla a pesar de sus dudas, tal y como el apóstol Pablo había tenido que vivir bajo el gobierno de Nerón, pero que lamentaba su ignorancia. Ella le contestó que había recibido una educación excelente, y al final quedaron en un punto muerto.

Cuando todos se levantaron, Rowan estaba convencido de que la reina había entendido muchas cosas sobre Knox, y que éste sentía cierto respeto por la soberana a la que consideraba un ser inferior.

Cuando Knox se fue, María se volvió hacia ellos y les dijo:

—Qué hombre tan detestable.

—Majestad, intenté avisaros de que... —empezó a decir Gwenyth.

—Lo cierto es que he disfrutado discutiendo con él, aunque es tan terco como una mula y está equivocado —María miró a su hermano, y le dijo—: Jacobo, ¿por qué no se da cuenta de que no quiero hacerle ningún daño? Tengo intención de respetar a mi gente, y de honrar a la Iglesia de Escocia.

Jacobo suspiró sin saber qué decir, y fue Rowan quien comentó:

—Majestad, los hombres como Knox son fanáticos. Consideran que sólo hay un camino hacia la salvación, y vos no lo seguís.

—Ni pienso hacerlo.

Rowan inclinó la cabeza en señal de aceptación.

—Le he rebatido punto por punto —le dijo la soberana a Gwenyth.

—Sí, así es.

—Salgamos de caza —dijo María, con una gran sonrisa.

—¿Queréis ir a cazar ahora? —le preguntó su hermano, completamente confundido.

—Hay momentos para trabajar duro y otros para divertirse, mi querido hermano —al ver que él hacía una mueca, María añadió—: No seáis tan huraño. Tenemos que comer algo más que cordero y vaca, tengo ganas de salir de caza.

—Me ocuparé de los preparativos —le dijo Gwenyth—. ¿Queréis que avise a vuestras damas y a los nobles franceses de vuestro séquito?

—No, prefiero que sea algo más reducido. Llevaremos carne, queso y vino, y comeremos al aire libre.

—María, hay muchos asuntos importantes pendientes. Recordad el tratado que os habéis negado a firmar con Isabel —le dijo Jacobo.

—Ella sigue negándose a aceptarme como su heredera legal —le dijo ella, con un tono ligeramente cortante—. Es cierto que me esperan muchos asuntos importantes, y pienso dedicarle mi completa atención a cada uno de ellos. Voy a ser la reina que deseáis ver en el trono, hermano, pero esta tarde no. Nos vemos en el patio dentro de media hora, no quiero perder más tiempo —al ver que Jacobo hacía ademán de seguir protestando, María se apresuró a atajarlo—. Dios puso ese bosque maravilloso cerca del palacio para que se disfrute. No olvidéis que todo el mundo tiene que comer. Y también hablaremos de los asuntos que debemos tratar, lord Rowan.

Jacobo se sorprendió visiblemente, pero Gwenyth se limitó a sonreír. Al ver su reacción, Rowan supo sin lugar a dudas que aquella mujer conocía muy bien a su reina; sin embargo, lo que no sabía era por qué la soberana quería hablar con él.

María era una amazona y una cazadora excelente. Tenía unos perros de caza muy buenos, además de una serie de perritos falderos a los que adoraba. Se la veía radiante cuando partieron hacia el bosque, y había insistido en que no los acompañara nadie más a pesar de que ni a Jacobo ni a Rowan les había gustado la idea. Su inquietud era comprensible, ya que hombres como Knox se dedicaban a predicar desde el púlpito que un hombre tenía derecho a eliminar a cualquier soberano que fuera impío. Para aquellas personas de mente estrecha eran impíos todos aquellos que no estuvieran de acuerdo con sus enseñanzas, por lo que los fanáticos religiosos podían suponer un peligro muy real para la reina.

Como María no creía posible que alguien osara dañar a la realeza, no soportaba sus restricciones, pero al menos accedió a que hubiera varios guardias alrededor de la zona por donde iban a cazar. Se pusieron en marcha al fin, con los perros corriendo junto a los caballos.

Aunque Escocia no fuera tan elegante y rica como el continente, sus bosques poseían una belleza atrayente y especial. Acababa de llegar el otoño, pero bajo la cubierta verde daba la impresión de que la oscuridad se extendía más pronto. María fue junto a Jacobo al principio y Gwenyth los siguió junto a Rowan, pero aunque iba en silencio, fue incapaz de oír la conversación de su soberana.

Rowan también iba callado, sumido en sus propios pensamientos, pero al cabo de un rato se volvió hacia ella y le preguntó:

—¿Pensáis visitar pronto vuestro hogar?

Ella se quedó mirándolo sin saber qué decir, porque ni siquiera se le había ocurrido regresar a la isla de Islington. Estuvo a punto de admitir que allí no la querían, pero se contuvo y acabó diciendo:

—No... no he tenido tiempo de pensar en eso.

—Pero ya hace bastante que sabíais que ibais a regresar a Escocia.

—Supongo que he estado demasiado preocupada por la reina. Vos no lo entendéis, ha pasado por una época muy difícil. A pesar de su rango, es una mujer muy dulce y sensible, y cuidó del rey Francisco durante un periodo terrible. Estuvo a su lado hasta que exhaló su último aliento, y de repente se convirtió en la reina de Francia a pesar de su juventud. Había tantos problemas a los que enfrentarse, tanta gente con la que hablar... estaba de luto, pero no dejaban de llegar emisarios, completos desconocidos, con mensajes de condolencia de parte de la realeza y de la nobleza, y tenía que recibirlos y tratarlos con cortesía mientras intentaba decidir cuál sería el mejor camino a seguir —al ver que él la miraba con una sonrisa que le pareció cargada de ironía, le espetó—: Cabría esperar que vos, más que nadie, podríais entender en cierta medida lo que siente sin juzgarla.

Rowan miró hacia delante, y su rostro se ensombreció ligeramente.

—Estaba pensando que nuestra buena reina María tiene suerte de tener una amiga tan leal como vos.

—Gracias —murmuró Gwenyth con rigidez. Se sintió como una tonta, y se apresuró a seguir hablando para intentar ocultar su desconcierto—. Todos los que la conocen la adoran.

—Entonces, realmente tiene mucha suerte —le dijo él con suavidad.

—¿Venís? —los llamó la reina.

En ese momento, un ruido entre la maleza delató la presencia de algún animal un poco más adelante.

—Es un jabalí. Será mejor que no vayamos tras él, no tenemos suficientes hombres en caso de que algo vaya mal.

Pero María ya se había puesto en marcha. Gwenyth sabía que estaba capacitada para cazar al animal, porque era muy buena arquera, pero su hermano fue tras ella preocupado y Rowan masculló una imprecación y los siguió.

Gwenyth hizo que su montura acelerara el paso también, aunque la caza no le gustaba demasiado. En una ocasión, había presenciado la muerte lenta de un ciervo, y ver cómo se apagaba la vida en los ojos de aquel hermoso animal le había quitado las ganas de volver a participar en una cacería; sin embargo, había ocasiones en las que no tenía otra opción.

Al llegar a un recodo del camino, se dio cuenta de que estaba sola. No le preocupó que los demás hubieran ido en otra dirección, porque le encantaba montar, pero cuando hizo que su caballo aminorara el paso para intentar averiguar dónde se había desviado, oyó un ruido.

Al ver que su montura empezaba a ponerse nerviosa, intentó calmarla con caricias y palabras suaves, pero su experiencia no le sirvió de nada y la yegua se encabritó y cayó de costado con un sonoro relincho. Antes de que pudiera reaccionar, Gwenyth cayó al suelo a cierta distancia del animal, que se incorporó y se alejó a toda velocidad.

—¡Espera, traidora!

Se levantó de inmediato, y empezó a comprobar si se había roto algo. Estaba dolorida de pies a cabeza, cubierta de polvo y de hojas secas. Al principio, se enfadó tanto con la yegua como consigo misma, porque a pesar de que habría resultado imposible que se mantuviera en la silla, al menos tendría que haberse levantado antes para calmar al animal y evitar que se fuera.

Entonces volvió a oír el ruido, y el jabalí apareció. Tenía flechas clavadas en el hombro izquierdo, y el costado cubierto de sangre. Aquel animal enloquecido estaba gravemente herido y tambaleante, pero aún se mantenía en pie.

Cuando la vio, se quedó mirándola fijamente, y ella no apartó los ojos de él. Era enorme, ni siquiera podía imaginarse cuánto debía de pesar. Le rogó para sus adentros que se muriera, que se muriera ya, pero el animal no estaba listo para rendirse. Dio un paso vacilante, resopló, y se lanzó hacia ella.

Gwenyth gritó mientras echaba a correr y buscaba desesperada algún camino despejado y un árbol al que subirse. Se preguntó si el estruendo que oía eran las pezuñas del animal contra el suelo, o el golpeteo de su propio corazón. Si podía mantener la ventaja el tiempo suficiente, el animal acabaría muriendo, porque estaba perdiendo mucha sangre. Le pareció que corría durante eones, pero el jabalí siguió tras ella.

De repente, tropezó con la raíz de un árbol y salió volando hacia la maleza. A pesar de que estaba convencida de que estaba muerta, se volvió para intentar levantarse y seguir corriendo.

Cuando el jabalí estaba a punto de alcanzarla, oyó el golpeteo de los cascos de un caballo y una flecha dio de lleno en el cuello del animal, que retrocedió un paso y se tambaleó antes de morir.

Gwenyth respiró hondo. Estaba temblando como una hoja, y casi ni notó que unos brazos fuertes la rodeaban y la ponían de pie. Nunca se había considerado una cobarde, pero le flaquearon las rodillas. Apenas se dio cuenta de que había sido lord Rowan quien la había salvado, quien había matado al jabalí en el último segundo, quien la había puesto en pie y estaba abrazándola mientras le susurraba palabras de consuelo como si fuera una niña.

—No ha pasado nada, tranquila.

Ella se aferró a su cuello, y siguió temblando mientras se apoyaba contra su pecho poderoso.

—María debería haber tenido más cuidado al disparar —añadió él.

Gwenyth se sintió indignada al oír que se atrevía a criticar a la reina, y el enfado le dio fuerzas. Cuando empezó a recuperar la calma y se dio cuenta de que él también estaba temblando, estuvo a punto de morderse la lengua, pero al final se tensó en sus brazos y le dijo:

—La reina es una gran arquera. Lord Jacobo no tendría que haber ido tras ella, sin duda la distrajo.

—Estaba preocupado por ella, pero parece que tendría que haberse preocupado por vos.

—Por favor, soltadme ahora mismo —le espetó ella, aún más indignada al pensar que él la consideraba una tontorrona inútil.

Cuando Rowan obedeció, ella se tambaleó y se desplomó de nuevo contra su pecho, y se dijo que quizá sí que era una tontorrona, porque no se había dado cuenta de que las piernas aún no podían sostenerla.

Él la sujetó para impedir que cayera, y Gwenyth luchó por recuperar la compostura. Cuando por fin se vio con fuerzas suficientes, retrocedió un paso.

—Gracias —le dijo, consciente de que debía de tener un aspecto deplorable. Se le había caído el sombrero, tenía el pelo despeinado y lleno de hojas, notaba el polvo que le ensuciaba la cara, y su traje de montar estaba hecho un desastre.

Sabía que la vergüenza que sentía por su aspecto la había puesto a la defensiva, que aquel hombre acababa de salvarle la vida y no estaba bien que se enfadara con él. Se ruborizó bajo el peso de su mirada, y a pesar de lo mucho que deseaba hablar, había algo... orgullo, vergüenza... que se lo impedía.

Vio que él se decepcionaba al ver que permanecía callada, y se sintió aún peor. ¿Por qué le importaba tanto lo que aquel hombre pensara de ella?

—No ha sido culpa de la reina —susurró al fin. Sabía que con aquello no bastaba, que tenía que agradecerle que le hubiera salvado la vida, pero el hecho de que él estuviera observándola con tanta intensidad no la ayudaba en nada. Al final, hizo acopio de algo de dignidad, y recobró sus buenos modales—. Gracias por salvarme la vida.

Él hizo una cortés reverencia, como si su agradecimiento no se hubiera retrasado demasiado.

—Quizás ahora que estáis en casa aprenderéis a montar con más autoridad —le dijo él, antes de ir hacia su caballo.

Por supuesto, el animal le esperaba obedientemente.

Gwenyth le siguió con paso firme, y le dijo:

—Sé montar muy bien.

—¿En serio?

—Mi caballo se asustó y se cayó.

—Claro.

Como era obvio que no la creía, Gwenyth añadió:

—Se encabritó y se cayó.

—Por supuesto.

—¡Sois imposible!

—Lo siento, ¿por qué?

—No estáis escuchándome.

—Claro que sí.

—No me creéis.

—¿Acaso he dicho tal cosa?

Gwenyth intentó mantener la calma mientras agarraba su falda desgarrada para no tropezar.

—Gracias de nuevo por salvarme la vida —le dijo, antes de echar a andar por el camino.

Como no se dio cuenta de que él la seguía, se sobresaltó cuando la agarró del brazo. Se volvió a mirarlo, y se quedó sin aliento mientras se le aceleraba el corazón. A pesar de lo mucho que la exasperaba, era increíblemente alto y fuerte, y su contacto no le resultó nada repulsivo.

—¿Adónde vais?

Ni ella misma lo sabía.

—A buscar a la reina.

—¿A pie?

—Supongo que os habréis dado cuenta de que mi caballo no está por aquí.

—Venid conmigo —al ver que ella permanecía inmóvil, sonrió y añadió—: No tenéis nada que temer de mí.

—No os temo.

—Quizás, pero os mostráis desconfiada.

—Aún no habéis aprendido a amar a la reina, a lo mejor llegaréis a hacerlo poco a poco.

—Sirvo a la reina sin reservas.

—Pero es Escocia la que posee vuestro corazón.

—Pero la reina es la personificación de Escocia, ¿no? —le dijo él, con una sonrisa—. Vamos, montad conmigo para que podamos ir en busca de los demás.

—Sois horrible, y no me creo capaz de montar con vos.

Rowan se echó a reír, y le dijo:

—A pesar de que os doy la razón, me atacáis.

De repente, le apartó un trozo de ramita de la frente en un gesto extrañamente tierno, y Gwenyth no quiso seguir discutiendo con él. Lo que quería en ese instante era... sentir que sus dedos volvían a tocarla. Se apresuró a retroceder. Rowan tenía una esposa a la que adoraba, a pesar de que estaba enferma.

—Vamos —insistió él con impaciencia.

Esa vez no le dio otra opción, y la alzó hasta la silla antes de montar tras ella. Al sentir que la rodeaba con los brazos cuando tomó las riendas, Gwenyth tragó con dificultad y se preguntó cómo era posible que aquel hombre tan maleducado pudiera despertar en su interior algo que no había sentido jamás.

Era absurdo, estaba mal.

No le costó mantenerse en la silla, porque a pesar de que el caballo de Rowan era un inmenso semental, él lo tenía completamente controlado. Al echarse hacia atrás experimentó una mezcla de incomodidad y de excitación, y se sintió más consciente que nunca en su vida del contacto de otro ser humano.

Cuando por fin llegaron al claro donde los esperaban María y Jacobo, la reina soltó una exclamación y fue a abrazarla con fuerza en cuanto Rowan la puso en el suelo. Al cabo de unos segundos, retrocedió un poco para poder mirarla y comprobar si estaba herida.

—¿Estás bien? Mi pobre querida, ha sido culpa mía —a pesar de que la soberana asumió la culpa, le lanzó una mirada de enfado a su hermanastro—. ¿Qué ha pasado? Has encontrado al jabalí... no, está claro que él te ha encontrado a ti. Dios mío, no puedo ni imaginarme lo que podría haber pasado...

—El animal está muerto. Mandaremos a alguien a buscarlo, Majestad —le dijo Rowan.

María le lanzó una mirada de agradecimiento, y se volvió de nuevo hacia Gwenyth.

—¿Estás bien?

—Mi dignidad está un poco maltrecha, pero, por lo demás, estoy perfectamente bien —Gwenyth respiró hondo antes de añadir—: Lord Rowan llegó en el momento justo, y... —se preguntó por qué le costaba tanto decirlo, pero al final admitió—: me ha salvado la vida.

—Entonces, le estamos más que agradecidos —dijo la reina.

—Me complace serviros en todo lo posible, Majestad —le dijo él.

—Será mejor que volvamos a palacio, lady Gwenyth necesita buenos cuidados y descanso —comentó Jacobo.

—¿Dónde está tu caballo? —dijo la reina.

—Supongo que habrá vuelto a la cuadra, seguro que conoce el camino —le contestó Rowan. Indicó su caballo, y añadió—: Styx es fuerte, lady Gwenyth y yo podremos regresar juntos sin problemas.

Gwenyth sabía que protestar era inútil y que sólo conseguiría quedar como una tonta, así que accedió con apenas un murmullo.

Cuando llegaron a la cuadra y los mozos se acercaron corriendo para ayudarlos, oyó que lord Jacobo le decía en voz baja a Rowan:

—Si van a pasearse por los bosques para divertirse, tienen que aprender a montar.

Gwenyth tuvo ganas de volverse para ponerle las cosas claras, pero se sorprendió al ver que no era necesario.

—Jacobo, creo que lady Gwenyth monta tan bien como cualquier otra mujer, quizás tanto como cualquier hombre. Nadie puede mantenerse en la silla si un caballo se cae, cualquiera acabaría en el suelo junto a su montura.

Gwenyth se sorprendió tanto al ver que Rowan la defendía, que se sobresaltó cuando uno de los corpulentos guardias la tomó del brazo y la escoltó hacia el interior del palacio.

—Puedo ir yo sola. No estoy herida, sólo cubierta de polvo y de medio bosque.

En vez de soltarla de inmediato, el guardia miró a la reina y esperó a que ella asintiera. Gwenyth se apresuró a subir a su habitación, ya que no se sentía cómoda siendo objeto de tanta preocupación.

Rowan siguió a Gwenyth con la mirada, y se sorprendió por la facilidad con la que podía afectarlo. No sabía si era la mirada de sus ojos, la pasión de su voz, o la combinación de su empuje con su inocencia subyacente.

—Lord Rowan —le dijo María.

—¿Sí, mi reina?

—Quería hablar con vos lejos del palacio, pero como no ha surgido la ocasión, ¿os importaría acompañarme a mis aposentos?

—Como deseéis.

Rowan se dio cuenta de que ella debía de haber hablado

con su hermano mientras él rescataba a Gwenyth, porque estaba claro que Jacobo sabía lo que quería decirle, y los precedió hasta la pequeña sala de recepción que había cerca de las habitaciones de la reina.

Les habían llevado un vino francés excepcional, y a pesar de que Rowan prefería una buena cerveza escocesa o un whisky, alabó a la reina por su elección. Ella no se sentó en el impresionante sillón que tendría que ocupar al recibir a los embajadores extranjeros, sino que prefirió una de las sillas que había delante del fuego.

Jacobo permaneció de pie junto a la chimenea, y cuando María miró a Rowan y le indicó que se sentara, éste obedeció mientras su curiosidad iba en aumento.

—Sé de buena tinta que tenéis cierta amistad con mi prima —le dijo ella.

—¿Os referís a la reina Isabel? —Rowan se reprendió por permitir que lo tomara desprevenido. María tenía a su servicio muy buenos informadores.

—Sí.

—La madre de mi esposa es pariente lejana de la madre de la reina Isabel.

—Los parentescos son de agradecer, ¿verdad? Nos enseñan que debemos honrar a nuestros padres, por lo que resulta extraño que en los asuntos de política y de coronas podamos dañar tanto a los que deberíamos amar; en fin, eso carece de importancia en este momento. Isabel y yo estamos enzarzadas en un juego bastante complicado, aunque no la conozco en persona y lo único que sé de ella es gracias a sus cartas y a los informes escritos por otros. En la actualidad nos ocupan asuntos muy serios. No he ratificado un tratado entre nuestros países, porque ella no ha hecho lo propio con su testamento.

Rowan ya conocía los hechos, así que le dijo con cautela:

—Supongo que ella aún se considera joven, y no tiene prisa por pensar en lo que sucederá tras su muerte.

—Debe admitir que soy la heredera legal de su corona.

Rowan permaneció en silencio. Estaba convencido de que María sabía las causas que hacían dudar a Isabel. Inglaterra era plenamente protestante, y si la soberana reconociera a una heredera católica, podría crear una profunda fractura en su país. Los poderes protestantes de Inglaterra no querían a la reina católica de Escocia, y a pesar de que la línea de sucesión reconocería sus derechos, Enrique VIII tenía otros nietos, entre los que se encontraba Catalina, la hermana de lady Jane Grey, conocida como «la reina de los nueve días».

La facción protestante había puesto a Jane en el trono tras la muerte de Eduardo, el único hijo varón de Enrique VIII. Las fuerzas de otra María, la hija de la católica Catalina de Aragón, habían acabado con los defensores de Jane, que a su vez había muerto ajusticiada. Su muerte no se había debido a que su familia la hubiera instado a subir al trono, sino a que se había negado a cambiar su religión tal y como María le había pedido.

María había conseguido tantos seguidores gracias a su legítimo derecho de sucesión al trono, y como ordenó la ejecución de tantos líderes protestantes, se la había llegado a conocer con el apodo de «la reina sanguinaria». Tras su muerte, Isabel había ascendido al trono y había acabado con la persecución religiosa, pero el recuerdo de la sangre vertida aún estaba fresco en las memorias y en los corazones de los ingleses, que ya no querían un soberano católico.

—Todos sabemos por qué Isabel está aplazando su decisión —dijo al fin.

—Pero sabéis que no pretendo obligar a mi pueblo a que acate mis creencias, y creo que Isabel no dudaría de mí si estuviera convencida de mi sinceridad. Vos mantenéis una relación amigable con ella, así que podéis solicitar una audiencia para desearle una próspera salud y aprovechar para contarle lo que habéis descubierto sobre mí.

—Rowan, vais a ir a Londres —le dijo Jacobo sin más.

Rowan se volvió a mirarlo. Aquel hombre era todo un enigma en muchas ocasiones. Dado que había sido regente, sabía muy bien cómo eran los escoceses. Conocía la ley y le había pedido a su hermana que regresara para cederle la corona, pero sin duda había veces en las que pensaba que habría sido mejor que él hubiera sido el hijo legítimo de su padre.

—Estoy dispuesto a obedecer todas vuestras órdenes, por supuesto —tras vacilar por un instante, añadió—: aunque estaba planeando una visita a mis tierras. Hay asuntos de los que debo ocuparme.

María le posó una mano en el brazo, y al ver la compasión que brillaba en sus ojos, se dio cuenta de que una de las cosas que sus seguidores decían sobre ella era cierta: la reina tenía un gran corazón. Era una persona sensible que se preocupaba por los que estaban a su alrededor.

—Tenéis permiso para ir a vuestra casa y permanecer el tiempo que preciséis, pero me gustaría que después escoltarais a lady Gwenyth antes de ir a Londres.

—¿Queréis que escolte a lady Gwenyth?

—Sí. He recibido una carta de Angus MacLeod, su tío abuelo y administrador de sus tierras, y espera con ansia que ella vuelva de visita, que se relacione con los miembros de su clan y que se deje ver. Me haréis un gran favor si la escoltáis hasta la isla de Islington antes de partir hacia Inglaterra.

Rowan se sobresaltó y se inquietó por aquella orden, aunque no habría podido explicar su reacción.

—Como la premura es importante, quizá sería mejor que fuera a mis tierras y a Inglaterra sin nadie más.

—No me parece bien, lord Rowan. Prefiero que lady Gwenyth haga todo el viaje con vos, y que os acompañe a la corte inglesa después de ir a su casa. Quiero que seáis su guardián, y se sabrá que deseo sinceramente que mi dama más preciada aprenda más cosas sobre los ingleses, que me ayude a entender a mis vecinos para que los dos países puedan convivir en paz.

Rowan se dio cuenta de que estaba atrapado, porque no podía decir ni hacer nada. ¿Cómo podía decirle a la reina que estaba pidiéndole que escoltara a una tentación demasiado grande? Iba a tener que representar el papel de guardián incondicional, al margen de lo que pensara o deseara.

—Rowan, María me pidió que le aconsejara sobre este asunto —le dijo Jacobo—. Creo que vuestra visita a Isabel significará mucho, y que llevar a lady Gwenyth con vos ayudará a mejorar la situación. Ella es protestante, y a pesar de lo mucho que quiere a María, su sangre y su forma de ser siguen siendo más escocesas que francesas. Será una embajadora extraoficial que servirá de apoyo a la causa de nuestra reina.

—¿Lo sabe ya lady Gwenyth?

—Aún no, pero entenderá a la perfección lo que quiero de ella —le dijo la reina—. A pesar de que soy una recién llegada, llevo el título de reina desde que era niña. Quiero que se conozca mi deseo de trabajar en favor de mi país y de conseguir la paz. Vos sois el hombre que puede tender la mano de la amistad de forma extraoficial. No seré responsable de lo que digáis, pero estaría ligada por lo que mis enviados y embajadores pudieran decir en el calor del momento. Le llevaréis a Isabel algunos regalos personales de mi parte, y estoy segura de que quedará encantada con Gwenyth. No he conocido a nadie, ya sea lacayo o rey, que no la haya considerado encantadora e inteligente. Su forma de ser os será de gran ayuda.

—¿Cuándo queréis que inicie el viaje? —le preguntó Rowan.

—Después del próximo sábado —le dijo la reina.

Gwenyth se quedó estupefacta, porque apenas podía creer que María fuera a mandarla lejos. La reina tenía a sus damas, sus Marías, pero había creído que valoraba su amistad; además, acababan de llegar a Escocia, y estaba convencida de que necesitaba sus conocimientos sobre el país.

A pesar de que sabía que estaba siendo una presuntuosa, le dijo lo que pensaba.

–No puedo dejaros ahora, me necesitáis.

María sonrió, y le dijo:

–Gwenyth, ¿acaso no tienes fe en mí? Llevo lejos desde la infancia, pero he recibido una educación esmerada y tengo la suerte de contar con los consejos de Jacobo. Pienso actuar poco a poco y con cautela. Pronto viajaré a muchas de las ciudades del país para conocer a mis súbditos. No estoy alejándote, sino poniendo en tus manos el anhelo más profundo de mi corazón.

Aquella idea aterrorizó a Gwenyth. Isabel era mayor que María, había ascendido al trono a los veinticinco años después de presenciar confusión, batallas y muerte durante años. Incluso había sido apresada... sí, en condiciones apropiadas para la realeza, pero eso no cambiaba el hecho de que había permanecido cautiva... porque en ocasiones su hermana mayor, María Tudor, había temido que se produjera un levantamiento de los protestantes. Con el tiempo, tras el fallecimiento por muerte natural de María, Isabel había accedido al trono. No era joven ni ingenua, y tenía fama de ser una soberana poderosa y juiciosa. María de Escocia aún creía en el corazón, en los sentimientos, en que las cosas podían arreglarse si uno lo deseaba.

—Me temo que me encomendáis una tarea que quizá sea incapaz de cumplir.

—Te encomiendo lo que no puedo pedirle a nadie más. No será por tanto tiempo... un par de semanas en las Tierras Altas, varias más viajando hacia el sur, puede que un mes en Londres, y entonces regresarás. Eres perfecta para la tarea. No espero una respuesta oficial de parte de Isabel, sólo quiero establecer las bases para el futuro, para lo que los embajadores quieren conseguir.

—¿Qué pasa si os decepciono?

—No lo harás.

Todo estaba preparado para que partieran el domingo después de misa. María ya había informado a lord Rowan, y Gwenyth estaba convencida de que estaba tan disgustado como ella, porque sin duda no le hacía ninguna gracia ser el responsable de su seguridad. Su decisión de asistir tanto a la misa católica como al rito protestante se debió en parte a que quería irritarlo, ya que retrasaría la hora de la partida.

Sin embargo, sus planes no tardaron en desbaratarse. Había decidido con sensatez no asistir a la gran iglesia de Edimburgo donde oficiaba John Knox, así que fue junto a otros miembros protestantes de la corte a una capilla más pequeña y muy sencilla que había al sudoeste de la ciudad.

El oficiante se llamaba David Donahue, debía de tener unos cincuenta años, y parecía ser un hombre amable y calmado, pero Gwenyth se dio cuenta de que se había metido en un buen problema en cuanto empezó el sermón. El hombre era lo que María llamaba en broma un aporreador, ya que empezó a aporrear su atril mientras despotricaba en contra de los papistas. No dejó de mirarla mientras hablaba, y finalmente la señaló con el dedo.

—¡Los que idolatran a las falsas imágenes son unos blasfemos! Viven en la blasfemia y son una plaga en esta tierra, igual que las brujas que se alían con la maldad, el rencor y la muerte.

Gwenyth se quedó boquiabierta y fue incapaz de reaccionar al principio, pero mientras aquellas palabras aún reverberaban en la iglesia, se levantó de golpe y lo señaló a su vez. Estaba furiosa, y su mente parecía funcionar a una velocidad alocada. Quería elegir sus palabras con cuidado, pero eso fue imposible, ya que sentía que bullía por dentro y que estaba a punto de explotar.

—Los que se creen los únicos amigos de Dios, los que se atreven a pensar que Nuestro Creador les susurra al oído lo que está bien y lo que está mal, son la verdadera plaga de esta tierra. Ninguno de nosotros puede saber con certeza cuáles son los divinos designios del Señor, y los que condenan a los demás y no ven sus propios errores son los malvados y peligrosos. Cuando una tierra es bendecida con una soberana que ve con claridad que nadie puede conocer a Dios hasta que él lo llame a su presencia, que quiere permitir que cada uno elija las creencias que considere oportunas, los habitantes deberían inclinarse y dar gracias. Pero me temo que a veces es una pena que ella sea lo bastante sabia y piadosa para evitar un derramamiento de sangre.

Gwenyth se quedó mirándolo durante un largo momento antes de volverse a toda velocidad, y se apresuró a dirigirse hacia la salida. Toda la congregación había enmudecido, y sintió el peso del silencio mientras caminaba con toda la dignidad posible por el pasillo. Cuando estaba a punto de salir de la capilla, se detuvo en seco al oír que el reverendo empezaba a aporrear de nuevo su atril.

—¡Bruja de Satán!

Se volvió hacia él de nuevo, y le dijo con toda la calma que pudo aparentar:

—Lamento que piense eso, reverendo, ya que vos mismo me habéis parecido un verdadero siervo del demonio.

—¡Ya basta!

Gwenyth se sorprendió al ver que lord Rowan se levantaba de uno de los bancos de la parte delantera de la iglesia. Miró al reverendo antes de volverse hacia ella, y dijo con firmeza:

—Nadie va a lanzar acusaciones malintencionadas en esta casa del Señor. Reverendo Donahue, podéis hablar a nuestras almas, pero el púlpito no puede convertirse en vuestro instrumento para lanzar ataques personales ni hablar de política. Lady Gwenyth...

—¡Ha atacado a la reina!

—Y va a dejar de hacerlo —Rowan se volvió de nuevo hacia el reverendo—. Nuestra reina se muestra tolerante con todas las creencias, y apoya a la Iglesia de Escocia. Lo único que pide es que se le permita mantener la religión que se le ha inculcado desde niña. Jamás le dirá a los demás lo que deben sentir o en lo que deben creer, tendríamos que respetar su constancia y preocuparnos de nuestras propias almas.

Gwenyth no quiso ni imaginarse lo que dirían los asistentes más tarde, pero en ese momento todos estaban sentados en silencio, esperando atónitos las siguientes líneas de aquella escena escandalosa.

Pero el espectáculo se había acabado, y Gwenyth salió con alivio de la capilla. Por sorprendente que pareciera, el sol estaba brillando con fuerza. Se apresuró a bajar los escalones, pasó entre las hileras de sepulturas, y al llegar al muro bajo de piedra que delimitaba el terreno de la iglesia se detuvo y luchó por recuperar el aliento.

Levantó la mirada al oír pasos de alguien que se acercaba, y no se sorprendió al ver que Rowan la había seguido.

—¿Qué demonios significa lo que habéis hecho ahí dentro? —le preguntó él con furia.

—¡El reverendo Donahue estaba atacando a nuestra reina!

—Y muchos de los reverendos en estas tierras lo harán durante algún tiempo. Es católica, y cuando los escoceses se deciden por algo, lo hacen sin reservas. Vos sois una llama más en un fuego que ya ha llegado demasiado lejos, venís a esta capilla después de asistir a misa con la reina.

—He elegido la fe protestante —le dijo Gwenyth con indignación—. Voy a misa con María porque debo acompañarla a todas partes.

—Ella lo entendería si no lo hicierais.

—Eso indicaría que no apoyo su elección.

—Indicaría que aceptáis su elección, pero habéis hecho la vuestra.

—¿Estáis diciéndome que todos los hombres, mujeres y niños de este país son protestantes tan pronto? Sólo hace un año del edicto. ¿Acaso somos borregos?, ¿somos incapaces de pensar por nosotros mismos? Esta mañana honrábamos a la Iglesia de Roma, esta noche a la de Escocia... ¿mañana empezaremos a venerar a los dioses paganos del pasado? No habéis hecho ningún esfuerzo por defender a la reina.

Él se cruzó de brazos, y sacudió la cabeza.

—¿Me creéis con el poder necesario para conseguir que cambie la opinión de la gente?, ¿tendría que haberme enfrentado en un duelo con el reverendo en medio de la iglesia?

—Tendríais que haber hablado en favor de la reina.

—¿Para avivar aún más el fuego de ese fanático?, ¿no os dais cuenta de que lo que quería era un enfrentamiento? Si hacéis caso omiso de los que difaman a la reina, no les dais leña para avivar su furia.

—Me señaló con el dedo —masculló Gwenyth.

—Tendríais que haber escuchado en silencio, para mostrar que sus palabras no os merecían dignas de respuesta.

—No puedo hacer tal cosa.

—Entonces, es una suerte que nos marchemos.

—¿Es que sois un cobarde?

Él la miró con furia, pero se controló y le dijo:

—No soy joven ni temerario, y conozco a mi gente. Intentar silenciar a un reverendo en su púlpito sólo sirve para que grite con más fuerza, y sus palabras entrarán en las almas de su congregación, que creerán lo que dice. Vuestro arrebato se considerará una prueba de lo que él ha dicho. Hay personas en esa iglesia que habrían hablado después con calma y sensatez, tanto ellos como yo habríamos dicho que la reina está demostrando ser una fuente de piedad y justicia, y que muestra una profunda preocupación por su pueblo. Nuestras palabras medidas habrían resonado con más fuerza y efectividad que vuestra réplica furiosa.

Gwenyth apartó la mirada, y le dijo:

—Me ha llamado bruja, ¿cómo se atreve?

—Si nadie se deja influir por lo que dicen los que quieren dañar al país con su fanatismo, todo saldrá bien. Estoy seguro de que la reina no tendrá que dar su brazo a torcer. Lo que realmente indigna a hombres como el reverendo es que aún quedan católicos en el país, porque temen que haya un levantamiento —Rowan vaciló por un instante antes de añadir—: Roguemos para que María no se case con don Carlos de España.

Gwenyth lo miró con una profunda inquietud, ya que pensaba que ni siquiera Jacobo sabía que María se había planteado aquel matrimonio.

—Ha dicho que cree que será mejor unirse a un protestante de su propio país.

—Roguemos para que sea así, pero será mejor que antes establezca los cimientos de su reinado. Será mejor que volvamos a Holyrood, tenemos que partir hacia las Tierras Altas.

La tomó de la mano y la condujo hasta su yegua, Chloe, que había regresado a la cuadra después de la accidentada cacería. Podría haber optado por otra montura después del incidente, pero quería llegar a formar un equipo con la yegua; además, no podía culpar al animal por tener miedo, porque ella misma se había sentido aterrada al ver al jabalí.

No necesitaba ayuda para montar, pero como él parecía decidido a dársela, optó por no iniciar otra discusión.

—No nos defendisteis, ni a la reina ni a mí —le dijo, cuando él montó en su semental y se colocó a su lado.

—Os defendí a las dos, soy responsable de vos.

—Eso no es necesario, soy capaz de cuidar de mí misma.

—¿De veras? En ese caso, creo que quizás es verdad que sois una bruja —le dijo él, con una sonrisa.

—¡No digáis eso!

Rowan se echó a reír.

—Lo he dicho a modo de cumplido... más o menos. Tenéis la habilidad de encandilar y de convencer a los demás, y sabéis crear torbellinos —sin más, hizo que su montura acelerara el paso y se adelantó.

Gwenyth siguió furiosa, deseando poder agarrar al reverendo de los pelos y sacarlo a rastras de la iglesia para decirle que era un mezquino y un malvado. También estaba enfadada con Rowan, y no le hacía ninguna gracia tener que pasar a su lado días, semanas... meses.

—Creo que debería hablar con la reina de nuevo antes de que partamos —le dijo, cuando llegaron a Holyrood.

—¿Ah, sí?

—Estoy convencida de que acabaremos matándonos el uno al otro en el camino, tengo que pedirle que no me obligue a viajar con vos.

—Haced lo que podáis, tener que llevaros conmigo sólo sirve para retrasarme.

Gwenyth sabía que aquello era cierto, pero su descortesía hizo que tuviera ganas de arrancarle el pelo.

—Vos también podríais hablar con ella —le dijo.

—Ya lo intenté.

—No os esforzasteis lo suficiente.

—Lady Gwenyth, llevo en este mundo más años que vos. Sé batallar con una espada y con las palabras, y he aprendido cuándo es mejor retroceder para volver a iniciar la batalla más tarde. He estudiado la historia de este país al que tanto amo. No soy un temerario, y sé cuándo luchar. He perdido mi discusión con la reina, y aunque vos sois libre de volver a empuñar las armas, yo deseo marcharme antes de una hora.

Gwenyth lo intentó. Encontró a María en la pequeña sala de recepciones, donde Jacobo estaba contándole el sermón que Knox había dado aquella mañana. El hombre no había aceptado a la soberana ni sus ideales, pero había admitido desde el púlpito que era una mujer inteligente y sagaz... equivocada y por tanto una molestia para el país, pero una soberana a la que debían convencer de que acatara la doctrina verdadera.

A María pareció divertirle lo que había dicho Knox, y su sonrisa se ensanchó cuando vio a Gwenyth.

—Vaya, aquí está mi fiero colibrí, dispuesto a luchar contra toda la Iglesia de Escocia con tal de defenderme.

Gwenyth se detuvo en la puerta, y se preguntó cómo se había enterado tan pronto de lo que había pasado. La reina se levantó, dejó a un lado su bordado, y fue a abrazarla.

—Te echaré tanto de menos... —le dijo, mientras se apartaba un poco y la tomaba de las manos.

—No es necesario que me vaya.

—Sí que lo es —María le lanzó una breve mirada a su hermano, y añadió—: Quizás es particularmente importante que te marches ahora.

—Pero debo defenderos.

—Agradezco tu lealtad. A mí también me enfurecen los fanáticos que no ven más allá de sus intereses, pero como podría provocar un levantamiento si los silenciara a la fuerza, dejaré que hablen e intentaré crear un clima en el que se vean obligados a acabar callando. ¿Estás lista para el viaje?, ¿tienes ganas de ver de nuevo tu hogar?

En absoluto. Su padre y su madre habían muerto, así que sólo le quedaba un tío muy estricto para el que las obligaciones lo eran todo. Su hogar era una fortaleza de roca rodeada por el mar, donde la gente subsistía pescando, criando ovejas, o luchando por sacarle algo de provecho al suelo rocoso. Por regla general, se trataba de personas felices que tenían familia y seres queridos, pero a juicio de su tío, ella no se merecía tales frivolidades porque tenía que centrarse en sus obligaciones. Estaba convencida de que Angus MacLeod le habría caído muy bien a John Knox.

—Estoy preocupada por vos —le dijo a la reina.

La sonrisa de María se ensanchó.

—No hay duda de que he recibido una bendición. Debes irte.

Gwenyth admitió para sus adentros que no iba a ganar aquella discusión, y que Rowan lo había sabido en todo momento. Iba a tener que darse prisa para poder prepararse a tiempo, y no podía llegar tarde y darle el gusto de contemplarla con aquella mirada de irritación y de impaciencia.

—Entonces... *adieu*.

—Regresarás pronto. Parece mucho tiempo, pero no es así —le aseguró la reina.

Gwenyth asintió, y después de que se dieran un abrazo, se sorprendió cuando lord Jacobo se acercó para despedirse de ella. Sabía que no era un hombre dado a las muestras de afecto, así que se sintió halagada cuando él le dio una palmadita en el hombro y le dijo:

—Que el Señor os acompañe, lady Gwenyth. Se os echará de menos.

Después de darle las gracias con una sonrisa, salió de la habitación antes de que las lágrimas que empezaban a inundarle los ojos pudieran derramarse. Se dijo que la vida era así. María había sido enviada al extranjero sin su madre siendo una niña, para que se encontrara con el hombre que iba a convertirse en su esposo lo quisiera ella o no. Muchas mujeres eran enviadas de un lado a otro para que cumplieran con acuerdos matrimoniales, y a menudo daba la impresión de que las habían vendido a unas bestias terribles.

Se le detuvo el corazón por un instante. A pesar de que el título de su padre le pertenecía, su tío tenía la potestad de decidir su futuro; por fortuna, María tenía que aprobar cualquier plan relacionado con su vida gracias a su puesto en la corte.

La reina no la obligaría a aceptar un destino horrible, ¿no...? No, claro que no. La había mandado de viaje para que valorara las posibilidades que había de que se estableciera una relación de amistad con la reina Isabel, nunca le había impuesto su voluntad a ninguna de sus damas de compañía... pero acababa de hacerlo.

Se reprendió de inmediato por el curso poco caritativo e incluso traicionero de sus pensamientos, y aceleró el paso. Cuando llegó a su habitación, al pequeño dormitorio privado que tanto adoraba, se encontró esperándola a una mujer de mediana edad un poco corpulenta que tenía unas mejillas de querubín, una sonrisa cálida, y unos pechos generosos.

—Soy Annie MacLeod, mi señora, aunque nuestro parentesco es bastante lejano —sonrió con alegría, y añadió—: Voy a acompañaros y a serviros, si me permitís ese honor.

Gwenyth sonrió. Al fin encontraba a alguien alegre y afable, que además se alegraba de estar con ella.

—Estoy encantada de tenerte a mi lado, Annie.

—He enviado vuestro baúl abajo, y estoy lista para que nos marchemos en cuanto lo digáis.

Así que había llegado el momento, incluso se había puesto la ropa apropiada para viajar antes de ir a la iglesia. Había creído que se sentiría purificada por la palabra de Dios, pero en cambio... daba igual, estaba lista.

—Annie, vámonos ya. Tenemos que ponernos en marcha.

Cerró apesadumbrada la puerta de su santuario en Holyrood, bajó la escalera de piedra y salió al patio, donde la esperaban los caballos con el equipaje, el pequeño contingente de guardias... y lord Rowan.

Al menos, lady Gwenyth no era vieja ni enfermiza. Yendo solo habría podido viajar unos ochenta kilómetros por día, y aunque la marcha se habría hecho insoportablemente lenta si hubiera tenido que ir con un carruaje y un montón de equipaje, la dama había demostrado ser capaz de viajar con lo imprescindible; de hecho, la mujer que había sido designada para acompañarla era una carga mayor, aunque la pobre no tenía ninguna culpa. Era una amazona pasable que avanzaba sin problemas con su tranquila yegua, pero como nunca había pasado tanto tiempo a caballo, tenían que detenerse cada cierto tiempo para poder estirar las piernas, comer y descansar.

De haber ido solo, quizás habría podido llegar a Stirling aquel mismo día, pero yendo con las mujeres pensó que sería mejor pasar la primera noche en el palacio de Linlithgow, que estaba situado casi a medio camino entre Edimburgo y Stirling.

Lo recibió una guardia armada en las puertas, y en cuanto lo reconocieron le dieron la bienvenida. El administrador había oído hablar de Gwenyth, y se mostró curioso y cautivado con ella. A pesar de que habían llegado bastante tarde, los condujeron al enorme salón principal mientras los cuatro hombres de su escolta se acomodaban en los cuartos que había sobre las cuadras, y a su asistente y a Annie los llevaron a cenar a la cocina antes de instalarlos en las habitaciones de la servidumbre.

Gwenyth y él se quedaron hablando con el administrador, Amos MacAlistair, que era un hombre robusto que les explicó que la reina María había nacido en aquel palacio, aunque su padre había muerto seis días después. Gwenyth escuchó sonriente y entusiasmada mientras el hombre les contaba cómo había sido la reina de pequeña, y mientras la observaba Rowan decidió que el día había ido bien, sobre todo teniendo en cuenta lo que había pasado por la mañana. Gwenyth y él se habían mantenido a cierta distancia durante todo el trayecto, y esperaba que el resto del viaje transcurriera con la misma armonía.

La noche siguiente fue igualmente agradable, ya que la pasaron en el castillo de Stirling y recibieron el mismo trato respetuoso. A Gwenyth parecía encantarle aquel sitio, y lo cierto era que el castillo resultaba impresionante y la zona era preciosa. Todo el mundo hablaba de su llegada, y al ver que Gwenyth sonreía y saludaba a la gente que fueron encontrando a su paso, tuvo que admitir que era una embajadora extraoficial encantadora, incluso en la misma Escocia.

A la tarde siguiente, cuando iban camino de las Tierras Altas, surgió un imprevisto. Cuando se acercaron al pueblo de Loch Grann, oyeron unos gritos, y Gwenyth hizo que su yegua acelerara el paso hasta colocarse junto a él.

—¿Qué es ese jaleo?

—No lo sé —al ver que ella se adelantaba, le dijo exasperado—: ¿Podríais esperarme?

Pasaron junto a varias cabañas y junto a una construcción muy sencilla que era el hogar del señor de la zona, pero Gwenyth se detuvo horrorizada cuando llegaron al centro del pueblo, por donde pasaba un pequeño riachuelo.

El griterío procedía de un grupo de gente que estaba siendo acicateado por los que parecían ser los guardias del señor. La causa del alboroto era una mujer que estaba atada a una estaca y que tenía ramas apiladas a sus pies. Sólo llevaba un vestido blanco de lino fino, sus largas trenzas estaban enmarañadas, y la expresión de su rostro era de angustia y de derrota.

—¡Van a quemarla! —exclamó Gwenyth.

—Seguramente la han condenado por brujería o herejía —le dijo Rowan.

Ella lo miró con aquellos inmensos ojos dorados llenos de indignación, y le preguntó:

—¿Creéis en tales tonterías?

—Creo que incluso vuestra querida reina cree en ellas —le contestó él con suavidad.

—Pero... ¿por qué la han juzgado aquí, y no en Edimburgo? ¿Qué ley la ha condenado?

—La de la zona, supongo.

—En ese caso, debéis detenerlos.

Rowan se preguntó qué habría hecho si ella no hubiera estado allí. A menudo se horrorizaba por la dureza de las leyes escocesas. De joven había visto cómo ahorcaban a un muchacho en St. Giles, en Edimburgo, por haber robado una pierna de cordero. Su padre le había dicho con tristeza que la ley era así, y no había podido impedir la ejecución.

Él no creía en supersticiones ni en brujas, ni que fuera posible pactar con el Diablo, pero había leyes...

—¡Haced algo! Rowan, por favor, están a punto de encender el fuego.

—Permaneced alertas a mi señal —le dijo a Gavin, el jefe de su escolta. Era la primera vez que ella lo llamaba por su nombre, y en sus ojos brillaba una súplica sincera. Las emociones eran la perdición del ser humano.

Espoleó a su caballo, y se abrió paso entre la gente en un alarde de poder hasta que estuvo frente a los religiosos.

—¿Qué significa esta burla a la justicia?, ¿qué derecho tenéis a decretar la sentencia de una ejecución?

El tamaño y el porte de su caballo eran impresionantes, y los colores que vestía indicaban su relación con la casa real. Casi todo el mundo se calló, pero un ministro vestido de negro se le acercó.

—Soy un reverendo, mi señor. Se la ha juzgado, y ha sido declarada culpable.

—¿Qué tribunal tenéis aquí?, ¿está autorizado por la reina?

—Se trataba de un asunto local.

Rowan miró a su alrededor. El único sonido que se oía eran los suaves sollozos de la mujer que había en la hoguera.

—Soltadla —dijo con voz firme.

—Pero... pero ha sido juzgada.

—Por un tribunal que no estaba autorizado. Según los dictados de la ley y la conciencia, sabéis que tendríais que acudir a una autoridad superior en un caso de vida o muerte.

El reverendo lo miró con atención, y al ver sus colores y la escolta armada, retrocedió un paso.

—¿Sois Rowan Graham? —le preguntó con inquietud.

—Exacto. Y he jurado lealtad a los Estuardo de Escocia.

—¿La Estuardo francesa?

—La reina de Escocia. Y he cabalgado durante mucho tiempo junto a Jacobo Estuardo, la máxima autoridad en nuestra tierra, el que ha sido nuestro regente desde que murió la madre de la reina.

Una mujer de mediana edad avanzó un poco, y Rowan sintió pena por ella. Parecía avejentada y amargada, y estaba claro que no debía de llevar una vida agradable.

—No lo entendéis, mi señor. Liza Duff me miró mal, y mi cerdo murió al día siguiente.

Un hombre pareció envalentonarse, y le dijo:

—Mi hijo enfermó y empezó a toser después de que Liza Duff me mirara.

—¿Es que nadie más os miró? —les preguntó Rowan con sequedad—. Gentes de bien, la vida es patrimonio del Señor. ¿Acaso os sentís con derecho a condenar a cualquiera a la muerte porque os ha pasado cualquier desgracia? —sacó unas cuantas monedas de su escarcela, las tiró ante los dos que habían hablado, y le dijo a la mujer—: Comprad más cerdos —se volvió hacia el hombre, y le dijo—: Quizá podáis comprar alguna medicina que pueda curar a vuestro hijo.

Los dos se apresuraron a recoger las monedas mientras el sacerdote contemplaba la escena en silencio. Gwenyth se acercó a Rowan, y le dijo en voz baja:

—Esa mujer no puede permanecer aquí. Si la desprecian tanto, tomarán vuestras monedas y volverán a condenarla mañana, con lo que sólo habremos retrasado su ejecución.

Rowan sabía que tenía razón. Miró al reverendo, y le dijo:

—Llevaré a Liza Duff a mis tierras, donde quizá pueda trabajar como sirvienta. Si descubrimos que vuestras acusaciones tienen una base real, la llevaremos a Edimburgo para que la juzguen las autoridades pertinentes.

Quizá ni siquiera habría sido necesario que añadiera lo último, porque su oro y su estatus parecían haber puesto a la gente a su favor.

—Parece una propuesta justa y sólida. De ese modo, esta mujer dejará de atormentar a los habitantes de este pueblo —le dijo el reverendo.

—Haced que la bajen de la hoguera ahora mismo —ordenó Rowan.

—Y ocupaos de que le proporcionen un vestido adecuado para viajar, además de un caballo —apostilló Gwenyth.

Rowan la miró con sorpresa y hasta un poco divertido, pero el reverendo empezó a protestar de inmediato.

—¿Tenemos que pagar para que una bruja viva?

—Lord Rowan acaba de daros una suma más que suficiente para pagar por un caballo y unas cuantas prendas de ropa, incluso después de comprar un montón de cerdos y de consultar a un buen médico —le dijo Gwenyth con calma.

Tras un breve silencio, los hombres que había más cerca de la pira se ocuparon de liberar a la mujer. Ella empezó a caer cuando las cuerdas que la ataban se soltaron, y Gwenyth desmontó de inmediato y corrió a ayudarla. En caso de dignarse a ayudar a la supuesta bruja, los hombres la habrían tratado con brusquedad, pero Gwenyth mostró una mezcla admirable de fuerza y de cuidado y permitió que la mujer se apoyara contra ella mientras la llevaba hacia los caballos.

Cuando llegaron, alzó la mirada hacia Rowan y le dijo:

—No puede montar sola, y creo que será mejor que nos vayamos cuanto antes.

«Antes de que alguien cambie de opinión». Rowan pudo ver aquellas palabras en sus ojos, aunque no las pronunció.

—Traed un caballo para cuando recupere las fuerzas, y algo de ropa.

Después de entregarles un caballo y un fardo de ropa, el sacerdote y sus seguidores retrocedieron. Gwenyth se volvió hacia Rowan, que pudo leer su mirada sin dificultad. La mujer tenía que recuperar las fuerzas, así que llevarían su caballo de las riendas hasta que pudiera montar sola... si es que sabía montar, claro. Pero si no era así daba igual, iban a llevarse el caballo de todas formas.

Después de desmontar, agarró a la mujer, que estaba mirándolo con expresión aturdida y adoradora, y la colocó sobre su caballo. Como los hombres de la escolta habían seguido sus órdenes y se habían mantenido a una distancia prudencial, pensaba ayudar a montar a Gwenyth, pero ella se le adelantó y montó en su yegua antes de que pudiera hacerlo.

—De ahora en adelante, tened cuidado con la justicia que decidís impartir por vuestra cuenta, reverendo —le advirtió al hombre con voz suave—. Regresaré por esta misma ruta.

Sin más, con la supuesta bruja sentada delante de él como una muñeca de trapo, hizo que su caballo se situara junto a Gwenyth y se alejaron a paso calmado, ya que si se apresuraban era posible que la gente cambiara de idea y decidiera perseguirlos. Sólo le bastó lanzarle una rápida mirada a Gwenyth para que ella entendiera lo que quería, así que avanzaron de aquella forma hasta que estuvieron fuera de la vista.

—Ahora será mejor que nos alejemos lo más rápido posible —le dijo cuando salieron de los límites del pueblo.

Como aún no habían llegado a los riscos rocosos de las verdaderas Tierras Altas, pudieron avanzar a buen paso. El viento y el frío se habían adelantado aquel año y azotaban a Escocia, pero el hielo y la nieve aún no habían llegado y eso jugó en su favor.

Cuando llegaron junto a una arboleda que había cerca de un riachuelo, Rowan alzó una mano para indicar que iban a hacer un alto en el camino.

—Me duelen todos los huesos —gimió Annie.

Gavin desmontó, y la ayudó a bajar del caballo antes de decir:

—No van a perseguirnos, lord Rowan.

—Tienes razón, pero siempre es mejor alejarse de un sitio donde puede haber problemas.

Después de desmontar, bajó a la mujer con cuidado, y

tanto Annie como Gwenyth se acercaron a ayudarla. Esta última se volvió hacia los hombres de la escolta, y les dijo:

—¿Pueden traer algo de vino, por favor?

—Ahora mismo, mi señora —le contestó Dirk, uno de los guardias.

Rowan sentó a la mujer en la mullida capa de agujas de pino que cubría el suelo, con la espalda apoyada contra un árbol, mientras ella no apartaba la mirada de Gwenyth. Rowan se dio cuenta de que la dama de la reina que estaba a su cargo parecía un ángel en ese momento, ya que bajo los rayos del sol que se filtraban a través de las ramas, su pelo resplandecía como si fuera de oro, y en sus ojos llameaba una profunda compasión. Ella se acercó con un poco de vino, y lo acercó a los labios de la mujer.

—Bebe despacio —le dijo con voz queda.

Liza obedeció sin dejar de mirarla, y cuando Gwenyth apartó el vino para que no se atragantara ni bebiera demasiado de golpe, le dijo con voz ronca:

—Que Dios os bendiga, juro que soy inocente. La vieja Meg no estaba enfadada por lo de su cerdo, sino porque creía que hice un hechizo para seducir al depravado de su marido. Soy inocente, bien lo sabe Dios. Os debo mi vida y mi más profunda lealtad para siempre.

—Ahora hay que conseguir que recuperes las fuerzas, y tienes que vestirte. Puedes hacerlo tras aquellos árboles de allí —le dijo Gwenyth.

—Yo ayudaré a la muchacha —intervino Annie.

Cuando las dos se internaron en la arboleda, Gwenyth no pudo evitar ruborizarse al sentir la mirada de Rowan fija en ella, y murmuró:

—Estoy convencida de que es inocente. Me parece ridículo creer que Dios le ha concedido ciertos poderes a algunas personas para que puedan hacer maldades con una mirada.

—Muchacha, os sorprendería la maldad que puede existir en la mente.

—Esa mujer no es una bruja —tras una ligera pausa, murmuró—: Gracias.

Rowan se preguntó si habría detenido aquella clara injusticia si ella no hubiera estado a su lado, y finalmente le dijo:

—Hoy he hecho lo que me habéis pedido porque he considerado que el juicio contra esa mujer no había sido legal, y que el reverendo no tenía derecho a condenarla a morir. Una pena tan grave sólo pueden imponerla los tribunales autorizados, pero lamento deciros que mucha gente ha sido ajusticiada por brujería. A pesar de lo que vos opinéis al respecto, es un crimen que se condena con la muerte, ya que va de la mano con la herejía. Y debo recordaros de nuevo que la reina a la que tanto adoráis cree en la brujería, al igual que lord Jacobo; de hecho, creo que toda la familia Estuardo cree en maldiciones y en brujerías.

—Lord Rowan, sé que sois un hombre que ha recibido una buena educación —le dijo Gwenyth, con una sonrisa—. Sé tan bien como vos que algunas personas creen que pueden crear una muñeca y hacerla sangrar al pincharla con una aguja, y otras se creen capaces de preparar pociones mágicas a base de hierbas. Pero estoy convencida de que sabéis que la mayoría de las personas a las que se les acusa de tales cosas no son más que curanderos que conocen las propiedades de ciertas hierbas. Por culpa de lo que creen otros hombres, se ha castigado con demasiada frecuencia a aquellos que sólo pretendían ayudar a los demás.

—A pesar de todo, si preparáis una poción os arriesgáis a que os acusen de brujería, que implica que hacéis pactos con el diablo y que sois una hereje.

—Es tan absurdo...

—Es la ley.

—Gracias, nuestra discusión ha sido de lo más instructiva —le dijo Gwenyth, sin inflexión alguna en la voz.

—Mi deber es serviros en todo lo posible —le dijo él, con cierto sarcasmo. No sabía por qué, pero le molestaba que ella se mostrara tan fría.

Aquella mujer era un enigma que lo fascinaba, y tanto su belleza como el efecto que le causaba eran innegables. Se recordó que iba camino de casa, y de inmediato sintió un peso que le oprimía el pecho. Una vez había estado profundamente enamorado, dispuesto a desafiar a Dios y a cualquiera que se interpusiera en su camino, pero en ese momento... seguía queriendo a su esposa, pero las circunstancias habían transformado la pasión que una vez había sentido por ella en la clase de amor que podía sentirse por una niñita herida o una anciana frágil.

—Tenemos que retomar la marcha —dijo con voz cortante. Dio media vuelta, le gritó a Annie que acercara a Liza Duff, y ordenó a sus hombres que volvieran a montar.

Colocó a Liza sobre el caballo, consciente de que Gwenyth estaba mirándolo, y se preguntó qué sentimientos se escondían tras aquellos ojos extraños e inolvidables.

A pesar de que se trataba de su hogar, Gwenyth siempre había pensado que las Tierras Altas eran un lugar salvaje habitado por gente tosca y casi sin ley. Aunque quizás aquello no fuera del todo exacto, porque lo cierto era que existía una ley: la de los jefes y los cabezas de familia de los clanes.

El tiempo que había pasado en Francia había hecho que sintiera cierto resentimiento hacia su propia gente, porque a Escocia podría irle mucho mejor si los grandes señores y los barones lucharan a la par, en vez de enfrentarse entre ellos para intentar incrementar sus fortunas y sus tierras. Desde hacía mucho tiempo, ya en la época en que William Wallace había luchado con tanta valentía para que Escocia siguiera siendo un poder soberano, los barones estaban más preocupados por sus propias fortunas que por el futuro de su país. Quizá fuera comprensible, ya que muchos de los grandes señores escoceses habían adquirido tierras en Inglaterra gracias a herencias o a matrimonios, y aquellas tierras a veces eran más valiosas que sus propiedades escocesas.

Los jefes de los clanes permanecían demasiado a menudo de brazos cruzados, observando quién salía vencedor, en vez de unirse para formar una sola fuerza poderosa.

Debido a todas aquellas preocupaciones, Gwenyth había olvidado la belleza de su tierra natal.

Habían tenido que aminorar la marcha debido a Liza Duff. A pesar de que no la habían torturado, estaba débil y no sabía montar demasiado bien, aunque el caballo que les habían dado en el pueblo era muy manso. Tenían que parar a menudo para descansar, ya que habían entrado en una zona de las Tierras Altas donde las pendientes eran escarpadas y los caminos accidentados.

Finalmente, llegaron a un sendero estrecho que subía por una colina cubierta de un manto de flores color malva, y al llegar a la cima, disfrutaron de una vista impresionante del majestuoso valle que se extendía a sus pies. Los campesinos estaban trabajando en las fértiles tierras, ya que era el momento de recoger la cosecha antes de que el otoño y el invierno golpearan de lleno. Más allá de los campos, sobre una pequeña colina, se alzaba una fortaleza que parecía resplandecer bajo el sol del atardecer. Un arroyo corría delante del foso que rodeaba a la edificación, que a pesar de no ser tan grande y formidable como el castillo de Edimburgo, aprovechaba el poder de su posición para crear una defensa aparentemente inexpugnable.

Desde donde estaban, Gwenyth pudo ver que tras el foso había un patio amurallado, en cuyo interior había puestos de comerciantes que ofrecían toda clase de productos mientras las mujeres iban de acá para allá ocupadas con sus quehaceres. También había cerdos y pollos en corrales, a un lado del recinto.

Al mirar a Rowan, vio que él estaba contemplando la fortaleza con una expresión tensa que parecía contener una mezcla de orgullo y de dolor.

—¿Es el castillo de Lochraven? —le preguntó.

—No, el castillo de Lochraven está en una isla al norte de Islington, pero esta tierra forma parte de Lochraven. La fortaleza es el castillo de Grey.

—¿También es vuestro?

—Sí. Es una puerta de entrada a las islas de las que mi familia recibe su nombre.

—Es... glorioso.

—Es un hogar triste y lleno de amargura —murmuró él. De pronto pareció impacientarse, y añadió—: Vamos, sigamos avanzando.

Los vieron llegar desde la fortaleza, pero no hizo falta que bajaran el puente levadizo. Gwenyth supuso que debía de estar bajado casi todo el tiempo, ya que por el momento el país estaba en paz. Con el puente bajado, los labradores podían ir y venir a su antojo, y los que vivían en las granjas exteriores podían ir sin problemas al mercado que había dentro de los muros. El castillo era como un pueblo en sí mismo, y parecía lleno de vida.

Cuando fueron acercándose, un montón de niños se les acercaron corriendo lanzando flores. Los seguía un hombre que vestía los colores de Rowan, y que se detuvo justo delante de las puertas.

—¡Lord Rowan!, ¡lord Rowan! —gritaban los niños con entusiasmo.

Cuando una pequeña se acercó a su enorme montura, Rowan la alzó y la colocó delante de él.

—¡Mi señor! Nos habían informado de que veníais de camino —exclamó el hombre que los esperaba, claramente encantado.

—Hola, Tristan. ¿Todo va bien?

—Estamos teniendo una muy buena cosecha —dijo el hombre. Debía de tener unos cuarenta años, llevaba barba, tenía unos hombros anchos, y su pelo oscuro estaba ligeramente canoso.

—Tristan, te presento a lady Gwenyth MacLeod. Mi señora, él es Tristan, el administrador. Tristan, pasaremos la noche aquí, quizá también la siguiente. Por favor, ocúpate de que haya alguien preparado para llevar a la dama a la isla de Islington, junto a su escolta y sus caballos.

—Sí, mi señor —Tristan inclinó la cabeza, se volvió hacia Gwenyth con una amable sonrisa, y volvió a hacer otra inclinación.

—¿Cómo está mi esposa? —le preguntó Rowan con suavidad.

Tristan luchó por mantener una expresión serena, y le contestó con voz queda:

—La cuidamos y la queremos tanto como siempre.

—¿Qué me dices de su salud? —le preguntó Rowan, visiblemente tenso.

—Está débil.

—Voy a adelantarme. Tristan, ocúpate de que lady Gwenyth esté cómoda, y aloja adecuadamente a las mujeres que la acompañan —sin más, se alejó sin mirar siquiera a Gwenyth.

Al ver que Tristan alzaba una mano hacia los cuatro guardias de la escolta en un gesto de saludo, Gwenyth supuso que ya se conocían. Finalmente, el hombre rompió el silencio que se había creado cuando Rowan se había marchado.

—He tenido noticias de vuestro tío, mi señora. Os alegrará saber que todo va bien en la isla.

—Gracias.

—Venid conmigo. Esto no es Edimburgo, pero me aseguraré de que estéis cómoda. Disfrutaréis de vuestra estancia aquí.

—Estoy segura de ello —le dijo Gwenyth, aunque no era cierto. A pesar de la fertilidad de los campos y de la solidez de la fortaleza, sentía cierto aire de tristeza que lo impregnaba todo, y temía entrar y encontrarse con la esposa de Rowan.

Tristan soportó el peso de la conversación mientras cruzaban el puente y llegaban al patio. Le indicó un cercado de ovejas, y le explicó que aunque la colina rocosa sobre la que se alzaba el castillo no ofrecía alimento para los animales domésticos, los campos que se extendían más allá de las murallas eran muy fértiles.

—A pesar de que este castillo puede parecer pequeño y pobre en comparación con los palacios más recientes, nunca ha sido conquistado en una batalla. No hay hombre capaz de atacar a un escocés que esté protegido por esta fortaleza.

—Es realmente impresionante —comentó Gwenyth.

—Venid, haré que mis hombres se ocupen de los caballos y me aseguraré de que tengáis todo lo necesario para vuestra comodidad. Debéis de estar hambrienta, os servirán la cena en el gran salón de inmediato.

Mientras lo seguían a través del inmenso patio amurallado, la gente se quedó mirándolos con obvia curiosidad. Tanto hombres como mujeres recibieron a Gwenyth con sonrisas y reverencias, en deferencia al puesto que ocupaba en la corte de la reina, y ella les devolvió la sonrisa.

Los trabajadores tenían algo que la fascinó, y al cabo de un momento se dio cuenta de lo que era: parecían felices, satisfechos con su vida.

—Bienvenida a casa, lady Gwenyth. Bienvenida de nuevo a las Tierras Altas —le dijo un hombre.

—Este sitio es maravilloso —susurró Annie.

Gwenyth tuvo que admitir que la mujer tenía razón, pero se sentía extrañamente culpable al presentarse allí, aunque no habría sabido decir por qué. Era una invitada, nada más... pero se trataba del hogar de lord Rowan, era el lugar donde vivía su amada esposa enferma. A lo mejor su culpa se debía a que sabía que él habría preferido que ella no hubiera ido al sitio donde no podía ocultar su dolor.

Hizo que su montura se acercara un poco más a la de Tristan, y le dijo en voz baja:

—Por favor, disculpadme por hablar con tanta franqueza, pero sé que la señora de la casa está enferma. Por favor... no permitáis que nuestra llegada cree ningún contratiempo.

—Estamos encantados de poder serviros.

—Sois muy amable, pero no quiero molestar a vuestra señora.

—Mi señora está muriendo, ya lleva algún tiempo así —le dijo él con serenidad—. No podemos hacer nada más por ella, los mejores médicos han sido incapaces de ayudarla. Nos esforzamos por facilitarle la vida en todo lo posible, nos aseguramos de que no sufra y le decimos a menudo lo mucho que todo el mundo la quiere. No sois ninguna molestia, muchacha. Soportamos nuestra carga desde hace tiempo, y vuestra llegada no supone ninguna diferencia. Nos alegramos de teneros aquí, y siempre seréis bienvenida. No importan los dictados que quisieran imponerle Dios, la reina o cualquier otro, lord Rowan no os habría traído si no creyera que tenéis buen corazón. Ya hemos llegado, ¿me permitís...?

Tristan desmontó frente a una enorme escalera de piedra que conducía a unas pesadas puertas que había un piso más arriba. Se trataba de las cuadras, y los caballos se acomodaban en la primera planta mientras que en la superior había habitaciones. Si un enemigo conseguía llegar al patio, los defensores tendrían la ventaja a la hora de luchar, porque el edificio carecía de ventanas y sólo tenía unas estrechas aberturas para las flechas. A pesar de lo acogedor que pudiera resultar ser, el castillo de Grey era una fortaleza que se había construido para la defensa.

Gwenyth le dio las gracias a Tristan por ayudarla a desmontar, mientras varios mozos de cuadra ayudaban a Annie y a Liza. Le dijeron que iban a llevar a las dos mujeres a las cocinas, y antes de marcharse con una de las cocineras, Annie le dijo que se familiarizaría con el castillo rápidamente y que no tardaría en ocuparse de su ropa y de sus cosas.

Al ver que Annie parecía agotada y Liza estaba exhausta, Gwenyth tomó una decisión y se volvió hacia Tristan.

—¿Podríais encargaros de que mis acompañantes coman y se las conduzca a sus habitaciones de inmediato?

—No, nada de eso —protestó Annie.

—Por favor, todas debemos descansar —le dijo Gwenyth—. Tristan, haced que me lleven la cena a mi habitación, por favor. Lord Rowan acaba de llegar y sin duda quiere estar junto a su esposa, y yo me sentiré mejor sabiendo que no le he dado ningún problema.

—Como deseéis —le dijo él.

Al entrar en el castillo, cruzaron un enorme salón tras pasar por una puerta y después por otra, sin techo alguno sobre sus cabezas. De ese modo, los defensores podían lanzar flechas o aceite hirviendo a los atacantes que hubieran conseguido llegar tan lejos. Sin duda, se trataba de una fortaleza impresionante.

A lo largo de toda la pared había colgados multitud de espadas y de escudos, tanto nuevos como antiguos, que contribuían a incrementar la sensación de fuerza y de permanencia. Tristan la condujo por un pasillo casi interminable, hasta que al fin llegaron a una amplia escalera de piedra que llevaba a la planta superior.

—Es un sitio enorme —comentó, cuando llegaron arriba.

—No es para tanto, mi señora —le dijo Tristan—. Las habitaciones están en la planta superior, y los criados se alojan en la inferior. No tardaréis en aprenderos el camino. Haré que lleven a vuestras acompañantes a aquella habitación del final del pasillo, para que las tengáis cerca. Los aposentos del señor están a la derecha, por allí, y si me necesitáis, estoy siempre en la pequeña habitación que hay junto a la de lord Rowan.

Tristan abrió la puerta de una de las numerosas habitaciones que había a lo largo del pasillo, y la instó a que entrara. Gwenyth vio que su equipaje ya estaba allí, colocado contra el armario que había en la pared del fondo. Aunque se trataba de una habitación para huéspedes, a ella le pareció impresionante, y era mucho más grande que la que tenía en Holyrood.

Le habían llevado agua para que pudiera asearse, y había una bandeja con vino, pan y queso encima de la mesa. La cama era enorme, y las sábanas olían al aire fresco de las Tierras Altas y a cálida lana. No le faltaba de nada.

—¿Mi señora? —le dijo Tristan.

—Es una habitación preciosa, estaré muy cómoda —al ver que él parecía dudar, añadió—: Gracias —como el hombre siguió vacilante, Gwenyth se sintió un poco desconcertada—. No querría importunaros más, seguro que estáis muy ocupado.

—Si oís gritos durante la noche, no os asustéis. Lady Catherine... a veces se despierta por la noche, asustada por extraños seres que sólo existen en su mente. Ahora siempre hay alguien sentado junto a ella mientras duerme para calmarla rápidamente, pero si oís gritos... no tengáis miedo.

—Pobre lady Catherine.

—Sí, pobre lady Catherine, pobre lord Rowan... —Tristan pareció indignarse de repente—. Espero que la reina conozca la valía de los hombres que la sirven. A menudo la realeza es variable como el viento, pero lord Rowan es constante en todo lo que valora —pareció darse cuenta de que había sido demasiado franco, y añadió—: Disculpadme. Que descanséis —lo dijo con calma, como si se hubiera puesto una máscara para volver a ocultar lo que sentía, y se despidió con una sonrisa antes de irse.

Alguien había tenido el detalle de llevar un jarro con flores silvestres a la habitación. Gwenyth no pudo evitar sentirse culpable a pesar de que estaba allí por orden de la reina, porque sentía que estaba entrometiéndose en un sitio donde no le correspondía estar. Había detestado a Rowan al principio, cuando le había dado la impresión de que no apoyaba lo suficiente a María y parecía sentirse superior a los cortesanos franceses, que a su vez se sentían superiores a todos los escoceses. A pesar de que en ocasiones se mostraba burlón, se había dado cuenta de que no era un hombre superficial, y que ocultaba sus sentimientos más profundos y sus penas. Simplemente, se mostraba cauto, pero estaba dispuesto a solucionar los problemas que pudieran surgir.

La había defendido y había accedido a cumplir sus deseos en varias ocasiones, y por eso sentía agradecimiento por él... nada más.

Había sido un viaje largo y duro, así que debía dar gracias por poder descansar en aquella habitación. Aceptaría con una sonrisa la hospitalidad que le ofrecían hasta que llegara la hora de marcharse, aunque esperaba fervientemente que fuera lo antes posible.

Se lavó lo mejor que pudo con el agua y el jabón... no pudo evitar sonreír al ver que era jabón francés... que le habían llevado. Annie no tardó en llegar con la cena, y le dijo que Liza ya estaba acostada y que por la mañana se sentirían mucho mejor.

—Tenemos una habitación muy grande para las dos —le dijo la mujer, entusiasmada—. Creo que es para las visitas, y es perfecta porque así podemos estar cerca de vos. Nos están tratando con una gran amabilidad.

Gwenyth tuvo que admitir que aquello era cierto. Después de darle las gracias a Annie y de decirle que se fuera a dormir, cenó y se acostó, pero no pudo conciliar el sueño a pesar de lo exhausta que estaba. El fuego de la chimenea había perdido fuerza, y la habitación estaba llena de sombras. Le habían advertido que quizás oiría gritos por la noche, que a la señora de la casa la atormentaban extraños seres producto de su imaginación, y no pudo evitar mantenerse alerta con nerviosismo a pesar de que se dijo que no debía tener miedo.

No lo reconocía. Su propia esposa no lo reconocía.

Siempre era lo mismo, pero el dolor nunca se desvanecía y era como si le sangrara el corazón. Catherine estaba tan delgada y frágil que parecía una niña, y lo miró con ojos vacíos cuando su enfermera le dijo que su marido y señor estaba en casa. Eran unos ojos azules, y parecían enormes en la delgadez esquelética de su rostro. Al menos, no se asustó cuando posó un beso en su frente, le tomó una mano y se sentó a su lado. Parecía que llevaba enferma desde siempre, y que él había estado con el corazón roto durante todo aquel tiempo, desde que se había dado cuenta de que debía seguir con su propia vida mientras la veía marchitarse.

A veces se odiaba a sí mismo, porque a menudo se había sentido aliviado de que sus obligaciones lo mantuvieran lejos del sufrimiento que le esperaba allí, aunque Tristan le había asegurado que su señora no sufría ni sentía ningún dolor.

Pero Tristan le había dicho que Catherine había empeorado durante el último mes, porque una fiebre de verano la había afectado mucho.

—Mi señora, estás tan hermosa como siempre –le dijo con suavidad sin soltar su delicada mano. La piel parecía de pergamino. Al ver que ella lo miraba con expresión confundida, añadió–: Soy yo, Catherine. Rowan.

Al ver un ligero brillo en lo más profundo de sus ojos, Rowan sintió como si un enemigo estuviera atravesándolo con una espada. La levantó de la cama y la llevó a la silla que había junto a la chimenea. Era liviana como una niña.

La apretó contra su pecho, y recordó un tiempo perdido en el que había sido vivaz y alegre, en el que sus ojos se habían encendido de pasión al verlo y el mundo había estado colmado de promesas.

Pero en ese momento ella permanecía lacia en sus brazos. No intentó apartarse de él, pero tampoco encontró consuelo alguno en su cercanía; aun así, Rowan permaneció allí sentado con ella durante horas, hasta que Catherine se durmió en sus brazos. Entonces se levantó y la llevó de nuevo a la cama.

Llamó a la enfermera, Agatha, para que la mujer supiera que Catherine estaba sola de nuevo, y volvió a sus aposentos privados para bañarse y cambiarse de ropa. A pesar de que no podía marcharse en ese momento, tenía el deber de acompañar a Gwenyth MacLeod a su casa, y de viajar a Inglaterra lo antes posible. Se cubrió el rostro con las manos, y al darse cuenta de lo exhausto que estaba, se tumbó para poder descansar unos minutos.

Se sentía entumecido, más allá del dolor. Estaba insensible, y se odiaba por ello.

Al principio, dio la impresión de que los demonios habían entrado en el castillo. Lo primero que oyó fue como el grito del viento, el amargo lamento de una tormenta azotando el valle. Gwenyth se despertó de inmediato, y se incorporó de golpe.

Entonces volvió a sentir aquel sonido de angustia profundo y lastimero.

Tristan le había dicho que no se asustara, que la señora a veces gritaba por la noche, pero algo en el tono desesperado de aquellos gritos le rompió el corazón y se levantó de la cama. Caminó descalza por el frío suelo de piedra hasta la puerta, la abrió y vio el resplandor de la luz que salía por una puerta abierta que había al final del pasillo. Los sonidos que la habían despertado procedían de aquella habitación.

Se quedó donde estaba, sin saber qué hacer. Era una huésped y sabía que no debía inmiscuirse en las vidas personales de los habitantes del castillo, pero no podía permanecer de brazos cruzados. Aquella mujer parecía estar sufriendo y pidiéndole ayuda.

Avanzó por el pasillo, y al asomarse por la puerta abierta no vio a nadie, aunque los gritos sonaban con más fuerza. Entró vacilante, y lo primero que vio fue una cama enorme que había en el rincón más alejado. Al principio, pensó que encima sólo había un montón de sábanas y mantas finamente bordadas, pero entonces la pila de ropa empezó a moverse y se oyó un profundo gemido.

No pudo soportar el sonido, y se apresuró a acercarse.

—¿Lady Catherine?

Los gemidos continuaron. A pesar de que se trataba de un sonido bajo, pareció reverberar con fuerza en el alma de Gwenyth. Se preguntó si debería buscar ayuda, pero al oír de nuevo el terrible lamento no pudo hacer otra cosa que acercarse más.

En la cama había una pequeña mujer espectral que tenía los ojos muy abiertos, como si estuviera viendo algo en la oscuridad. Su antigua belleza quedaba patente en aquellos ojos azules y en el pelo dorado que enmarcaba su rostro cadavérico.

La mujer la miró de repente, y susurró:

—Ya vienen.

Gwenyth se sentó a su lado, y la tomó de las manos.

—Nadie viene, mi señora.

Catherine se quedó mirándola con un brillo extraño en los ojos, pero había dejado de gemir.

—Estáis a salvo en vuestro propio hogar, donde todo el

mundo os ama y os cuida –le dijo Gwenyth con suavidad, mientras le apartaba de la cara el pelo enmarañado.

–Si supiera que mi Dios está conmigo... –murmuró lady Catherine de repente. En ese momento, pareció completamente lúcida.

–Mi querida lady Catherine, os aseguro que Dios está con vos en todo momento –Gwenyth se dio cuenta de que la mujer se había aferrado a ella, y aquellas manos esqueléticas que tenía entre las suyas parecieron hacer acopio de una fuerza súbita y enorme–. Está con vos –insistió, sin saber qué hacer. Entonces recordó una nana que le había enseñado una de sus niñeras, y empezó a cantarla.

Dios está en las Tierras Altas,
y nos da su protección.
Por encima de los prados,
y en el cielo estrellado,
él está siempre a mi lado.
No temo a la noche ya,
no temo a la oscuridad,
Dios es luz y claridad,
y me guía sin cesar.

–Es precioso. Por favor... sigue cantando –susurró Catherine.

Gwenyth ya había cantado todo el trozo que sabía, así que vaciló por un instante.

–Me encanta esa canción –Catherine se aferró a ella con más fuerza, y la miró con los ojos confiados de una niñita–. Por favor, vuelve a cantarla.

Gwenyth la cantó una segunda vez y una tercera, y cuando empezó a cantarla por cuarta vez, se sorprendió al ver que lady Catherine cerraba poco a poco los ojos. Esperó hasta que le pareció que estaba durmiendo tranquila, y entonces se soltó con cuidado de sus manos y se levantó.

Se volvió hacia la puerta, y se detuvo de golpe al darse cuenta de que no estaba sola en la habitación. La enfermera estaba a pocos metros de ella y Rowan estaba cerca de la puerta, con Tristan sujetándolo de un brazo. Todos tenían la mirada fija en ella.

Rowan tenía el pelo revuelto como si acabara de levantarse de la cama, y en su rostro se reflejaba una angustia descarnada. Gwenyth tuvo la impresión de que la miraba como si fuera una especie de abominación, y por lo tenso que estaba, le pareció que estaba deseando acercarse a ella y alejarla de su esposa.

Era obvio que estaba dispuesto a defender a su mujer como pudiera. A pesar de que era un hombre increíblemente fuerte, no podía curarla y lograr que volviera a ser la mujer de antes.

—Está dormida, y parece serena —murmuró la enfermera.

Gwenyth se apresuró a alejarse de la cama al darse cuenta de que debía de parecer una entrometida espectral, ya que sólo llevaba un camisón blanco y estaba descalza además de despeinada. Le costó hablar, a pesar de que las palabras de la enfermera habían roto el incómodo silencio.

—Lo siento. Oí que estaba inquieta, y no vi... no vi a nadie con ella.

Rowan siguió mirándola con expresión tensa.

—Hemos llegado justo después de vos, pero no hemos interferido —dijo Tristan.

—Al parecer, sois capaz de reconfortarla, a diferencia de otras personas. Id a acostaros, nosotros nos quedaremos a atenderla.

Gwenyth se sorprendió al oír el tono ronco de la voz de Rowan, aunque sus palabras habían sido amables. Cuando salió de la habitación, Tristan se despidió con una sonrisa, así que la tomó por sorpresa que la siguiera hasta el pasillo.

—¿Mi señora?

Gwenyth se detuvo al llegar a su puerta, y entonces se volvió a mirarlo.

—Por favor, mi señora...

—No era mi intención entrometerme —le dijo ella con rigidez.

—No... —era obvio que el hombre no sabía qué decir. Alzó las manos mientras intentaba encontrar las palabras adecuadas—. Por favor, no os enfadéis con lord Rowan. Debéis saber que... ella no lo reconoce, y pasar por todo esto... él tiene el corazón roto.

—Lo entiendo.

—Sois muy gentil. Mi señor se quedó dormido, la enfermera salió a tomar un poco de aire, y me temo que yo tampoco desperté cuando lady Catherine empezó a gritar.

Gwenyth asintió mientras se decía que Rowan la odiaba. Antes le había parecido divertida, pero en ese momento la odiaba. Él no quería que nadie presenciara su dolor ni su debilidad, y la odiaba porque ella lo había hecho.

—La habéis calmado, gracias —le dijo Tristan, con una reverencia.

—Buenas noches.

—Buenas noches. Que durmáis bien, mi señora.

Rowan se maldijo para sus adentros. ¿Cuántas veces había ido al campo de batalla y había dormido en el suelo, alerta ante el más mínimo sonido? Había aprendido a permanecer vigilante. Los ingleses no eran los únicos enemigos en aquella tierra, ya que cuando no había nadie más contra quien luchar, su gente se enfrentaba entre sí. De modo que había aprendido a no bajar la guardia durante la noche, pero no había oído los gritos de Catherine. No se había despertado, y había sido Gwenyth quien había acudido a calmarla.

Y la esposa que no lo reconocía ni respondía a su voz

había reaccionado ante la presencia dulce y reconfortante de una extraña, ante el sonido de su voz.

Permaneció sentado junto a la cama de Catherine durante toda la noche. Ella no volvió a gritar; de hecho, apenas parecía respirar. Era como un ángel en la enorme cama, un ángel pequeño y delicado.

Le debía a Gwenyth su más profunda gratitud, pero algo en su corazón se rebelaba. Aquél era su dolor personal. El mundo había conocido a una Catherine hermosa, inteligente, ocurrente, encantadora, amable... nadie debería verla así.

Se levantó al oír el canto del gallo, pero ella siguió durmiendo. Estaba exhausto, le dolían tanto los huesos como el corazón, pero a pesar de que necesitaba descansar, no soportaba la idea de apartarse de Catherine.

¿Por qué había llevado a aquella mujer a su casa...? Por orden de la reina. Tendría que haberse comportado como una invitada normal, tendría que haberse limitado a descansar en el castillo y a salir a cabalgar para disfrutar de la belleza de aquella tierra. No tendría que haberse entrometido en su vida privada.

A pesar de que sabía que tendría que estarle agradecido por haber ayudado a Catherine, no soportaba tenerla allí. Quizás era porque se parecía demasiado a la Catherine del pasado, porque al igual que ella era una mujer fuerte, hermosa, decidida... compasiva.

Apartó aquella idea de su mente.

Era la dama de compañía de la reina, y había vivido demasiado tiempo en Francia. Tenía que volver a acostumbrarse a la realidad de su propio país, debía aprender que ella no podía impartir la ley ni podía ponerle pegas a la nueva fe de aquellas tierras.

Su esposa estaba muriendo. Podía enfadarse con el cielo, pero no podía hacer nada por cambiar aquella realidad.

Se sobresaltó cuando Catherine habló de repente, con una voz tan baja y débil, que tuvo que apresurarse a volver a su lado y bajar la cabeza hasta sus labios para poder oír lo que decía.

—El ángel...

Rowan no supo a qué se refería.

—Estoy aquí, amor mío. ¿Qué necesitas?

Ella abrió los ojos, que parecían dos inmensos estanques azules en su rostro, y lo miró con el ceño fruncido.

—El ángel —repitió.

—No pasa nada, mi amor. No estás sola, estoy aquí.

—Ella estaba aquí...

Su voz era tan débil, que Rowan apenas alcanzó a oírla.

—Catherine, soy yo, Rowan, tu esposo. El hombre que te ama.

No pareció oírlo, o si lo hizo, sus palabras no tuvieron ningún significado para ella.

—La necesito —dijo con ansiedad.

—Catherine —le dijo él con suavidad, casi con desesperación—, por favor, soy yo. Rowan.

Fue como si no lo hubiera oído.

—Me canta una canción, una canción dulce y hermosa que mantiene alejados a los demonios —susurró ella.

Rowan se quedó inmóvil. Por un momento, apenas pudo respirar, y sintió que tenía el corazón desgarrado en mil pedazos.

Catherine quería tener a Gwenyth a su lado.

—Voy a traerte a tu ángel —le dijo.

Casi tres semanas después, más allá de las murallas del castillo y acunada tiernamente en brazos de su marido para que pudiera ver las Tierras Altas por última vez, lady Catherine exhaló su último aliento.

Rowan la había llevado sentada delante de él en su gran semental, para que ella pudiera ver el hermoso paisaje desde la cima de la colina. Estuvo lúcida al final. Después de susurrarle que adoraba aquel valle, alzó la vista para mirarlo, le acarició el rostro, y cerró los ojos por última vez. Estaba en paz.

Gwenyth estaba a unos metros de distancia, porque Catherine la consideraba un ángel y una verdadera amiga. Había pasado los días sentada junto a su cama tal y como le habían pedido, aunque no le había importado. Le había resultado gratificante sentirse necesitada y capaz de ayudar en algo a una persona que estaba sufriendo, aunque también era angustioso forjar una amistad tan sincera con alguien que iba a perder en poco tiempo.

Se había alegrado cuando al final Catherine había reconocido a Rowan y le había pedido que la sacara al aire libre. Annie le dijo que había visto aquel tipo of cambios antes, y que por desgracia solían suceder poco antes de la muerte.

Era como un último respiro antes de ir hacia el cielo, que era donde sin duda iba a ir una mujer tan dulce como Catherine.

Rowan pasó aquellas semanas sumido en una nube de silencio. Si no hubiera mantenido una gélida distancia con ella ni la hubiera mirado como si no existiera, habría sido incapaz de sentir otra cosa que no fuera una profunda compasión por él, a pesar de que sabía que Rowan no quería que nadie lo compadeciera, y mucho menos ella. Era consciente de que no quería tenerla allí, y que sólo la toleraba porque Catherine quería tenerla cerca.

Ninguno de ellos había desmontado. Gwenyth estaba sobre su yegua junto a Tristan, el reverendo Reginald Keogh, Annie, la enfermera de Catherine, y varias personas más. Todos mantuvieron una vigilia silenciosa tras el señor y la señora del castillo de Grey.

Rowan permaneció en silencio durante mucho tiempo, y finalmente se volvió hacia ellos.

—Se ha ido —se limitó a decir. Acunaba el cuerpo de su mujer con ternura, y su expresión era distante. Sin añadir nada más, hizo que su caballo diera media vuelta y empezó a bajar por la colina hacia su hogar.

Cuando llegaron al castillo, llevó a Catherine a su cama mientras los demás se quedaban en el salón esperando sus instrucciones. Ni siquiera al reverendo Keogh se le permitió que lo acompañara mientras rezaba sus últimas plegarias por su difunta esposa. Gwenyth sólo podía imaginar los demonios que atormentaban a Rowan en aquel momento. A pesar de que a menudo la enfurecía, tenía la impresión de que jamás le había hecho ningún daño a su esposa, y que se había esforzado por cuidarla tan bien como le había sido posible.

Conforme fue acercándose el atardecer, fue incapaz de seguir aguantando el silencio en el que estaba sumido el castillo, así que fue a por su yegua. El mozo de cuadra estaba cabizbajo, al igual que el resto de la servidumbre, pero se apresuró a ayudarla y la aconsejó sobre la ruta que podía seguir.

—Mi señora, no siempre es seguro pasear por la zona si no se conocen los bosques, nuestra tierra es bastante accidentada.

—No me alejaré demasiado.

Era cierto que no pensaba hacerlo, pero no tardó en quedar encandilada por la belleza del paisaje, por las cimas que se elevaban hasta alcanzar los cielos, por los valles profundos y hermosos. Pasó junto a granjas donde los labradores estaban trabajando en los campos, junto a pastos tan llenos de ovejas que parecían profundos pozos de nubes blancas, y empezó a subir por un camino sin darse apenas cuenta de que el sol empezaba a descender. Al cabo de un rato, se detuvo a contemplar el paisaje. Desde allí se veía la costa, y la puesta de sol sobre el mar la dejó sin aliento. En el día de la muerte de Catherine no había niebla, lluvia, ni mal tiempo.

Observó los barcos que regresaban a la orilla desde las islas, y se dio cuenta de que apenas podía distinguir su propio hogar desde allí. Se protegió los ojos del sol, y le pareció ver la isla de Islington a la derecha. Los rayos rojizos del sol iluminaban un edificio que se levantaba sobre la isla, la cual constituía casi la totalidad de las tierras de su familia.

Islington... su hogar. De repente, se dio cuenta de que tenía miedo de volver. Se había marchado a los catorce años y la habían educado en Edimburgo bajo la tutela de María de Guisa durante varios años, hasta que la habían mandado a Francia cuando se había decidido que la reina María debía tener otra dama de compañía, una mujer que conociera mejor los cambios que estaban produciéndose en el reino de la soberana.

Se había alegrado de irse. Aunque se había criado junto a

niñeras que la habían tratado bien, había estado bajo el control férreo de Angus MacLeod. No era un hombre malo, simplemente era bastante duro y siempre se había sentido resentido porque ella había sido declarada heredera del título de su padre, a pesar de que la ley le habría concedido las tierras y el título al heredero varón. Como su padre había muerto luchando por Jacobo V, la Reina Madre, que había actuado de regente tras la muerte de su marido, había decretado que fuera ella quien heredara el título, de la misma forma que su hija se había convertido en reina a tan tierna edad.

Tuvo la impresión de que la construcción de piedra que parecía alzarse directamente de las rocas y del agua brillaba por un instante, como si estuviera dándole la bienvenida... aunque quizá se tratara de una advertencia.

Se obligó a dejar a un lado tales ideas. Estaba tan entristecida como todos, porque una mujer tan dulce como lady Catherine no debería haber sufrido un destino tan cruel. La muerte la había reclamado al fin y se había ido, se habían acabado sus sufrimientos y sus temores, y a pesar de lo bello que era el día, había quedado empañado para todos.

Cuando el sol acabó de descender, el frío empezó a envolverla, y de repente se dio cuenta de que estaba en la cima de una escarpada colina y que ya casi había oscurecido del todo.

—Vamos, chica. Es hora de regresar —le dijo a la yegua. A pesar de que se esforzó por mantener la voz tranquila, el animal notó su nerviosismo, y empezó a mostrarse inquieta al empezar a descender por el camino—. Quiero que estés tranquila mientras vayamos por un terreno tan peligroso, no pienso volver a caerme de la silla.

Al bajar la primera cuesta, llegaron a un valle. No había ni una oveja a la vista, y no tenía ni idea de adónde se habían llevado a los rebaños. En la oscuridad, todo parecía igual en aquel terreno accidentado. Soltó un poco las riendas para que la yegua tomara la iniciativa. Oyó que un búho ululaba cuando empezaron a cruzar un prado, y estuvo a punto de dar un respingo. La yegua se movió con nerviosismo, pero logró permanecer en la silla.

—Vamos a casa, chica, a casa —le dijo con suavidad.

Pasaron por campos y prados sin ver a nadie, y después de un par de horas se dio cuenta de que no iban a ninguna parte. Era posible que estuvieran avanzando en círculos, o que estuvieran dirigiéndose hacia el norte en vez de hacia el sudeste. Se detuvo para intentar determinar dónde estaba el mar y poder orientarse, y cuando le pareció que la brisa llegaba desde el noroeste, volvió a tomar el control de las riendas.

¿Dónde estaban todas las granjas que había visto antes?, no se había encontrado ni una desde que había descendido por la cuesta. Se enfadó consigo misma por cometer la torpeza de perderse, aunque sabía que no iba a servirle de nada; al final, decidió dirigirse hacia alguna arboleda para poder cobijarse durante la noche, y retomar la búsqueda del camino de regreso por la mañana. Al final del valle alcanzó a ver una línea de árboles silueteada por la luz de la luna, y supuso que sería un buen lugar para encontrar un riachuelo y un lecho de agujas de pino.

Se dijo que no tenía nada que temer, ya que llevaba horas sin ver a otro ser humano. Lord Rowan no notaría su ausencia esa noche, así que no iba a preocuparlo, pero aun así... Annie y Liza la echarían en falta, y darían la alarma. Con un poco de suerte, Tristan mandaría a alguien en su busca sin interrumpir la noche de vela que Rowan iba a pasar junto a su amada Catherine.

Empezó a temblar de frío mientras se dirigía hacia la arboleda, y se reprendió por su propia estupidez. De repente, le pareció ver un resplandor entre los árboles, y detuvo a la yegua de inmediato. Entrecerró los ojos, y se dio cuenta de que se trataba de una hoguera. Dudó un poco, pero sólo por un instante. Estaba convencida de que nadie de aquellas tierras le haría daño. Era la dama de la reina y estaba bajo la protección de lord Rowan, el señor del castillo de Grey. Hizo que la yegua avanzara, a pesar de que el animal protestó e intentó dar media vuelta.

Más tarde, se arrepentiría de no haber tenido el sentido común de hacerle caso al instinto de su montura.

Mientras iba hacia la hoguera, la oscuridad se llenó de repente de sonidos. Oyó que algo se movía entre los árboles delante de ella, después a su espalda y a su lado. La yegua se asustó y ella intentó hacer que diera media vuelta, que echara a correr, pero ya era demasiado tarde.

Rowan permaneció durante horas sentado con la cabeza gacha junto a la cama, sin mirar el hermoso rostro de Catherine. La muerte le había dado a sus facciones una paz que no reflejaban desde hacía demasiado tiempo, y en ese momento parecía que estaba tranquilamente dormida.

Quería sentir agonía, ansiaba sentir dolor, cualquier cosa... cualquier cosa que acabara con la pesada carga de la culpa.

Nunca le había ofrecido a ninguna otra mujer lo que le había dado a ella. En otro tiempo, ella había encendido toda su pasión y su lealtad. Habían reído juntos, se habían amado, habían compartido profundas conversaciones sobre el estado del reino, sobre caballos, sobre las mejoras que había que hacer en el castillo.

En otro tiempo...

Pero todo aquello parecía muy lejano, y desde el accidente, se había sentido deseoso de escapar del castillo en demasiadas ocasiones, había dado gracias por sus obligaciones porque lo habían alejado del cruel espectro de lo que era, comparado con lo que había sido.

Y cuando había vuelto aquella vez... no sólo no lo había reconocido, sino que había ansiado el consuelo de una desconocida. Pero entonces, sólo horas antes de morir, había sabido quién era e, intuyendo la llegada de su propia muerte, le había pedido que la llevara afuera para poder ver la tierra y el cielo una última vez.

Nunca le había ofrecido a nadie más su amor, pero había estado con otras mujeres mientras ella aún vivía... rameras, nadie que importara o que pudiera resultar herido, nadie que pusiera en peligro su mente y mucho menos su corazón. No le habían importado en lo más mínimo, no habían significado nada... pero en ese momento, con ella allí, sentía que la había traicionado. No sólo se había alejado de casa por cumplir con su deber, sino por voluntad propia.

—Perdóname —susurró, con las manos fuertemente entrelazadas ante sí—. Catherine, ruego a Dios que puedas perdonarme.

Al principio, no prestó atención al alboroto que había en el pasillo, porque sabía que nadie lo molestaría. A pesar de que el reverendo Keogh opinaba que tenía que dejar que el cuerpo se preservara y se colocara en un ataúd para prepararlo para la ceremonia, sabía que lo dejarían en paz, que todo el mundo esperaría a que terminara su duelo personal.

Pero al final el jaleo se volvió tan escandaloso y tan cercano, que acabó levantándose ceñudo y fue hacia la puerta. Al abrirla, vio a Tristan en el pasillo, hablando ansiosamente... y en voz muy alta... con Annie y con Liza. Las dos mujeres estaban claramente alteradas, e incluso Tristan parecía preocupado.

—¿Qué sucede?

Los tres se volvieron de golpe hacia él, y lo miraron con sorpresa, preocupación... y temor, pero ninguno de ellos contestó.

—¿Tristan? Por el amor de Dios, ¿acaso se te ha comido la lengua el gato?

Tristan carraspeó, y le dijo:

–Lord Rowan, no era nuestra intención apartaros de vuestra señora. Tenemos un pequeño problema, pero yo me ocuparé de todo.

Rowan fue hacia ellos, y les preguntó con tono firme:

–¿Cuál es el «pequeño problema»?

–Lady Gwenyth ha salido a pasear a caballo, y aún no ha regresado –le dijo Annie, muy nerviosa.

–Ha salido a pasear –repitió él, sin inflexión alguna en la voz.

–Sí.

–¿Quién se lo ha permitido? –les preguntó, con la mirada fija en Tristan.

–Tendría que haber estado más atento, pero... no le pidió permiso a nadie, se fue sin más –Tristan permaneció firme y erguido, dispuesto a aceptar la reprimenda de su señor.

Por extraño que pareciera, Rowan no se enfadó con él, porque conocía demasiado bien a Gwenyth. Pero estaba furioso con ella, y lo raro era que se alegraba de estarlo, de sentir una emoción, de sentirse... de sentirse vivo.

–¿Cuándo se fue?

–Creo que varias horas antes de que anocheciera –le dijo Annie.

–Reuniré a los hombres, os juro que la encontraremos –apostilló Tristan.

–Yo también salgo en su busca –Rowan respiró hondo, y añadió–: Dile al reverendo Keogh que las mujeres ya pueden preparar el cuerpo de mi señora. El velatorio se organizará en el gran salón, para que la gente pueda rezar antes del funeral.

Sin más, se alejó para prepararse. Sabía que no era necesario que él también saliera, ya que sus hombres podían encontrar a Gwenyth sin su ayuda, pero no podía quedarse quieto. La oscuridad estaba plagada de peligros, pero la pequeña tonta estaba demasiado segura de sí misma para darse cuenta del riesgo que corría. Tenía ganas de zarandearla hasta hacerla entrar en razón, porque ella estaba a su cargo.

Conforme la muerte de Catherine había ido acercándose, le había mandado una misiva a la reina para informarla de que el viaje duraría más de lo previsto, y la soberana le había contestado que entendía que debía permanecer junto al lecho de muerte de un ser querido, que era su deber.

Sí, su esposa estaba muerta y era su deber rezar junto a su lecho. Nadie esperaría que dejara a un lado aquella obligación por otra mujer de menor importancia, no tenía por qué salir a buscarla. Pero entonces se imaginó a Gwenyth sola en la oscuridad de las Tierras Altas, y supo sin lugar a dudas que sí que tenía que hacerlo.

—¿Hola? —dijo Gwenyth, con voz un poco temblorosa—. ¿Hay alguien ahí?

Un hombre surgió de entre los árboles que había a su lado de repente, y agarró la brida. La yegua se asustó y empezó a encabritarse, pero él no la soltó.

—Vaya, sólo es una muchacha —dijo el hombre, en el gaélico de las Tierras Altas.

Al ver que dos hombres más aparecían y la flanqueaban, Gwenyth les dijo:

—Lamento importunarlos. Soy lady MacLeod de Islington, probablemente conocen a mi tío. Viajo bajo la protección de lord Rowan Graham y me alojo en el castillo de Grey, donde se ha producido una trágica pérdida. ¿Podrían indicarme el camino para que pueda regresar antes de que se haga más tarde?

—¿Sois lady MacLeod? —le preguntó uno de ellos, mientras se le acercaba un poco más.

Alguien encendió una antorcha, y la luz la cegó por un

momento. Se sintió incómoda al darse cuenta de que estaban observándola con atención. No le había gustado el tono con el que le había hablado el hombre.

—Lord Rowan Graham estará buscándome —dijo con voz cortante.

—¿En serio? —le preguntó el mismo individuo.

Gwenyth parpadeó mientras intentaba verlo bien. Era alto... y muy peludo. La barba le llegaba hasta el pecho, debía de tener unos cincuenta años, y era corpulento y musculoso. A su lado había un hombre un poco más joven que se le parecía mucho, y supuso que se trataba de su hijo. El tercer hombre era menos corpulento que ellos, estaba perfectamente afeitado, y era rubio. Su tartán era de mejor calidad y llevaba unos zapatos cuidados, mientras que los otros dos calzaban unas botas bastante desgastadas.

—¿Sois lady MacLeod? —le dijo el rubio.

—Esto es todo un regalo —dijo el mayor.

—¿Me ayudarán a encontrar el camino? —les preguntó ella con nerviosismo.

—¡Una MacLeod! —exclamó el barbudo más joven.

Todos parecían encantados con la situación, y la miraban con expresión calculadora.

—Soy una de las damas de la reina —les dijo Gwenyth con brusquedad.

—Sí, ya nos hemos enterado de que la reina ha regresado —dijo el rubio.

—Es una católica —dijo el mayor, antes de escupir en el suelo.

—Es una buena mujer, desea que sus súbditos puedan elegir la fe que prefieran —se apresuró a decirles ella.

—Desmontad, mi señora —le dijo el hombre mayor con cortesía—. Soy Fergus MacIvey, quizá habéis oído hablar de mí.

No, no había oído hablar de él, pero eso carecía de importancia, porque él no esperó a que le contestara y la bajó de la yegua sin permiso. Gwenyth no protestó, ya que aquel hombre era tan enorme como un buey y sabía que estaba metida en un buen lío, aunque no estaba segura de por qué. Era una MacLeod, y eso parecía ser un problema. ¿Acaso había habido alguna disputa entre su clan y aquellos hombres?

Se le encogió el corazón. Era consciente de que tenía que permanecer muy alerta.

—La reina es una dama compasiva y justa —les dijo, cuando tuvo los pies en el suelo—. Pero la asesora su hermano, Jacobo Estuardo, quien sin duda puede ser un hombre duro e inflexible.

Los tres hombres intercambiaron miradas llenas de escepticismo, y el rubio le dijo:

—Yo soy Bryce MacIvey, mi señora, el jefe del clan. Quizá de mí sí que habréis oído hablar.

No, su nombre tampoco le sonaba de nada, así que se limitó a permanecer callada.

—Él es el hijo de Fergus, Michael. Estáis en tierras de los MacIvey.

—Mi señor, lamento haber entrado en vuestros dominios sin permiso y haberos importunado. Si pudierais indicarme por dónde debo ir para regresar al castillo de Grey...

—No podemos dejar que os marchéis sin comer algo, ni que os internéis en la oscuridad sin escolta —le dijo Fergus.

—Soy una amazona muy competente.

—Puede que sea así, pero no deberíais estar sola en la oscuridad —apostilló Bryce.

A Gwenyth no le hizo ninguna gracia la forma en que la miraba, y se dio cuenta de que tenía que tener mucho cuidado con lo que decía.

—La esposa de lord Rowan ha muerto hoy, así que está de duelo... y su estado de ánimo es impredecible.

Sus palabras causaron otro intercambio de miradas.

—Venid, os daremos un poco de cerveza para que saciéis la sed y carne para el hambre —le dijo Fergus.

Gwenyth no tenía alternativa, porque aquel hombre no había soltado la brida de la yegua y Bryce la había tomado del brazo, así que permitió que la llevaran hacia la hoguera. Le indicaron que se sentara sobre un tartán delante del fuego, y le ofrecieron cerveza en un cuerno que debía de ser una reliquia de algún ancestro vikingo. Cuando aceptó la bebida con cortesía se dio cuenta de que realmente estaba sedienta, aunque habría preferido un poco de agua. La cerveza era fuerte y amarga, y tuvo que esforzarse por no toser.

Fergus le dio una pequeña porción de carne sin decirle de qué se trataba, así que era más que posible que se tratara de una ardilla o algo así. Ella se limitó a darle las gracias, y al dar un mordisco se dio cuenta de que se trataba de algún tipo de ave.

Mientras cenaba, los hombres se alejaron un poco. Era obvio que estaban hablando de ella, aunque le habían dicho que iban a decidir cuál era el mejor camino de regreso al castillo de Grey.

Gwenyth aguzó el oído, y lo que alcanzó a oír bastó para provocarle escalofríos.

—... Una MacLeod... —dijo Bryce.

—... Una dote muy suculenta... —comentó Fergus.

—...Vengarnos de Angus —dijo Michael con tono triunfal.

—La reina se enfadará —dijo Bryce.

—Lord Rowan... el más peligroso —comentó Michael.

Gwenyth fingió que estaba poniéndose cómoda mientras se les acercaba un poco más con disimulo, para poder oírlos mejor, y oyó que Fergus susurraba:

—¿Qué crees que harán si la tomas ahora mismo, Bryce? ¿Por qué no esperas a casarte con ella mañana por la mañana? Es una mujer hermosa.

—¿Qué me decís de lord Rowan? —les preguntó Michael.
—El muy tonto la ha dejado desprotegida. Está de duelo, y ni siquiera se dará cuenta de su ausencia hasta que sea demasiado tarde —dijo Bryce—. Y no quiero esperar hasta mañana.

—La posesión es lo más importante a ojos de la ley —admitió Fergus.

Gwenyth permaneció sentada mientras escuchaba y fingía que no podía oírlos. El pánico estaba helándole la sangre y paralizándola, pero sabía que no podía revelar que estaba al tanto de sus intenciones si quería tener alguna opción de poder escapar. Apenas podía creer que fueran capaces de atacarla, aunque sabía que no tenía de qué asombrarse. Los clanes siempre estaban enfrentándose, y estaban dispuestos a tomarse la justicia por su mano.

Estaba claro que su tío había hecho algo que había enemistado a su clan con el de aquellos hombres, y que querían hacer que ella pagara las consecuencias. El hecho de que fuera una de las damas de la reina no le servía de protección, porque María acababa de regresar y para ellos seguía siendo una desconocida que aún no tenía el control del país. Sabían que, si la soberana los castigaba, era posible que los que temían a sus lazos con Francia y al catolicismo iniciaran una revuelta.

Bryce MacIvey se le acercó al cabo de unos minutos, y al ver la excitación que brillaba en sus ojos, Gwenyth supo que su destino estaba sellado. Esa noche iba a ser víctima de una violación, y por la mañana iban a obligarla a casarse. A aquellos hombres no les resultaría difícil encontrar a un reverendo dispuesto a oficiar la ceremonia, y entonces estaría atrapada y sería la esposa desdeñada del jefe de un clan, que sólo la quería como instrumento de venganza y para conseguir un beneficio económico. A pesar de que sus tierras no eran las más ricas de Escocia, producían ciertos beneficios.

Había sido una tonta. Podía gritar hasta desgañitarse, pero nadie la oiría. Ni siquiera sabía dónde estaba, sólo que se encontraba en tierras de los MacIvey. Aunque aquellos hombres tendrían que enfrentarse a la furia de lord Rowan y de la reina, nadie podría hacer nada cuando los votos matrimoniales hubieran sido pronunciados, y ella sería mercancía defectuosa.

No había nadie cerca que pudiera ayudarla, así que iba a tener que rescatarse ella misma.

—¿Cómo está el faisán, mi señora? —le preguntó Bryce con amabilidad.

—Delicioso, gracias. Debo admitir que estaba hambrienta y sedienta, y que la cerveza también está muy buena. Os agradezco sinceramente vuestra ayuda.

—Somos hombres de honor, es nuestro deber atenderos.

—Creo que es mejor esperar hasta mañana para escoltaros al castillo —comentó Fergus.

—Sí, no es aconsejable cabalgar en la oscuridad —dijo Michael.

—¿En serio?

—El terreno es accidentado —le dijo Fergus. Parecía ser el líder, a pesar de que Bryce era el jefe del clan. Era mayor, y más corpulento.

Sin embargo, era Bryce el que la conduciría hacia la espesura del bosque, así que era a él al que tenía que ganarle la partida. Tenía que hacerse la inocente para que bajaran la guardia. Debía permitir que se internara con ella en el bosque, ya que sólo estando a solas con él podría escapar.

—La noticia que nos habéis dado es trágica, nos apena saber que lady Catherine ha abandonado este mundo.

Gwenyth inclinó la cabeza.

—Y estáis aquí con lord Rowan, ¿verdad?

—Sí, viajo con él por orden de la reina.

Al ver que permanecían en silencio, Gwenyth supo que estaban preguntándose si la reina había decidido que sería una segunda esposa apropiada para lord Rowan. La idea le pareció despreciable, ya que lady Catherine acababa de morir, pero si aquellos hombres lo creían quizá podría librarse de ellos, así que estaba más que dispuesta a sostener aquella mentira.

—Lord Rowan no necesita más poder —murmuró Fergus, mirando a Bryce.

Gwenyth sintió que sus esperanzas se desvanecían al ver que la mentira no iba a ayudarla en nada, y luchó por buscar otra salida. Había llegado el momento de tomar una decisión, porque Bryce se le acercó con la mano extendida y le dijo:

—Venid, os mostraré el bosque y encontraremos un lugar donde podáis pasar la noche, para que descanséis a salvo.

—Gracias —Gwenyth aceptó su mano mientras intentaba mirarlo con inocencia y gratitud, y se tomó su tiempo para ponerse en pie y sacudirse la falda. Aunque Bryce no era tan corpulento como los otros dos, era un hombre fuerte, así que iba a tener que encontrar la manera de darle un golpe que lo inmovilizara.

Él la condujo a cierta distancia de la hoguera. Era obvio que conocía a la perfección aquellos caminos.

—¿Qué sucede si nos encontramos con algún animal salvaje? —susurró ella, mientras se aferraba a su brazo.

—No os preocupéis. Aunque de vez en cuando se ve algún que otro jabalí, no importunan a quien no los molestan.

Gwenyth se inquietó al ver que se detenía, porque aún estaban demasiado cerca de los otros dos. Lo soltó de inmediato y avanzó casi a ciegas por el camino, rogando para que sus ojos se acostumbraran a la oscuridad.

—¿Adónde vais, mi señora? —le preguntó Bryce. Su voz contenía un ligero tono acerado.

—Quiero avanzar un poco más.

—Conozco a la perfección estos bosques, y sé dónde es más seguro dormir.

—Soy miembro de la corte real y debo tener mi privacidad, mi señor.

—No necesitamos ir más allá.

—Yo sí —Gwenyth no se atrevió a echar a correr, pero aceleró el paso.

Empezó a ir más deprisa al notar que él la seguía, y cuando estuvo a una buena distancia de la hoguera, echó a correr; sin embargo, cuando él la alcanzó y la agarró del brazo con fuerza, no tuvo más remedio que detenerse y lo miró mientras contenía las ganas de forcejear.

—¿Qué sucede, mi señor?

Él dejó de fingir, y le dijo:

—Podemos hacerlo de forma fácil o difícil, la decisión es vuestra.

—¿A qué os referís?

—Los MacLeod están en deuda conmigo —le dijo él con voz aterciopelada.

—¿Tenéis una disputa con Angus? —le preguntó Gwenyth, con fingida inocencia.

—Sí. Vuestro tío inició una reyerta y vuestro clan nos arrebató la isla de Hawk, así que estáis en deuda conmigo. Me debéis los beneficios de esas tierras, además de los de Islington.

—Si mi tío ha cometido una injusticia, me encargaré de rectificarla.

—Por supuesto que lo haréis —Bryce se había cansado de hablar, y empezó a atraerla hacia sí.

A pesar del terror que sentía, Gwenyth se obligó a esperar que surgiera su oportunidad. Cuando él creyó que se había rendido y bajó un poco la guardia, le dio un fuerte rodillazo en la entrepierna que lo doblegó, y entonces aprovechó para golpearle con los puños en la cabeza con todas sus fuerzas. Bryce soltó un grito al desplomarse y ella echó a correr, consciente de que los alaridos que estaba soltando aquel hombre habrían despertado hasta a los muertos.

Pero eso era inconsecuente, porque ya estaba hecho. Estaba convencida de que la torturarían si la atrapaban de nuevo, de modo que escapar era su única opción. A pesar de la oscuridad y de que no sabía por dónde iba, siguió corriendo tan rápido como pudo; al oír el sonido de un arroyo se dirigió hacia allí, se detuvo para beber un poco de agua, y vaciló por un momento.

Se le heló la sangre en las venas cuando un sonido rompió el silencio y una luz se encendió de repente en medio de la oscuridad. Al ver a Fergus iluminado por una antorcha empezó a retroceder, consciente de que Bryce MacIvey aún iba tras ella.

—¡No hay duda de que sois una MacLeod! —le espetó Fergus con furia mientras se acercaba a ella.

Gwenyth dio media vuelta para intentar huir, pero se quedó horrorizada al topar contra un cuerpo y se le encogió el corazón. Se trataba de Bryce, y Michael llegó de inmediato y la flanqueó.

Se zafó de sus manos y retrocedió. Estaba rodeada por tres lados y lo único que podía hacer era intentar huir, pero en esa ocasión Fergus estaba listo y reaccionó rápidamente. Cuando estaba a punto de agarrarla, se quedó inmóvil de golpe y la miró con una extraña expresión, y Gwenyth se quedó atónita al ver que se desplomaba a sus pies.

De repente, una voz rasgó la oscuridad. Era tan dura y estaba cargada de tanta autoridad, que el bosque entero pareció enmudecer.

—¡Si vuelves a tocarla, MacIvey, juro por el alma de mi difunta esposa que tus hombres y tú estáis muertos!

La furia de Rowan no había disminuido en lo más mínimo. A lo mejor necesitaba desesperadamente aquella rabia a la que se aferraba, porque le resultaba vital sentir algo... cualquier cosa.

Su cólera se acrecentó al ver la escena que tenía ante sus ojos. Los MacIvey eran personas rudas y despiadadas, dispuestas a vender sus almas con tal de ganar tierras o dinero. A ninguno de ellos se le había ocurrido que era más productivo trabajar con más cuidado en las tierras que les pertenecían por herencia, y solían acicatear a los clanes vecinos para meterse en conflictos ridículos que solían perder.

Jacobo había intentado mantener algo de paz en las Tierras Altas en nombre de la Corona, pero hombres como aquéllos habían hecho todo lo posible por minar sus esfuerzos. Era cierto que los escoceses no necesitaban demasiadas excusas para batallar, pero solían ser personas con orgullo y una moral férrea. Se regían según sus propias leyes, y a pesar de que había habido secuestros a lo largo de los años, la violación era algo que aborrecían en los invasores y que no practicaban.

Gwenyth se había metido de lleno en aquella situación, y precisamente aquella noche. Estaba inmóvil con los ojos como platos, y completamente despeinada. Tenía una belleza impactante que sin duda había resultado demasiado tentadora para hombres como aquéllos, que además tenían un conflicto con Angus. ¡Pequeña tonta!

—Lo has matado, Rowan. ¡Has matado a Fergus! —exclamó Bryce con indignación.

—Por desgracia, sólo está inconsciente. Intento no matar a hombres por su estupidez, pero informaré a la Corona de vuestros crímenes —le dijo con frialdad.

—¿Qué crímenes? Estábamos intentando ayudar a la dama, eso es todo. Se ha asustado, y temí lo que podría pasarle en la oscuridad.

—¡Mentiroso! —exclamó Gwenyth.

Al ver que Bryce parecía estar a punto de volver a agarrarla, Rowan hizo que su montura avanzara un poco. Bryce pareció pensárselo mejor, pero no consiguió morderse la lengua.

—Está equivocada.

—No lo estoy —le espetó Gwenyth.

—Si piensa otra cosa es porque es una bruja. Nos ha buscado hasta encontrarnos, y nos ha embrujado.

—¡Por Dios, qué excusa más estúpida para vuestra idiotez! —le dijo Rowan.

—¿A qué se debe tu enfado?, fue ella la que nos encontró a nosotros. A menos que... —Bryce esbozó una sonrisa maliciosa, y añadió—: He oído que tu esposa acaba de morir, pero es posible que ya estés haciendo planes de futuro. Puede que ya hayas reclamado tus... derechos, y por eso estás tan indignado conmigo.

—Tendría que matarte ahora mismo, pero el asesinato puede resultar muy complicado —le dijo Rowan con voz suave—. Aunque dudo que tuviera que pagar un precio demasiado alto; aun así, estaría tentado de matar también a Fergus y a Michael, y ellos no deberían pagar por la idiotez de su líder. Será mejor que te ocupes de Fergus, una roca le ha dado un buen golpe en la cabeza. Como sabes, mi puntería siempre ha sido impecable.

—¡Estás en mis tierras! —exclamó Bryce, aunque no hizo ademán alguno de acercarse a él.

—Que colindan con las mías, sólo tenías que indicarle a la dama el camino a seguir. Venid aquí, Gwenyth.

Fue entonces cuando ella se dio cuenta de que Rowan no estaba solo, ya que había un grupo de jinetes a su espalda. Obedeció sin dudar, y él alargó la mano y la montó delante de él.

—Su esposa acaba de morir —murmuró Bryce.

—Por eso voy a dejarte vivir —a pesar de que Rowan no alzó la voz, su voz suave resultó más amenazadora que un grito.

Sin más, dio media vuelta y emprendieron el camino de regreso. Lo habían acompañado Tristan, los guardias que los habían escoltado desde Edimburgo, y tres hombres del castillo. Al ver que no los seguían hasta que Rowan salió de la arboleda, Gwenyth se dio cuenta de que se habían quedado vigilando a Bryce y a sus compinches.

Quiso decirle algo... cualquier cosa, unas palabras de agradecimiento o de disculpa, pero él la acalló al advertirle con voz seca:

—No digáis ni una palabra, lady MacLeod.

De modo que permaneció callada y humillada, dolorosamente consciente de su presencia a su espalda, y demasiado alterada para controlar sus emociones. Al llegar al castillo se encontraron a Annie y a Liza, que estaban esperando su regreso.

—Ocupaos de vuestra señora —se limitó a decirles Rowan, mientras la bajaba del caballo.

Gwenyth se volvió a mirarlo, y al ver su expresión adusta y la frialdad de sus ojos, le dijo con rigidez:

—Gracias.

—No volváis a salir sola.

—Por favor, esperad...

Él hizo caso omiso de sus palabras, y se alejó de allí.

—Mi pobre señora... —le dijo Annie—. ¿Cómo se os ha ocurrido salir sola?, debéis tener cuidado, servís a la reina y sois una dama por derecho propio. Sois tan inocente, que no sabéis de lo que pueden ser capaces los hombres...

—Estoy bien —le dijo Gwenyth.

Tristan regresó en aquel momento de las cuadras, y la miró con una sonrisa amable.

—Nos espera un duro día. Podría haberos ocurrido una desgracia, pero no ha pasado nada y ya estáis a salvo. Será mejor que descanséis un poco.

—Sí, tenéis que dormir —apostilló Liza, que había permanecido a un lado en silencio. Rodeó la cintura de Gwenyth con un brazo para darle su apoyo, y añadió—: Venid, por la mañana os sentiréis mejor.

Gwenyth estaba convencida de que no sería así.

Las mujeres ya se habían encargado del cuerpo de Catherine. Lo habían tratado con especias, vinagre y *acqua vitae* para que permaneciera igual de hermosa, y daba la impresión de que estaba dormida. Estaba tumbada en el ataúd de madera que se había labrado para ella, y que se había colocado en el gran salón.

Rowan permaneció inmóvil durante la mayor parte del día mientras su gente iba al castillo para rezar y desearle a su esposa un venturoso trayecto al cielo, ya que era allí donde sin duda estaría un ángel como ella.

Volvía a sentirse entumecido... menos cuando miraba a Gwenyth, que estaba sentada cerca de él. Cada vez que la veía sentía una furia avasalladora, aunque ella estaba teniendo un comportamiento impecable. Estaba ingeniándoselas para permanecer regia a la vez que trataba a todos como si se tratara de viejos amigos, se aseguraba de que se les ofreciera vino o cerveza, y les agradecía el amor que sentían por su señora.

Al ver que muchos de los aldeanos la miraban con curiosidad, Rowan se dio cuenta de que su propia gente estaba preguntándose si era su amante. Aquello avivó aún más su furia, aunque sabía que no era una idea tan descabellada. Era una mujer joven, hermosa y con un título, así que sería la esposa ideal para el jefe de un clan.

Pero no para él, se dijo con enfado, más que consciente de que no podía negar que le resultaba atractiva. Quería mandarla muy lejos de allí, porque lo afectaba más allá de toda razón.

Intentó decirse que sólo se debía a lo mucho que Catherine la había apreciado, a que su esposa había querido tenerla cerca cuando ni siquiera era capaz de reconocerlo a él. Necesitaba distanciarse de ella. Tenía ganas de gritar y de golpear algo al ver aquella expresión de dulce sobriedad en sus facciones perfectas, quería ir en busca de su caballo y salir de allí hasta alcanzar el olvido.

Más tarde, Tristan intentó convencerlo de que comiera algo, pero fue incapaz. Sabía que Gwenyth estaba a meros metros de distancia sin nada que hacer, ya que habían cerrado las puertas del gran salón cuando todo el mundo había ido a presentar sus respetos, pero no le importó que pudiera oírle.

—Voy a quedarme toda la noche junto a mi esposa.

—Mi señor... —empezó a protestar Tristan.

—Déjame solo.

Tristan lo conocía bien, así que al final obedeció. Rowan apenas se dio cuenta de que tanto Gwenyth como él salían del salón. Al cabo de un rato, arrastró uno de los sillones de brocado que había frente a la chimenea hasta colocarlo junto al féretro, y allí se durmió.

Nadie lo molestó hasta la mañana siguiente. Cuando Tristan apareció, le dijo:

—No la dejes sola, Tristan. Ella no querría estar sola.

—Estaré a su lado hasta que volváis, mi señor —Tristan carraspeó antes de añadir—: Llevaremos a lady Catherine a la capilla a las diez, si os parece bien.

—De acuerdo.

Cuando llegó a sus aposentos, Rowan tuvo la impresión de que estaba en un lugar completamente diferente. No había dormido allí desde que Catherine había enfermado, ya que cuando estaba en casa dormía junto a su lecho... o no conciliaba el sueño. Su vida había cambiado de la noche a la mañana con el accidente de su esposa. Hasta aquel momento había sido un hombre feliz, pero no había tardado en convertirse en una persona vacía. Había optado por entregarse de lleno a la Corona incluso antes del regreso de la reina, ya que al perder a la Catherine que había conocido en otro tiempo, había centrado sus esfuerzos en su país.

Era extraño, pero apenas podía recordar cómo habían sido las cosas cuando había tenido una esposa, una esposa de verdad; aun así, con su pérdida se sentía más vacío que nunca.

La vida podía ser terriblemente injusta. Catherine había sido una mujer cariñosa que sólo quería lo mejor para los demás, pero había sufrido un destino cruel; en cambio, había idiotas, locos y asesinos que disfrutaban de vidas largas y prósperas.

Pidió que le llevaran una bañera y agua caliente para darse un baño, y después se vistió poco a poco y con cuidado, ya que le resultaba importante tener el mejor aspecto posible para poder despedirse de Catherine como correspondía. Vaciló por un instante tras ponerse el tartán y los broches de su clan, porque decir las últimas plegarias parecía muy definitivo, pero sabía que no podía seguir retrasando el momento.

Cuando llegó al gran salón, sus hombres ya estaban preparados. El ataúd de Catherine fue alzado con tanta ternura y cuidado como si estuviera dormida, y el reverendo Keogh se mantuvo delante mientras todo el mundo permanecía alrededor de su señor. Cuando Rowan asintió, el reverendo empezó las plegarias. La procesión recorrió el salón y salió a la luz del día, y se dirigió hacia la capilla que flanqueaba la muralla del castillo.

Las palabras que se pronunciaron por el alma de lady Catherine parecieron mezclarse las unas con las otras. Rowan sabía que no era necesario que nadie le rogara al Señor que aceptara a Catherine en su seno, porque si realmente existía un Dios, ella ya estaba a su lado.

Afortunadamente, el reverendo Keogh era un buen hombre que se limitó a pronunciar las palabras adecuadas para un funeral. No habló de la maldad y la bondad que residían en el mundo en general, ni de cuál era la fe correcta. Habló con elocuencia de Catherine, y cuando terminó todos los presentes pasaron de nuevo por delante del ataúd, besándolo o depositando flores silvestres a su alrededor.

Cuando la ceremonia acabó, Rowan salió de la capilla. Varios de sus hombres se quedaron para colocar el ataúd en la cripta familiar, en el nicho que había debajo del de sus padres y junto a aquéllos que los habían precedido. En algún lugar, los picapedreros estaban preparando una magnífica lápida que cubriría la tumba.

Sabía que se esperaba que recibiera en el castillo a los jefes de los otros clanes y a los aldeanos, pero fue incapaz y dejó que se encargaran de aquella tarea Tristan... y su invitada indeseada, lady Gwenyth. Fue a la cuadra y salió de allí a lomos de su caballo, tal y como había ansiado hacer antes.

No pudo evitar preguntarse si su inquietud era como la que debía de haber atenazado a Gwenyth hacía dos días. La mera idea lo enfureció, y no quiso saber por qué... aunque lo sabía muy bien.

Los que creían que deseaba a Gwenyth no se equivocaban, y el hecho de que pudiera desearla cuando Catherine apenas acababa de morir lo horrorizaba. Sería distinto si fuera una ramera sin una reputación que perder, pero no lo era. Era una dama, una de las damas de la reina. No podía perdonarse por el deseo que sentía, y lo enfurecía aún más saber que Bryce MacIvey también la deseaba, que había estado a punto de hacerla suya.

Detuvo a su montura en la cima de la colina donde Catherine había exhalado su último aliento.

Gwenyth se marcharía a la mañana siguiente, o tan pronto como fuera posible. Ordenaría que se la protegiera como a una joya, que no se permitiera que ningún hombre la importunara ni se tomara libertades con ella, fueran cuales fuesen los planes de Angus. Tenía que apartarla de su furia; de hecho, lo mejor sería que ella se casara con el jefe de algún clan lejano, para que no pudiera tentar a ningún otro.

Lo único que quería era que aquella mujer se alejara de él.

—Catherine —dijo con suavidad, mientras agachaba la cabeza.

Hacía más de dos años desde la última vez que había estado en el hogar de su esposa en Inglaterra, desde que ella había estado a punto de morir en un accidente y su hijo había nacido muerto. Ése era un secreto que no había compartido con nadie, y Catherine había perdido la noción del mundo que la rodeaba. Se sintió agradecido de haber estado con ella al final por lo menos, de que ella lo hubiera reconocido una última vez, de que le hubiera acariciado el rostro.

Tras un momento, dijo con voz suave hacia los cielos:

—Perdóname.

Gwenyth estaba apenas despierta, y se sobresaltó cuando alguien llamó con cuidado a su puerta. Hacía varios días que no veía a Rowan. El castillo estaba decorado con gallardetes negros y estaba sumido en un ambiente sombrío natural en un periodo de luto, pero Rowan no permanecía dentro. Salía antes de que amaneciera y regresaba tarde, y nadie se atrevía a intentar hablar con él.

Se había sentido irritada cuando le habían dicho que no podía salir del castillo, pero debido al incidente de la última vez, había decidido acceder a la petición... aunque quizá sería más adecuado decir que había acatado la orden.

Aunque no quería arriesgarse a tener otro encuentro con hombres como los MacIvey, estaba empezando a perder la paciencia. Como no tenía nada que hacer, se pasaba horas y horas leyendo en la espléndida biblioteca del castillo, pero con el paso de los días, la decoración negra y el aire de tristeza que impregnaba el castillo empezaron a sofocarla. Ella también sufría por la pérdida de Catherine, pero lo que sentía no podía compararse a lo que estaban viviendo los que la habían querido durante años. Quería honrar su memoria, darle todo el respeto que se merecía, pero necesitaba aire fresco.

Al oír que volvían a llamar a la puerta, se incorporó en la cama.

—¿Quién es?

La puerta se entreabrió ligeramente, y oyó la voz de Tristan.

—¿Lady Gwenyth?

—¿Qué sucede?

—Lamento importunaros, pero Annie me ha pedido que os diga que va a venir a ocuparse de vuestro equipaje.

—¿Por qué?

—Esta misma mañana partiréis hacia Islington.

—¿Lord Rowan piensa marcharse tan pronto?

—No, mi señora. Iréis con una escolta.

—Ya veo.

—Mi señora, ¿seríais tan amable de concederme un minuto cuando os hayáis vestido?

—Por supuesto —le dijo ella con curiosidad.

En cuanto la puerta se cerró, Gwenyth se apresuró a lavarse y a prepararse para el viaje. Annie entró mientras luchaba por abrocharse el vestido, y se apresuró a ir a ayudarla.

—Mi obligación es serviros, llamadme en cuanto me necesitéis.

—Me gusta tener un poco de privacidad. Me sirves muy bien, Annie. Gracias —al darse cuenta de que la mujer sonreía a pesar del ambiente sombrío del castillo, le preguntó—: ¿Qué sucede?

—No puedo decíroslo, mi señora.

—Claro que puedes, ¿no acabas de decirme que tu obligación es servirme?

Annie se echó a reír encantada, y exclamó:

—¡En este asunto, no puedo!

—¿Por qué?

—Tristan quiere hablar con vos.

—¿Annie?

—Mis labios están sellados, así debe ser. No tengo derecho a hablar al respecto.

Gwenyth se apresuró a bajar al gran salón, cada vez más curiosa. Tristan estaba esperándola, paseándose de un lado a otro con las manos a la espalda.

—Buenos días, mi señora.

—Hola, Tristan.

Él miró a su alrededor antes de decir:

—Lo cierto es que no es el momento más indicado para hablar de estas cosas, pero me temo que... en fin, estáis a punto de partir hacia Islington.

—¿Y qué? —la curiosidad de Gwenyth se acrecentó al ver que Tristan se ruborizaba—. Por favor, habla sin reservas.

Él se le acercó, se hincó sobre una rodilla, y la tomó de la mano.

—Mi señora, os pido que me concedáis la mano de vuestra doncella en matrimonio.

—¿De Annie? —le preguntó ella, boquiabierta.

—No, mi señora, me refiero a Liza Duff. Me ha hechizado... no, no puedo decir tal cosa, no sea que algún necio vuelva a ponerla en una hoguera. Ha estado ayudándome durante estas semanas, ha sido una verdadera amiga para mí, y... creo que también siente algo por mí.

Gwenyth sonrió al ver que la miraba con expresión ansiosa y esperanzada, y le dijo:

—Tristan, no soy su guardiana, debes pedírselo a ella.

—Debo obtener vuestro permiso.

—¿Has hablado con Rowan?

—Sí, y me ha dicho que debía hablar con vos.

La sonrisa de Gwenyth se ensanchó.

—Si lo único que necesitas es mi permiso, te lo doy de corazón. Si Liza está de acuerdo, por supuesto —se apresuró a añadir. Jamás obligaría a nadie a que se casara.

Al parecer, Liza estaba completamente de acuerdo, porque surgió de repente del pasillo que llevaba hacia las escaleras y se acercó corriendo a ellos. Por un momento, dio la impresión de que iba a abrazar a Gwenyth, pero en el último segundo dudó y se detuvo de golpe. Estaba radiante de felicidad.

Gwenyth se echó a reír, y le dio un fuerte abrazo.

—¡Que Dios os bendiga, mi señora! —exclamó la mujer—. Os debo mi vida y mucho más, os serviré durante el resto de mi vida siempre que requiráis mis servicios, pero... encontrar el cariño de Tristan después de estar a punto de morir... lamento encontrar tanta felicidad en este momento en que el castillo está sumido en tanto dolor, no sé cuándo podremos casarnos...

—Hoy mismo —le dijo Gwenyth. Al ver que la miraban estupefactos, añadió—: No será una gran ceremonia, sino algo discreto. Si quieres quedarte aquí con él, si realmente os amáis, yo haré de testigo. Os prometo que puedo conseguir que lord Rowan autorice una boda rápida.

—No será legal.

—La reina María la legalizará. ¿Dónde está el reverendo Keogh? —Gwenyth se volvió al oír una exclamación de alegría, y vio a Annie.

—Creo que está en la capilla —le dijo la mujer.

—Pues vamos a hablar con él.

El reverendo se horrorizó ante la idea de oficiar una ceremonia sin el debido tiempo de preparación, pero accedió cuando Gwenyth le explicó que se iba a sus propias tierras y que no creía correcto dejar allí a Liza a menos que se hubiera realizado el matrimonio. Mientras hablaban, se sorprendió al ver que Rowan entraba en la capilla. Su rostro reflejaba la misma expresión adusta de los últimos días.

—Vuestra escolta ya está lista, lady Gwenyth. Partiréis en una hora —le dijo con sequedad.

Gwenyth enderezó la espalda todo lo que pudo, y le dijo con voz suave pero firme:

—No voy a marcharme con tanta premura. Ya sabéis que Tristan y Liza quieren casarse, ¿verdad?

—¿Pensáis oponeros?

—Por el amor de Dios, claro que no. Quiero que se casen hoy mismo.

Él la miró con una expresión tan furiosa, que Gwenyth estuvo a punto de retroceder.

—El castillo está de duelo.

—Sólo sería una ceremonia sencilla, podrían casarse ahora mismo ante Dios.

—No tienen los documentos necesarios —murmuró el reverendo.

—Podéis rellenar los documentos después de oficiar la ceremonia —le dijo Gwenyth, sin apartar la mirada de Rowan. Se mordió el labio, y eligió con sumo cuidado sus palabras—. Todo el mundo quería y respetaba a lady Catherine, pero no estaría bien negarle la mujer que ama a este hombre que os ha servido con tanta lealtad. Mi señor, os lo ruego, dejad a un lado el dolor que os atormenta y permitid que este matrimonio se celebre ahora mismo, con sencillez.

Él la miró con una expresión tan feroz, que a Gwenyth no le habría extrañado que empezara a gruñir; finalmente, Rowan se volvió hacia el sacerdote.

—¿Qué opináis, reverendo Keogh?

—No me gusta actuar con tantas prisas, pero si la pareja se diera por satisfecha con la palabra más sencilla del Señor, y tanto lady Gwenyth como vos fuerais testigos...

—Que así sea. Adelante.

Gwenyth lo miró perpleja. Su furia no parecía haber amainado, pero quizás había decidido que Tristan se merecía ser feliz por haber servido a lady Catherine de forma tan leal... más que él mismo.

—Adelante —repitió él.

Todos se volvieron hacia el reverendo, que les dijo:

—Vamos hasta el altar.

—¡Qué maravilla! —exclamó Annie con emoción.

—Lord Rowan, poneos aquí. Seréis quien entregue a la novia. Lady Gwenyth, éste es el sitio que os corresponde como testigo.

El reverendo empezó con la ceremonia. Era un hombre dedicado y amable, pero al ver que hablaba durante mucho rato, Rowan carraspeó y le dijo:

—Quizá sería mejor que procediéramos ya con los votos.

—Como queráis —le contestó el hombre, claramente desconcertado.

De modo que Tristan y Liza no tardaron en estar casados, aunque lo cierto era que formaban una pareja un tanto extraña. Ella era bastante más joven y muy delgada, mientras que él era corpulento y tenía el rostro tan curtido como las rocas que formaban aquella tierra; sin embargo, ambos estaban tan radiantes de felicidad, que a Gwenyth no le sorprendió que Rowan compartiera por unos momentos la alegría de la pareja.

—Bueno, ya está —dijo él al final, con cierta impaciencia.

—Un momento, mi señor. Debemos firmar los documentos pertinentes.

Rowan tuvo que esperar mientras el reverendo entraba en la habitación donde tenía su mesa y su Biblia. Cuando por fin los llamó para que entraran, los novios firmaron los documentos antes de que Rowan y Gwenyth hicieran lo propio.

Cuando el reverendo abrió su Biblia para apuntar los nombres de la pareja, Gwenyth no pudo evitar darse cuenta de que la última anotación era la de la muerte de Catherine... y que la anterior hacía referencia a la muerte del recién nacido Michael William Graham.

—¿Ahora sí que está? —dijo Rowan.

—Sí —le contestó el reverendo.

—Entonces, lady Gwenyth debe marcharse.

Gwenyth sintió una punzada en el corazón cuando sus ojos se encontraron, porque él la miraba como si ni siquiera soportara verla. Supuso que era comprensible, ya que se había visto obligado a salir a rescatarla a las pocas horas de la muerte de su esposa.

—Me iré de inmediato —le dijo.

Él se limitó a asentir.

Después de abrazar a la pareja de recién casados, Gwenyth se quitó un delicado anillo de oro que María le había dado en Francia, y se lo dio a Liza.

—Ten, para ti. Tristan, has sido muy amable conmigo. Creo que te gusta especialmente el ruano que trajimos con nosotros. Es un buen animal, procede de las cuadras que la reina tenía en Francia. Se llama Andrew, aunque no sé por qué. Es tuyo.

—Que Dios os bendiga, mi señora. Ya nos habéis dado el uno al otro, y ése es el regalo más grande —le dijo Tristan.

Al oír que Rowan carraspeaba, Gwenyth supuso que estaba impacientándose, pero se sorprendió cuando él habló con tono amable.

—Os proporcionaré una casa.

Gwenyth se preguntó si estaba molesto porque ella le había recordado con sus regalos que tenía que entregarle algo a la pareja, pero le dio igual. De repente, sintió unas ganas enormes de marcharse de allí. A pesar de que estaba esforzándose por mantener la calma, no era nada agradable sentirse tan despreciada.

—Será mejor que me vaya.

—Que tengáis buen viaje, lady Gwenyth —le dijo él, con una profunda reverencia.

—Que el Señor os acompañe, lord Rowan.

Él se volvió y se apresuró a salir de la capilla. Gwenyth estaba convencida de que no iría al patio para despedirla, así que se quedó boquiabierta al verlo llegar. Ya estaba montada en su yegua, que había regresado misteriosamente, cuando él apareció. En ese momento estaba acabando de despedirse de Tristan y de Liza, y de pronto se dio cuenta de que un mozo de cuadra había sacado su semental.

Rowan montó sin decirle ni una palabra, y después de entregarle una bolsa a uno de sus hombres, hizo que Styx se acercara a ella.

—No llegaréis al barco antes del anochecer si no nos apresuramos.

—¿Vais a acompañarme?

—Sólo hasta el embarcadero. Temo que los MacIvey se hayan enterado de vuestro viaje, y soy responsable de vuestra seguridad hasta que estéis bajo el cuidado de vuestro tío.

Cuando Styx empezó a moverse con nerviosismo, Rowan alzó una mano hacia la escolta y empezaron a cruzar el puente levadizo.

—¡Buen viaje, mi señora! —exclamó Liza, mientras corría junto a la yegua.

—Que Dios te acompañe —le dijo Gwenyth.

—Es tan maravilloso verlos juntos... —susurró Annie.

Gwenyth le hizo un gesto de saludo a Tristan, que estaba corriendo junto a su esposa, y le dijo:

—Gracias.

—Soy yo quien ha de estaros agradecido, lady Gwenyth. Estoy en deuda con vos.

Liza y Tristan se quedaron atrás cuando la yegua ganó velocidad tras Styx y el señor de Lochraven.

El trayecto hasta el embarcadero sólo duró un par de horas, pero a Gwenyth le parecieron días. A pesar de que Annie iba tras ella, nunca se había sentido tan sola. Cuando por fin llegaron, Rowan desmontó de inmediato.

—Buenas tardes, lord Rowan —les dijo el capitán de la embarcación, que al parecer estaba esperándolos.

—¿Estás listo para llevar a la dama a su destino, Brendan?

—Sí, mi señor. Me aseguraré de que llegue sana y salva, y esperaré a que regresen vuestros hombres si vos lo queréis.

—No. Mis hombres se quedarán con ella hasta que yo pueda ir a buscarla, y entonces continuaremos con el viaje que nos ha encomendado la reina.

—Sí, será lo mejor —dijo el capitán.

—¿Cómo está el mar?

—Un poco inquieto, pero no demasiado. Lo he visto en peores condiciones.

Rowan se volvió hacia Gwenyth de improviso, y esbozó una sonrisa reacia.

—Dudo que el trayecto perturbe a mi señora.

Gwenyth se tensó de inmediato, y le espetó:

—No tengo miedo del mar.

Rowan se le acercó, y la ayudó a desmontar. Sus ojos se encontraron, y por un instante Gwenyth no vio en ellos el odio que parecía sentir hacia ella, sino un extraño brillo especulativo. Sintió la fuerza de sus manos poderosas, inhaló su aroma cuando la dejó en el suelo, y se sorprendió al sentir que la recorría un pequeño temblor.

—Gavin es mi representante. Le lleva varias cartas a vuestro tío, a quien no debéis temer.

—No le temo, apenas le conozco —murmuró Gwenyth, ruborizada.

¿Cómo era posible que se hubiera dado cuenta de que en cierta forma tenía miedo de Angus? Su tío era un hombre seco al que sólo le interesaban sus obligaciones. A ella nunca le había importado trabajar, y Angus opinaba que era su deber mostrarle a su gente que estaban dispuestos a trabajar codo con codo con ellos. Pero lo que la inquietaba era lo que él podía considerar que era su obligación.

A pesar de que la reina había ordenado que partiera tan pronto como fuera posible hacia Inglaterra junto a lord Rowan, no sabía si su tío estaría dispuesto a casarla con el mejor postor por el bien de Islington.

Rowan la miró con seriedad por un instante, y finalmente le dijo:

—Aun así, le envío varias cartas para que sepa que debéis cumplir con el mandato de la reina, y que pronto iré a buscaros.

Gwenyth se dio cuenta de que estaba conteniendo el aliento. Como Rowan estaba mirándola, lo soltó poco a poco y luchó por recuperar el habla.

—Lamento haber sido una carga, y todos los problemas que he causado —consiguió decirle al fin.

—Intentad controlar vuestra imprudencia. Debo admitir que no soporto a los MacIvey, y que me alegré de llegar antes de que... —apretó los labios, y la señaló con un dedo—. Nada de imprudencias, Gavin se asegurará de que sea así; de hecho, supongo que Angus también se encargará de controlaros. En caso de que haya cualquier duda, en mis cartas le recuerdo que no tiene libertad para actuar como cabeza de familia, por lo que no puede entregar vuestra mano en matrimonio. De momento, sólo la reina tiene potestad para decidir vuestro futuro.

—Gracias —murmuró Gwenyth, mientras se preguntaba si él podía leerle la mente.

Al ver que él se quedaba mirándola de nuevo, se dio cuenta de que le resultaba tan difícil hablar como a ella.

—No, mi señora, gracias a vos.

Rowan se quitó una delicada cadena de oro con un colgante que Gwenyth no había visto hasta ese momento, y cuando se lo puso al cuello, vio que se trataba de una hermosa cruz celta.

—A mi esposa le habría encantado que tuvierais esto, así que os lo doy como agradecimiento por lo mucho que la cuidasteis.

Gwenyth sintió una extraña calidez en su interior.

—Era una mujer dulce, amable y hermosa. Contáis con mi más profundo pésame, lord Rowan.

Él retrocedió un paso, y sus facciones se endurecieron de nuevo.

—Que tengáis buen viaje —le dijo, antes de volver a montar en Styx.

Los hombres empezaron a cargar el equipaje en la embarcación, y antes de que acabaran, Rowan le hizo un gesto de despedida a Gavin y se fue sin más.

Cuando el barco zarpó, Gwenyth lo vio observándolos desde la cima de una colina, a cierta distancia del mar. Parecía una estatua fría y dura como la roca. No había duda de que era una extensión de aquella tierra áspera, y al igual que la tierra, se mantuvo impasible mientras ella se alejaba.

Segunda parte
LA REINA TRIUNFAL

Gwenyth estaba mordisqueando una brizna de hierba mientras leía la carta de la reina María.

... El problema consiste en que Maitland, a pesar de ser un gran embajador que sirvió lealmente a mi madre, sólo es eso, un embajador. Por tanto, estoy deseando que llegues a Inglaterra. Entiendo el dilema al que se enfrenta Isabel, porque Inglaterra teme el reinado de una soberana católica, pero no puedo firmar un tratado en el que cedo mis derechos a la Corona inglesa cuando estoy esperando a que confirme que soy su heredera legítima. Ha afirmado en público que me considera la persona con más derecho al trono, pero se niega a admitirlo de forma legal. Dice que no lo hará hasta que yo no firme el tratado, pero yo a mi vez no puedo hacerlo hasta que ella haya accedido a mi condición.

Gwenyth suspiró y alzó la mirada hacia el cielo. Hacía un día precioso. Al llegar a Islington, sus tierras le habían parecido mucho más hermosas de lo que recordaba. A lo mejor había olvidado el poder del mar y la fuerza con la que las olas bañaban la orilla, o los estrechos valles verdes donde pastaban las ovejas. Incluso el castillo de piedra que se alzaba desafiante le parecía maravilloso.

No era como el castillo de Grey ni mucho menos. Había más corrientes de aire, menos tapices, y las chimeneas nunca parecían acabar de caldear las habitaciones. Pero a pesar de todo era una fortaleza imponente que se había construido para defender, y cumplía su propósito siendo a la vez majestuosa.

Ella se alojaba en los aposentos principales. Angus nunca los había ocupado, ni siquiera sabiendo que ella estaría fuera durante años, porque no habría sido correcto ni conforme a los dictados del Señor, y su tío era un hombre muy devoto.

Los oficios de los domingos en la iglesia eran muy largos, y duraban durante gran parte del día. Nadie trabajaba en domingo, incluso en el castillo tenían que arreglárselas por sí mismos. Angus había insistido en ello, al igual que había insistido en que fuera en las barcas de los pescadores y en que viera el trabajo de los pastores. El domingo era un día de descanso, y su tío había ordenado que eso también se aplicara a los criados.

Aunque no era el ogro que recordaba. A lo mejor se debía a que había madurado y había visto mundo, por lo que ya no se sentía intimidada por él. Era un hombre severo que le recordaba a John Knox, pero la había tratado con amabilidad a su llegada; de hecho, al darle la bienvenida se había mostrado casi cariñoso. No la había abrazado, pero le había ofrecido una sonrisa e incluso le había dicho que estaba orgulloso de ella, que había oído que había seguido siendo protestante a pesar de que la reina era papista, y que en la corte se comportaba con gracia e inteligencia.

Su tío había leído con expresión seria las cartas de Rowan, incluyendo una que le mandaba la reina. Gwenyth sabía que María le informaba de que ella seguía teniendo su futuro en manos de la Corona, pero no tenía ni idea de lo que le había escrito Rowan más allá de lo que ya le había mencionado. Aunque la reacción de su tío reveló que acababa de enterarse de lo que había sucedido con Bryce MacIvey.

Angus había lanzado un grito furioso, y le había dicho que si un MacIvey se acercaba a Islington, se aseguraría de que lo llevaran a Edimburgo para que fuera juzgado.

Ella se había sentido conmovida por su determinación de protegerla... casi.

—¿Cómo se atreve a aspirar a ti? —había dicho su tío con furia, mientras su barba canosa se sacudía con cada una de sus palabras—. Cuando te cases, será por el bien de la tierra y la Corona, con el jefe de un clan que yo elija, y con la bendición de la reina. ¡Jamás se te venderá por tan poca cosa como lo que él te puede ofrecer!

Gwenyth se había preguntado si su tío era consciente de que acababa de hablar de venderla.

—Te agradezco tu vehemencia a la hora de defenderme —murmuró.

—Es lo normal —Angus había parecido complacido con sus palabras.

Ella se había alegrado de poder complacerlo en algo, y no le había importado acceder a sus peticiones. Había disfrutado con el duro trabajo de los pescadores, que se habían esforzado por hablar con propiedad al tenerla en sus barcas. Ese día estaba acompañando a los pastores, y la tarea también le resultaba gratificante. Podía relajarse leyendo su correspondencia mientras disfrutaba del aroma de la hierba y de la tierra, y de la belleza del cielo.

Pero aun así... la carta de la reina había hecho que anhelara regresar a Edimburgo. María escribía como si ella estuviera al tanto de todo lo que pasaba en Holyrood, como si no estuvieran separadas, pero estaba empezando a sentir el peso de la distancia. Habían pasado meses y había creído que a aquellas alturas ya habría regresado junto a María, aunque se hubiera quedado durante un tiempo en Londres, pero lord Rowan no había ido a buscarla a pesar de que el tiempo oficial de duelo ya había pasado. Por las cartas de María, sabía que la situación la había obligado a ordenarle a Rowan que regresara a la corte sin ella, pero seguía en pie el plan de mandarla a Londres para que conociera a la reina de Inglaterra. El problema era que María nunca mencionaba cuándo iba a llegar ese momento.

Volvió a centrar su atención en la carta.

Ojalá estuvieras aquí. Los nobles escoceses son bastante belicosos, y no dejan de enfrentarse entre ellos. Doy las gracias por tener a Jacobo, porque sus consejos son lo único que a veces me mantiene cuerda. Se rumoreó que Aaron, el hijo de Chatellerault, pretendía raptarme porque estaba locamente enamorado de mí. Jacobo Hepburn, el conde de Bothwell, está en liza con los Hamilton, lo que supone un asunto mucho más serio. Bothwell quería vengarse de Aaron Hamilton por alguna ofensa, así que irrumpió en la casa de una tal Alison, que al parecer es amante de Aaron, y se produjo un altercado. Afortunadamente, mi hermano estaba cerca de allí, porque estuvieron a punto de producirse disturbios en Edimburgo, y los dos fueron apresados. ¿Qué voy a hacer con estos nobles escoceses? A pesar de que tienen mucho más poder que la aristocracia de Francia, he prometido que no enfrentaré a una casa con otra, y que seré justa en mis decisiones. Pero soy la reina y deben respetarme, aunque resulte difícil mostrarse sabia o compasiva y mantener el debido respeto. Escocia es un lugar hermoso en muchos aspectos, pero no es el país refinado y bien gobernado que tan bien llegué a conocer.

Gwenyth hizo una mueca. La carta acababa con una cariñosa despedida, y decidió destruirla allí mismo para que nadie más pudiera leer el comentario de la reina sobre su gente. Se apresuró a hacerla pedazos, y dejó que se los llevara el viento.

Se puso de pie, y se estiró con pereza. Se le habían enredado un montón de briznas de hierba en el pelo, que ese día se había dejado suelto, pero allí no tenía importancia porque nadie tenía en cuenta su apariencia. Llevaba un vestido de lana y un sencillo abrigo, y no pudo evitar pensar en la corte, donde se lucían finos vestidos y la elección de las joyas que iban a lucirse era una decisión primordial del día a día. María tenía un pelo largo precioso, pero, aun así, tenía montones de pelucas y de postizos, y podía llegar a tardar más de una hora en vestirse. A la reina le encantaban las joyas, la ropa y el boato, y aunque cuando estaba a su lado ella disfrutaba de tales cosas, en aquellas tierras...

En aquellas tierras, los jefes de los clanes y sus esposas se codeaban con sus gentes, y la vida era simple.

Mientras estaba allí de pie, saludando con la mano a los pastores que se habían reunido para compartir un poco de queso y pan, oyó que un caballo se acercaba, y de inmediato se volvió. Se protegió los ojos del sol con una mano para ver mejor al jinete, y aunque no lo reconoció, no sintió ningún miedo. Angus había puesto a su servicio permanente veinte hombres armados, y los diez hombres que Rowan le había asignado también se ocupaban de protegerla. Podía recorrer la isla a placer sin temor, y había disfrutado explorando las cuevas, las playas, los rincones y los árboles que la habían fascinado de niña.

Había tenido miedo de regresar a sus tierras, pero no había sido tan horrible como había imaginado. Lo único que le arrebataba la tranquilidad era el hombre que no dejaba de aparecer en sus sueños, pero la cruda realidad era que, de igual forma que se la consideraba fuera del alcance de un MacIvey, lord Rowan tenía un rango demasiado elevado para considerarla como esposa.

La misma María le había advertido que no se enamorara de él. Rowan tenía sangre real, y no era más que un lejano recuerdo.

—¡Mi señora! —le dijo el hombre, que hablaba con un marcado acento inglés.

Al ver que parecía sorprenderse al verla, Gwenyth supuso que no esperaba encontrarse a la señora de aquellas tierras descalza en el campo.

—Sí, soy lady MacLeod.

El hombre se quitó su sombrero de plumas cuando desmontó y se acercó a ella. A pesar de que intentaba mantenerse impasible, era obvio que estaba observándola con interés.

—Soy Geoffrey Egan, me envía la reina María.

—¿Se encuentra bien la reina? —le preguntó con inquietud.

—Sí, perfectamente. He venido a informaros de que quiere que vayáis a Inglaterra cuanto antes.

Gwenyth sintió un escalofrío al darse cuenta de que iba a tener que viajar ella sola.

—Entiendo —murmuró, aunque lo cierto era que no entendía nada.

—Si os parece bien, podemos regresar al castillo en mi caballo, y todo se aclarará mientras os preparáis —carraspeó ligeramente antes de añadir—: Ya he hablado con vuestro tío, y vuestra doncella está ocupándose del equipaje.

—Tengo mi propio caballo —le dijo ella, con una sonrisa.

Durante su larga estancia, se había hecho muy amiga de la yegua que la había tirado al suelo al encontrarse con el jabalí en Holyrood. Soltó un silbido que sin duda sorprendió al emisario, y Chloe apareció de inmediato y trotó obediente hacia ella. El emisario debió de sorprenderse aún más al ver que el animal no llevaba silla, y que ella montaba a horcajadas aunque con recato.

—¿Estás listo, Geoffrey?

—Sí, mi señora.

Gwenyth hizo que la yegua se lanzara al galope, y no tardó en dejar atrás al emisario. Cuando llegó al patio del castillo, que estaba lleno de pollos y de otros animales, desmontó risueña y le dio las riendas a uno de los mozos con una sonrisa de agradecimiento.

—Mi señora... —empezó a decirle el emisario, cuando llegó al fin.

—Vamos al salón —le dijo Gwenyth.

Empezó a ir hacia allí sin esperarlo, pero se detuvo en seco al subir la escalera exterior de piedra y entrar en el frío salón del castillo. Angus estaba allí, junto con Gavin y varios hombres más, pero también había alguien al que no esperaba ver: Rowan.

Estaba convencida de que acababa de ruborizarse de golpe. Sin duda parecía una granjera... o algo peor. Quizá daba la impresión de ser una doncella poco virtuosa que acababa de pasar varias horas revolcándose en el heno con un mozo de cuadra.

Permaneció inmóvil, descalza y mirándolo con los ojos como platos. Él estaba perfecto, por supuesto. Su tartán estaba impecable, su broche perfectamente colocado en el hombro, el sombrero ladeado con el ángulo justo, y las botas relucientes. Su rostro parecía un poco más delgado, pero era tan increíblemente apuesto como recordaba.

Al recorrerla de pies a cabeza con la mirada, él enarcó una ceja y esbozó una sonrisa. Angus estaba a su lado, alto y erguido, un verdadero bastión de dignidad.

—Buenos días, mi señora —la saludó él, con una profunda reverencia.

—Buenos días, lord Rowan —murmuró ella, segura de que su gesto galante era en realidad una burla. Se apresuró a fijar la mirada en su tío mientras comentaba—: No sabía que ibais a honrarnos con vuestra presencia.

—Disculpad, Geoffrey debía informaros de ello.

El hombre en cuestión entró en ese momento en el salón, jadeando por el esfuerzo de intentar seguirla.

—Perdonadme, pero lady Gwenyth se... se me adelantó bastante.

—Tan ansiosa como siempre de entrar en liza, ¿verdad?

A Gwenyth le pareció oír cierto matiz de reproche en su voz, pero se obligó a sonreír mientras rezaba para que una brizna de hierba especialmente grande dejara de hacerle cosquillas en la frente.

—En esta isla nunca estamos en liza; de hecho, con los hombres de mi tío y los que vos pusisteis a nuestra disposición, me atrevería a decir que ni siquiera el cielo es un lugar más seguro.

A lo mejor no tendría que haber mencionado el cielo, porque los ojos de Rowan se endurecieron; de todas formas, se sorprendió cuando su tío la defendió de inmediato.

—Lady Gwenyth sabe que tanto hombres como mujeres sirven a sus señores con más fervor cuando estos últimos conocen su tierra tan bien como ellos. Le había pedido que hoy acompañara a nuestros pastores.

Gwenyth le dio las gracias con una sonrisa, y se sorprendió agradablemente cuando él le devolvió el gesto. A pesar de los errores que pudiera haber cometido, era obvio que se había ganado la aprobación de su tío.

—Me parece que la dama necesitará un poco de tiempo, supongo que querrá prepararse para viajar con el debido estilo —comentó Rowan.

—¿De veras? —Gwenyth no pudo evitar arquear una ceja—. Sabéis tan bien como yo que estamos en un país salvaje. Soy capaz de viajar por él como me plazca.

—Podéis hacer lo que consideréis oportuno, por supuesto, pero me temo que la reina puede decepcionarse, ya sabéis lo mucho que le gustan las vestimentas elegantes y el boato.

—¿La reina?

—Sí.

—¿Acaso no vamos a Inglaterra?

—Tenemos que hacer un rodeo. María ha decidido que ha llegado el momento de visitar las Tierras Altas, así que...

Gwenyth se volvió de inmediato hacia Angus.

—Tío, ¿puedes encargarte de que les sirvan algo de comida a nuestros invitados? Estaré lista en breve —sin más, se apresuró a subir la escalera hacia su habitación.

Quería prepararse rápidamente, porque no quería que Rowan permaneciera demasiado tiempo allí, juzgando su hogar... un hogar al que ella había llegado a amar de corazón.

—Así que la reina tiene una disputa con lord Huntly —Angus miró ceñudo a Rowan, con el que estaba tomando unas cervezas, y añadió—: Ahora es católico, ¿verdad? Siempre ha sido variable como el viento, y dispuesto a hacer lo que sea con tal de conseguir más tierras. Es prácticamente un rey, ya que tiene casi tanto poder como la misma reina. ¿A qué se debe el enfado?, cabría suponer que tendría una buena relación con una reina católica.

Rowan respiró hondo, e intentó encontrar la forma de explicar la situación con brevedad.

—La reina ha dejado claro que no quiere imponerle su religión a su gente, que sólo desea conservar su propia fe en paz, tal y como quiere que hagan los demás. No se posiciona en ningún bando. John Gordon, el hijo de George Gordon, el cuarto conde de Huntly, hirió de gravedad a lord Ogilvie en un duelo, pero lord Huntly se niega a entregar a su hijo a la justicia, como si su religión lo eximiera de toda responsabilidad. Además, se dice que considera que su hijo es el marido adecuado para la reina, y eso no le hace ninguna gracia a Su Majestad. La reina había planeado viajar al norte para disfrutar del país y cazar, pero sus intenciones han cambiado.

—Es un viaje peligroso, lord Huntly puede agrupar a miles de hombres.

Rowan alzó la mirada al oír pasos, y se levantó de inmediato. La política dejó de importarle por un instante, porque Gwenyth acababa de regresar. Estaba adecuadamente ataviada para el viaje con un cuerpo de vestido ajustado, un alegre sombrero y una falda de un tupido terciopelo verde. Se había recogido el pelo, y era el decoro personificado. Estaba magnífica y era un verdadero festín para los sentidos, al igual que cuando había aparecido poco antes con las mejillas sonrosadas, descalza y liviana.

Se preguntó si era una bruja. Todos los ojos se volvían hacia ella cuando entraba en una habitación, un hombre sentía que algo en sus músculos se tensaba cuando ella lo miraba, era... era tan parecida a Catherine en tantas cosas, y tan diferente en tantas otras. Mostraba una pasión desatada por cada causa que defendía, y no le importaba discutir por defender sus ideales. Era tan terca como una mula, y tenía un ingenio aguzado que no le importaba usar ante la mayor muestra de crítica.

No, no era una bruja. Él no creía en aquellas tonterías que tantos hombres consideraban una realidad. Era una mujer joven y hermosa que tenía un encanto que atraía y seducía, y por alguna razón, había decidido ser su enemiga desde el mismo momento en que se habían conocido.

Mientras que él...

Pero a pesar de todo, había algo que no podía soportar, algo relacionado con la agonía que había sufrido cuando Catherine no lo había reconocido ni había aceptado su consuelo.

Se levantó sin apartar la mirada de ella, aunque dirigió sus palabras a Angus.

—La reina piensa concederle el título de conde de Moray a su hermano Jacobo. Lord Huntly ha estado actuando como si las tierras y los ingresos de los Moray le pertenecieran, y ahora la reina va a quitárselos.

Angus se levantó también al darse cuenta de la llegada de su sobrina, pero al hacerlo soltó un gemido y agachó la cabeza.

—Más guerra —susurró.

—Roguemos para que no sea así. A lo mejor Huntly y ella llegarán a un acuerdo.

Angus enarcó una ceja con escepticismo, pero entonces frunció el ceño y dijo:

—No puedo permitir que mi sobrina emprenda este viaje, no es seguro.

Gwenyth se apresuró a acercarse a ellos.

—Por favor, tío Angus. La reina ha solicitado mi presencia, ¿crees que ella misma estaría viajando si no fuera seguro? En caso de que haya cualquier amenaza, puede reunir a miles de arqueros y de hombres armados, es la reina.

—Me han encomendado que me ocupe de la seguridad de lady Gwenyth, y tanto mis hombres como yo daríamos la vida por ella.

—¿Harás caso de todo lo que te diga lord Rowan? —al ver que su sobrina vacilaba visiblemente, insistió—: ¿Gwenyth?

—Hasta que la reina ordene otra cosa —dijo ella al fin.

Rowan sonrió y bajó la cabeza. A pesar de que ella era la señora de Islington, Angus llevaba mucho tiempo al mando, así que necesitaba su apoyo en cualquier asunto concerniente a su futuro cuando estaba en aquellas tierras.

—¿Lo decís en serio, lady Gwenyth? —le preguntó Rowan.

Ella lo miró con gran dignidad y expresión gélida, y le dijo:

—Jamás sería mi intención ser una carga para vos.

—¿Cuál es vuestro interés en todo esto? —le preguntó Angus.

—Servir a la Corona —contestó Rowan con cansancio—. No le tengo miedo al conde de Huntly, mis dominios son demasiado sólidos para que intente enfrentarse a mí. Admiro la firmeza con la que la reina se ha negado a su descabellada sugerencia de crear territorios controlados por los católicos. Ha respetado las decisiones de su país, y es una mujer inteligente e ingeniosa que está dispuesta a aceptar los consejos de hombres experimentados como su hermano.

—En ese caso, partid cuando queráis.

Al ver que Gwenyth agachaba la cabeza, Rowan supo de inmediato que lo hacía para ocultarle a su tío el brillo de entusiasmo que sin duda se había encendido en sus ojos.

—Me he tomado la libertad de decirle a Geoffrey que se encargue de que los mozos ensillen vuestra yegua, mi señora —le dijo.

—Qué amable de vuestra parte. Eso nos ahorrará tiempo, seguramente querréis hacer el trayecto en barco antes de que anochezca.

Cuando salieron al patio, Gwenyth se despidió de su tío con una sonrisa llena de cariño, y no tardaron en montar y en partir hacia el amarradero. El mar estaba bastante agitado, pero a Gwenyth no pareció importarle. Permaneció apoyada en la barandilla, mirando con expresión pensativa hacia su hogar.

—¿Lamentáis tener que iros? —le preguntó Rowan al fin. Había decidido que sería mejor mantener las distancias, pero fue incapaz.

—Por supuesto.

—Quizá yo podría explicarle a la reina...

—Estoy deseando verla —se apresuró a decirle ella.

—Ya veo.

—La habéis visto... desde la última vez que os vi.

—Por petición suya.

Al ver que ella fijaba la mirada en el mar, Rowan se dio cuenta de que estaba dolida porque la reina no la había llamado antes.

—Estoy seguro de que María quería que disfrutarais de la paz y la tranquilidad de vuestras tierras —le dijo.

—Sí, algunos podemos encontrar la paz.

Rowan se alejó de inmediato, pero se sobresaltó cuando ella echó a correr tras él y posó una mano en su brazo. Cuando se volvió a mirarla, sintió que lo sacudía un temblor al ver aquellos ojos tan hermosos.

—Lo siento mucho.

Él asintió y se alejó de nuevo, pero no pudo evitar preocuparse. Adoraba su país, pero parecía destinado a sufrir un baño de sangre. No quería que Gwenyth se viera inmersa en el conflicto, porque temía que dar la vida por ella no bastara para mantenerla a salvo.

Viajaron a buen paso sin apenas intercambiar palabra. Durante el día se apresuraban para avanzar todo lo posible, y al llegar el anochecer estaban exhaustos. Gwenyth decidió que era lo mejor. Cuando descansaban charlaba brevemente con Annie, y él pasaba el tiempo con sus hombres.

Se reunieron con la reina María y su séquito en Aberdeen, una localidad que estaba bajo el dominio de lord Huntly. La soberana se alojaba en una de las propiedades de sir Victor D'Eau, que tenía ascendencia tanto escocesa como francesa. Llegaron cuando María estaba reunida con lady Gordon, la condesa de Huntly, en una sala que había junto al gran salón.

Las puertas estaban abiertas. Quizás a ninguna de las dos les importaba que las oyeran, o a lo mejor era algo deliberado porque ambas consideraban que era positivo que las vieran conversar.

La condesa era una mujer vigorosa que había envejecido mucho mejor que su señor, quien se había vuelto bastante orondo con el paso de los años. Ella era atractiva y elegante, y tenía a varias doncellas esperándola en el pasillo mientras hablaba con la reina.

María parecía mantenerse firme. Estaba horrorizada por el escándalo relacionado con el duelo, y profundamente afectada porque apreciaba a Ogilvie.

—Vuestro hijo debe entregarse, mi querida condesa —le dijo con seriedad.

—Os ruego que no lo juzguéis con tanta dureza.

—Debe entregarse —repitió la reina, con tono un poco más suave—. Os prometo que no le pasará nada, pero hay que obedecer la ley.

Tras un corto silencio, la condesa suspiró y le dijo:

—Me encargaré de que lo haga.

Tras la despedida de rigor, la condesa salió al concurrido pasillo y alzó una mano para que sus doncellas la siguieran. Cuando la reina salió poco después, todo el mundo la saludó con una reverencia, pero ella no pareció darse cuenta y sus ojos se iluminaron al ver a Gwenyth.

—¡Mi pequeña dama de las Tierras Altas! Gwenyth, qué poco has tardado en llegar —después de abrazarla, miró a Rowan y le dijo—: Habéis cumplido vuestra misión con gran celeridad, estoy entusiasmada.

A pesar de las palabras de la reina y de que Rowan se mostró amable, Gwenyth tuvo la impresión de que estaba preocupado, y no tardó en darse cuenta de por qué. Todo el mundo estaba mirándolos.

—Dama de las Tierras Altas... —la condesa de Huntly regresó junto a la reina, y le dijo—: Es lady MacLeod de Islington, ¿verdad?

—Así es. Lady Gwenyth, os presento a lady Gordon, condesa de Huntly. Condesa, ella es lady MacLeod.

La condesa observó a Gwenyth durante un largo momento, y murmuró un saludo. Al darse cuenta de la presencia de Rowan, comentó:

—Ah, lord Rowan.

—Condesa —la saludó él, con una reverencia.

—Supongo que habréis viajado con un montón de aguerridos hombres de las Tierras Altas —comentó la mujer.

A pesar de que pareció decirlo en tono de broma, Gwenyth se dio cuenta de que estaba intentando averiguar si Rowan había llegado con un contingente considerable.

—Esas palabras las dice la mismísima princesa de las Tierras Altas —le respondió él con galantería.

Lady Gordon rió sin demasiada convicción, mientras María observaba la escena con interés.

—No hay duda de que no tenemos nada que ver con los de las Tierras Bajas —dijo la condesa al fin.

«Y que tenemos nuestras propias leyes», pensó Gwenyth para sus adentros.

—Pero se hace tarde, y la reina ha tenido un día muy largo —siguió diciendo la condesa—. Me voy ya, pero sin duda volveremos a vernos muy pronto. Mi reina... —después de hacer otra reverencia, le besó una mano a María y le dijo con sinceridad—: Gracias.

—Majestad, os ruego que me aseguréis que tenéis hombres armados preparados y muy cerca —se apresuró a murmurar Rowan, cuando la condesa se fue.

María se echó a reír, pero parecía cansada.

—No os preocupéis, mi buen lord Rowan. No confiaría en la condesa ni en su marido si no tuviera el respaldo de un buen número de hombres armados. Decidme, ¿cuántos habéis traído?

—Treinta hombres experimentados con la espada y las flechas, y que saben usar cañones. Pero debéis tener cuidado, porque estamos en el territorio de Gordon.

—Vuestros hombres son bienvenidos, aunque viajo en buena compañía —volvió a sonreír, y añadió—: Me alegro muchísimo de volver a veros a los dos.

Jacobo Estuardo llegó en ese momento, y miró a su hermana con ansiedad.

—Ha accedido a encargarse de que su hijo se entregue a la justicia —le dijo María.

Jacobo se limitó a asentir con expresión seria.

—Jacobo se ha casado hace poco —le dijo la reina a Gwenyth.

—Mis más sinceras felicitaciones, mi señor.

—Gracias, lady Gwenyth —Jacobo se volvió hacia Rowan, y le preguntó—: ¿Y bien?, ¿qué habéis visto a lo largo del camino?

—Desearía poder afirmar que no va a haber un levantamiento en contra de la reina, pero no puedo. No he visto signos de que esté reuniéndose un gran ejército, pero los Gordon pueden conseguirlo en poco tiempo.

—Aún no sé si podemos contenerlos teniéndolos como aliados, o si su poder debe destruirse —dijo la reina.

—La condesa se apoya en el consejo de brujas y de familiares.

—¿Brujas? —Gwenyth se echó a reír—. Dios mío, no puedo... —se detuvo en seco al darse cuenta de que tanto María como Jacobo estaban mirándola con seriedad.

—No se puede subestimar el poder de tales mujeres —le dijo él.

María asintió con tristeza.

—Pero... pero no podéis creer que... que...

—Creo que la condesa estaría dispuesta a pedir la ayuda de los demonios —le dijo Jacobo con total certeza.

—Hay algo que me inquieta más en este momento, hermano —comentó María.

—¿De qué se trata?

Rowan miró a la reina, y respondió por ella.

—El clan de los Gordon ostenta mucho poder. Ha habido rumores que hablan de raptar a la reina, y John Gordon es un hombre apuesto. Es posible que se crea lo bastante atractivo para... conquistar a la reina, incluso si tiene que obligarla antes a ceder. Aquí corréis peligro, mi señora.

—Ya lo sé —le dijo ella, con una sonrisa—. Os prometo que no caeré en una trampa, y que John Gordon no tardará en estar apresado en Edimburgo.

—Muy bien —Rowan no pareció tranquilizarse demasiado con las palabras de la soberana.

—¿Qué os intranquiliza? —le preguntó ella.

—A pesar de que ha fingido amabilidad, he tenido la impresión de que la condesa estaba urdiendo planes mientras hablaba. No creo que sea adversa a raptaros, ni a raptar a lady Gwenyth.

—¿A mí? —Gwenyth se quedó boquiabierta.

—Si uno no puede conseguir oro, a menudo se conforma con la plata —murmuró la reina.

—Y hay algo más que también debéis tener en cuenta —añadió Rowan.

—¿De qué se trata?

—Sé que no tenéis intención de mandar a John Gordon a juicio de inmediato, y que su ofensa no es lo bastante grave para que lo sentencien a muerte.

—Seguid.

—Si escapa, será un serio peligro.

Los días siguientes fueron una extraña mezcla de celebración y peligro. Avanzaron con cautela por las Tierras Altas, aunque a juicio de Rowan llevaban bastantes hombres para proteger a la reina a menos que se produjera un ataque masivo; además, casi todo el mundo parecía darle la bienvenida a la soberana con agrado, así que no creía que corriera un peligro inminente.

Cuando llegaron cerca de Strathbogie, María habló largamente con su hermano, el consejero Maitland y él mismo, y se sintió aliviado cuando se decidió que dejarían atrás la fortaleza que tenían allí los Gordon y se dirigirían al castillo de Darnaway. A pesar de que no era tan impresionante como Holyrood, tenía un salón bastante grande donde María anunció oficialmente que nombraba a su hermano conde de Moray.

Desde allí se dirigieron hacia Inverness, donde surgieron los problemas. Les llegaron noticias de que John Gordon había escapado de su encarcelamiento en Edimburgo, y que se dirigía hacia ellos con una tropa de mil hombres. Otro Gordon, Alexander, les negó la entrada al castillo de Inverness a pesar de que era propiedad de la Corona. Se trataba de un acto de rebelión que no podía ser excusado de ninguna forma.

Acamparon en el terreno que había delante del castillo, y mientras la reina sopesaba sus opciones, los informaron de que lord Huntly había ordenado que se abrieran las puertas para permitirles la entrada.

—Ese viejo chivo se ha enterado de que los hombres de las Tierras Altas están dispuestos a empuñar las armas ante tamaño insulto —dijo Jacobo.

A pesar de que a María no le gustaba la violencia, no tuvo más remedio que dar su autorización cuando su hermano le dijo que el capitán del castillo debía ser ajusticiado, y Alexander fue ahorcado de inmediato.

Durante la primera comida que compartieron en el gran salón, María se levantó y alzó su copa.

—Por las Tierras Altas. Debemos vestir como estas personas aguerridas. Lord Rowan, vos ya estáis correctamente ataviado, pero el resto nos pondremos los tartanes que corresponden.

Rowan observó a las damas de la reina, a sus consejeros y a sus guardias, y se preguntó qué iba a ser de todos ellos.

La reina aún no había decidido lo que iba a hacer respecto a lord Huntly. El hombre no era ningún tonto, así que iba de un sitio a otro mientras su hijo iba en pos de la reina con sus tropas. Rowan llevaba tanto tiempo alerta, que se sentía exhausto y se inquietaba cada vez que la soberana salía más allá de las fortificaciones del castillo.

Gwenyth parecía feliz rodeada de las Marías de la reina, y tenía una sonrisa radiante cuando bajó un poco la cabeza para oír lo que estaba diciéndole María Fleming. A pesar de que todas las damas de la reina eran atractivas, ninguna resplandecía como ella. Se obligó a centrar su atención en Jacobo Estuardo, que estaba trazando con un dedo mapas invisibles del país sobre la mesa.

—Los dominios de Huntly son inmensos —dijo el hermano de la reina, muy serio—. Aunque nunca había visto a María tan feliz. Parece que le encantan las Tierras Altas, y se muestra serena ante la continua amenaza de Huntly —dejó su jarra sobre la mesa con brusquedad, y añadió—: Nunca ha cedido cuando él le ha sugerido que cree un centro de poder católico en el norte, pero tampoco le gusta la idea de arrebatarle su posición.

Rowan permaneció en silencio. El mismo Jacobo era un hombre ambicioso, y no podía evitar preguntarse si la reina entendía realmente las motivaciones de los que la rodeaban. Ella sabía que tenía que actuar contra Huntly, pero sería un grave error darles todo el poder a los lores protestantes, entre los que se encontraba su hermano.

—¿Qué opináis vos, Rowan? —le preguntó Jacobo, indicándole el mapa invisible.

—Si yo fuera Huntly... aquí salimos para cruzar el Spey... es un momento peligroso, y sabemos que John Gordon nos sigue con mil hombres por lo menos.

—Estaremos en guardia.

—¿No traéis a nadie que cante? —les preguntó la reina de repente a los músicos que acababan de entrar en el salón—. A todos nos encanta cantar, pero Gwenyth es la verdadera estrella. Vamos, querida. Estos hombres conocen las hermosas baladas de las Tierras Altas, al igual que tú —sin más, María condujo a Gwenyth hacia los músicos, que empezaron a tocar.

Cuando la reina animó a todo el mundo a que bailara, Rowan se puso en pie. Gwenyth tenía una voz hermosa, pero sintió la necesidad de marcharse al oírla cantar tal y como lo había hecho noche tras noche para Catherine. Cuando sus ojos se encontraron a través del salón, ella le lanzó una disculpa muda, pero a pesar de que sabía que no había tenido más remedio que obedecer los deseos de la reina, él no pudo permanecer allí y se apresuró a marcharse.

Cruzaron el Spey sin problemas, aunque sabían que John Gordon y sus tropas estaban observándolos desde el bosque. El grupo era vulnerable al cruzar el río, pero quizá no los atacaron porque sabían que aún no tenían la fuerza suficiente para atacar a la reina.

Cuando llegaron al castillo de Find, María ordenó que le fuera entregado, pero no la obedecieron. Sus asesores le advirtieron que no conseguirían tomarlo sin cañones, así que siguieron avanzando.

Fue recibida con entusiasmo cuando regresó a Aberdeen, y fue allí cuando cedió a los deseos de Jacobo y permitió que mandara a buscar armas, cañones y más hombres. Uno de los espías de la soberana llegó exhausto al cabo de unos días, y María fue a recibirlo junto a Jacobo y a Rowan.

—La condesa se ha enfadado al saber que os negabais a recibirla aquí, y fue al encuentro de su marido. La oí llorando desesperada, diciéndole que las brujas habían asegurado que él yacería muerto en el Tolbooth antes de que cayera la noche sin una sola marca en el cuerpo. Piensan atacar, y está convencida de que su esposo morirá.

—¿Dónde y cuándo se producirá el ataque? —le preguntó María.

—No lo sé, tuve que salir corriendo con lo que tenía. Se percataron de mi presencia, y temí no poder volver con lo poco que había averiguado si no me apresuraba.

—Hicisteis bien, y os agradezco el servicio prestado. Se os recompensará.

Rowan se volvió hacia Jacobo, y le dijo:

—Se posicionará en la colina de Fare, justo encima de los campos de Corrichie.

—¿Por qué estáis tan seguro de ello?

—Está convencido de que los hombres de las Tierras Altas no apoyarán a la reina, y que podrá vencer fácilmente.

—¿Creéis que me apoyarán? —le preguntó María con calma.

—Sí, creo que sí. No les habéis dado motivo de queja. Y vos... —Rowan vaciló por un segundo. No quería que hubiera un baño de sangre, pero si la batalla era inevitable, era mejor que fuera el enemigo el que sufriera la bajas. Empezó a trazar líneas en el suelo, y añadió—: Vos atacad aquí. Estará atrapado, y lo tomaréis por sorpresa. Si se ve obligado a descender por la colina, quedará atrapado en un pantano y no tendrá escapatoria.

—¿Estáis seguro de lo que decís? —le preguntó Jacobo.

—Conozco las Tierras Altas como la palma de mi mano, lord Jacobo.

—Pero no podéis saber con certeza que elegirá la posición que habéis indicado.

—Es la única que puede tomar. Creerá que es ventajosa, y que podrá conservarla.

La reina los miró visiblemente entristecida, y comentó:

—Entonces, que así sea. Estaremos preparados. Espero que estéis en lo cierto respecto a la posición que elegirá, lord Rowan.

Como la reina solía pasar las mañanas deliberando con su hermano, y a veces también con Rowan y Maitland, Gwenyth se sorprendió cuando irrumpió en su habitación, en la que estaba leyendo para pasar el rato.

—¡El muy insolente...! ¡El muy traidor! —exclamó la soberana.

Gwenyth se apresuró a ponerse de pie, pero antes de que pudiera articular palabra, María siguió hablando.

—Nos han avisado de que Huntly piensa atacar, y según nuestro espía, las brujas de su esposa han asegurado que ganará. ¡Malditas arpías! Practican sus artes malignas de forma ilegal, y es casi imposible hacer que respondan ante la justicia.

Gwenyth no hizo ningún comentario al respecto, porque aún le costaba creer que alguien que había recibido una educación tan esmerada pudiera creer en el poder de la brujería.

—Gracias a Dios que no nos acercamos a algunos de los dominios de los Huntly. Resulta increíble, pero realmente pretende secuestrarme para obligarme a que me case con su hijo. Es... es despreciable, un traidor.

—No lo logrará —le dijo Gwenyth, para intentar calmarla.

—Esto no habría sucedido en Francia.

—Me temo que hay hombres codiciosos en todas partes, que siempre ansían más de lo que tienen.

La reina se sentó en la cama de Gwenyth, y comentó:

—Voy a tener que enfrentarme a uno de los pocos lores católicos del país. Que Dios me perdone.

—Sois la reina, y debéis gobernar vuestro país. Tenéis que proteger a Escocia cueste lo que cueste.

—Sí, es cierto —María la tomó de la mano, y le dijo—: Lord Rowan cree saber el plan de batalla de Huntly, pero... ¿y si se equivoca?, ¿qué pasa si caemos derrotados?

—Eso no sucederá.

María se levantó, y empezó a pasearse de un lado a otro.

—Si lo supiera con certeza...

—¿Vuestro espía no puede conseguir la información?

—No puede acercarse más al enemigo. He enviado a otros informadores, pero...

—Alguien averiguará la verdad. A pesar del poder que Huntly ha ostentado durante años, muchos escoceses adoran a su hermosa y joven reina, y os apoyarán.

María se detuvo de repente, y comentó:

—Los lugareños sabrán algo. Los criados se enteran de todo, y suelen chismorrear.

—Es verdad —admitió Gwenyth. Frunció el ceño de repente, cuando empezó a temerse lo que la reina podía estar planeando.

—Debemos ir a preguntarles.

Gwenyth sintió que se le encogía el corazón al ver que sus temores se confirmaban.

—María, os reconocerán. Os harán reverencias, pero no os dirán nada.

La reina negó con la cabeza, cada vez más animada.

—Iremos disfrazadas. Nos vestiremos de lavanderas, de pescaderas, de sirvientas... iremos por los mercados.

Gwenyth se mordió el labio, y observó con atención a su soberana.

—Majestad, no podéis pasar desapercibida.

—¿Por qué no?

—Porque sois demasiado alta.

—Me disfrazaré de hombre.

—Es demasiado peligroso.

María empezó a pasearse de nuevo.

—Tenemos que ganar. Ese Huntly es un osado... ¡por no hablar de su hijo! John Gordon se cree tan poderoso y apuesto, que piensa que estaré encantada de proclamarlo rey y de obedecer en su sombra. Creen que soy una reina inconstante capaz de olvidar el deseo de mis súbditos, que a causa de mis creencias religiosas les daré la espalda a los que profesan otra fe. Van a atacarme.

—María, tenéis a vuestro servicio a los hombres más preparados.

—Y no quiero perderlos, Gwenyth. Pero, ¿y si las cosas no suceden como espera lord Rowan? Saldremos a la calle como criadas, y nos enteraremos de lo que se rumorea.

—No, no podéis hacerlo —Gwenyth respiró hondo antes de

añadir–: Iré yo. Me pondré alguno de vuestros postizos, y Annie me vestirá de forma adecuada. Ella y yo recorreremos las tiendas para averiguar lo que se habla entre la gente. Además, yo no necesito fingir otro acento para no desentonar.

–No quiero ponerte en peligro –protestó María, ceñuda.

–¡Pero estáis dispuesta a arriesgaros vos! –Gwenyth soltó una suave carcajada–. Vos sois oro, yo sólo soy plata.

–No te alejes demasiado del castillo, y regresa en cuanto hayas averiguado algo sobre la batalla.

–Como ordenéis.

–Debe ser una misión completamente secreta, y tienes que ir con mucho cuidado. Que nadie se dé cuenta de que eres una de mis damas.

–Nadie me reconocerá.

Gwenyth demostró la verdad de sus palabras cuando entró una hora después en el salón, ataviada con la ropa de Annie. Se había puesto relleno bajo la blusa y la falda y llevaba una chaqueta, unas botas viejas de trabajo, un postizo de pelo oscuro, y un chal de lana. Se había tiznado un poco las mejillas y la zona de alrededor de los ojos, para dar la impresión de que llevaba todo el día trabajando junto al fuego.

Cuando Annie y ella entraron en los aposentos de la reina, María no la reconoció.

–Annie, ¿dónde está tu señora?, ¿y quién es esta mujer que traes ante mí, una trabajadora del castillo?

Cuando Gwenyth se echó a reír, la reina soltó una exclamación ahogada y rió también.

–Has demostrado que tenías razón, Gwenyth.

–No voy a arriesgarme, Majestad. Iré de compras al mercado, y prestaré atención a lo que se cuenta.

María vaciló por un momento, pero al final asintió.

–Volveremos cuanto antes –le aseguró Gwenyth.

Cuando salieron de la habitación de la reina, Gwenyth se sobresaltó al cruzarse con Jacobo, Maitland y Rowan, pero ninguno de ellos la reconoció. Los dos primeros no les prestaron la menor atención, y Rowan se limitó a saludar a Annie con una inclinación de cabeza.

En cuanto los tres se alejaron, Gwenyth le aferró la mano a su acompañante y echó a correr por el pasillo, mientras intentaba contener la risa. Annie se zafó de su mano, y se volvió a regañarla.

—Esto es una locura, una verdadera locura.

—Tranquilízate, Annie. Sólo voy a interpretar un papel durante unas horas.

Pasaron junto a la guardia de la reina, que se había apostado alrededor del castillo cuando la soberana había decidido que debían mantenerse alerta a todas horas, tal y como le había pedido Jacobo.

—Las fuerzas de la reina llenan la ciudad —comentó Annie.

—Sí. Tiene a los mejores arqueros, a los estrategas más preparados...

—Supongo que nos mantendrán a salvo mientras llevamos a cabo esta locura.

—Venga, vamos al mercado de pescado.

—Al menos tenéis el acento adecuado.

Empezaron a recorrer las calles muy juntas, como un par de sirvientas que llevaran tiempo sirviendo al mismo señor. Aberdeen era una localidad bastante pequeña en la que casi todo el mundo se conocía, pero era lo bastante grande para permitir que los visitantes no llamaran la atención.

Recorrieron el mercado entre el cloqueo de las gallinas, el aroma del pescado, y el griterío de los comerciantes que anunciaban de todo, desde prendas de lana o agujas hasta utensilios de cocina. Cuando un juguetero balanceó un títere ante ellas, le dieron las gracias pero siguieron adelante. Fingieron comprobar la mercancía que iban encontrando a su paso, y al final se detuvieron junto a un vendedor que ofrecía vasos de cerveza barata.

Annie frunció la nariz y empezó a sermonear al vendedor sobre la cantidad de polvo que estaba cayendo en la bebida, y en ese momento Gwenyth oyó a dos doncellas hablando en murmullos sobre Huntly y el ataque que planeaba.

—A lo mejor se proclama rey —dijo una pelirroja menuda, con una risita.

—Sí, y entonces la condesa sería una mujer muy feliz... además de una reina —comentó una morena bastante atractiva.

—También se dice que quieren casar a la reina con su hijo, para que Huntly controle todo el país —susurró la pelirroja, mientras miraba a su alrededor con nerviosismo.

—Mejor para nosotros —apostilló Gwenyth en voz baja, pero lo bastante fuerte para que pudieran oírla.

Annie siguió increpando al vendedor, para facilitarle que pudiera entablar conversación con las dos mujeres. La pelirroja soltó otra risita y comentó:

—¿A mí qué más me da quién sea rey o reina? Trabajo durante todo el día, gobierne quien gobierne.

—Puede que las cosas se nos compliquen si lord Huntly cae derrotado y la reina decide vengarse —dijo la morena, más seria.

—¿Creéis que lord Huntly puede perder? —les preguntó Gwenyth, como si creyera que tal cosa era imposible.

—Claro que no —dijo la pelirroja.

—Será mejor que nos vayamos. Hay que alimentar muchas bocas, con todos los hombres que están subiendo la colina —dijo la morena.

—Sí, no tardarán en acampar en la colina de Fare —comentó la pelirroja.

—Venga, vámonos.

Cuando se marcharon, Gwenyth tomó a Annie del brazo con tanta fuerza, que estuvo a punto de tirarle al suelo el vaso de cerveza que había acabado comprando.

—Ya podemos regresar.
—¿En serio?
—Sí, vamos.

Emprendieron el camino de regreso sin prestar atención a los comerciantes. Gwenyth empezó a acelerar el paso, sumida en sus pensamientos, pero Annie la agarró del brazo desde detrás para detenerla.

—No podéis echar a correr —le advirtió.

Gwenyth se volvió a mirarla y echó a andar de nuevo, pero topó de golpe contra el cuerpo musculoso de un hombre. Alzó la mirada con sobresalto, y se le encogió el corazón al ver que acababa de encontrarse a Bryce MacIvey.

Contuvo el aliento mientras se preguntaba qué estaría haciendo aquel hombre en Aberdeen, ya que sabía que era protestante, pero quizás eso no le había importado y había decidido luchar junto a lord Huntly.

Él la miró con desdén, y se sintió más que aliviada al ver que no daba muestra alguna de haberla reconocido.

—Apártate de mi camino, estúpida.

Ella se apresuró a obedecer, pero su rostro debió de revelar su miedo, porque Annie le preguntó:

—¿Quién era ese hombre?
—Bryce MacIvey.

Annie soltó una exclamación ahogada.

—¿El jefe del clan vecino a las tierras de lord Rowan?
—Sí.
—Puede que os haya reconocido.
—¿No has visto cómo me ha apartado?, no le interesan las sirvientas.
—Démonos prisa.

Pero Gwenyth permaneció inmóvil, y observó pensativa al hombre que se alejaba. De repente, él se detuvo y se volvió a mirarla con expresión confundida. Cuando ella lo miró a los ojos, frunció el ceño y siguió alejándose.

—Ha venido a luchar contra la reina —dijo Gwenyth.

—Puede que haya venido a luchar por ella.

—No. Es un hombre peligroso, y odia a lord Rowan. Quiere conseguir más tierras, y no puede hacerlo mientras Rowan apoye a la reina y ésta acepte sus consejos.

—Entonces, debemos regresar al castillo para informar de lo que hemos descubierto.

—Aún no hemos descubierto lo suficiente, la presencia de Bryce lo cambia todo.

—Ya sabemos bastante —insistió Annie.

—De acuerdo —le dijo Gwenyth con suavidad.

Mientras avanzaban por una calle poco transitada cercana al castillo, oyeron el ruido de caballos acercándose a sus espaldas. Gwenyth empezó a volverse, pero Bryce MacIvey la alzó y la montó en su silla antes de que pudiera reaccionar. Soltó un grito, pero el hombre ni se inmutó. A pesar del estruendo de los cascos de los caballos y del peligro que corría, fue consciente de que Annie también había sido apresada. Siguió gritando a todo pulmón, intentando llamar la atención de alguien antes de que se las llevaran demasiado lejos, y luchó por pensar de forma coherente mientras el corazón le martilleaba en el pecho. Se preguntó si la había capturado porque la había reconocido, o sólo porque le había parecido sospechoso que se quedara mirándolo.

El caballo iba a tanta velocidad, que sabía que quedaría gravemente herida o que incluso podría morir si luchaba por liberarse y caía al suelo, de modo que no tuvo más remedio que aferrarse al caballo y esperar a ver lo que le tenía deparado el destino.

Mientras las tropas de uno y otro bando se agrupaban, a Rowan le había resultado fácil mantenerse lo bastante atareado para intentar no pensar en la mujer que ocupaba su mente en todo momento, ya estuviera despierto o dormido; sin embargo, sabiendo lo inminente que era la batalla, se inquietó cuando no la vio entre las damas de la reina.

Cuando le preguntó a María sobre su ausencia, ella se limitó a decirle que creía que había ido al mercado, lo cual no contribuyó a tranquilizarlo. A pesar de que Aberdeen parecía haberle dado una bienvenida cordial a la reina, era preocupante que una de sus damas de compañía estuviera deambulando tranquilamente por la zona. Él sabía lo impredecibles que podían llegar a ser aquellas gentes, y en ese momento estaban atrapados en un conflicto entre una nueva reina y el señor al que conocían y obedecían desde hacía años.

Su preocupación fue en aumento cuando tampoco pudo encontrar a Annie, y finalmente decidió que iría a buscar a Gwenyth al mercado. Se sintió irritado, porque en aquel mismo momento los más de mil hombres con los que contaba la reina estaban situándose en los campos, las arboledas, y las casas de la zona, y había infinidad de cosas por hacer. Su propia caballería esperaba sus instrucciones, pero en vez de atender a sus obligaciones, tenía que perder el tiempo buscando a aquella imprudente.

Se encontró a Gavin hablando con uno de los guardias de la reina al salir del castillo, y le dijo con firmeza:

—Ven conmigo, tengo que encontrar a lady Gwenyth.

—Vi a su doncella hace menos de una hora —le dijo Gavin.

—¿Dónde?

—Iba hacia el mercado con otra sirvienta.

—Esa otra sirvienta... ¿era más alta que Annie?

—Sí.

—Era Gwenyth, ¿qué demonios pretende?

—No era lady Gwenyth, sin duda se trataba de una asistenta de las cocinas. Estaba tiznada, tenía el pelo oscuro, y era bastante corpulenta.

—Créeme, amigo mío, era Gwenyth. Y quiero encontrarla antes de que se meta en problemas.

Apenas había acabado de hablar, cuando se oyeron gritos que procedían del mercado. Se volvió hacia Gavin, y le dijo con brusquedad:

—Ve a por los caballos.

Se quedó atónito cuando el grupo de seis jinetes, dos de los cuales cargaban con dos mujeres que no paraban de gritar, pasó junto al mismísimo castillo y delante de las narices de la guardia real. Cuando los guardias hicieron ademán de ir tras ellos, los detuvo de inmediato.

—Puede que sea una trampa para acabar con el máximo número de hombres posible antes de la batalla. Informad a lord Jacobo de que voy a seguirlos hacia el bosque, decidle que venga tras nosotros con precaución y sin seguir la ruta más obvia.

Gavin llegó con los caballos, y lo miró con expresión interrogante.

—¿Vamos a meternos de lleno en la trampa?

—No, Gavin. Tomaremos la vieja ruta romana a través de los árboles, ellos esperan que los hombres de la reina los sigan por el camino normal.

—Los jinetes llevaban los colores de los MacIvey.

—Sí, Bryce era el que iba en cabeza.

—Ellos también conocen las viejas rutas.

Siguieron galopando a un ritmo brutal durante media hora por lo menos, y fueron alejándose cada vez más del castillo y de las tropas que habían ido a luchar por la reina. Cuando se detuvieron al fin en un claro en lo más profundo del bosque, Gwenyth se desesperanzó al ver que no había habido ninguna persecución, a pesar de que las habían capturado ante las narices de los guardias. Aunque era lógico que ninguno de ellos hubiera dejado su puesto para intentar rescatar a dos sirvientas.

No hizo sonido alguno cuando la bajaron sin miramientos del caballo, pero oyó que Annie soltaba un grito de protesta cuando cayó al suelo. Se apresuró a levantarse y a colocarse bien el chal y el pañuelo de lana que le cubría la cabeza, ya que sabía lo importante que era que no la reconocieran.

Al ver cómo la miraba Bryce MacIvey, se dio cuenta de que no sabía quién era... sólo que intuía que la conocía de algo.

—¿A qué se debe esta idiotez? —dijo Annie con indignación—. ¿Quién ha decidido que puede secuestrarse sin más a unas pobres mujeres de las Tierras Altas?

Bryce se volvió hacia ella, y se le acercó con actitud amenazante.

—Tú no eres de las Tierras Altas, lo noto en tu voz.

—¡Es mi querida tía! —exclamó Gwenyth en gaélico. Al ver que había vuelto a captar la atención de Bryce, intentó idear un plan de acción. Escupió en el suelo en un gesto desdeñoso, y añadió—: Mi tía está al servicio de la reina. Vivo con mi madre en las tierras que hay junto a Aberdeen, pero la reina no permite que se maltrate a los sirvientes y seguro que vienen a buscaros.

—Que vengan —le dijo él.

Gwenyth supo de inmediato que sus hombres debían de estar apostados por todo el bosque, y que esperaba que lo siguieran. Seguramente había pensado que se ganaría el favor de lord Huntly si conseguía mermar las fuerzas de la reina.

Quizá no era tan extraño que nadie los hubiera seguido, la guardia real debía de haberse dado cuenta de que se trataba de una trampa.

Le señaló con el dedo, y le dijo con severidad:

—Cuando la reina gane esta batalla, os colgarán. Tenedlo por seguro, acabaréis en la horca.

—¿Acaso eres una bruja haciendo predicciones?

—Claro que no. No soy ninguna bruja, sólo una escocesa leal.

Bryce soltó una exclamación de impaciencia, y la empujó hacia sus hombres.

—Manteneos alerta. Y en cuanto a esta mujer... es bastante joven, haced lo que queráis con ella. Después ya veremos, seguramente lord Huntly se asegurará de que la cuelguen.

El empujón hizo que el pañuelo que Gwenyth llevaba en la cabeza se soltara. Se le habían perdido muchas horquillas en el viaje a caballo, y los postizos que le había prestado la reina empezaron a caérsele.

—¡Se le cae el pelo! —exclamó un hombre.

—Está mugrienta —dijo otro.

—¿Qué zorra no lo está? —les dijo Bryce—. Lavadla si queréis, hay un arroyo más allá de esos árboles.

En ese momento, Fergus MacIvey llegó a caballo.

—¿Qué locura es ésta, Bryce? No debemos jugar con los deshechos de la reina, sino estar en guardia —después de desmontar, se acercó a Gwenyth y la agarró del brazo.

Ella agachó la cabeza, consciente de que lo mejor era no enfrentarse a él. No podía arriesgarse a que descubrieran su verdadera identidad. Pero a pesar de su fingida sumisión, no pudo evitar alzar la barbilla.

Fergus se quedó mirándola en silencio con expresión de estupefacción, y entonces se echó a reír.

—Bryce, estás ciego.

—¡Muérdete la lengua, Fergus! —exclamó su jefe.

—Mira bien a tu sirvienta.

Bryce se acercó a ellos, y agarró a Gwenyth. Cuando le metió una mano en el pelo y le arrancó los postizos que le quedaban, ella no pudo evitar soltar una exclamación de dolor.

Bryce se echó a reír, y les dijo a sus hombres:

—Ya le hemos ganado la partida a la reina —entornó los ojos, y acercó a Gwenyth contra su cuerpo—. Y tú, pequeña bruja, estás perdida. Esta vez no hay cerca ningún señor de las Tierras Altas que pueda detenerme.

Gavin bajó del árbol para informar de la situación.

—Hay muchos hombres, parece que lord MacIvey ha traído todas sus fuerzas. Yo diría que hay unos cincuenta, repartidos por el bosque.

Rowan valoró la situación, que no parecía nada halagüeña. Mientras Gavin subía a aquel viejo roble, él había visto cómo Bryce MacIvey descubría el tesoro que tenía en sus manos. En ese momento, Annie estaba adelantándose indignada.

—Si volvéis a tocarla, la reina os arrebatará todas vuestras propiedades. ¿Cómo os atrevéis a aliaros con alguien como lord Huntly, que siempre se ha mostrado tan variable? Primero apoya a la Congregación protestante, y después afirma que su verdadera religión es la católica. Primero acepta el arresto de su hijo, y después se une a él en contra de la reina.

—Cierra la boca, vieja —le dijo Bryce, sin apartar la mirada de Gwenyth.

—No es ninguna vieja —protestó Gwenyth de inmediato. Era obvio que no era una cobarde—. Os juro que moriréis si me tocáis, y eso es tanto una promesa como una profecía.

—¿Admitís que sois una bruja?

—Moriréis.

—Creo que vamos a consumar la unión antes de la ceremonia, mi señora.

—¡Estáis firmando vuestra sentencia de muerte!

—¿En serio? Estoy rodeado de mis hombres, ¿qué oráculo os ha asegurado que voy a morir?

—La fe firme que tengo en Dios.

Cuando él intentó acariciarle la mejilla, Gwenyth le dio una bofetada que resonó en toda la arboleda.

Rowan se tensó, pero Gavin lo detuvo al ponerle una mano en el hombro.

—No la ayudaréis si estáis muerto.

Rowan sabía que aquello era cierto, que lo que necesitaba era tiempo. Los guardias de la reina no tardarían en llegar.

—Entonces... tenemos que ganar tiempo.

—No me conocen —le recordó Gavin, mientras le pedía permiso con la mirada.

—De acuerdo —accedió Rowan al fin.

—No tengo ningún disfraz, pero demostraré ser un gran actor. Ya lo veréis.

Había cometido un error al golpear a aquel hombre. Aunque fuera la espadachina más experimentada del país, no podría enfrentarse a todos los hombres de Bryce; además, ni siquiera tenía un arma.

Al ver que Annie parecía dispuesta a defenderla de nuevo, temió que su intervención sólo sirviera para empeorar las cosas, así que mientras lord Bryce empezaba a reaccionar y sus hombres parecían dar un paso hacia ellas, exclamó:

—¡Alto! —se sorprendió al ver que la obedecían y se quedaban quietos, y añadió—: Lord Bryce, vos deseáis mis tierras y queréis obtenerlas mediante el matrimonio. Creéis que si me violáis me veré obligada a casarme con vos, pero no es así. Si queréis obtener mis tierras, tenéis que convencerme de que valéis la pena como marido.

—Sois una mujer increíble —comentó él, con una sonrisa.

Fergus se le acercó, y le dijo con severidad:

—Está jugando contigo, Bryce. No puedes confiar en ella.

De repente, todo el mundo se volvió hacia los árboles al oír un ruido entre la maleza, y Gwenyth se quedó boquiabierta cuando un hombre entró en el claro. Vestía unos pantalones y una camisa blanca de lino muy sucia, y parecía cubierto con todas las ramas, las hojas secas y el polvo del bosque. Se acercó con paso extrañamente tambaleante, se detuvo en el centro del grupo, y miró a su alrededor.

—Vaya, no esperaba encontrar una celebración en medio del bosque. Bienvenidos, caballeros —hizo una profunda reverencia, y añadió—: Habéis entrado en mi reino, pues soy Pan de los Bosques. Seáis bienvenidos, sobre todo si traéis buena cerveza.

Era Gavin... por lo que Rowan no debía de andar muy lejos.

—Sacad de aquí a este loco —dijo Bryce.

—Yo estoy en mis dominios, largaos vosotros.

—Ocupaos de él —les dijo Bryce a sus hombres.

—Dejadle en paz —protestó Gwenyth—. No me casaré con un hombre que le hace daño a las criaturas del Señor.

Fergus se llevó las manos a las caderas, y se le acercó con paso firme.

—El matrimonio puede imponerse a la fuerza, mi señora, y eso es lo que va a pasar.

—Y no significará nada si no lo valida la reina —le dijo Gwenyth.

—O el rey —le dijo Fergus con satisfacción.

—Estáis más loco que este pobre hombre —afirmó Gwenyth, con una sonrisa—. ¿Acaso creéis que os resultará tan fácil? No creo que John Gordon pueda salir victorioso frente a las tropas de la reina, y estoy convencida de que acabaréis ajusticiado —alzó la voz para que pudieran oírla todos los hombres que había en el claro, tanto a pie como a caballo—. Y los que os acompañan también acabarán en la horca.

Rowan no pudo evitar sonreír a pesar de las circunstancias, porque todos los hombres de Bryce retrocedieron un poco.

—¡No permitáis que la espía de la reina os haga flaquear! —les gritó Fergus—. Sólo el miedo puede venceros —miró a Bryce, que estaba enfureciéndose, y le dijo—: Tómala ahora mismo, hazlo de una vez. Está jugando contigo, ¡pórtate como un hombre!

Aquellas palabras hicieron reaccionar a Bryce, que atrajo a Gwenyth contra sí. Sin embargo, ella no era una oponente fácil y le dio un puñetazo. Cuando él retrocedió trastabillando, Rowan supo que era posible que no se le presentara otra oportunidad, y tomó una decisión de inmediato. Disparó una flecha, y alcanzó a Bryce de lleno en el pecho.

El hombre ni siquiera se dio cuenta de que estaba muriendo en un primer instante. Se quedó mirando a Gwenyth con perplejidad, y entonces se desplomó.

—¡Estamos rodeados! —gritó alguien.

Empezó a formarse un gran revuelo. Los caballos empezaron a encabritarse mientras los hombres gritaban y el caos se extendía.

—¡Quietos! —gritó Fergus, mientras se colocaba junto a Bryce.

Al comprobar que su jefe estaba muerto, se incorporó y miró a Gwenyth con tanta furia, que Rowan fue incapaz de seguir donde estaba. Hizo que Styx se lanzara al galope a través de los árboles, mientras desenfundaba su espada.

Fergus fue hacia Gwenyth dispuesto a estrangularla, pero

ella estaba preparada y lo esquivó antes de echar a correr por el claro para intentar refugiarse en la arboleda; justo cuando estaba a punto de llegar a los árboles, Rowan irrumpió en el claro con la espada en alto.

Fergus lanzó una orden, y de repente pareció que había hombres por todas partes. Algunos de ellos se lanzaron a la refriega dispuestos a defender a su clan, pero otros no dudaron en huir para salvarse.

Rowan tenía intención de enfrentarse a Fergus, pero los soldados lo atacaron por todas partes y no pudo. Mientras tanto, Gavin se apresuró a acercarse al cuerpo sin vida de Bryce para tomar su espada.

Rowan y Gavin habían sido entrenados por los mejores tanto en la corte escocesa como en la inglesa, y los hombres de Bryce no podían compararse a ellos. Las fuerzas de los MacIvey empezaron a caer alrededor de los dos combatientes.

—¡Rowan! —gritó Gwenyth, al ver que un hombre intentaba atacarlo por la espalda.

Estaba desarmada, pero le lanzó al enemigo un puñado de tierra que lo cegó por un momento, y Rowan tuvo tiempo de volverse y encararse a él.

Al cabo de unos segundos, irrumpieron en el claro multitud de jinetes a caballo. Se trataba de los soldados de la reina, y el enfrentamiento terminó en cuestión de minutos.

Después de terminar con su último enemigo, Rowan desmontó y fue hacia Gwenyth mientras intentaba contener su furia.

—Sois una tonta. Habéis puesto en peligro vuestra vida, la de Annie, la de Gavin, y la mía —le dijo con frialdad.

Ella se tensó y lo miró, digna e incluso majestuosa, a pesar de que tenía la cara tiznada y estaba completamente desaliñada.

—Estaba cumpliendo órdenes de la reina —le dijo con calma.

Rowan rechinó los dientes, pero como no había forma de discutir contra tal afirmación, dio media vuelta.

—¡Nadie os pidió que arriesgarais vuestra vida! —le gritó Gwenyth a su espalda.

Él se irguió aún más, y fue hacia Styx sin volverse a mirarla. Estaba cumpliendo órdenes de la reina, ¿no? Pues, entonces, que la guardia personal de Su Majestad se encargara de llevarla de regreso; además, no quería que ella se diera cuenta de que estaba temblando de pies a cabeza.

La escaramuza del claro no era nada comparado con lo que se avecinaba. Rowan no tenía tiempo de preocuparse por lo que pasaba entre la reina y Gwenyth, porque tenía que tomar el mando de sus propias tropas.

Además, estaba furioso con la reina, así que debía evitar verla. Le resultaba increíble que hubiera desconfiado de sus consejos y que hubiera mandado a alguien a verificar sus palabras, y le horrorizaba que hubiera puesto en peligro a una de sus damas en vez de acudir a los hombres que habían jurado defenderla con sus vidas.

Tomó el control de sus fuerzas bajo el mando general de lord Jacobo y lord Lindsay, junto con Kirkcaldy de Grange y Cockburn de Ormiston. La reina tenía a su disposición ciento veinte arcabuceros y un buen número de cañones.

En primer lugar, los hombres de la reina abrieron fuego sobre las tropas que Huntly tenía en la colina. Los arcabuces y los cañones causaron estragos, y los enemigos empezaron a caer. Cuando se dio la orden, la caballería salió a la carga seguida de la infantería, y empezó el combate cuerpo a cuerpo.

Los hombres de las Tierras Altas no dejaron en la estacada a la reina, que sin duda era lo que quería Huntly. En medio de la lucha, mientras las tropas rebeldes iban en retroceso, los enemigos que iban quedando se vieron obligados a ir hacia el pantano, tal y como había predicho Rowan.

Él estaba junto a Jacobo cuando Huntly fue apresado junto a Adam, uno de sus hijos menores, y a sir John. Cuando Jacobo fue hacia él, Huntly se desplomó de repente de su caballo, y se dieron cuenta de que había muerto.

Sir John se apresuró a desmontar y a ir junto a su padre, pero tanto su hermano como él fueron aprehendidos y el cuerpo de Huntly fue colocado sobre las ancas de un caballo y se sacó de allí.

Se había acabado. El pantano era un espectáculo grotesco de muertos, extremidades amputadas y sangre, y las tropas de la reina habían triunfado con el apoyo del país.

Gwenyth no podía dejar de pasearse de un lado a otro de su habitación. María había salido para hablar con sus tropas antes de la batalla, pero no le había permitido que la acompañara. Ella había protestado, pero la reina parecía estar muy arrepentida de haberla enviado a espiar, y se sentía horrorizada por haberla puesto en peligro. Al principio, había creído que había sido Rowan quien había alterado tanto a la reina, pero entonces se había enterado de que él se había ido directamente a liderar sus tropas.

A lo largo del día, Annie fue yendo a informarla de lo que sucedía.

—No he sabido nada de él, pero las fuerzas de la reina han ido imponiéndose, mi señora.

Cuando el día llegaba a su fin, Annie llegó para decirle que habían ganado.

—La reina está radiante, y dicen que ha sido una masacre. Lord Huntly ha muerto a lomos de su caballo, sin una sola marca en el cuerpo —Annie soltó una carcajada—. Ha pasado tal y como dijeron las brujas de lady Huntly... han llevado el cuerpo al *tolbooth* de Aberdeen, donde permanecerá durante toda la noche. Supongo que le falló el corazón al saberse derrotado, era consciente de que estaba perdido. No sé cuál será el castigo que le impondrá la reina a su clan, pero está claro que los Gordon no van a poder seguir desafiándola ni manteniendo el nordeste y las Tierras Altas ajenos a su autoridad.

—¿Qué sabes de lord Rowan?

—Nada, mi señora.

Cuando Annie se fue, Gwenyth empezó a pasearse de un lado a otro de nuevo. Había obedecido a la reina durante todo aquel día interminable y había permanecido a salvo en su habitación, pero se había ganado la batalla y estaba ansiosa por saber que Rowan estaba sano y salvo, aunque no sabía por qué. Él se había enfurecido con ella, a pesar de que no tenía ningún derecho; al fin y al cabo, los dos estaban al servicio de la reina, y no le debía ninguna explicación.

Pero, a pesar de todo, tenía que verlo.

Rowan se sentía exhausto, bañado en sangre.

Había optado por dejar sus habitaciones del palacio, y aquella noche ocupó junto a sus hombres, los hombres de Lochraven, uno de los pabellones de caza que había a las afueras de la ciudad, en el bosque donde los MacIvey habían intentado preparar una trampa para ganarse la aprobación de Huntly.

Todo el mundo se había puesto de parte de la reina, y se había sorprendido al ver que la población lo consideraba poco menos que un héroe. Los criados del pabellón estaban complacidos de poder servirle, aunque como aquel lugar siempre le había pertenecido a la Corona, quizás era normal que los que se ganaban la vida allí estuvieran satisfechos por el resultado de la batalla.

Todos se habían mostrado alegres mientras preparaban la comida que compartió con sus hombres, a pesar del trabajo que suponía. En cuanto eligió una de las habitaciones, los mozos de cuadra y el ayuda de cámara se apresuraron a llevarle una enorme bañera y cubos de agua caliente, aunque el administrador tenía miedo de que el agua se llevara «las defensas naturales que necesitaba contra los dolores típicos de después de una batalla».

Él le había asegurado que en el interior de su cuerpo había suficientes defensas, estuviera o no cubierto de sangre y de barro, y por fin estaba disfrutando de un buen baño. Era noche cerrada, y en la habitación en penumbra la única luz era la de las brasas del fuego de la chimenea. Estaba rodeado de vapor, y disfrutó de la sensación de limpieza y del calor que estaba relajándole los músculos. Echó la cabeza hacia atrás hasta apoyarla en el borde de madera, cerró los ojos y suspiró. Tendría que estar lleno de júbilo, porque al fin y al cabo habían ganado, pero aún estaba intranquilo.

María estaba demostrando ser una buena reina, pero también había mostrado que podía actuar con imprudencia al estar bajo presión... aunque lo mismo podría decirse de cualquier otro monarca.

Se preguntó si su enfado se debía al hecho de que había sido Gwenyth la que había tenido que correr el riesgo, si se habría sentido tan traicionado si se hubiera tratado de otra de las damas de la reina. Ninguna de ellas podría haberse mezclado tan fácilmente entre la gente, quizás Gwenyth había sido la elección más sensata.

También estaba inquieto porque no habían encontrado el cadáver de Fergus MacIvey. Se trataba de un hombre peligroso, y le daba miedo pensar que podía estar en cualquier parte ideando su venganza, ya que a su clan se les iban a confiscar las tierras. La lealtad al clan lo era todo en las Tierras Altas, y si Fergus estaba vivo, no iba a quedarse de brazos cruzados.

De repente, se quedó inmóvil y su cuerpo entero se tensó. Había oído un sonido quedo, y no era el crepitar del fuego. Había alguien en el cuarto.

Entreabrió ligeramente los ojos sin moverse. No podía creer que sus hombres hubieran bajado la guardia, pero aun así... una figura encapuchada estaba acercándose de puntillas a la bañera. Se detuvo a un metro de distancia, y se acercó aún más. ¿Alguien había ido a asesinarlo mientras se bañaba? Quizá se trataba de alguien leal a Huntly con acceso a los dominios de la Corona, que estuviera dispuesto a sacrificarlo todo para vengar su muerte.

Alargó la mano de repente para agarrarle la muñeca al intruso, que soltó una exclamación con voz femenina. Se incorporó hasta sentarse, listo para luchar...

—¡Deteneos, por favor! ¡Soy yo!

La capucha cayó hacia atrás, y la capa se deslizó hasta el suelo cuando ella retrocedió bruscamente ante su súbito ataque.

Rowan apenas pudo creer que su visitante nocturno fuera lady Gwenyth MacLeod. Llevaba un camisón blanco y un abrigo rojo de terciopelo, tenía el pelo suelto, y parecía tan inocente como un ángel y tan sensual como la mismísima Lilith.

Se apresuró a soltarla, y la miró con suspicacia y sin ocultar su furia.

—¡Os habéis puesto en peligro otra vez, pequeña tonta! ¿Qué estáis haciendo merodeando por mi habitación?

Ella se frotó la muñeca mientras retrocedía un poco, y se las ingenió para mirarlo con una mezcla de disculpa y de desafío.

—No estoy merodeando.

—Os habéis acercado de puntillas a un hombre que estaba bañándose, ¿qué reacción esperabais?

—He venido a disculparme y a daros una explicación —le dijo ella, indignada.

—¿Y nadie os ha dicho que no estaba en condiciones de recibir visitas?

Gwenyth se ruborizó.

—Como si no fuera bastante idiotez salir del castillo y venir vestida así, tampoco habéis entrado por la puerta principal, ¿verdad?

—Temía que os negarais a verme, así que he entrado por las cocinas... os he traído toallas —Gwenyth señaló hacia el baúl que había junto a la puerta, sobre el que había dejado las toallas.

Rowan la miró ceñudo. El calor de la bañera lo había relajado, pero otra clase de calidez estaba inundándolo y tensándolo de pies a cabeza.

—Perfecto, me habéis traído toallas. Eso compensa que hayáis arriesgado cuatro vidas. ¿Os importaría marcharos, por favor?

Ella lo miró mientras un sinfín de emociones diferentes relampagueaban en sus ojos, y al fin se volvió hacia la puerta.

Rowan no sabía en qué estaba pensando... quizá lo que ocurría era que no estaba haciéndolo. Salió de repente de la bañera, la alcanzó antes de que pudiera llegar a la puerta, y la obligó a que se volviera a mirarlo. Sus ojos se encontraron, y por un momento, sólo por un instante, ella dejó de mostrarse desafiante y enfadada. Hubo algo en aquel intercambio de miradas tan desnudo como él, algo perdido y suplicante, algo relacionado con el tiempo que habían pasado juntos.

Y había algo más: una admisión silenciosa de que siempre había existido algo más que enfrentamiento entre los dos, de que él se había equivocado al culparla por ser quien era, de que ella se había equivocado al culparlo por su honestidad.

Rowan abrió la boca para decir algo, pero permaneció en silencio y la atrajo hacia su piel húmeda y desnuda. La miró a los ojos durante un largo momento, y la besó en los labios. No había sido su intención hacerlo, llevaba una eternidad luchando contra lo que sentía por ella... entonces sintió que Gwenyth deslizaba los dedos por su pecho desnudo hasta llegar a sus hombros, que los enterraba en su pelo para acercarlo más, y que respondía con la misma pasión que él sentía en su interior.

Ella era dulce, y sabía a menta y a un profundo anhelo de conocerlo por completo. Él se estremeció mientras la apretaba contra sí y sentía la calidez de su cuerpo bajo el terciopelo y el lino, la perfección de sus formas, la perfección con la que encajaban el uno con el otro. No había bebido, así que no había excusa posible para la locura embriagadora que le llenó el cuerpo, la mente, y el alma.

La alzó un poco para acercarla más, y la llevó a la enorme cama. En vez de tumbarla con cuidado, cayó con ella sobre el colchón, y Gwenyth empezó a trazarle los hombros, los brazos y la espalda con confianza creciente. Apartó los labios de los suyos y volvió a mirarla a los ojos, pero ella no protestó ni le ofreció explicación alguna. Volvió a besarla, ansioso por saborear la dulzura de su boca, mientras ella abría los labios y sus lenguas se encontraban.

Aprovechó que el abrigo de terciopelo se había abierto para recorrer con los labios su cuello y la piel de sus senos, mientras sus manos la acariciaban por encima del camisón. Ella empezó a retorcerse contra él y tensó los dedos en su pelo, y sus movimientos lo enloquecieron. Al sentir que ella posaba los labios en su hombro y que lo acariciaba con la lengua de forma instintiva, se apretó más contra su cuerpo sin dejar de recorrerla con la boca, hasta que no pudo seguir soportando la barrera de la ropa.

Se levantó poco a poco, iluminado por la luz del fuego, y no apartó la mirada de aquellos ojos tan enigmáticos como las sombras mientras la desnudaba y se tumbaba a su lado, mientras sus cuerpos se encontraban piel contra piel. Volvió a acariciarla con los labios mientras la recorría con las manos y saboreaba su textura cálida y vital. Se dio cuenta de que los dos podrían quedar condenados por aquella indiscreción, ya que ella era la dama de la reina y él había jurado protegerla, pero la condenación parecía un pequeño precio a pagar en aquel momento en que todo en el mundo parecía maravilloso. Sentía que su alma y sus sentidos estaban llenos tras años de vacío, que había encontrado la mismísima esencia de lo que le faltaba a su vida.

Cuando Gwenyth soltó una exclamación ahogada y se arqueó, él se perdió en su aroma, en el roce de sus dedos, en la exquisita y atormentadora caricia de su lengua. Ella se movió a lo largo de su cuerpo mientras su pelo sedoso lo excitaba al rozarle la piel. Sabía que era frágil, que tenía que ser cuidadoso, pero mientras se amaban con los labios y las manos se sintió cada vez más enfebrecido, y la ternura fue dando paso a una pasión desatada.

Fue deslizándose por su cuerpo mientras la acariciaba con los labios. Saboreó sus senos hasta dejarla jadeante, y entonces bajó hasta su estómago. Descendió hasta sus tobillos, y fue ascendiendo por la parte interna de sus muslos hasta llegar a su sexo.

Gwenyth enterró los dedos en su pelo, deslizó las manos por su espalda con una intensidad febril... él sintió la sacudida sobresaltada de su cuerpo y oyó cómo exhalaba bruscamente, cómo jadeaba y gritaba de placer.

Después de volver a ascender por su cuerpo, la miró a los ojos y volvió a apoderarse de sus labios. La besó mientras ajustaba sus cuerpos, y entonces la penetró con cuidado a pesar del fuego que lo consumía.

Gwenyth no gritó, pero se aferró a sus hombros mientras él empezaba a mover lentamente las caderas. Ella no tardó en empezar a seguir el ritmo que él fue marcando, y cuando se estremeció, Rowan liberó todo el poder que había estado conteniendo.

Ella lo rodeó fuertemente con los brazos mientras parecía fundirse contra él, y entonces empezó a moverse de tal forma, que Rowan sintió una vorágine de placer descarnado que recorrió su cuerpo, sus extremidades, su sexo. El tiempo no existía, el fuego y las sombras habían desaparecido, el mundo era pura oscuridad y luz cegadora. Ella ya no era frágil, sino un torbellino de fiebre y de pasión que se movía contra él, que frotaba todo su cuerpo y enfundaba su sexo.

Rowan luchó contra el clímax, ya que quería que ella sintiera antes ese placer; cuando pensaba que moriría por el incendio que lo abrasaba, ella se estremeció, se tensó y se relajó. Entonces se permitió el goce agónico de estallar en su interior. Los temblores lo sacudieron una y otra vez, mientras ella no dejaba de aferrarlo, de ser un solo ser con él, de temblar contra su piel.

Mucho tiempo después, se apartó con cuidado de ella y se tumbó a su lado. Gwenyth tenía los ojos cerrados, pero de inmediato se colocó contra su hombro y apoyó la cabeza en su pecho.

Luchó por encontrar las palabras adecuadas, y entonces admitió por fin por qué se había enfadado tanto con ella, por qué había necesitado alejarse de su lado con tanta desesperación.

Era fácil acostarse con una ramera, pero amar a alguien era muy duro.

Gwenyth le había atraído y fascinado desde el instante en que la había conocido. En aquel entonces, él no tenía derecho a sentir tales cosas, pero ella lo había seducido sin pretenderlo. No había podido soportar aquella deslealtad hacia Catherine, porque le debía su amor mientras ella vivía.

Gwenyth permaneció en silencio, y él siguió sin encontrar las palabras adecuadas. No estaba seguro de poder decir lo que sentía, así que recurrió a la ironía.

—Mucho mejor que las toallas.

Sus palabras la enfurecieron, pero él la sujetó cuando intentó levantarse y quedó estupefacto al descubrir que sabía un montón de imprecaciones en gaélico.

—¡Suéltame!

La apretó con más fuerza contra su cuerpo, mientras intentaba controlar la risa. Los ojos de Gwenyth cambiaban a una velocidad fascinante, y en ese momento tenían el color del fuego más intenso... parecían casi demoníacos en las sombras.

—Quédate aquí —le dijo con voz suave.

—No pienso hacerlo, si piensas burlarte de mí.

Rowan tuvo que esforzarse al máximo por contener una sonrisa. Ella se mostraba muy digna y recatada, a pesar de que estaba desnuda en su cama.

—Jamás me burlaría de ti.

—¡Tu tono de voz lo dice todo! Te burlas de mí diciéndome que no lo haces.

Ella seguía intentando zafarse de él. Sus facciones eran increíblemente hermosas a la luz del fuego, y su pelo parecía un manto rojo y dorado. Rowan se echó a reír, con lo que sólo consiguió enfurecerla más, pero rodó hasta atraparla bajo su cuerpo para que no tuviera escapatoria.

—Te juro que no estoy burlándome. Y si has venido a disculparte, te aseguro que jamás me habían pedido perdón de forma tan maravillosa.

—Te juro que si no paras de...

—¿De qué? No sé qué decirte. ¿Estoy contento de tenerte

aquí?, sí. ¿Apenas puedo creer que hayas venido así... y que te hayas entregado a mí?, por supuesto. ¿Quieres la verdad? Pensé que tenías una belleza sin parangón la primera vez que te vi, y que sin duda eras un tesoro digno de una reina. ¿Te tenía miedo?, sin ninguna duda.

Ella se relajó un poco, y lo miró con incredulidad.

—¿Que me tenías miedo?, me parece que ésa es la burla más grande de todas.

Rowan negó con la cabeza y enterró los dedos en su pelo, maravillado de tenerla allí.

—Claro que te tenía miedo, Gwenyth.

—¿Por qué?

—Porque quería... esto. Te deseaba tanto, a pesar de que era inapropiado.

—Sigue siéndolo.

—No, no lo es, porque ya he llorado por la muerte de mi mujer. Y me he odiado durante suficiente tiempo por desearte... sí, incluso te he odiado a ti, porque no pude ser lo que Catherine necesitaba al morir. Me pude perdonar por muchas cosas, pero no por traicionarla con el corazón.

Ella lo contempló con expresión intensa, como si estuviera tan atormentada como él.

—Si quieres que lamente que hayas venido, siento tener que decirte que no puedo hacerlo.

—Estaba equivocada —le dijo ella con una pequeña sonrisa, a pesar de que su expresión siguió siendo seria—. No podía permitirme admitirlo, ni siquiera ante mí misma, pero he venido... para esto.

Rowan no necesitaba nada más. Volvió a besarla, y le hizo el amor de nuevo. Gwenyth se mostró aún más atrevida e igual de apasionada, de hermosa y de excitante. Él se dio cuenta de que nunca podría saciarse de ella ni aunque tuviera una vida entera, nunca se cansaría del aroma dulce y provocativo de su piel, ni del sabor de sus labios...

Pero más tarde, mientras ella permanecía despierta y con la mirada fija en el techo, temió que estuviera arrepintiéndose y la apretó contra sí.

—¿Qué pasa? —le susurró. Tuvo que contenerse para no añadir las palabras que resonaron en su mente... «mi amor».

¿Estaba enamorado de ella...? Sí, sí que lo estaba. La amaba como había amado a Catherine. La amaba porque era como ella, tierna y deseosa de que la vida fuera generosa con todos, de que nadie sufriera. Y la amaba porque no se parecía en nada a ella. Era puro fuego, no dudaba en arriesgarse por los demás, y era una luchadora que nunca admitiría la derrota.

—No tendría que haber venido —le dijo ella al fin.

—Sí, claro que sí.

—No lo entiendes... la reina es una mujer muy casta, y sus damas... sí, a todas les encanta cantar, bailar y flirtear, pero son... son buenas.

—Tú eres muy buena —Rowan se mordió el labio, consciente de que sus palabras podían tener muchos significados.

—Esto me convierte en una... una...

—No hay ningún problema, haré una oferta de matrimonio —Rowan se quedó boquiabierto cuando ella negó con la cabeza vehementemente—. ¿No? —le preguntó, atónito.

Había sabido que algún día volvería a casarse, ya fuera por un beneficio mutuo tras largas negociaciones o por algo de afecto. Necesitaba un heredero, y para eso le hacía falta la mujer adecuada.

Pero ni se le había pasado por la cabeza que se plantearía hacerlo tan pronto, ni que una mujer con menos tierras que él lo rechazaría... sobre todo después de presentarse en camisón en su cuarto.

—No puedo casarme sin el permiso de la reina.

—¿Crees que no permitirá que te cases conmigo?

Al ver su indignación, Gwenyth sonrió al fin.

—He venido por propia voluntad, no tienes que sentirte obligado a casarte conmigo —le dijo con suavidad.

—Tengo que volver a casarme de todas formas —al notar que ella se tensaba, se dio cuenta de que había metido la pata.

—Pero no es necesario que sea conmigo, y yo no tengo por qué casarme contigo —le dijo con firmeza, antes de apartarse de él para levantarse.

Rowan la agarró del brazo con ternura, y le preguntó:

—¿Adónde vas?

—Tengo que volver, soy una de las damas de la reina. Si me necesita y se da cuenta de que no estoy en el castillo, se preocupará y enviará a alguien en mi busca.

Él sonrió al ver lo seria que estaba. La reina había conseguido una gran victoria ese día, porque además de ganar la batalla, se había ganado a sus súbditos, así que sin duda dormiría profundamente.

—Aún no —le dijo.

—No puedo quedarme.

—Un poquito más.

Por una vez, la convenció fácilmente.

11

Estaba enamorada de él. Hacía tanto tiempo que lo amaba, que ni siquiera sabía cuándo había surgido aquel sentimiento. Entendía a la perfección lo que anhelaba la reina... un matrimonio adecuado a efectos de la Corona, pero que también le proporcionara la felicidad y el éxtasis que ella había experimentado la noche anterior. Amar, estar enamorada, que el ser querido sintiera lo mismo...

Puso los pies en la tierra de golpe. Rowan se había ofrecido a casarse con ella, pero en ningún momento le había dicho que la amaba.

Se pasó toda la mañana como en una nube. No podía hablar con nadie de aquello, ni siquiera con Annie, que había sido la que la había ayudado a escabullirse del castillo y había averiguado el nombre de la criada a la que había suplantado.

Annie estaba convencida de que su pura y casta señora había ido, perfectamente vestida, a explicarle a lord Rowan que había ido al mercado para impedir que la reina lo hiciera. No sabía cómo había conseguido decirle con total normalidad que habían solucionado el tema hablando con cortesía.

Después había ayudado a la reina a vestirse, y la había acompañado cuando había ido a hablar con sus súbditos. María estaba entusiasmada con la victoria y con el apoyo que había recibido, pero se mostró solemne y se aseguró de que sus súbditos entendieran la importancia de lo que había sucedido. También les aseguró que no deseaba enfrentarse a nadie, que sólo quería la prosperidad y la felicidad de todos sin importar la fe que tuvieran, además de una Escocia respetada por el mundo.

Ella escuchó a su soberana mientras intentaba contener las ganas de mirar a Rowan, que permanecía junto a lord Jacobo y al resto de asesores militares. Su rostro no mostraba indicación alguna de que la noche anterior había pasado algo tan... inusual, aunque quizás él estaba acostumbrado a ese tipo de cosas.

En cambio, ella se sentía muy diferente, totalmente cambiada.

Esa noche las celebraciones continuaron en el gran salón, y convenció a la reina de que los lugareños estarían encantados si los instaba a cantar y a bailar; sin embargo, cuando María accedió a su petición, fue lord Jacobo el primero en invitarla a bailar, y se le rompió el corazón al ver a Rowan con María Livingstone. Temió revelar lo que sentía cuando los pasos del baile los emparejaron, así que intentó aparentar naturalidad.

—¿Habéis tenido un buen día? —le preguntó cuando se acercaron.

Los pasos del baile los alejaron antes de que Rowan pudiera contestar, y cuando volvieron a acercarse la miró con una sonrisa y le dijo:

—He tenido un día espléndido, mi señora, pero no puede compararse con la noche.

—No debéis decir tales cosas —le dijo ella, ruborizada.

Volvieron a separarse, se acercaron de nuevo.

—Tenemos que hablar con la reina, Gwenyth.

—Ha estado entusiasmada durante todo el día, pero os repito que no tenéis necesidad de casaros conmigo.

—Te lo ofrezco por voluntad propia.

Gwenyth sintió una punzada de dolor en el corazón. Sí, él estaba dispuesto a casarse con ella, era lo correcto y ella era una loca al negarse, pero quería sentirse amada, no sólo deseada. Quería que ansiara convertirla en su esposa, no que le diera ese título porque era entretenida entre las sábanas y tenía que volver a casarse de todas formas.

Volvieron a alejarse, y cuando la música los unió de nuevo, le dijo:

—Quizá.

—¿En serio? —él enarcó una ceja, claramente divertido.

La música terminó en ese momento, y todo el mundo aplaudió. Rowan la miró sonriente, pero la reina lo llamó y se despidió con una reverencia antes de alejarse.

Gwenyth se apresuró a volver a su asiento, ya que no quería seguir bailando, pero lord Jacobo se sentó junto a ella con un suspiro y comentó:

—Mi hermana puede ser muy impulsiva —cuando ella lo miró sin contestar, añadió—: Querida, sé que os encomendó una misión ridícula.

—Pero... pude confirmar dónde pensaba situar sus tropas lord Huntly, aunque no pude regresar con la información.

—Habría estado dispuesta a ir ella misma.

Gwenyth se limitó a asentir.

—Quiere que vayáis a Londres.

—Sí.

—La sucesión es un asunto muy importante —añadió Jacobo.

—Por supuesto —Gwenyth se preguntó si realmente lo era tanto, si no bastaba gobernar una sola nación, pero Jacobo era un ejemplo de que incluso los hombres más cabales parecían querer siempre más.

Se preguntó si Rowan también adolecía de aquella ambición, si deseaba casarse con otra heredera inglesa que pudiera proporcionarle aún más riquezas de las que ya tenía.

—Tened cuidado, mucho cuidado, al tratar con la reina Isabel —le advirtió Jacobo con gravedad.

—Por supuesto.

—No sois una embajadora.

—No, mi señor. Y tampoco pedí que me enviaran a Inglaterra, fue María quien tomó esa decisión.

Jacobo asintió mientras trazaba con un dedo el borde de su copa.

—El plan no me disgusta. Lord Rowan es uno de sus favoritos, y sin duda os mantendrá a salvo. Sólo quiero advertiros que debéis ser cautelosa.

—Por supuesto, lord Jacobo.

Él se levantó y se fue. María regresó a la mesa al cabo de unos minutos, arrebolada y seguida de varias de sus damas.

—Me encanta bailar.

Gwenyth se puso de pie ante la llegada de la soberana, tal y como exigía el protocolo, y la miró con una sonrisa.

—Sois muy buena bailarina, Majestad —le dijo con sinceridad.

—Y tú también, querida mía —María alzó su copa en un brindis, y añadió—: Por mi leal y valiente Gwenyth. Esta noche nos despedimos de nuevo de nuestra querida amiga, ya que mañana partirá para visitar a mi prima Isabel de Inglaterra.

Los cortesanos aplaudieron sus palabras y Gwenyth hizo una reverencia, aunque habría deseado que la reina no la hubiera sorprendido de esa forma. Sabía que se iría, pero no que sería tan pronto. A pesar de todo, anhelaba casarse con Rowan y ser su esposa, pero en aquellas circunstancias...

Él volvió en aquel momento a la mesa junto a lord Lindsay, y la reina le dijo:

—Lord Rowan, acabo de informar a lady Gwenyth de lo que he hablado con vos hace unos minutos. Transmitidle a mi prima mi afecto y mi respeto, sé que protegeréis adecuadamente a lady Gwenyth.

Rowan hizo una reverencia.

—Se hará tal y como ordenáis, mi reina. Mi vida está a vuestro servicio.

Mientras todo el mundo aplaudía, Gwenyth lo miró a los ojos y supo que tendría que estar feliz. Era un hombre apuesto e instruido, uno de los mejores guerreros del país, y se mostraba complacido de que le hubieran encomendado protegerla, pero ella quería mucho más y el viaje que tenían por delante iba a ser largo.

La reina dejó su copa sobre la mesa, y les dijo:

—Que descanséis bien esta noche. Gracias de nuevo por vuestro apoyo, le ruego a Dios que cuide de Escocia. Gwenyth... ¿podrías atenderme esta última noche?

No era una pregunta, sino una orden de su soberana.

—Como deseéis, Majestad —tras despedirse de los demás con una ligera inclinación de cabeza, se apresuró a seguirla.

Cuando llegaron a los aposentos que la reina había elegido, María se volvió hacia ella y la miró con expresión radiante.

—Aún estoy entusiasmada por la victoria, mis súbditos me quieren.

—Sí, lo han demostrado.

Se colocó tras la reina para quitarle las horquillas que sujetaban el postizo que llevaba, y vaciló por un momento mientras se preguntaba cómo sacar el tema de su posible matrimonio, o si debería hacerlo.

—Majestad...

—Ahora hay un tema del que necesito ocuparme cuanto antes.

—Majestad...

—Tengo que elegir un marido. Es un verdadero dilema, pero... —María suspiró y se volvió a mirarla—. Todo ha ido bien de momento, pero no puedo depender de mi hermano de forma indefinida. Siento que estoy gobernando sola, y no quiero ser como Isabel. Me niego a ser una reina sin esposo y baldía.

Gwenyth se quedó mirándola, abrió la boca para hablar, y volvió a cerrarla.

—No dejo de pensar en que tengo que hacer una buena elección, y en que quiero que Isabel me reconozca como su heredera legítima.

—Yo misma he estado pensando en el matrimonio...

—Querida Gwenyth, no debes plantearte ese paso en este momento. Sabes que me encargaré de que te cases adecuadamente a su debido tiempo, pero ahora debes centrarte en llegar a conocer a Isabel y en conseguir ponerla a mi favor con la ayuda de lord Rowan. Mi querida prima, la solterona indómita, jamás ha ocultado que le gusta estar en compañía de hombres atractivos; simplemente, no permite que ninguno de ellos comparta su poder. Cuando regreses... quizás, con el tiempo. Mi querida Gwenyth, te prometo que no será dentro de mucho.

Se volvió de repente, y Gwenyth apenas consiguió desabrocharle un corchete a tiempo sin rasgarle el vestido.

—¡No voy a ser como Isabel! Y ahora vete a dormir, querida mía. Lord Rowan ya tiene sus órdenes, la muerte de su esposa ha retrasado este viaje más de lo que había anticipado. ¿Sabes cuánto tiempo llevo reinando?, ¡y he salido triunfal! Cuando Rowan vea a la reina inglesa, podrá contarle mi victoria.

—Haré lo que esté en mis manos para ayudar a vuestra causa, Majestad.

María quedó satisfecha y empezó a quitarse la falda, porque era más que capaz de arreglárselas sin ayuda cuando quería.

—Soy la única heredera legítima al trono de Inglaterra. Isabel debe entender que no soy ningún peligro para la Iglesia inglesa, a pesar de que soy una católica devota. Los ingleses se enfurecerían si me caso con un católico, preferirían que fuera alguien de su país, pero... si se alzan en nuestra contra, necesitaríamos el poder de un rey extranjero —tras una breve pausa, la reina añadió—: Me temo que me repito. Ve a descansar, estoy impaciente por que visites a mi prima y vuelvas a informarme.

—Sí, Majestad.

—Ven, dame un abrazo y deja que me despida de ti.

María estaba emotiva, pero también decidida. Se despidió de Gwenyth con un cálido abrazo, y le dijo que se fuera a dormir.

Cuando llegó a su dormitorio, Gwenyth descubrió que Annie ya había sido informada de que partirían a la mañana siguiente, porque le había dejado preparado el traje de montar y los baúles ya estaban listos.

La mujer apareció por la puerta que conectaba sus habitaciones, y exclamó emocionada:

—¡Vamos a Londres! Mi señora, es emocionante saber que vamos a conocer a otra reina.

—Sí, mucho —Gwenyth intentó mostrar algo de entusiasmo, pero en ese momento deseó no tener nada que ver con la realeza, que su padre siguiera con vida, y que hubiera conocido a Rowan como una simple mujer.

Se dijo que era una tonta. Había sabido durante toda su vida que el deber era lo principal, que siempre sería más importante que el amor; de hecho, la misma reina le había advertido que no se enamorara de él. Pero María estaba emparentada con Rowan... seguro que cuando llegara el momento se mostraría comprensiva, daría su consentimiento, y todo saldría bien.

Intentó convencerse de que sería así, pero no pudo desprenderse de un mal presentimiento.

Rowan había sabido antes de partir que las largas semanas de trayecto serían difíciles. Los caminos de Escocia no tardaban en volverse intransitables debido a la lluvia o a la nieve, y además eran un grupo numeroso, ya que los acompañaban Annie y diez hombres. Gwenyth sentía predilección por Gavin, que tenía una facilidad para hacerla reír de la que él carecía.

Era obvio que su soldado se había ganado su simpatía el día en que se había hecho pasar por loco para ganar tiempo en el bosque. Era un hombre joven, y además sabía tocar el laúd.

Ese día habían decidido acampar en el bosque al anochecer, en vez de seguir avanzando en la oscuridad hasta encontrar alojamiento. Estaban sentados alrededor de una hoguera, y Gwenyth estaba felicitando a Gavin por su actuación.

—Estuvisteis maravilloso, realmente convincente.

—Mi señora, vos sois una verdadera maestra del disfraz, mi actuación fue mediocre comparada con la vuestra.

Todos sus hombres la admiraban. Él se había puesto furioso por el riesgo que había corrido aquel día, pero a ellos les fascinaba su valor.

No discutían mientras avanzaban, pero tampoco se acercaban demasiado. Él se mantenía a distancia, porque le resultaba demasiado doloroso estar a su lado. Había intentado hablar con la reina, pero María sólo se había mostrado interesada en hablar sobre el trono inglés y su difícil situación, y en darle instrucciones para cuando llegara a Inglaterra.

—Lo que hizo lady Gwenyth fue increíble, ¿verdad? —le dijo Gavin de pronto.

—Fue una insensatez.

—¡María estaba dispuesta a ir ella misma! —protestó Gwenyth de inmediato.

—Tendríais que haber hecho que entrara en razón —Rowan se cruzó de brazos, y se recostó contra un árbol.

Ella esbozó una sonrisa, y se negó a sentirse ofendida.

—Disfrazarse y representar un papel es una estrategia excelente, lord Rowan.

—Lo tendré en cuenta, mi señora.

Gwenyth asintió y se apresuró a apartar la mirada. Rowan se había dado cuenta de que se esforzaba por no hacer nada que pudiera revelar lo que había sucedido entre los dos, pero no creía que fuera por vergüenza, sino porque los dos debían acatar los deseos de la reina. Ambos sabían que aquel viaje era crucial para el futuro del reino y del reinado de María.

—Gavin, ¿podríais tocar alguna canción? —dijo ella de repente.

—Por supuesto.

Una buena mañana
conocí a una dama
en una tierra lejana.
No dudé en cortejarla,
no dudé en besarla,
pero tuve que dejarla.
Cuando regresé a verla
me instó a que me fuera
cantando con voz queda:
sé que te marcharás,
ya no me engañes más.
¿Cómo pudiste aprovecharte
de alguien que quería amarte?

Gwenyth y Annie aplaudieron junto al resto de los hombres, que bromearon con Gavin por ser músico y tan atractivo. Rowan jamás habría admitido que estaba celoso de él, pero a menudo envidiaba su alegre forma de ser.

—Cantad conmigo —le pidió Gavin a Gwenyth.

Sus voces se unieron en perfecta armonía bajo la tupida cubierta de los árboles, y cuando acabaron, Rowan decidió que era hora de dormir. Las mujeres se acomodaron bajo un árbol enorme, y cinco hombres se acostaron mientras los otros cinco se quedaban haciendo guardia.

Al llegar la mañana, todo el mundo se aseó rápidamente y bebió agua en un arroyo cercano, y mientras iban de camino hacia la siguiente ciudad encontraron a un granjero que les ofreció un suculento desayuno compuesto de tocino, pan, pescado, y huevos.

Viajaron hacia el sur hasta que finalmente llegaron a Yorkshire, pero Rowan decidió que no entrarían en la gran ciudad amurallada y siguieron avanzando hasta muy tarde... a pesar de que Annie no dejó de refunfuñar.

—Podríamos habernos detenido en el castillo para que lady Gwenyth pudiera descansar en condiciones, seguro que nos habrían acogido con gusto a pesar de que estemos en Inglaterra.

—Te gustará el castillo donde vamos a detenernos, Annie —le aseguró Rowan, con una sonrisa que la desarmó—. ¿Verdad, Gavin?

—Es un lugar muy acogedor, Annie. Ya lo verás.

Finalmente, llegaron a una gran fortificación amurallada. Como Gavin se había adelantado, el puente levadizo ya estaba bajado para que pudieran pasar sobre el foso. El castillo tenía varias plantas, y las tierras que lo rodeaban eran fértiles y estaban salpicadas de cabañas. Cuando se detuvieron en el enorme patio, Gwenyth se volvió hacia Rowan y lo miró con curiosidad.

—¿Dónde estamos?

—En Dell.

—Ya veo —murmuró ella, aunque no entendía nada.

—Es mío.

—¿De veras?

—Fue un regalo de la reina de Inglaterra. No lo obtuve por mediación de nadie —se apresuró a aclararle, para que no pensara que había conseguido aquellas tierras gracias a su matrimonio con Catherine—. Una vez cumplí una misión por orden de la reina Isabel, y ella me recompensó nombrándome señor de Dell.

—Ya veo —repitió ella, con una sonrisa que lo dejó sin aliento.

Los recibió Martin, el administrador. Era un hombre corpulento y afable, que se mostró encantado con el regreso de su señor y se apresuró a hacer que les sirvieran la cena. La conversación entre los hombres se centró en el almacenamiento de las cosechas y en el mantenimiento del castillo, así que Gwenyth se retiró en cuanto pudo.

Rowan había ordenado que la alojaran en la habitación que se mantenía preparada en todo momento para los embajadores y los nobles que se detenían allí al viajar. La cama era enorme, el colchón firme, y el fuego que ardía en la amplia chimenea caldeaba el ambiente.

Rowan se levantó de la mesa poco después de que ella se fuera, consciente de que seguramente sus hombres permanecerían allí hasta tarde, y en esa ocasión fue él quien la sorprendió bañándose. Entró sigilosamente en la habitación y la vio con la cabeza apoyada en el borde de la bañera, disfrutando del agua caliente después del día a caballo.

—Os traigo toallas, mi señora —le dijo, con tono de broma.

—Annie volverá en breve —le dijo ella con expresión seria—. Cree que un poco de vino me ayudará a descansar.

—Cerraremos la puerta con cerrojo.

—¿Y cómo voy a explicar tal cosa?

—Puedes decir que estás medio dormida.

—¿No crees que puede sospechar que estoy en peligro?

—¿Quieres que me vaya, Gwenyth?

—No, claro que no, pero a lo mejor deberías esconderte en el armario.

—Querida, eso sería de lo más indigno.

De repente, oyeron un golpecito en la puerta, seguido de la voz cargada de nerviosismo de Annie.

—¿Estáis bien, mi señora? Me ha parecido oír voces, ¿queréis que llame a la guardia?

Rowan fue a abrir la puerta a pesar de la exclamación de protesta de Gwenyth. Annie se quedó mirándolo boquiabierta y estuvo a punto de dejar caer la bandeja que llevaba, así que él se apresuró a quitársela de las manos.

—Cierra la boca si no quieres que te entre una araña, mujer. Venga, entra —le dijo, mientras dejaba la bandeja encima de un baúl.

Annie cerró la boca de golpe y entró en la habitación. Miró por un momento a Rowan, que estaba increíblemente apuesto con el atuendo formal que se había puesto para la cena, y entonces se volvió hacia su señora.

Gwenyth temía que aquella mujer que la había servido con tanta dedicación y cariño estuviera a punto de darle una buena reprimenda, que lo que había compartido con Rowan saliera a la luz, pero se quedó atónita al ver que se echaba a reír.

—Vaya, así que por fin han visto lo que era obvio para todos —al ver que Gwenyth fruncía el ceño, añadió—: No, nadie sospecha que se encuentran en secreto —de repente, su risa se desvaneció y miró a Rowan con las manos en las caderas—. Lady Gwenyth no es ninguna criada descarada dispuesta a satisfacer vuestros apetitos, mi señor.

—¿En serio? —Rowan se apoyó contra la pared, claramente divertido.

—No —le espetó Annie, ceñuda.

Rowan la miró con la más profunda y encantadora de sus sonrisas, y le dijo:

—Annie, le he prometido a lady Gwenyth que me casaré con ella, pero de momento se ha negado.

—¿Qué? —Annie volvió a abrir la boca de par en par.

—Tengo mis razones —refunfuñó Gwenyth.

—Ninguna de ellas puede ser lo bastante buena —le dijo la criada con convicción.

Gwenyth no tuvo tiempo de enumerárselas, porque Rowan se apartó de la pared y comentó:

—La reina no quiere hablar de mi segundo matrimonio hasta que se solucione la situación actual, se ha mostrado firme al respecto. Pero soy un hombre de palabra, Annie. Y soy plenamente consciente de que lady Gwenyth no es ninguna descarada.

—Os casaréis con lord Rowan, mi señora —le dijo la criada con voz severa.

Gwenyth no pudo evitar echarse a reír, y entonces se volvió hacia Rowan.

—No hace falta que esperemos la aprobación de la reina, Annie dice que debemos casarnos.

—No os burléis de mí, mi señora.

—Annie, te doy mi palabra de que me casaré con tu señora.

Gwenyth sabía que lo decía muy en serio, y en ese momento no le importó que sus razones fueran correctas o incorrectas. Él estaba allí, había hecho una promesa, y no era un hombre que diera su palabra a la ligera.

Annie se dirigió hacia la puerta, y les dijo:

—Me voy ya, para no meterme en lo que no me importa —de repente, se detuvo y se volvió a mirarlos—. La puerta tiene un cerrojo, sería mejor que lo usaran.

—Este castillo es mío —le recordó Rowan.

—Aun así, será mejor que lo usen.

—Gracias, seguiré tu consejo —le dijo él.

Rowan cerró la puerta en cuanto Annie salió. Entonces

se acercó a la bañera, y tomó a Gwenyth en sus brazos a pesar del agua y del jabón. La deseaba más que nunca, y ella estaba ansiosa por volver a disfrutar de sus caricias. Ya sabía lo que era sentir el poder de su cuerpo musculoso, la textura de su piel bajo sus dedos, sabía que aquel hombre podía hacer que sintiera que hasta ese momento no había vivido de verdad.

A ninguno de los dos le importó que la fina ropa que él llevaba estuviera empapándose; de hecho, ella ya había empezado a quitársela. Gwenyth ni siquiera supo adónde iban a parar las prendas, sólo fue consciente de su cuerpo masculino y de la necesidad que la consumía de explorarlo sin temor.

Estaba medio enloquecida por el deseo de acariciarlo, de notar cómo se le contraían los músculos, de sentir el contacto de piel contra piel. Tomó su mano mientras posaba los labios en su cuello para saborear el latido de su pulso. Estaba aprendiendo a jugar, a provocarlo y a incitarlo, y disfrutó con sensualidad del sabor de su piel. Necesitaba acercarse más a él, y se amoldó contra su cuerpo mientras deslizaba las manos por su piel igual que él había hecho la otra vez.

Aún no tenía demasiada experiencia, así que se mostró vacilante en algunas ocasiones, pero Rowan la animó a seguir con murmullos roncos y la llevó a cimas insospechadas. Fue volviéndose más atrevida mientras él la acariciaba y dejaba que jugara y experimentara, y por la reacción de Rowan, supo sin lugar a dudas que estaba aprendiendo a enloquecerlo de forma instintiva.

Cuando se atrevió a acariciar su erección, saboreó el grito lleno de sorpresa y de placer que él no pudo contener, el ardor desatado con el que la atrajo contra sí, el poder tembloroso con el que la rodearon sus brazos mientras la amaba, mientras sus cuerpos eran uno solo. El mundo entero pareció sacudirse con la fuerza de su pasión salvaje.

Él permaneció a su lado durante toda la noche, abrazándola. Cuando la luz de la mañana penetró en la habitación y la despertó, Gwenyth se dio cuenta de que él estaba contemplándola apoyado sobre un codo.

—Cuando te hayas convertido en una viejecita, seguirás siendo una gran belleza —le dijo él con voz suave.

Gwenyth se echó a reír.

—Cuando sea una viejecita estaré llena de arrugas, mi señor.

—El alma no envejece.

—¿Estás diciendo que mi alma es bella?

—Exacto. Pero debo admitir que al despertar ha sido tu rostro lo que me ha maravillado, además de la forma en que el sol te iluminaba la espalda... y el brillo ardiente de tu pelo.

—Mi pelo se llenará de canas.

—Sí, pero la belleza permanecerá en tu rostro, en tus ojos y en tu sonrisa a pesar de los años.

Gwenyth se acurrucó contra él, y se preguntó si era posible ser más feliz.

—Tú serás un viejecito muy apuesto.

—Los músculos no permanecen firmes para siempre. Estaré encorvado, y seguro que me quedo calvo.

—Pero tú también seguirás teniendo tu rostro.

—Me temo que no es tan delicado como el tuyo.

—No creo que una barbilla tan fuerte llegue a debilitarse, y tus ojos... aunque el color se atenúe, son de un azul tan profundo que parecen negros, y seguirán siendo igual de intensos.

Rowan le acarició la mejilla con los nudillos en un gesto lleno de ternura, y comentó:

—Y pensar que en otros tiempos apenas podías decir una sola cosa agradable sobre mí...

—María es una buena reina —le dijo ella con severidad.

—Sí, lo ha demostrado.
—Sigues sin parecer convencido.
—Lo estaré dentro de veinte años —Rowan apartó las mantas, y se cernió sobre ella—. Mi señora, la sirves con dedicación en sus aposentos... ¿podemos dejarla fuera de los nuestros?

No esperó a que le contestara. Aunque había llegado la mañana, no pensaba olvidar la noche.

Tiempo después, se tumbó a su lado de nuevo y la apretó contra sí.

—Ojalá pudiéramos quedarnos aquí para siempre.

Gwenyth se sorprendió al oír su tono vehemente, y comentó:

—Si lo hiciéramos, no llegaríamos a ver a Isabel, ni podríamos explicarle que María respeta las elecciones religiosas de cada uno, ni podríamos hacerle entender que es su heredera legítima y merece ese reconocimiento.

Él entrelazó los dedos con los suyos, y la miró con expresión seria antes de decirle:

—Y tampoco podríamos regresar junto a la reina para pedirle que nos dé su consentimiento para que nos casemos.

Gwenyth se alzó sobre un codo, y lo miró a los ojos.

—Rowan, te prometo que no atraparía a ningún hombre en un matrimonio por obligación.

—Bueno, es verdad que fuiste muy atrevida, pero me parece que fui yo quien te atrapé.

—Supongo que eso es lo que tienes que creer —bromeó ella.

—Es la verdad, así que es lo que creo.

Volvió a abrazarla y le dio un beso largo y lleno de ternura, pero se obligó a apartarse cuando sintió que empezaba a perder el control.

—Desearía que pudiéramos quedarnos aquí, pero tenemos que partir cuanto antes. Sólo hemos llegado al norte de Inglaterra.

Se levantó de la cama, pero se inclinó para besarla en la frente antes de recoger su ropa del suelo. Después de vestirse, fue hacia la puerta y le dijo que se levantara.

—Nos esperan el desayuno y el camino.

—Ahora mismo voy.

Cuando Rowan salió de la habitación, ella permaneció tumbada durante unos minutos. Las sábanas aún conservaban el aroma de su cuerpo masculino, y se abrazó a la almohada de plumas. Parecía imposible ser tan feliz, y se prometió que nunca dejaría a aquel hombre.

No importaba si él admitía o no que la amaba, seguro que era así. Seguro que siempre la amaría.

Londres le pareció una ciudad enorme.

Gwenyth se recordó que no era tan diferente a París, sólo muy... inglesa. La casa de Rowan estaba cerca de Hampton Court, un poco más allá siguiendo el curso del río, y en la parte trasera había una sólida barca con la que podrían ir rápidamente a ver a la reina.

A pesar de que sabía desde el principio que Catherine había sido inglesa, la sorprendió la cálida acogida que recibió Rowan en aquel país. Mientras avanzaban por la ciudad no dejaron de encontrarse a gente que lo reconocía y que se alegraba de volver a verlo, y todos la miraban con curiosidad.

Rowan la llevó a la catedral de Westminster para que viera dónde se coronaba a la realeza inglesa, y también los recibieron en la Torre de Londres. En la casa se le asignó un ala entera; tras el dormitorio había un salón con acceso a la planta superior, donde estaba la habitación de Annie. Los aposentos de Rowan contaban con una sala donde había un enorme escritorio de roble y varias sillas.

Los primeros días que pasaron en Londres fueron mágicos. Navegaron por el Támesis, pasearon por los parques, y recorrieron los mercados. Rowan fue en calidad de su escolta y se mostraron muy prudentes en público, pero las noches eran suyas.

Finalmente, recibieron una carta de la reina Isabel en la que los informaba de que había dejado una tarde libre para pasar algo de tiempo con su «querido lord Rowan», y también afirmaba estar deseando oír cualquier mensaje que pudiera mandarle su «prima más querida, María de Escocia».

—Su afecto parece sincero —comentó Gwenyth.

—No te fíes de las apariencias, Isabel es una reina muy astuta y siempre se muestra cautelosa.

El administrador de la casa de Rowan era Thomas, un hombre alegre que había tenido cuidado de no hacer ningún comentario sobre la cercanía que hubiera podido apreciar entre su señor y ella. Rowan le había dicho que le había dado empleo cuando era un soldado sin un penique porque era muy discreto, pero aunque no se preocupaba por lo que pudieran decir en presencia del hombre, se mostraba prudente por ella.

Thomas había llevado la carta a las habitaciones de Rowan, y éste había ido a los aposentos de Gwenyth sin dudarlo a pesar de que aún no estaba vestido del todo. Ella aún no se había levantado; de hecho, estaba acostumbrándose a que la mimaran, ya que Thomas y Annie se turnaban para llevarle a la cama cada mañana una bandeja con café y pastas. Nunca había probado aquella bebida, y aunque Rowan le había dicho que era muy típica en Constantinopla, en Londres no gozaba de tanta popularidad y la mayor parte del país ni siquiera había oído hablar de ella.

Rowan le había explicado que en su juventud su padre lo había enviado a hacer un largo viaje por el continente y por el Este, y que allí se había aficionado a aquella bebida.

—Todo puede obtenerse, cuando se conoce a los comerciantes apropiados y uno puede permitirse el precio —le había dicho.

Ella no conocía el alcance de su fortuna, y tampoco le importaba. Simplemente, lo amaba de todo corazón. Aunque lo cierto era que se alegraba de que pudiera permitirse obtener café, sobre todo cuando Thomas se lo servía con nata y azúcar.

Aquella mañana, acababa de dejar a un lado la bandeja cuando Rowan entró para mostrarle la carta de la reina. Ella se asombró al ver que estaba escrita de puño y letra de la soberana y lacrada con su sello, ya que mostraba cierta familiaridad.

—Da la impresión de que la conoces mejor que a la reina María —comentó.

—Yo estaba en Inglaterra en un momento en que las cosas no le iban demasiado bien, y pude echarle una mano.

—¿Ah, sí?

Rowan suspiró, y se reclinó sobre las sábanas de la cama donde había pasado la noche.

—Ahora parece que Isabel está completamente asentada en su trono mientras que María lucha por ganarse el favor de su gente, pero las cosas no siempre le resultaron tan fáciles. Puedes estar segura de que entiende a la perfección el dilema de su prima. A pesar de que hay otros que reclaman el derecho al trono, ninguno son tan viables como María, y creo que Isabel lo sabe.

—Entonces, debería constatarlo de forma legal —le dijo Gwenyth.

—Las cosas no son tan fáciles, y sabes muy bien por qué. María aún no ha ratificado el Tratado de Edimburgo.

—No puede hacerlo, porque tal y como está redactado, estaría renunciando a su derecho al trono de Inglaterra.

—Eso no es todo —Rowan sonrió, y la rodeó con los brazos–. Isabel accedió al trono a los veinticinco años, y era sin duda la soltera más preciada a la que se podía aspirar.

–Pero ha rechazado todas las ofertas de matrimonio que ha tenido.

–Ha dicho en muchas ocasiones que, si se casa, será como reina.

–¿Y qué significa eso?

Él le apartó con ternura un mechón de pelo de la cara antes de responder.

–Significa que le encanta que la quieran... sigue siendo una mujer impresionante en un mundo de hombres. No piensa casarse con un príncipe católico y dar poder a otro país sobre el suyo, y tampoco quiere casarse con un noble inglés para no dar más poder a una familia determinada. Si se casa, quiere mantener el título a todos los efectos, no sólo de nombre. Quiere seguir siendo ella quien gobierne, pero ha aprendido lo difícil que es ser tanto reina como mujer. Robert Dudley era uno de sus favoritos y hubo muchos que pensaban que tenían una relación demasiado íntima, sobre todo teniendo en cuenta que estaba casado. Cuando su esposa murió, se dijo que había sido un accidente, pero muchos creen que se suicidó porque no soportaba que su marido estuviera siéndole infiel con la reina. Isabel mantuvo la cabeza en alto durante el escándalo, y ha dejado claro que no va a casarse con Dudley; de hecho, se rumorea que se lo ha ofrecido a María como posible marido.

Gwenyth soltó una exclamación ahogada.

–¿La reina Isabel se atrevería a proponer para nuestra reina a un hombre así, a alguien al que ella ha... desechado?

Rowan se echó a reír y la apretó contra su cuerpo.

–¡Siempre tan orgullosa! Estoy convencido de que María jamás aceptaría al «desecho» de Isabel; de hecho, la reina inglesa tiene un fino sentido del humor, y piensa que quizá tendría que casarse con él, si Dudley le prometiera que se casaría con María en caso de que ella muriera. Al casarse con dos reinas, él tendría el doble de posibilidades de engendrar al menos un heredero para la Corona.

—No parece una reina muy virginal.

—¿Quién sabe lo que sucede en el corazón y en la mente de los demás? Pero hubo un escándalo cuando vivía con su madrastra, Catalina Parr, y Somerset. A él le habría encantado casarse con ella, en vez de con la viuda del padre de Isabel, pero perdió la cabeza en el patíbulo por querer trepar demasiado alto. Es peligroso ser un noble que aspira a formar parte de la realeza.

Gwenyth dudó por un segundo mientras lo observaba con atención, y finalmente le dijo:

—Si los rumores son ciertos...

—No son rumores, sino hechos. Mi madre era hija del rey Jacobo V de Escocia. La reconoció y la amó, igual que a sus otros hijos.

—¿Y no aspiras a formar parte de la realeza?

—Valoro mi cabeza, muchas gracias. Tendría que ponerme a la cola detrás de muchos otros, y mi amor le pertenece a Escocia. Es mi tierra, mi vida.

Gwenyth sonrió al ver su mirada llena de ternura, y se levantó de la cama a regañadientes.

—Tengo que vestirme con esmero, mi señor.

Rowan se levantó también, y comentó:

—Iremos con la barca.

Al llegar a Hampton Court no los llevaron a la sala de audiencias general, sino a las habitaciones personales de la reina. Uno de los asistentes los condujo a una antesala donde había preparada una mesa para la cena, y donde los esperaba un criado para ofrecerles vino o cerveza. Cuando la reina Isabel entró por la puerta que conducía a su dormitorio, Rowan se inclinó, y Gwenyth hizo una reverencia y esperó a que la soberana le indicara que se enderezara.

Isabel tenía poco más de treinta años, y Gwenyth no pudo evitar evaluarla rápidamente. Era bastante alta, aunque no tanto como María, y tenía el pelo dorado con un toque rojizo y los ojos oscuros. Llevaba un vestido de seda con un jubón de raso, y lucía la corona con naturalidad; a pesar de que no tenía una gran belleza, no había duda de que era atractiva.

—Ah, mi querido lord Rowan —Isabel le indicó que se acercara, y después de besarle ambas mejillas, posó las manos sobre sus hombros y retrocedió un paso para verlo bien. Entonces asintió con aprobación, y sus ojos brillaron con cierta diversión al añadir—: Y aquí tenemos a la dama de mi querida prima, la señora de Islington.

Gwenyth hizo otra reverencia.

—Dejad que os vea bien, muchacha —cuando Gwenyth alzó la cabeza y la miró a los ojos, comentó—: Sois alta.

—No tanto.

La reina se echó a reír.

—Yo diría que medís unos tres centímetros más que yo, y no soy una mujer baja.

—Sois alta, Majestad.

Sus palabras hicieron sonreír a la reina.

—Tengo entendido que pasasteis un año en Francia, así que he ordenado que traigan vino francés esperando complaceros.

—Sois muy amable.

—De hecho, estoy intrigada —Isabel se volvió hacia Rowan de nuevo, y le dijo—: Siento mucho vuestra pérdida. Ha pasado algo de tiempo, y espero que estéis bien.

—Bastante bien, gracias.

—Supongo que estuvisteis en la batalla que vuestra reina libró contra Huntly.

—Sí.

—Fue un asunto que se resolvió bien. Me interesa enterarme de todo lo que pasó, y me alegra saber que mi prima comparte mis opiniones en materia de religión. La gente seguirá muriendo por defender una u otra fe, pero procuro minimizar tales disputas.

—Os juro que la reina María no pretende interferir de ninguna forma con la Iglesia protestante de Escocia, Majestad —le dijo Gwenyth.

—He oído hablar de vos. María os envía como su mayor partidaria, para que me convenzáis de que la buena de mi prima es una heredera legítima a mi trono, tal y como ella afirma.

—Es todo lo que afirma ser —le dijo Gwenyth con suavidad.

—Pero yo aún no estoy muerta —le contestó la reina, divertida—. ¿Sabéis lo que he decidido, querido Rowan?

Él había esbozado una pequeña sonrisa; al parecer, la actitud de la reina lo divertía.

—¿De qué se trata, Alteza?

—No tengo por qué nombrar a un heredero para mi trono, he decidido que no quiero morir.

—No creo que ninguno de nosotros quiera hacerlo, sobre todo siendo tan jóvenes —comentó Gwenyth.

—¡Vaya, la dama acaba de decir que soy joven! Está claro que vamos a ser grandes amigas. Rowan, salid de aquí por un rato, estoy segura de que mis damas estarán encantadas de veros.

Rowan se levantó, pero se quedó donde estaba. Isabel hizo un gesto con la mano, y añadió:

—Salid, quiero hablar a solas con esta muchacha encantadora.

—Como deseéis —le dijo él al fin. No tenía otra opción, así que salió de la sala.

Isabel se acercó al sillón que había en el centro de la sala, y señaló hacia un diván que había justo enfrente.

—Podéis sentaros —cuando Gwenyth obedeció, añadió—: Venga, contadme lo maravillosa que es vuestra reina.

—Quiere ser una buena soberana, mostrarse justa y razonable en todos los aspectos. No sabéis hasta qué punto le rompió el corazón tener que enfrentarse a Huntly, que era católico, pero el reino y sus súbditos eran más importantes para ella. Le encantaría ratificar el Tratado de Edimburgo, pero le resulta imposible. Se sintió agradecida cuando le asegurasteis un trayecto seguro al regresar a Escocia, aunque vuestro beneplácito llegó cuando ya habíamos zarpado. No desea más que ser una buena prima, vuestra amiga.

—No será mi amiga, si sigue negociando un posible contrato matrimonial con don Carlos de España —le dijo Isabel con sequedad.

Gwenyth respondió con cautela, porque era posible que se estuvieran produciendo negociaciones secretas aunque ella no estuviera al tanto.

—María es plenamente consciente de que debe casarse por su país, al igual que vos.

—¿Lo es?

—Fue prometida a Francisco siendo una niña, y se hicieron amigos. Fue una esposa tierna y leal.

—Eso es fácil... cuando se es la reina de Francia.

—No tan fácil. Él tuvo una muerte lenta, y ella no se movió de su lado.

—Ya veo que es bondadosa.

—Mucho.

—¿Apasionada?

—Por supuesto, sobre todo en lo que respecta a un buen gobierno.

—¿Y en todo lo demás?

—Es... muy amable con sus amigos, y detesta la violencia. Es una mujer instruida, y adora los libros, los caballos, y los perros.

—He oído que es una excelente cazadora.
—Lo es.
Isabel sonrió, ya que pareció notar cierto matiz extraño en el tono de Gwenyth.
—¿No os gusta la caza?
—No, en absoluto.
—Al menos sois sincera.
—La reina María también lo es, y mucho.
—Eso no siempre es una ventaja en una reina, querida mía. Aunque es muy afortunada.
—¿Por qué?
—Si todos sus súbditos están tan seguros de su valía como vos, tendrá un reinado largo y próspero.
—¿Os plantearéis reconocerla como vuestra heredera? —le preguntó Gwenyth, esperanzada.
—No.
Gwenyth se sorprendió ante la firmeza de aquella negativa, y permaneció en silencio. La reina sonrió para suavizar un poco la situación, y añadió:
—Aún no puedo permitirme tomar decisiones que puedan hacer peligrar mi propio reinado. Quizá con el tiempo estaré en disposición de hacer lo que me pide vuestra reina, pero debéis entender que no puedo aceptar a una princesa católica como heredera... aunque tampoco aceptaré a ningún otro. Ya he mencionado que considero que es la persona con un derecho más claro a acceder a mi trono, pero el derecho no siempre va de la mano con el poder. De igual modo, los que ostentan el poder no son siempre los que tenían más derecho a obtenerlo. Estoy segura de que os han ordenado que paséis algo de tiempo en mi corte y que no dejéis de hablarme de vuestra reina, así que debéis pasar tiempo en mi presencia y en compañía de mis cortesanos para que veáis cómo hacemos las cosas en Inglaterra.

Isabel se levantó para empezar a pasear de un lado a otro, pero le indicó con un gesto a Gwenyth que debía permanecer sentada, con lo que ésta quedó en una situación de inferioridad; de repente, la reina se detuvo y la miró con atención.

—Creo que gozaré de una larga vida. No caeré en las garras de ningún hombre, porque he aprendido que el cariño excesivo lleva al caos. Seré una reina en todo. Puede que Inglaterra tome algún día un marido, porque la gente ansía tener un heredero, pero Isabel no se casará por pasión. Quizá, cuando me convenza de que vuestra reina no supone una amenaza para mí... pero estamos metidas en un juego en el que hay que esperar, y soy una persona muy paciente.

—La reina María ha tenido un marido, y es indudable que volverá a casarse. Piensa dejar un heredero para Escocia.

—Todo parece estar lleno de realeza, de posibles herederos para el trono —le dijo la reina, con una sonrisa—. Puede que la reina escocesa opte por una elección que me complazca, y en ese caso, ya veremos.

La soberana fue hacia la puerta que conducía a la sala exterior, y cuando la abrió, Gwenyth vio a Rowan conversando con las damas de la corte. No pudo evitar sentir una punzada de celos, aunque no iba a permitirse el lujo de mostrar sus sentimientos. Podía mostrarse tan fría como cualquier reina.

—Rowan, es hora de que cenemos —le dijo Isabel.

—Como gustéis —después de despedirse del grupo con una inclinación de cabeza, él volvió a la antesala.

—Es muy popular aquí, aunque es obvio por qué —le dijo la reina a Gwenyth—. Es alto, diestro con la espada, instruido, y es un hombre de mundo. También es encantador, y tiene pelo y unos dientes fuertes.

—No es un caballo, Majestad —le dijo Gwenyth, antes de poder morderse la lengua.

Se sintió horrorizada de inmediato por sus propias palabras, pero Isabel se limitó a sonreír y comentó:

—Gracias a Dios, alguien con carácter.

Tras Rowan entró una sucesión interminable de sirvientes con bandejas de plata. Gwenyth sabía que aquel despliegue no era para intentar impresionarla con la suntuosidad inglesa, sin duda la reina solía cenar así cuando se encontraba en una audiencia privada.

Cuando Isabel ocupó su lugar en la cabecera de la mesa, Gwenyth se sentó, seguida de Rowan.

—Tomaremos un buen asado inglés, Rowan, aunque las reses escocesas ofrecen suculentos filetes. Y también hay pescado. Lady Islington, las cebollas están particularmente buenas, y las verduras son deliciosas. Espero que disfrutéis de la cena.

—En vuestra presencia disfrutaría de cualquier comida, Majestad —le dijo Gwenyth.

—Rowan, es una diplomática con mucho talento —Isabel alzó un pequeño trozo de carne hacia su boca, pero se detuvo y añadió—: ¿Estabais con Rowan cuando Catherine exhaló su último aliento, querida?

—Sí, estaba bajo mi protección —le contestó él.

—Ya veo.

—María quería que lady Gwenyth viajara hacia el sur mucho antes, pero no fue posible. Permanecí en el castillo de Grey durante algún tiempo, y mi señora fue a las tierras de su familia.

—¿Compartíais el lecho en aquella época? —les preguntó la reina, sin andarse por las ramas.

Gwenyth soltó una exclamación ahogada, pero Rowan no pareció escandalizarse por la pregunta y contestó sin inflexión alguna en la voz:

—No.

—Sin embargo, ya ha pasado algún tiempo —comentó Isabel, con expresión pensativa.

Gwenyth estaba desesperada por salir de allí.

—Si no queréis que la gente lo sepa, tendréis que aprender a dejar de seguirlo con la mirada, mi querida muchacha —le dijo la reina.

—Tengo intención de pedir su mano —apostilló Rowan.

—Qué encantador, una unión por amor.

Tras la conversación que había mantenido con ella, a Gwenyth le sorprendió notar cierto matiz de envidia en su voz.

—Rowan, podríais concertar un matrimonio muy ventajoso para vos. La dama de vuestra reina es muy bella, pero... ¿Islington?

—La dama está sentada justo aquí —le dijo Gwenyth, mientras intentaba controlar la furia que empezaba a sentir.

—Soy la reina. Si deseo hablar como si no estuvierais aquí, no debéis prestar atención a mis palabras —le contestó Isabel, claramente divertida.

—Majestad, hay asuntos más importantes que debemos discu... —empezó a decir Rowan.

—Sí, y todos ellos me aburren en este momento. Estoy mucho más interesada en vosotros dos. Rowan, la condesa Matilda ha enviudado hace poco. Es joven, y posee amplias tierras fértiles. He oído que mencionó que quería hablar conmigo sobre la posibilidad de que seáis su nuevo marido.

Gwenyth se quedó boquiabierta al ver que Rowan sonreía y negaba con la cabeza.

—Majestad, os agradezco las tierras inglesas que me concedisteis, pero soy un súbdito de la reina escocesa y no se me puede canjear con un país extranjero.

Gwenyth pensó que la reina estallaría, y así fue... estalló en carcajadas.

—¿No queréis más poder, más tierras?

—Lo que pasa con las tierras es que, al igual que en el caso de una corona, siempre hay que luchar para conservarlas.

Soy un hombre afortunado, y ya tengo bastantes propiedades provechosas. Cuento con la herencia de Catherine, y fue en lady Gwenyth en quien mi esposa se apoyó al final, quien la cuidó con cariño cuando ni siquiera reconocía mi nombre. En aquel entonces no había nada entre nosotros, y la señora de Islington siempre ha tenido un comportamiento impecable. Pienso casarme con ella con el beneplácito de mi soberana.

—¡Bravo! —exclamó Isabel.

Rowan se volvió hacia Gwenyth, y le dijo:

—Es temperamental y exigente, y le encanta acicatear a los hombres.

—Estoy sentada justo aquí, y soy la reina —Isabel se echó a reír, y posó una mano sobre la de Gwenyth—. Me alegro de que reconfortarais a lady Catherine, porque era una gran belleza y una amiga maravillosa. Si la hubierais conocido en mejores tiempos, habríais llegado a quererla muchísimo.

—Llegué a quererla a pesar de las circunstancias —le aseguró Gwenyth.

La reina miró a Rowan, y le dijo:

—Estoy muy complacida. Es una muchacha encantadora y sensata. Haced que traigan vuestras pertenencias, quiero que los dos viváis en la corte durante algún tiempo. Me apetece que mañana juguemos al tenis... Rowan, vos seréis mi pareja, y lady Gwenyth la de lord Dudley. Creo que ya es hora de que muestre favoritismo por Rowan, varios miembros de la nobleza están demasiado seguros de sí mismos.

—Como deseéis —le dijo él.

—¿Jugáis al tenis, muchacha?

—Por supuesto. La reina María es bastante buena en ese deporte, le encanta estar al aire libre. Sus jardines de Holyrood son preciosos.

—Espero que me alabéis con tanto énfasis cuando habléis con ella de mí —al ver que Gwenyth no contestaba, añadió—:

Se supone que tenéis que asegurarme que sólo podéis pensar en los elogios más brillantes y maravillosos para describirme.

—Sin duda le diré que sois una mujer muy inteligente.

—¿Eso es todo? —Isabel soltó una carcajada.

—También le diré que sois una reina de pies a cabeza.

—Es un verdadero tesoro, Rowan. Rezaré por vosotros dos, ya que la vida nunca es tan fácil como nos gustaría. Lady Islington, la cena ha terminado y ha llegado la hora de que os retiréis. Debo hablar de algunos asuntos con lord Rowan.

Cuando estuvieron a solas, Isabel lo miró con expresión seria.

—En vuestra tierra natal han vuelto a surgir problemas, Rowan.

Él frunció el ceño. La situación había parecido bastante estable cuando se habían marchado, y había pensado que se enteraría de inmediato si surgía alguna novedad, ya que había numerosos lugares con caballos de refresco entre Londres y Edimburgo, para que los jinetes pudieran llevar con premura la correspondencia de una corte a la otra.

—Al parecer, un francés que formaba parte del cortejo que acompañó a la reina desde Francia estaba enamorado de ella. A veces estaba en la corte, y en ocasiones viajaba por su cuenta. Me han informado de que lo han ejecutado.

A María le había resultado difícil conseguir que los miembros franceses de su séquito trabajaran a una con los cortesanos escoceses; además, cada uno de estos últimos solía tener motivaciones muy diferentes, todos perseguían sus objetivos personales y daban consejos muy dispares a la reina.

—¿Qué ha sucedido?

—Será mejor que os cuente todo lo que ha pasado desde que dejasteis a la reina. Condenaron a sir John Gordon por traición.

—Por supuesto. Muchos de los seguidores de Huntly admitieron que existía un plan para secuestrar a la reina y obligarla a casarse con él. Escapó de la justicia, y se rebeló contra ella.

Isabel se sentó, y colocó las manos sobre los brazos del sillón.

—No me gustan las ejecuciones. María presenció la del francés, que gritó que estaba dispuesto a morir por el gran amor que sentía por ella. Al parecer, la ejecución fue bastante accidentada... es muy difícil encontrar a un verdugo que sepa hacer las cosas con eficiencia. Muchos no se dan cuenta de lo piadoso que se mostró mi padre con mi madre cuando hizo traer a un excelente espadachín para que se ocupara de la tarea.

Rowan no contestó. Isabel parecía sumida en sus pensamientos, y no quería ni pensar en las imágenes que podían estar pasándole por la mente.

—Apenas conocí a mi madre —continuó diciendo ella finalmente—. Tenía mi propio hogar en el momento de su muerte, a pesar de que sólo era una niña. Pero supongo que la sangre tiene algo que me afecta especialmente, porque las historias que oigo suelen hacer que se me encoja el corazón. Según los seguidores de mi hermana María, era una bruja y una desvergonzada, pero los que estuvieron con ella hasta su muerte afirmaban que era inocente de todo, menos de su capacidad de seguir hechizando a mi padre. Murió bien, todo el mundo lo dice. Es sorprendente que antes de morir tantos hombres y mujeres tengan que pedir perdón a los que los condenaron... y que tengan que pagar a sus verdugos para que sean rápidos.

—He conocido a personas con una fe tan grande en el

más allá, que creen que sus penalidades en este mundo no importan —le dijo Rowan.

—Tantos hombres mueren de forma brutal... por las palabras del libro que honra a nuestro Salvador. Pero ya basta de divagaciones, volvamos a mi relato. La ejecución del francés afectó tanto a María, que se puso enferma y tuvo que pasar varios días en cama.

—¿Se ha recuperado? —se apresuró a preguntarle Rowan.

—Sí. Al parecer, es una mujer muy sensible. He sufrido enfermedades y me he horrorizado, pero una reina no puede permitir que sus emociones la gobiernen. Parece ser que el cortesano, un tal Pierre de Châtelard, había enloquecido y entró en la habitación de la reina en dos ocasiones. La primera le fue perdonada, pero la segunda vez María se alteró y gritó que su hermano Jacobo, el conde de Moray, debía atravesarle con la espada. Moray se comportó con más calma que la reina, y el hombre fue arrestado, juzgado y ejecutado.

Rowan era consciente de que la reina estaba observándolo con atención. Era una mujer muy astuta, y sabía leer las reacciones de los demás.

—He servido a la reina María, he sido uno de sus asesores, y estoy dispuesto a jurar por lo más sagrado que es tan casta como una doncella casadera, que nunca ha provocado a ese hombre.

—No la confundo conmigo misma.

—Majestad, vos sois única.

—Y vos estáis sonriendo con suficiencia a pesar de que intentáis controlaros. Lo que intento decir es que María debe casarse.

—Lord Jacobo Estuardo la asesora bien.

—Es su medio hermano ilegítimo, no puede ocupar el puesto de rey consorte.

—Quiere elegir con sumo cuidado a su marido, al igual

que vos. Estoy seguro de que sabéis que los hombres hacen locuras por amor, sobre todo por el amor a una reina.

—El amor a una corona —le dijo ella con sequedad.

—Una corona es un tesoro tentador, pero creo que no os falta confianza en vuestras propias virtudes.

—Qué adulador estáis, lord Rowan.

—No es mi intención insultaros, pero existe un peligro inherente en el hecho de que tanto la reina María como vos seáis jóvenes y muy atractivas.

Isabel se echó a reír.

—Sin duda os habéis enterado de cómo jugué con su asesor, el tal Maitland. Pobrecillo, la verdad es que lo torturé mientras intentaba que dijera que una era más atractiva que la otra... incluso intenté que afirmara que yo era la más alta, pero no lo conseguí.

—Maitland es un buen hombre, y un magnífico embajador.

—Habláis con cautela, pero decís la verdad. Sois uno de esos escoceses que se encuentran en una posición difícil, con lealtades hacia Inglaterra y hacia su propia patria. Os aseguro que lo que más ansío es la paz y un buen gobierno, ya que unidos aportan prosperidad. De modo que escuchadme bien: jamás aceptaré un matrimonio católico que una a María con una casa real extranjera, prefiero la amenaza de guerra contra Escocia y Francia, Suecia o España. Si mi prima desea tener una buena relación conmigo, debe tener mucho cuidado con sus planes de boda.

—Majestad, creía que lady Gwenyth y yo... y Maitland, cuando vino a veros... os habíamos convencido de que María va a elegir con sumo cuidado a su marido. Sabe que es la reina, y no se arriesgaría ni a que sus propios nobles se enfrentaran entre ellos ni a crear un enfrentamiento con vos, su prima querida. Creedme, conoce lo importante que es cada uno de sus movimientos.

Isabel volvió a sentarse.

—Estoy convencida de que mi prima es compasiva, decidida y apasionada, y que quiere hacer las cosas lo mejor posible con el poder que ostenta. Lo que me inquieta es si será capaz de navegar por las difíciles aguas de la emotividad.

Rowan agachó la cabeza, porque las historias sobre los arranques de genio de la misma Isabel eran de dominio público.

—Aunque me enciendo de furia fácilmente, no me desmorono —le dijo ella, como leyendo sus pensamientos.

—La reina María no se desmoronará.

—Entonces, ruego para que sigamos siendo «primas queridas».

—Todos rogamos por ello.

Isabel alzó una mano, y esbozó una sonrisa.

—Sois consciente de que no os he recibido aquí sólo para que todo el mundo empiece a murmurar, ¿verdad?

—Quizá no «sólo», pero estoy convencido de que en parte me habéis recibido aquí para que vuestros cortesanos puedan murmurar que habéis mostrado cierto favoritismo por mí, de modo que dejen de murmurar sobre Dudley y vos.

—¿Sabíais que le he concedido a Dudley el título de conde de Leicester, y que por lo tanto es un bocado más apetecible para vuestra reina?

Rowan vaciló por un instante, y al final comentó:

—María es muy orgullosa.

—Toda reina debe serlo. Ya veremos lo que nos depara el futuro.

Era de sobra conocido que Isabel era una mujer muy paciente, capaz de permanecer a la espera observando la situación cuando tenía que enfrentarse a una decisión difícil; de ese modo, eran los demás los que tenían la culpa cuando algo salía mal.

—Sea lo que sea lo que nos espera, estoy encantada de contar con vuestra compañía, Rowan.

—Majestad, sabéis que siempre disfruto de una audiencia con una reina tan poderosa y hermosa como vos.

—Provocaréis muchos celos si seguís hablando así —le dijo ella, con una sonrisa.

—Si eso es lo que queréis, haré lo que esté en mi mano.

—¿Se mostrará suspicaz el nuevo amor de vuestra vida? Esa dama me ha impresionado de verdad, Rowan. Está claro que su lealtad hacia María es inquebrantable, y se ha horrorizado cuando he sugerido que quizá teníais una aventura desde antes de la muerte de Catherine. Tendréis que enfrentaros a ese rumor, ya lo sabéis.

—Gwenyth es mi amor, y mi vida —le dijo él con suavidad—. Y no, no creo que ella sospeche nada indigno... de ninguno de los dos.

Isabel se echó a reír.

—Ojalá fuerais un súbdito inglés.

—Nadie puede elegir las circunstancias de su nacimiento, Majestad.

—Nunca dejáis de ser un hombre de estado. Marchaos antes de que se haga tarde, voy a disfrutar obligándoos a permanecer en mi corte durante algún tiempo.

Rowan se fue después de hacer una profunda reverencia, pero encontró a uno de los guardias esperando tras la puerta para escoltarlo a sus aposentos, donde ya lo esperaban sus posesiones. Cuando la reina deseaba algo, las cosas sucedían de inmediato.

No le complacía tener que alojarse en Hampton Court. Habría preferido quedarse en su propia casa, porque los días que habían pasado a la espera de la invitación de la reina habían sido idílicos; sin embargo, conocía a Isabel, y sabía que tendría que obedecerla por mucho que protestara, y que ella lo martirizaría aún más.

Sabía que lo consideraba tan amigo como podía considerar a cualquier otro hombre, y que Gwenyth la había complacido. A pesar de que era vanidosa, le gustaba rodearse de mujeres atractivas... siempre y cuando ninguna destacara sobre ella; además, la reina lidiaba con tantos halagos y zalamerías, que disfrutaba de su honestidad.

Era obvio que la relación que tenía con Gwenyth le resultaba divertida... y mucho, porque, al parecer, ordenarles que se alojaran en el palacio había sido un entretenimiento más para ella. Estaba más o menos familiarizado con el entramado de pasillos de Hampton Court, y sabía que la habitación que le había asignado tenía una puerta falsa junto a la chimenea, que conducía a la habitación contigua... donde se alojaba Gwenyth.

A lo mejor la reina Isabel tenía un corazón más romántico de lo que creían sus familiares, a pesar de la firmeza implacable con la que había decidido cómo iba a conducir su vida.

No eran los únicos huéspedes, por supuesto. La corte de la reina estaba formada por casi mil quinientas personas, y muchas de ellas se alojaban en el palacio. El gran salón se llenaba a diario con varios cientos de comensales a la hora de la cena, y de hecho, aquella corte era más grande que muchos de los pueblos que había en sus propias tierras.

Pero todo aquello era inconsecuente en ese momento, ya que podía centrarse por fin en las posibilidades que le ofrecía la noche. Gwenyth no sabía que las habitaciones estaban conectadas.

Thomas y Annie habían colocado el equipaje de ambos mientras ellos cenaban con la reina, y como sin duda estaban alojados en sus propias habitaciones, podía abrir la puerta que conducía al dormitorio de Gwenyth para explorar... y eso fue lo que hizo sin más demora.

Bajo la tenue luz del fuego vio sus peines y sus accesorios para el pelo sobre un tocador. El armario estaba entreabierto, y alcanzó a ver que su ropa ya estaba impecablemente colocada dentro.

Gwenyth estaba dormida. Podía imaginarse a la perfección el ritual que había seguido antes de acostarse... cómo se había quitado toda la parafernalia que llevaba encima antes de ponerse el camisón, el tiempo que había pasado cepillándose el pelo. Al verla tumbada en la cama, con su glorioso pelo extendido sobre la almohada y reflejando la luz del fuego, pensó que parecía un ángel.

Cuando se tumbó a su lado, ella se despertó y estuvo a punto de gritar, pero él se apresuró a taparle la boca con una mano.

—Por el amor de Dios, ¿quieres que me ejecuten por asalto?

Ella se tranquilizó de inmediato cuando sus ojos se encontraron, y Rowan sintió que sonreía bajo la palma de su mano mientras le rodeaba el cuello con los brazos.

—Claro que no —le susurró ella, cuando apartó la mano.

No le preguntó de qué había estado hablando con la reina, se limitó a besarlo y a enloquecerlo con las caricias de su lengua.

En cuestión de segundos, los dos habían perdido el control.

Ella era el amor de su vida, lo que sin duda sólo podía ser algo positivo. No existía nada que se interpusiera entre ellos, y el futuro prometía extenderse ante ellos con un brillo tan resplandeciente como el fuego que ardía entre los dos.

Lo abrazaba con tanta intensidad, sus labios eran tan apasionados, y la forma en que se movía... daba igual si estaban juntos en los bosques de Escocia, en una casa junto al Támesis, o en las habitaciones de un palacio.

Cuando quedaron saciados, siguió abrazándola con fuerza, como si... como si temiera perderla.

Se dijo que sus temores eran infundados, pero aun así permaneció despierto hasta muy tarde, dándole vueltas en la cabeza a la extraña inquietud que lo asediaba.

Al amanecer tuvo que volver a su propia habitación muy a pesar suyo, y mientras se obligaba a apartarse de su lado, intentó contentarse con la certeza de que estarían juntos de nuevo cuando llegara la noche.

Ella siguió durmiendo... y él siguió inquieto, e incapaz de explicar a qué se debía su temor.

A Gwenyth siempre le había gustado el tenis, y los terrenos de Hampton Court le parecieron preciosos.

Robert Dudley era un hombre muy atractivo, alto y cortés, pero tuvo la impresión de que exageraba su supuesto encanto y tentaba a la suerte, ya que no dejaba de intentar acercarse a la reina; por su parte, la soberana parecía disfrutar atormentando a los que pensaban que podían influir en ella.

De repente se mostraba risueña y amable con Dudley, y al cabo de un minuto centraba su atención en Rowan. Le gustaba crear celos entre los cortesanos mientras se aseguraba de que nadie se considerara demasiado favorecido, demasiado importante.

Era indudable que Isabel lograría mantener su poder.

Cuando Dudley no logró devolver una pelota fácil, Isabel bromeó diciendo que estaba dejándola ganar a propósito, pero Gwenyth no tenía intención de dejarse vencer por nadie tan fácilmente. Perder fingiendo carecer de habilidad no le parecía la forma de agradar a la reina inglesa, y además, era de lo más reprobable.

Por otro lado, era la representante de María de Escocia, así que le debía a su soberana dejar en buen lugar tanto a su gobierno como a su país. De modo que se esforzó al máximo, y obligó a Dudley a seguirle el ritmo.

En un momento dado, chocaron al intentar alcanzar la pelota, y al ver que la miraba con expresión especulativa... y apreciativa, se apresuró a apartarse de él. Aquel hombre había flirteado tan abiertamente con la reina, que la había involucrado en un escándalo, y la misma Isabel lo había propuesto como posible marido para María. Le parecía increíble que estuviera intentando flirtear con ella también, y decidió que no le gustaba demasiado la vida de aquella corte; no podía admitirlo ante Isabel, pero la de María le parecía mucho más virtuosa.

—Id con cuidado —le dijo Dudley, mientras la tomaba del brazo y la miraba con una amplia sonrisa—. A la reina no le gusta perder.

—A mí tampoco.

—Ella es la reina.

—Pero yo estoy al servicio de otra soberana.

—¿Mi futura esposa?

—Lo dudo sinceramente.

—¡Vamos a seguir con el partido! —les dijo la reina con voz cortante.

Se apresuraron a obedecer, y acabaron perdiendo gracias a la determinación de Dudley. La reina se mostró exultante, pero no celebró la victoria con Robert Dudley, sino con Rowan, que era su compañero.

Para entonces, Gwenyth estaba deseando alejarse de la presencia de la soberana, así que adujo que le dolía un tobillo y regresó con una cojera fingida a su habitación, donde Annie estaba tarareando mientras se ocupaba de su ropa.

—¿Estáis bien? —le preguntó, al verla entrar cojeando.

—Sí, sólo estoy indignada. No me gustan los juegos que practican aquí.

—A vos os encanta el tenis.

—Da igual.

—Ya veo que habéis perdido.

—No me importa haber perdido —tras vacilar por un instante, Gwenyth añadió—: La reina inglesa parece inteligente y juiciosa, incluso amable. Pero da demasiada importancia a juegos banales. Desearía estar en casa.

—Creía que Londres os fascinaba.

—Y así era. Annie, ¿crees que podrías conseguir que me preparen un baño?

La criada salió de la habitación de inmediato, y al poco tiempo estaba ayudándola a desnudarse sin dejar de quejarse por el estado lamentable de la ropa después del partido, y por el hecho de que Gwenyth no dispusiera de recursos económicos propios en Inglaterra.

Ella se limitó a sumergirse en el agua, se recostó contra la bañera mientras cerraba los ojos, y fingió que se quedaba dormida para que Annie la dejara en paz. Al oír que se marchaba, volvió a abrirlos y se sumió en sus pensamientos, mientras se preguntaba por qué estaba tan irritada con lo sucedido.

Al final se dio cuenta de que lo que pasaba era que no confiaba en Isabel. No había duda de que era una reina inteligente y efectiva, pero tenía igual de claro que aquella mujer estaba dispuesta a utilizar a todas las personas de más baja categoría que estuvieran a su disposición para cumplir sus objetivos.

A Rowan no le gustaba Robert Dudley. Nunca lo había soportado, y jamás lo haría. El padre de Dudley había perdido la cabeza al involucrarse en una trama relacionada con la Corona, pero eso no parecía impedir que él fuera demasiado osado. Era un hombre alto y fuerte que parecía tener un concepto muy elevado de su propio encanto, y eso era algo que Isabel había potenciado.

Verlo jugar con Gwenyth al otro lado de la pista no había contribuido a que le cayera mejor. Conocía la forma de pensar de Dudley. Era el favorito de la reina, aunque nadie sabía con certeza si habían tenido una relación íntima, y él se consideraba libre para tener aventuras con otras mujeres mientras mantenía su absoluta devoción por la soberana. Aunque Isabel le propusiera un posible matrimonio con María de Escocia, sin duda Dudley consideraba a la dama de la reina una suculenta tentación. Había demasiados hombres con cierto rango y poder que se creían con derecho a tales indiscreciones, pero a pesar de que las tierras de Gwenyth no eran extensas, era una noble escocesa por derecho propio y ni Dudley ni nadie de su calaña tenía derecho a reclamarla.

No podía negar que lo carcomían los celos.

Como conocía a Gwenyth a la perfección, sabía que se había ido hecho una furia de la cancha de tenis a pesar de su aparente cordialidad, pero no pudo seguirla en un primer momento porque Isabel le pidió que la acompañara al salón. Mientras conversaban, sintió una mezcla de cautela y curiosidad cuando ella mencionó que había dado permiso a lord y lady Lennox para que regresaran a Escocia a reclamar sus tierras, ya que eran parientes de Enrique Estuardo, lord Darnley.

—¿Estáis abogando por el hijo, para que sea el posible rey consorte de María?

Conocía a Darnley y le gustaba aún menos que Dudley, porque mientras que éste último no ocultaba que era un hombre lascivo y ambicioso, Darnley era un jovenzuelo atractivo al que le gustaba cazar, bailar, y tocar el laúd, pero que también era egoísta y consentido. No podía imaginárselo luchando en una batalla, ni ganándose a sus súbditos para que lo apoyaran.

—No. Voy a permitir que lord y lady Lennox regresen a

Escocia porque llevan demasiado tiempo castigados por viejas infracciones. No creo que el matrimonio del que habláis me agradara demasiado. Enrique Estuardo también es primo mío, y puede considerarse como un posible sucesor tanto a mi trono como al de Escocia. Que mis parientes más cercanos intenten hacerse con la corona tras mi muerte es una cosa, pero pensar que pueden intentar arrebatármela mientras vivo es totalmente diferente. Pensé que deberíais saberlo.

—Ya veo. Os agradezco que me hagáis conocedor de lo que pensáis.

—Aseguraos de transmitir mis palabras tal y como os las he dicho. Estoy preparándolo todo para que os encontréis con Maitland y con mi propio embajador, Throgmorton —Isabel entrelazó el brazo con el suyo, y añadió—: Creen que ignoro que Maitland está negociando en secreto con don Carlos de España.

—Majestad, es del dominio público que vos os divertís entablando negociaciones matrimoniales con pretendientes de todas partes.

—Las negociaciones dan poder —le dijo ella, con una sonrisa.

—Ya veo. Balanceáis la gran zanahoria que es Inglaterra delante de las mulas del continente, de modo que sabéis que podéis formar una alianza rápidamente en caso de que sea necesario.

—Puedo protegerme de los contactos franceses de mi prima, e incluso sacar a la superficie viejas animosidades, si hace falta.

—Me aseguraré de que la reina María sea debidamente advertida. ¿Permitís que me retire? —no veía a Robert Dudley por ninguna parte, y empezaba a ponerse nervioso.

Isabel asintió, y le dijo:

—Os veré en la cena junto a lady Gwenyth.

—Como deseéis, Majestad.
—Me encantan esas palabras... sí, como yo desee.
—Sois una reina.
—Pero no siempre fue así, ya sabéis que en una ocasión entré en la Torre por la Puerta de los Traidores. Sé como pocos lo fácilmente que puede caer una corona de la cabeza de un rey, pero estoy decidida a conservar la corona y la cabeza a toda costa. Podéis retiraros.

Rowan estaba ansioso por hacerlo, y recorrió con paso rápido los pasillos del palacio. Saludó con la cabeza a conocidos e incluso a algunos viejos amigos, pero no se detuvo porque quería llegar a la habitación de Gwenyth cuanto antes.

Empezó a respirar aliviado cuando tuvo la puerta a la vista, pero al acercarse más, se dio cuenta de que estaba entreabierta y vio la silueta de un hombre. Echó a correr al darse cuenta de que alguien acababa de entrar en la habitación, llegó a la puerta justo cuando estaba cerrándose, y la abrió de golpe con un empujón brutal. Lo que vio lo enfureció aún más.

Gwenyth estaba en la bañera, con los dedos fuertemente aferrados al borde de madera. Robert Dudley había echado a andar hacia ella, pero se había detenido en seco con su llegada.

Rowan desenfundó el cuchillo que llevaba en la pantorrilla y miró con expresión asesina a Dudley, que estaba desarmado y se apresuró a retroceder.

—¡Por el amor de Dios, lord Graham...! ¿Qué estáis imaginando?, ¡sólo he venido a ver cómo estaba el tobillo de lady Gwenyth!

Rowan no estaba seguro de lo que contestó, sólo supo que sin pensarlo empezó a soltar imprecaciones en la lengua gaélica de su padre. Fueran cuales fuesen sus palabras, el significado le quedó muy claro a Dudley, que retrocedió aún más.

—Si me causáis el más mínimo daño, la reina os cortará la cabeza.

—¿Sabiendo que pretendíais violar a una dama en su corte? —le dijo Rowan, hecho una furia.

Dudley fingió sorprenderse muchísimo, y entonces lo miró con expresión inescrutable.

—¿Sabéis cuál es mi rango, lord Rowan?

—¿Sabéis cuál es el mío?

—Ya veo que estáis dispuesto a empuñar un cuchillo contra un hombre desarmado.

Rowan se horrorizó al ver que las palabras de Dudley hacían que Gwenyth pasara a la acción. Hasta ese momento había contemplado la confrontación en silencio y con los ojos como platos, pero de repente agarró la toalla de lino que había junto a la bañera, se envolvió en ella, y fue hacia él.

—¡Rowan, suelta ese cuchillo!

Él obedeció lanzándolo hacia la chimenea.

—De acuerdo, será sin armas —dijo, con voz letal.

—¡No quiero que pelees! —exclamó ella.

Rowan no sabía si Dudley era tan influyente como pensaba y la reina creería cualquier mentira que le dijera. Isabel no era tonta, pero siempre haría lo que se le antojara... incluso perdonar la peor de las ofensas si tenía un objetivo mayor en mente.

En ese momento, odiaba a Dudley con toda su alma. Ansiaba estrangularlo con sus propias manos, pero si lo hacía, acabaría en la horca.

Y si él acababa en la horca... Gwenyth correría un grave peligro.

—Rowan —susurró ella, antes de volverse para ir hacia Dudley. Cuando llegó a su lado, aferró con más fuerza la toalla, y le dio una sonora bofetada en la cara.

Dudley se frotó la barbilla mientras la miraba atónito.

—Sois el favorito de la reina, no el mío —le dijo ella, con tono firme—. Y si se os ocurre intentar volver a sorprenderme, os aseguro que no tendréis que temer que lord Rowan os mate, porque lo haré yo misma. En Escocia no sólo nos enseñan a ser corteses, incluso a las muchachas se nos enseña a protegernos de posibles ataques.

Dudley se había sorprendido más por su bofetada que por las amenazas de Rowan, pero éste sintió la necesidad de reforzar sus palabras.

—Si volvéis a acercaros a ella os mataré, Dudley.

El hombre soltó una carcajada carente de humor, y comentó:

—No sabía que era vuestra amante, lord Rowan.

—Mi relación con la dama no os incumbe. Es una de las damas de compañía de María de Escocia, y como tal, le debéis el debido respeto.

Dudley miró a Gwenyth, y le dijo:

—Buscáis obtener poder en el sitio equivocado. Lord Rowan procede de una rama ilegítima de la familia real.

—No quiero obtener poder, Dudley; de hecho, cuanto más veo sus efectos, menos lo codicio. Salid de mi habitación ahora mismo.

—¿Qué pasaría si os dijera que la reina ha dado el visto bueno a mi visita? —le preguntó él con suavidad.

—Sois un mentiroso —a pesar de sus palabras, Rowan sintió que se le encogía el corazón. Se preguntó si la reina podía llegar a ser tan traicionera—. Salid de aquí.

—¡Por el amor de Dios!, ¿qué es lo que sucede?

Rowan se volvió de golpe y vio a la reina en la puerta, flanqueada por sus cortesanas. Fuera lo que fuese lo que estaba pensando en realidad, parecía horrorizada.

—Los dos hemos venido a comprobar si lady Gwenyth estaba bien después de lastimarse el tobillo esta tarde —se apresuró a contestar Dudley.

—Que alguien le ofrezca una bata a la pobre muchacha —dijo Isabel con tono cortante.

Una de sus damas, lady Erskine, pasó junto a los dos hombres a toda velocidad, agarró la bata de terciopelo de Gwenyth, y se apresuró a cubrirle los hombros con ella.

—Estoy segura de que queríais aseguraros del bienestar de la dama, ¿qué otra cosa podría pensar? —les dijo la reina—, pero estoy convencida de que querrá disfrutar de algo de privacidad, así que podéis marcharos de inmediato.

Dudley hizo una profunda reverencia.

—Mi querida reina, os pido que me concedáis una audiencia de inmediato. Hay asuntos urgentes de los que debo hablaros.

Rowan permaneció en silencio y se limitó a mirar a Isabel, pero se asombró cuando ella apartó la mirada y se ruborizó ligeramente.

—Lord Rowan, parecéis alterado. Estoy segura de que vuestro sirviente, Thomas, se ha asegurado de que haya un buen vino en vuestras habitaciones, así que os sugiero que descanséis. Dudley, venid conmigo.

Rowan no tuvo más opción que salir al pasillo. Después de hacer una reverencia, entró en su habitación y cerró la puerta, y luchó por seguir controlando la furia que lo inundaba mientras esperaba a que las voces de la reina y de los demás se perdieran en la distancia.

Cuando estaba a punto de ir como una exhalación hacia la puerta que conectaba su habitación con la de Gwenyth, ella se le adelantó y entró corriendo. Había dejado caer la toalla y la bata, así que estaba completamente desnuda, y se lanzó a sus brazos temblorosa.

—¡Es una mujer horrible! Ha provocado lo que ha pasado, lo ha hecho a propósito. Como no desea comprometerse con ese hombre, pero quiere tenerlo sometido a su voluntad, está dispuesta a ofrecerle a cualquiera para que lo entretenga con tal de que siga siendo su paciente perro faldero.

—Ssss... tranquila, no volverá a suceder —le dijo con voz tensa, mientras recordaba la expresión que había visto en el rostro de la reina. No creía que hubiera planeado todo aquello, porque se había mostrado sinceramente horrorizada; aun así, no era el mejor momento para intentar convencer a Gwenyth de la inocencia de la soberana.

Ella se apartó de él, y lo miró con desesperación.

—No me digas eso. Pareces estar a punto de ir a matarlo, y si lo hicieras... ¡Dios, Rowan! —lo abrazó con fuerza, sin dejar de temblar.

Ése era el problema. Ansiaba matar a Dudley, pero no podía. En tales condiciones, ¿qué promesa podía hacerle?

—Te prometo que no volveré a dejar que se te acerque.

—Sería mejor que... que...

Él le alzó la barbilla, consciente de que ella estaba pensando que sería mejor que Dudley estuviera muerto.

—Ni siquiera lo digas —susurró, mientras le apartaba el pelo húmedo de la cara. De repente, se arrodilló ante su cuerpo desnudo y tembloroso, y la tomó de la mano—. Te juro que te protegeré de todo mal con mi vida —la miró a los ojos, y añadió—: que te amaré hasta mi último aliento.

Gwenyth soltó una exclamación ahogada, y cayó de rodillas ante él. Cuando Rowan acunó su rostro entre las manos, ella lo miró con ojos llorosos antes de besarlo con una ternura dolorosa que lo inundó en cuerpo y alma.

Después de alzarla del suelo, la llevó a la cama y la tumbó con una ternura infinita. Se colocó a su lado, y empezó a susurrarle con una vehemencia apasionada.

—Juro por mi honor que te amaré, pase lo que pase, durante todos los días de mi vida. Con todo mi ser...

—¡Rowan! —exclamó ella con suavidad, antes de besarlo de nuevo.

Al cabo de unos momentos, Gwenyth se apartó de sus labios y empezó a acariciarle los hombros con la lengua y los dientes, mientras lo recorría con las manos. Rowan estaba enfebrecido de pasión, una pasión que nacía del corazón y que necesitaba expresar de forma física, después de haberlo hecho con palabras. Le hizo el amor con un deseo volátil, de la forma más carnal, seduciéndola y excitándola con lengua, manos, dedos, y labios. Nunca en su vida había hecho el amor con alguien de forma tan violenta, intensa y tierna a la vez. El cuerpo, a pesar de todo el fuego que lo consumía, no alcanzaba a poder expresar todo lo que sentía en el alma. Nunca se cansaría de ella, Gwenyth lo hechizaba cada vez que respondía a sus caricias; al final, ambos quedaron jadeantes, temblorosos... y con los cuerpos enlazados y su erección aún dentro de su cuerpo. No quería apartarse, no quería separarse de ella.

—Esta noche nos iremos —le dijo con voz suave.

—No podemos, Rowan. Nos ha enviado una reina, y somos huéspedes de otra.

—Tengo derechos por virtud de mis posesiones en Inglaterra —le dijo él con vehemencia.

Gwenyth se apartó un poco, y esbozó una sonrisa mientras le acariciaba el rostro.

—Rowan, rezamos constantemente para que los sentimientos no gobiernen a nuestra reina, así que no podemos marcharnos de aquí por un enfado y sin permiso. Creo que Isabel te respeta muchísimo, vuelve a hablar con ella. No podemos convertirnos en sus enemigos.

Rowan permaneció allí tumbado en silencio durante unos segundos llenos de tensión, pensando en que le daba igual con quién tuviera que enemistarse, pero al final soltó un suspiro de resignación.

—Llamaré a Annie, no vas a quedarte sola.

—De acuerdo. Y después solicita una audiencia a solas con

Isabel. Creo que quería alborotar las aguas, pero a pesar de que no la conozco, me parece que lo que ha sucedido no ha sido intencionado por su parte. No puedo creer que estuviera dispuesta a crear un incidente entre dos países por algo tan... —vaciló por un momento, y se mordió el labio antes de añadir—: tan trivial como el hecho de que un hombre desee a la amante de otro.

Rowan se echó hacia atrás, la miró con expresión tensa, y le dijo:

—¿Acaso no has oído lo que te he dicho?

—Al contrario, he saboreado cada palabra y me he estremecido de felicidad. Pero a Dudley sólo le importaba que tú eres el gran lord Rowan, y yo una dama de menor importancia. En el pasado te casaste con una gran heredera, y yo no lo soy. Estoy aquí para abogar por la reina María, y eso no me convierte en un gran tesoro.

—Eres el tesoro más grande que existe —le dijo él con voz ronca.

—Tengo miedo de estar durmiendo, de que despertaré y todo habrá sido un sueño.

Rowan la acurrucó contra su cuerpo, y le dijo:

—No es ningún sueño —se levantó de la cama de repente, y añadió—: Quédate aquí hasta que oigas a Annie en la otra habitación.

Se vistió con rapidez con su ropa escocesa, y salió de la habitación tras asegurarse de que el pasillo estaba desierto. Encontró de inmediato a Thomas, y le ordenó que fuera a por Annie y que los dos debían quedarse en las habitaciones protegiendo a Gwenyth. Cuando el criado asintió con gravedad y se apresuró a obedecer, fue en busca de la reina.

A pesar de que Rowan le había pedido que se quedara en su habitación, Gwenyth fue a la suya propia y se puso una combinación de lino antes de que Annie llegara para ayudarla con toda la parafernalia que pensaba lucir en la cena. Era la dama de la reina María, y no estaba dispuesta a parecer menos elegante que las damas de la corte de Isabel. Estaba furiosa, se sentía traicionada, y no acababa de entender lo que había pasado. Se preguntó si Isabel había dado por finalizada su anterior conversación con Rowan justo a tiempo para evitar una violación, si lo había organizado todo para demostrarle a Dudley que ella seguía controlando la situación.

Lo único que sabía en ese momento era que echaba de menos su hogar más que nunca.

—Que se pudra en el infierno toda la prole que procede del condenado de Enrique VII —dijo en voz alta. Al darse cuenta de que Rowan era nieto de Jacobo V de Escocia, que a su vez era el nieto de Enrique VII de Inglaterra, añadió—: La prole legítima, y sobre todo la reina Isabel.

Annie llegó en ese momento, y comentó:

—Buen Dios, esta tarde estáis de lo más alterada.

—La vida en la corte no me sienta bien.

—Pues a mí me encanta.

Gwenyth la fulminó con la mirada, y le dijo con irritación:

—Ya basta. Anda, ayúdame a lucir esplendorosa. No me gusta sentirme manipulada.

—Bienvenida a las masas —le dijo Annie con sequedad.

—¿Soy una persona difícil? —le preguntó Gwenyth, sorprendida.

Annie se llevó las manos a las caderas, y negó con la cabeza.

—Vos sois la señora de Islington, y yo una sirvienta. Vos estáis por debajo de las reinas, y yo soy un peón. Así es el mundo.

—Una reina jamás arriesgaría a un peón a la ligera.

—Pero si alguien debe sacrificarse, le tocará sin duda al peón.

Gwenyth se echó a reír.

—No sabía que te gustaba el ajedrez, Annie.

—Todo saldrá bien, mi señora. Ya lo veréis —le dijo la mujer con cariño.

Gwenyth se volvió para que acabara de vestirla. Cuando la criada estaba colocándole la última horquilla en el pelo, alguien llamó a la puerta.

—Es un golpecito en la puerta, no una sentencia de muerte —comentó Annie, al ver que su señora se quedaba mirando la puerta en silencio.

Se trataba de Rowan. Parecía más alto que nunca, y el tartán enfatizaba la anchura de sus hombros. Estaba sonriente, y en su rostro se reflejaba aquella expresión de diversión irónica que en otra época la había irritado tanto pero que había llegado a cautivarla.

—Tenemos una cita —le dijo él.

—¿Con quién?

—Ven conmigo.

Cuando alargó la mano hacia ella, Gwenyth se le acercó con obvia suspicacia, y Rowan se echó a reír.

—Este plan te gustará... al menos, eso creo. Ven con nosotros, Annie.

—¿Queréis que os acompañe? —le preguntó la criada, boquiabierta.

—Sí, vamos.

Annie los siguió, y encontraron a Thomas esperando con solemnidad en el pasillo.

—¿Me permitís, mi buena mujer? —dijo, al ofrecerle el brazo a la criada.

—Por el amor de Dios, ¿qué es toda esta tontería? —dijo ella.

—No es ninguna tontería, ya lo verás —le aseguró Rowan

con gravedad–. Necesito que nos prestes un servicio a lady Gwenyth y a mí.

—¿A qué os referís?

Rowan soltó una carcajada, y echó a andar por el pasillo. Al ver cómo se le iluminaban los ojos cada vez que la miraba, Gwenyth admitió para sus adentros que nada había significado tanto para ella como aquel hombre, que nunca se había sentido tan feliz como cuando estaba en sus brazos, que nunca había entendido lo profundo que podía llegar a ser el amor hasta que lo había conocido.

—¿Adónde vamos? –le preguntó.

—Lo verás enseguida.

Recorrieron los pasillos durante largo rato, y finalmente llegaron ante una capilla en la que había un solo ocupante, un sacerdote que estaba esperando en el altar.

—Acercaos, por favor –les dijo el hombre–. Podríamos haber llevado a cabo este asunto con más estilo y decoro, pero... estoy un poco nervioso al no contar con una aprobación oficial, ya que sólo tenemos el asentimiento impaciente de nuestra reina.

Gwenyth miró a Rowan boquiabierta, y él sonrió y le dijo:

—Mi querida lady Gwenyth, a pesar de lo hermosa que sois, en este momento parecéis un pez. Será mejor que cerréis la boca. Podéis empezar, reverendo Ormsby.

—¿Qué...? –empezó a decir Gwenyth, que no alcanzaba a entender lo que sucedía.

—Por el amor de Dios, amor mío... –Rowan se hincó sobre una rodilla ante ella, y la tomó de la mano–. Mi querida lady Gwenyth MacLeod de Islington, ¿me haréis el tremendo honor de convertiros en mi esposa?

—Pero... ¿será legal? –susurró ella, con los ojos inundados de lágrimas.

—Voy a entregarte mi corazón ante los ojos de Dios, no importa qué príncipe de la tierra no lo apruebe.

—¿Puede adelantarse la pareja, por favor? —les dijo el sacerdote.

—Esos somos nosotros —comentó Rowan.

—Dios del Cielo... —susurró Gwenyth, mientras le acariciaba el rostro.

—¿Y bien?, ¿vas a aceptarme como marido?

—¡Con todo mi corazón!

Rowan se puso de pie, y la llevó ante el altar. El sacerdote empezó con la ceremonia, pero Gwenyth apenas oyó lo que decía.

En cierto momento, se volvió al oír un ruido que procedía del fondo de la capilla y vio a la reina Isabel y a Robert Dudley, que no parecía demasiado contento de estar allí. La reina había posado una mano en su brazo en un gesto posesivo, y Gwenyth se sorprendió al ver que tenía una expresión muy benigna en el rostro y que la miraba con una sonrisa.

En medio de su euforia, se dio cuenta de que la reina de Inglaterra estaba jugando de nuevo sus cartas. Sin duda le había dado permiso a Rowan para que se celebrara aquel matrimonio secreto y apresurado, y aunque no podía actuar de testigo oficial, estaba presenciando la ceremonia de todas formas; de ese modo, en caso de que fuera necesario podría defenderlos... o mantenerse al margen.

De repente, oyó la voz firme y llena de convicción de Rowan, que en ese momento prometía amarla, honrarla... no estaba segura de qué más dijo, porque aún se sentía como inmersa en un sueño.

A pesar de que no había adorno alguno en la capilla, ni flores para dar color, ni música, a ella le pareció el lugar más mágico sobre la faz de la tierra. Apenas alcanzaba a creer que la mujer a la que poco antes odiaba por tratarla con tanta ligereza, la persona más poderosa del país, estuviera allí ratificando su unión.

Pero lo que más le costaba creer era que Rowan estuviera a su lado tomándola por esposa, que la amara con todo su corazón.

La capilla pareció girar a su alrededor, pero luchó por mantener la compostura. Su voz tembló cuando le llegó el turno de pronunciar sus votos, no pudo evitarlo. Sus sentimientos eran profundos y sinceros, pero su voz estaba tan temblorosa...

Le pareció la ceremonia más hermosa que jamás se hubiera celebrado, porque Rowan acababa de entregarse a ella.

Y entonces el reverendo Ormsby los declaró marido y mujer.

−Podéis besar a la novia, lord Rowan.

Y él lo hizo. Fue un beso como tantos otros que habían compartido... y a la vez muy diferente, porque por increíble y milagroso que pareciera, ella ya era su esposa.

14

Fue una época en la que todo en el mundo parecía estar bien. Todo era tan perfecto, que a veces Gwenyth no podía evitar sentir cierta culpabilidad. Estaba viviendo bajo el mando de una reina extranjera en un país que no era el suyo, pero nunca había sido tan feliz.

Navidad llegó y se marchó, y fue una época milagrosamente feliz. Siguieron residiendo en Londres y llegó la Pascua, que también estuvo colmada de alegrías aunque Gwenyth sabía que habría sido muy diferente si hubiera estado en Edimburgo. En Inglaterra también había celebraciones, pero mucho más sencillas de las que se llevarían a cabo en la corte de María.

El Viernes Santo ayunaron, el Domingo de Pascua estuvieron de celebración, y llegó una nueva estación del año.

Pero Gwenyth era más que consciente de que si habían recibido el beneplácito indirecto de una mujer como Isabel iba a tener que ser a cambio de algo, y se preguntaba cuál sería el precio que tendrían que pagar... y cuándo tendrían que hacerlo; sin embargo, la mayor parte del tiempo apartaba aquellos miedos de su mente, y vivir era pura alegría. Disfrutaban de los días y de las noches como les placía, podían ir a las salidas reales si les apetecía, y pasaban infinidad de tiempo a solas. La intensidad de su felicidad la asustaba a veces, ya que sabía lo que le había pasado a Catalina Grey. El matrimonio de aquella mujer había sido declarado nulo, y aún residía en la Torre mientras su marido permanecía preso en otro sitio; sus hijos recibían las atenciones adecuadas, pero se les consideraba ilegítimos.

Pero Isabel había aprobado su matrimonio con Rowan, fuera o no testigo legal. Sólo cabía esperar que María no pusiera ninguna objeción cuando regresaran a Escocia y le dijeran que se habían casado. Estaba convencida de la bondad de su soberana, y de hecho no se cansaba de reiterar sus cualidades ante Isabel, ya que no había olvidado la finalidad con la que la habían enviado a Inglaterra.

Cada vez que tenía miedo, se recordaba que amaba a Rowan con todo su corazón, que era su esposa, y que había alcanzado una felicidad que pocos tenían la suerte de llegar a conocer.

No dejaban de recibir cartas desde Escocia. María la instaba a seguir así, ya que al parecer Isabel le había escrito diciéndole que su «encantadora hermana de las tierras escocesas» estaba contribuyendo a que tuviera un alto concepto de ella. Por su parte, Rowan recibía cartas de Jacobo Estuardo, quien no estaba tan satisfecho; al parecer, Enrique Estuardo, lord Darnley, había ido a Escocia.

Al principio había sido uno más de los muchos cortesanos de María. Se trataba de un hombre con una altura similar a la de la reina, además de un compañero perfecto que cazaba, participaba en juegos, paseaba por jardines, y bailaba.

Pero de repente, había enfermado... y María, la reina de Escocia, se había enamorado.

Llevaban viviendo felices en Londres muchos meses, residiendo en la casa de Rowan después de que Isabel les diera permiso para irse de Hampton Court, cuando él recibió la orden de regresar a Escocia.

Gwenyth estaba jugando al *croquet* con la reina y el embajador español cuando se enteró de que aquella época idílica iba a terminar.

Maitland, el enviado de María, se acercó a ellos, y después de los saludos de rigor le dijo:

—Lady Gwenyth, acabo de hablar con vuestro esposo. Está preparándose para su viaje.

—¿A qué viaje os referís? —Gwenyth sintió que se le caía el alma a los pies, porque a juzgar por las palabras de Maitland, ella no iba a acompañar a su marido.

—Nuestra soberana reclama su presencia de inmediato. Vos debéis permanecer aquí, mi señora.

Gwenyth tuvo ganas de gritar, de negarse a aceptar aquello, pero Isabel golpeó su pelota y le dijo con firmeza:

—Será mejor que permanezcáis aquí por ahora.

Al notar que la voz de la reina tenía un cierto matiz acerado, Gwenyth se dio cuenta de que había algo que la había irritado, y supuso de inmediato que tenía algo que ver con Enrique Estuardo.

Isabel la miró, y le dijo:

—Le enviaréis una carta a vuestra querida María, por supuesto. Quiero que le dejéis perfectamente claro que me opongo a su matrimonio.

Gwenyth ocultó su enfado. Era obvio que tanto la soberana como Maitland sabían algo que ella ignoraba. Se preguntó si María habría decidido casarse con Darnley, y aunque quizá no tendría que sorprenderla tanto aquella posibilidad, conocía bien a su reina y había creído que no se casaría con un mero súbdito. María creía con firmeza en los derechos que tenía como reina, y había comentado que tenía que forjar una alianza que fuera beneficiosa para el estado.

—¿Ha... ha anunciado la reina María que va a casarse con Enrique Estuardo?

La reina Isabel volvió a golpear la pelota... con bastante fuerza. Su enfado era obvio.

Sin embargo, la soberana inglesa era una mujer compleja. Gwenyth se preguntó por qué habría permitido que Enrique regresara a Escocia, si no quería que fuera un posible marido para su «querida prima». Quizá lo había hecho para poner a prueba la lealtad de María, y le había puesto la tentación ante los ojos.

Isabel se volvió hacia ella de nuevo, y comentó:

—María quiere la aprobación de los príncipes del mundo cristiano. Como lord Darnley tiende a escuchar a los grandes oradores protestantes y después va a misa, la realeza de muchos países considerará que es un matrimonio aceptable —golpeó la pelota con tanta fuerza, que salió fuera del campo—. Pero yo no lo apruebo.

—Tendría que acompañar a lord Rowan para ir a ver a la reina María —le dijo.

—Rowan va a intentar solucionar las desavenencias que hay entre María y su hermano, Jacobo Estuardo. Vos permaneceréis aquí.

—Pero...

—No he sido yo quien lo ha decidido. La orden directa procede de María, que está convencida de que podéis conseguir que yo cambie de opinión sobre este asunto.

—¡No creo que pueda hacerlo! —exclamó Gwenyth.

Isabel se encogió de hombros, y apartó la mirada antes de decirle:

—Rowan volverá pronto.

Al llegar a casa aquella noche, Gwenyth fue corriendo hacia él y lo abrazó con fuerza.

—Sólo es una pequeña separación, mi amor.

Ella se estremeció a pesar de sus palabras. Una pequeña separación... estuvo tentada de decirle que podían desafiar a su propia reina, que ambos podían renunciar a sus tierras de Escocia, pero sabía que no podía pedirle algo así. Los dos amaban a su país, y sabía que él quería arreglar las cosas entre lord Jacobo y María.

—¿Cuándo te vas?

—Por la mañana.

—Tenemos esta noche.

Eso era todo, tenían una sola noche.

Gwenyth saboreó cada minuto, cada segundo que pasaron juntos. Sabía que en los días que estaban por llegar tendría que cerrar los ojos para recordar cada caricia, cada susurro, cada detalle de su cuerpo masculino.

Hubo momentos de extrema pasión, y también de increíble ternura. No durmieron en ningún momento de la noche, y no dejaron de asegurarse el uno al otro que la separación sería breve; sin embargo, sólo se trataba de palabras, por muy vehementes que fueran, y el miedo de Gwenyth no se desvaneció.

A pesar de todo, ella sabía que podían amar con tanta pasión porque eran quienes eran. Si intentaba que Rowan repudiara el sentido del amor y del deber que tenía por su país, destruiría la misma esencia que lo convertía en el hombre que era.

No estaba tan segura en lo concerniente a sí misma. Había servido a María con toda su lealtad y su confianza, pero tenía miedo de no conocer a su regreso a la mujer a la que había entregado su fe y su apoyo.

Rowan la abrazó con fuerza cuando amaneció, y le hizo el amor por última vez con un ardor fiero, con una ternura agónica, adoradora, volátil. La apretó entre sus brazos como si estuviera introduciéndola en su alma, y ella se aferró a él y se atrevió a cerrar los ojos.

A pesar de lo mucho que anhelaba estar despierta hasta el último segundo posible, se quedó dormida, y él ya se había ido cuando volvió a abrir los ojos.

Tercera parte
PASIÓN Y DERROTA

Jacobo Estuardo estaba furioso. No se encontraba en la corte, porque había usado hasta la última excusa que se le había ocurrido para no aparecer cuando se le ordenaba.

—Estoy desesperanzado —le dijo a Rowan—. Mi hermana llegó con la mejor predisposición, con las mejores intenciones. El país era importante para ella y se ganó el cariño y el respeto de sus súbditos, pero ahora... es como si hubiera olvidado todo lo que aprendió sobre política y gobierno, ha enloquecido.

Rowan permaneció en silencio, lleno de preocupación. Ver a María y a su medio hermano tan distanciados era más que triste, podía llegar a ser mortífero.

No tuvo necesidad de responder, porque Jacobo siguió hablando sin dejar de gesticular.

—Ese hombre se crió en Inglaterra, y es un lacayo de Isabel. Su madre se cree con derecho a heredar la corona inglesa, y piensa que el rango de su familia ascenderá si casa a su niño bonito con la reina de Escocia.

—Isabel ha afirmado de forma inequívoca que no aprueba esa unión —comentó Rowan.

—Id a hablar con María, para que podáis ver vos mismo que ha perdido la razón. La boda ya está preparada.

—¿No pensáis asistir?

—¡No, claro que no! Está dispuesta a ponerles el país en bandeja a los padres de ese hombre, los condes de Lennox, y os aseguro que los nobles no aceptarán esa situación.

—Pero puede que lleguen a aceptarla con el tiempo. Si del matrimonio nace un heredero, la gente apoyará a María a pesar de que no les guste su marido.

—Ya lo trata como si fuera rey, aunque el Parlamento aún debe aprobar su decisión —le dijo Jacobo con irritación.

—Tenéis que reconciliaros, es necesario para que no surjan más contiendas civiles.

—No voy a permitir que mi hermana ceda el reino de nuestro padre. Id a verla, y llevadle mis cartas.

De modo que Rowan llegó a Edimburgo a tiempo de ver la boda de la reina María con Enrique Estuardo, lord Darnley.

Se dio cuenta de que la corte había sufrido algunos cambios. La soberana tenía un nuevo secretario, un italiano llamado Rizzio, y a pesar de que sus queridas Marías aún estaban allí, había varias jóvenes francesas y unas cuantas escocesas de rancio abolengo.

No se le invitó a ver a la reina antes de la boda, que tendría lugar al día siguiente en la capilla de Holyrood, pero al menos consiguió que le entregaran las cartas que le había dado Jacobo para ella.

La reina vistió una capa negra en la boda, con la que recordaba que entraba en aquel matrimonio siendo la viuda del rey de Francia. Rowan observó con pesadumbre mientras la soberana intercambiaba sus votos con Darnley. Creía que conocía a María. Era una mujer apasionada en sus ideas, decidida, y tenía la profunda convicción de que había nacido para ser reina, que tenía el derecho de gobernar. ¿Cómo era posible que una mujer así se hubiera enamorado de un manipulador?

Se dijo que no tenía derecho a juzgarla. Incluso se dijo con diversión que María debía de haberse enamorado de Darnley porque era un poco más alto que ella. Era bastante apuesto, y por lo que había oído, compartía con la reina la afición por la caza y el baile.

Pero aquel hombre lo dejaba intranquilo. Era demasiado perfecto, demasiado joven, y carecía del fuerte carácter que los escoceses habrían querido en un rey.

La reina se quitó la capa negra después de la ceremonia, y empezaron el festín y la celebración. Tuvo la oportunidad de hablar con ella cuando bailaron juntos, pero María estaba eufórica y no inició la conversación con asuntos de estado.

—¿Verdad que es el príncipe perfecto, lord Rowan?

Como no quería mentir a su soberana, se limitó a contestar:

—Es maravilloso veros tan feliz, Majestad.

Ella dejó de sonreír, y le dijo:

—Lo que sucede es que me tiene envidia.

—¿A quién os referís?

—A Isabel. Se niega a casarse, y no puede aceptar que otra reina lo haga sin olvidarse de sus obligaciones. ¿Cómo está Gwenyth? Creo que bien, Maitland me ha dicho que mi prima la considera fascinante y honesta. Debo tenerla allí para que siga apoyándome en Inglaterra, sobre todo si mi querido esposo y yo concebimos pronto un heredero, porque en ese caso la línea de sucesión debe inclinarse hacia mí sin duda.

Rowan bajó la cabeza. Entendía la ambición de la realeza, pero no sabía por qué no era bastante gobernar Escocia.

—Gwenyth conseguirá convencer a Isabel gracias a su honestidad —añadió María con calma.

—Aún no conocéis a vuestra prima —comentó él.

—Porque ella siempre encuentra algún motivo para negarse a un encuentro.

—Majestad, hay asuntos serios que debo tratar con vos.

—A su debido tiempo. ¿Mi hermano está dispuesto a pedirme perdón?

—Vuestro hermano os ama.

—Ama el poder —María dejó de bailar y retrocedió un paso, sin dejar de mirarlo—. Regresad junto a él, haced que entienda que no pienso darle la espalda a mi marido. Me pedirá perdón, o será un proscrito.

—Iré a comunicarle vuestras palabras. Majestad, quiero pediros que llaméis a lady Gwenyth para que vuelva a vuestro servicio.

—Qué locura, la necesito donde está. Es la más capacitada para ser mi representante en Londres.

—Me he casado con ella, Majestad —Rowan hizo aquella admisión con voz suave, y la furia que vio en los ojos de la reina lo tomó por sorpresa.

—¿Es que todo el mundo quiere desafiarme? ¡No me importa en qué juegos triviales os hayáis entretenido, pero no estáis casados! ¡No voy a aceptarlo! ¿Cómo os atrevéis a pedir el permiso de Isabel en vez del mío?

—Majestad, estoy convencido de que sabéis hasta qué punto puede afectar la pasión a una persona, os ruego que...

—Me habéis ofendido, lord Rowan —le dijo ella, con voz gélida—. No permitiré que empañéis esta celebración aún más, así que id de inmediato junto a mi hermano. Quizá podáis aprender a sentir arrepentimiento juntos —sin más, fue a refugiarse de inmediato en los brazos de su nuevo marido.

Rowan se había quedado atónito ante su furia, y sacudió la cabeza al verla dirigirse con el joven rey hacia el centro del salón. Sin duda aquel matrimonio no sería lo que María soñaba, pero no había nadie que se atreviera a decírselo ni a quien ella estuviera dispuesta a escuchar. Su nuevo marido era alto, pero ella parecía incapaz de darse cuenta de que su altura no le confería inteligencia ni fuerza.

Mientras salía a caballo de Edimburgo, se dijo que el reinado de María sobreviviría porque tenía que ser así. Aunque su padre había muerto cuando ella no era más que una niña, su madre había sido una regente excelente a pesar de su religión, de los ingleses, y de las disputas constantes de los nobles.

Tras la muerte de la reina viuda escocesa, Jacobo Estuardo había mantenido un buen gobierno de forma hábil y cauta, pero en la situación que se había creado... lo que necesitaba la reina de Escocia era un heredero. Cuando eso se consiguiera, muchas cosas se perdonarían, y quizá se llegara a alcanzar un acuerdo con Isabel, que a su vez seguía jugando a las negociaciones matrimoniales para usarlas en beneficio propio. Sin embargo, a diferencia de María, sin duda la reina inglesa no aceptaría ninguna propuesta que pudiera poner en peligro su reinado.

Se dijo que sin duda María acabaría entrando en razón con el tiempo. De momento, él había perdido su favor, pero no le importaba. Aunque amaba a Escocia, había descubierto que podía vivir feliz como hombre, como marido.

Siguió cabalgando hacia una de las propiedades de Jacobo, quien debía de estar esperando... y por desgracia, seguramente también planeando.

Gwenyth se desesperanzó al leer la carta de María Fleming, que había sucumbido a las atenciones de Maitland y había accedido a casarse con él. Al principio no pudo evitar sentir cierto resentimiento, porque la reina se mostraba generosa con sus otras damas a pesar de que se había negado a hablar de su posible matrimonio.

Pero pudo recibir la carta gracias a Maitland, y la leyó con ansiedad.

Nadie aprobaba a Darnley y aún estamos horrorizados por lo sucedido, así que debes quemar esta carta en cuanto la leas para que no caiga en malas manos. Gwenyth, no puedes imaginarte lo que pensamos de este hombre... ni lo que piensa la reina. Es una locura. No deja de quejarse por todo, y es egoísta como un niño. Se cree muy noble, piensa que todos los nobles se postrarán a sus pies, y no se da cuenta de que la mayoría lo detesta tanto como a sus padres, ya que casi todo el mundo teme el poder que los Lennox pueden obtener en Escocia.

Amo a nuestra buena reina María tanto como tú, pero este matrimonio me da miedo. Por favor, no me creas desleal. Ruego para que todo salga bien a pesar de los malos augurios.

No entiendo lo que sucedió, y la reina se niega a hablar del tema. Pero discutió con lord Rowan en medio del baile de celebración. Te advierto que está muy temperamental, y que desafía incluso a aquellos a los que ama y admira cuando ve cualquier indicio de falta de respeto hacia lord Darnley. Sigue convencida de que tendrás más influencia sobre Isabel que cien hombres de estado. Todas te echamos de menos, Gwen. Ten mucho cuidado con todo lo que digas o hagas, son tiempos peligrosos.

Después de dejar a un lado la carta, Gwenyth fijó la mirada en el fuego que ardía en la chimenea del dormitorio principal. Había recibido poco antes una carta de Rowan en la que le describía la boda, pero no había mencionado la discusión que había tenido con la reina. Sólo le explicaba que las desavenencias entre María y su hermano iban en aumento, y que él era un mensajero inútil que iba del uno al otro rogando por la paz.

Se levantó del asiento con actitud distraída. Los días eran pasables, porque Annie le hacía compañía y Thomas era un hombre amable y capacitado que se ocupaba de que todo fuera bien. No era un miembro de la corte de Isabel, y prefería mantener las distancias. Cada vez que la soberana reclamaba su presencia, se esforzaba por recordar su papel como súbdita de María, y aunque procuraba no ponerse pesada, aprovechaba todas las oportunidades que tenía para mencionar sus talentos, su moralidad, su firmeza, y todas sus virtudes como reina de Escocia y potencial heredera al trono inglés; sin embargo, tenía la impresión de que Isabel estaba jugando con ella, y que la llamaba cuando le apetecía entretenerse un rato.

Lo cierto era que sus conversaciones se habían vuelto bastante difíciles desde que María se había casado con Darnley. Isabel se había puesto furiosa, pero tenía tan mal genio, que resultaba imposible recordarle que había sido ella la que había propiciado que los Lennox regresaran a Escocia.

A veces, se preguntaba si Isabel no ansiaba ser feliz, porque daba la impresión de que María sí que lo era. Seguramente, le había acercado a lord Darnley para tentarla y ver qué pasaba, creyendo que él entretendría a su prima pero que María no se rebajaría a casarse con uno de sus súbditos.

Le dio un brinco el corazón al oír que llamaban a la puerta; a pesar de que sabía que era una necia, rezaba para que fuera Rowan cada vez que alguien llegaba. Sonrió al pensar que él no llamaría a su propia puerta, a pesar de la punzada de desilusión que sintió.

Thomas entró en la habitación cuando le indicó que pasara, y le dijo:

—Mi señora, la reina reclama vuestra presencia.

—Ya veo. ¿Ha indicado por qué?

—Quiere informaros de algo.

—De acuerdo.

Gwenyth lo miró en silencio, con la esperanza de que él

supiera algo, pero Thomas hizo un gesto de negación y comentó:

—No sé qué es lo que ha sucedido, mi señora.

—Gracias. En fin, me prepararé para ir a la corte.

Mientras iba hacia allí en la barca de Rowan, intentó contar cuántos días llevaba fuera. Le parecía que había pasado una verdadera eternidad, y anhelaba desesperadamente volver a verlo. Sabía y entendía que habría veces en las que tendrían que separarse, porque él llevaba demasiado tiempo sirviendo a Escocia para olvidarse del amor que sentía por su país.

El destino la había puesto en aquella situación, aunque en el fondo seguía resentida por el hecho de que a María le hubiera resultado tan fácil mandarla lejos.

Maitland salió a su encuentro de inmediato cuando llegó a la corte, y al ver que la miraba con tristeza, le susurró con ansiedad:

—¿Qué sucede?

—Me temo que nada bueno. Que Dios salve a nuestra reina, pero últimamente está muy temperamental.

Gwenyth no tuvo que preguntarle a qué reina se refería, porque Maitland era leal a María. Uno de los asistentes personales de Isabel los recibió delante de los aposentos de la reina.

—Ha dicho que quiere hablar a solas con vos —le dijo Maitland.

Gwenyth fue escoltada al interior de la habitación. Isabel estaba en la cama, y parecía cansada e impaciente.

—¿Algo os aqueja, Majestad? —le preguntó con preocupación.

—Un resfriado, y el agotamiento. Os aseguro que no estoy demasiado enferma, ya sabéis que me niego a morir.

Gwenyth agachó la cabeza y esbozó una sonrisa.

—No os riáis, querida. Estoy hablando muy en serio. A mi

muerte habrá tanto alboroto por conseguir mi corona... simplemente, seguiré viviendo.

—Ruego para que sea así durante el máximo tiempo posible.

—Creo que sois sincera de verdad —murmuró Isabel, con una sonrisa—. Debo deciros lo que he sabido a través de fuentes muy fiables, y lo que pienso hacer al respecto. En primer lugar, voy a enviaros a la Torre.

Gwenyth soltó una exclamación ahogada. Estaba tan sorprendida, que estuvo a punto de desplomarse.

—Sentaos —le dijo la reina con sequedad—. Voy a encarcelaros para mostrar mi enfado.

—¿Vuestro enfado?

—Con mi prima, por todo este condenado asunto con Darnley. Se han casado y ahora estarán esforzándose al máximo por engendrar a un heredero, para presionarme aún más.

Gwenyth vaciló por un instante antes de decir:

—Una vez, al poco tiempo de que llegáramos de Francia, me comentó que le parecía un hombre fascinante y muy atractivo. Lo conoció cuando él fue a ofrecerle sus condolencias por la muerte del rey Francisco. Por favor... debéis comprenderla. Realmente quiere complaceros, pero no os conoce y es... muy apasionada.

—Eso he oído —murmuró Isabel.

—Lo que quiero que entendáis es que es una mujer con un gran corazón, que necesita y desea al marido apropiado.

—Ésa es la cuestión, él no es el marido apropiado.

—Está enamorada.

—Eso es algo que vos entendéis a la perfección.

—Sí.

—Ésa es la verdadera razón de que os envíe a la Torre —le dijo Isabel con voz suave.

—Debo admitir que no os entiendo.

—Sólo será por un breve espacio de tiempo.

—Me alegra saberlo —comentó Gwenyth con vehemencia.

—María ha declarado que no estáis legalmente casados y está furiosa con lord Rowan, a pesar de que él está esforzándose por mejorar las relaciones entre los barones y ella. Mi prima ha repudiado a Rowan y a su hermano Jacobo, que me ha solicitado asilo. Voy a tener que seguir con atención los acontecimientos, por supuesto. No apruebo la idea de usurpar el trono de un soberano legítimo, pero muchos de los nobles creen que María ya no está capacitada para gobernar, que ha cedido por completo ante los deseos de su nuevo marido, y que no pide consejo a los que quieren el bien de Escocia y no buscan sólo un beneficio personal.

Gwenyth había conseguido mantenerse en pie, aunque sentía que le flaqueaban las rodillas. Sólo había oído las primeras palabras de Isabel... no estaba casada legalmente.

—María ha escrito para exigir vuestro regreso.

—Ya veo. Pero... ¿vais a enviarme a la Torre?

—Querida, he decidido estar de vuestro lado. Siempre os habéis mostrado honesta conmigo, y es injusto que María quiera vengarse de vos mientras disfruta de sus absurdas pasiones.

—Estoy segura de... de que la reina María hará lo que considere mejor —consiguió susurrar Gwenyth. No podía creer que su soberana se hubiera vuelto en su contra, pero sabía que Isabel no estaba mintiendo.

—Supongo que entendéis por qué voy a mandaros a la Torre. Como la reina de Escocia se niega a reconocer vuestro matrimonio, y vuestro esposo está proscrito por su amistad con Jacobo Estuardo, es mejor que os quedéis aquí de momento por vuestro bien... y por el bien del hijo que lleváis en vuestro vientre.

Gwenyth bajó los ojos, mientras sentía que el mundo giraba a su alrededor con fuerza creciente. Hacía muy poco que se había dado cuenta de que Rowan y ella esperaban un hijo. Tendría que haber sido un momento cargado de felicidad... y lo era, pero anhelaba que el padre de su hijo estuviera a su lado.

No podía evitar sentirse furiosa al ver que María, a la que había servido con tanta lealtad, estaba negándole la oportunidad de ser feliz. Y también le resultaba difícil de entender que la soberana hubiera repudiado a su hermano Jacobo y a cualquiera que lo apoyara.

—La Torre no es un lugar tan horrible, aunque ha sido el marco de grandes horrores. Yo misma he residido allí, y os aseguro que tendréis completa libertad en su interior.

—Gracias —murmuró Gwenyth.

—No os arrestaré hasta mañana.

—¿Puede venir Annie conmigo?

—Por supuesto.

Cuando salió de los aposentos de la reina, encontró a Maitland esperándola.

—Voy a ir a la Torre —le dijo, sin inflexión alguna en la voz.

—Sí, ya me he enterado. Creo que será lo mejor de momento.

—¿Por qué está haciéndome esto María?

—No es ella quien os envía a la Torre, sino Isabel.

—María ha repudiado a Rowan, y ha declarado que nuestro matrimonio es nulo a los ojos de Escocia. ¿Qué ha pasado? Me necesitaba tanto y se apoyaba en mí, pero ahora soy... ¿desechable?

—Dejad que las cosas se cuezan durante un tiempo, me cuesta creer que no se reconcilie con su hermano. Debéis entender que lord Jacobo amenaza con causar una rebelión, y tengo entendido que ha pedido ayuda a Isabel.

—¿Creéis que ella se enfrentará a María?

—He mantenido largas conversaciones con su enviado, lord Throgmorton. Isabel mantiene que debe protegerse el derecho de María a conservar su corona, ya que de no hacerlo, estaría poniendo en peligro su propio reinado.

—¿Ni siquiera está dispuesta a luchar por el protestantismo?

Maitland soltó una carcajada carente de humor.

—María afirma que no tiene nada en contra de la Iglesia de Escocia, pero que tampoco quiere que en Escocia se persiga a los católicos, mientras que Jacobo dice que su hermana está protegiendo demasiado al catolicismo. A estas alturas sólo se trata de una pugna de poder, pero muchos barones escoceses desaprueban a Darnley... aunque desaprobarían a cualquier otro que ascendiera de rango por encima de ellos.

—¿Cómo va a terminar todo esto? —le preguntó Gwenyth con preocupación.

—Recemos para que haya paz. Mientras tanto, parecerá que sois una súbdita leal de María, y que estáis dispuesta a permanecer en la Torre por ella —Maitland bajó la voz al añadir—: Daréis a luz a vuestro hijo con discreción, y la reina de Escocia aprobará vuestro matrimonio cuando llegue el momento. No os preocupéis ni por vuestra propia seguridad ni por la del bebé, sólo debéis ser paciente.

—Ni siquiera sé dónde está Rowan.

—Yo tampoco. No temáis, estoy convencido de que todo saldrá bien. Si no tuviéramos fe, no podríamos seguir adelante día a día.

—Cada día me parece una eternidad.

—Pero no dejamos de luchar. Algunos lo hacen con las armas, y otros con las palabras. Yo serviré a mi reina sin perder la fe ni dejar de rezar para que todo salga bien, y vos debéis hacer lo mismo.

—Pero Rowan...
—Rowan sabe arreglárselas.

—Vos también estáis proscrito, Rowan —le dijo lord Jacobo con furia, mientras preparaba su equipaje para ir hacia la frontera.

Rowan nunca había tenido intención de rebelarse, pero Jacobo estaba dispuesto a plantarle cara a su hermana; sin embargo, María se había ganado el amor de su gente, y cuando Jacobo había ido a Edimburgo aprovechando que la reina y su esposo se dirigían hacia el norte, no había encontrado el apoyo que necesitaba para impedir que Enrique Estuardo y su ambiciosa familia siguieran ganando poder.

Jacobo había sido informado de que María había ordenado que lo arrestaran al enterarse de que iba a rebelarse, y había mantenido una serie de comunicaciones secretas con Isabel que le habían llevado a preparar su salida de Escocia.

Rowan lamentaba que Jacobo no conociera a la soberana inglesa tan bien como él. Isabel era una experta del doble juego. No le había prometido nada al hermano de María, aunque tampoco le había negado su ayuda. Era obvio que pensaba esperar a ver en qué dirección soplaba el viento, como siempre.

Rowan se había enterado de que él también estaba proscrito, pero no creía que María fuera a actuar contra él. Siempre había intentado facilitarle las cosas a la soberana, que a su vez le pedía constantemente que hiciera de mensajero. Él no quería el poder, lo único que ansiaba era el bienestar de su nación.

Sí, se sentía resentido con ella y con razón, pero no la había traicionado ni había pronunciado una sola palabra en su contra. Ni siquiera se había rebelado contra ella cuando se había negado a dar por válido su matrimonio con Gwenyth.

—Tiene que haber alguna forma de resolver esto —le dijo a Jacobo.

—La hay. Voy a Inglaterra.

A Rowan no le habían sorprendido los planes de Jacobo, porque lo había encontrado en casa de lord MacConaugh, un protestante incondicional cuyas tierras estaban tan cerca de Escocia, que iba y venía a placer.

—Viajaré hacia el sur y solicitaré una audiencia con Isabel. Debéis venir conmigo, me facilitaréis las cosas.

—Jacobo, debemos solucionar esta situación. Tenéis que hacer las paces con vuestra hermana, sois el mismísimo corazón de Escocia para muchos. Demasiados nobles...

—Nuestros nobles son tan variables como el viento.

—Sí, y el viento cambia —admitió Rowan, con cansancio—. Entendedlo, tengo que quedarme aquí para intentar conseguir que la reina entre en razón.

—Está demasiado enamoriscada de ese petimetre para entrar en razón.

—Sí —Rowan vaciló un instante antes de añadir—: pero su enamoramiento acabará.

—Muy bien, quedaos aquí. Decidle que me he ido porque temía por mi vida, dado que ella está bajo el completo dominio de la familia de su esposo. Pero a menos que se dé cuenta pronto de los defectos de lord Darnley... apenas hay esperanzas de que en Escocia llegue a imperar la paz.

—Amo a Escocia y quiero que sea un país donde haya paz, donde pueda formar una familia, donde mis hijos crezcan con orgullo.

Jacobo esbozó una sonrisa, y comentó:

—En ese caso, quizá tendríais que venir conmigo a Inglaterra para visitar a vuestra esposa ilegal.

—No sabéis lo ansioso que estoy por regresar a su lado, pero antes tengo que arreglar la situación con María.

—En ese caso, que tengáis suerte.

Aquella noche, cuando Rowan llegó a Edimburgo a lomos de Styx, un grupo de veinte hombres le salieron al paso. Uno de ellos, al que no conocía de nada, se adelantó y le dijo con expresión severa:

—¿Sois lord Rowan, conde de Lochraven?

—Sí. He venido para esperar el regreso de la reina, debo solicitar una audiencia para hablar de lord Jacobo Estuardo y del bien del reino.

—Estáis bajo arresto, mi señor.

—¿Qué estáis diciendo? —le preguntó Rowan, atónito.

—Se os acusa de alta traición.

—Estáis bromeando, ¿verdad?

—No —el hombre tragó saliva con nerviosismo, y añadió con voz más baja—: Ojalá estuviera bromeando, lord Rowan. Dios, ojalá fuera así.

—¿Quién sois?

—Sir Adam Miller.

—Tenéis acento inglés.

—Estoy al servicio de... lord Darnley —agachó la cabeza, y le explicó—: Se me ha encomendado que os arreste.

Rowan se dio cuenta de que a aquel hombre no le hacía ninguna gracia lo que le habían ordenado. Miró al resto de guardias que habían salido a ponerlo bajo custodia, pero no reconoció a ninguno de ellos. No eran guerreros que habían defendido a Escocia durante años, sino un grupo que había ganado poder gracias a Dudley o al padre de éste, el conde de Lennox. Styx era mucho mejor que sus monturas, y dudaba que supieran gran cosa sobre cómo usar una espada. Podía huir...

No quería luchar. No temía por su propia vida, pero como se vería obligado a matar a algunos de aquellos hombres, al cargo de traición se le sumaría el de asesinato. Aunque la reina ordenara que lo juzgaran por traición, había muchos lores y jefes de clanes íntegros y honestos que se asegurarían de que no lo condenaran.

—Si la reina quiere que me arrestéis, me someto a vuestra autoridad.

Alan Miller soltó un suspiro audible, y le dijo:

—Se os conducirá al castillo de Edimburgo, donde permaneceréis hasta el juicio.

—Como deseéis, sir Alan.

—Debéis entregarme la espada y el cuchillo —le dijo el hombre, mientras se le acercaba un poco más.

Cuando Rowan le dio sus armas, se dio cuenta de que Miller estaba sudando a pesar de que hacía frío, y que le temblaron las manos al tomar su espada. Posó una mano en su brazo, y le dijo:

—No tenéis nada que temer de mí, voy a acompañaros por voluntad propia.

Alan Miller lo miró, tragó saliva, y finalmente asintió antes de decirle con voz queda:

—Que Dios os proteja, mi señor.

—Será mejor que nos pongamos en marcha.

Y en aquellas condiciones tan amargas regresó a Edimburgo, y al servicio de la reina.

Para Gwenyth fue un duro golpe enterarse de que Rowan estaba preso en Edimburgo. Sabía que pronto tendría que permanecer en sus aposentos, pero el embarazo quedaba oculto bajo abrigos voluminosos. Le había confiado a muy pocos la noticia, debido a lo extraña que era su situación. Le parecía increíble que la reina a la que servía la «quisiera» hasta tal punto, que otra soberana tuviera que encarcelarla para que estuviera a salvo.

Tras los primeros meses tortuosos, había aceptado que lo único que podía hacer era tener paciencia y entretenerse como pudiera. María le había enviado una carta en la que le ordenaba que recordara que debía obedecerla, y que siguiera recordándole a Isabel que el destino de Inglaterra estaría seguro si la reconocía como heredera al trono. María también añadía en su carta que la consideraba una buena amiga en la que confiaba, pero no mencionaba ni a Rowan ni su matrimonio.

Las cuatro Marías le mandaban cartas con asiduidad, pero tendían a tratar sobre temas banales y no le aportaban ninguna información útil. Había llegado a preguntarse si temían que alguien indebido leyera lo que escribían.

El tiempo había ido pasando lentamente, y su preocupación había ido en aumento al ver que no tenía noticias de Rowan; sin embargo, tenía que ir dejando correr el tiempo, y sabía que no podía arriesgarse a enfermar de ansiedad porque tenía que pensar en su hijo.

Cuando sentía demasiada lástima por sí misma, se ordenaba con firmeza que no podía morir al dar a luz. No quería facilitarles las cosas a los que estaban atormentándola... entre los que por desgracia se encontraba María de Escocia. Elegía con sumo cuidado cada una de las palabras de las cartas que le enviaba a la soberana, y no dejaba de preguntarse si debería sincerarse con ella, si tendría que decirle que, como ella parecía estar tan enamorada de Darnley, tendría que entender que una de sus súbditas leales sintiera lo mismo por otro hombre.

Pero tenía miedo de hablar abiertamente con María después de lo que Isabel le había dicho, y sobre todo porque a juzgar por la información que Maitland iba dándole, estaba claro que su soberana ya no era la mujer a la que había conocido.

De modo que intentaba pasar el rato de la mejor manera posible, y solía pasear por el patio sumida en sus pensamientos. Sabía que María de Escocia cosía o bordaba durante muchas de las sesiones del Consejo, pero como ella no era demasiado ducha en tales menesteres, había decidido escribir un diario.

Su vida en la Torre no era tan horrible. Se alojaba en la Torre Beauchamp de la fortificación, y podía asistir a los oficios religiosos de los domingos y recorrer el lugar a placer. Había armas expuestas que se habían utilizado a lo largo de los siglos, y le gustaba ver las diversas formas de defensa que existían y cómo habían ido cambiando con el paso del tiempo. También había una excelente biblioteca, y tenía permiso para utilizarla a su antojo.

Isabel no era una carcelera cruel; de hecho, incluso la mandaba llamar en algunas ocasiones, aunque siempre en secreto. Conforme iba pasando el tiempo, la soberana parecía menos dispuesta a hablar de María Estuardo y de su esposo, pero ella sabía que no le deseaba ningún mal a pesar de tenerla en la Torre.

Un día, mientras paseaba por el patio con Annie, se encontró con otra de las «invitadas». No conocía a Margarita Douglas, condesa de Lennox y madre de lord Darnley; de hecho, se había enterado de que la mujer había regresado a Inglaterra cuando había oído el rumor de que también estaba en la Torre, ya que la reina la había arrestado por el matrimonio de su hijo.

Margarita tenía sus propios lazos con el trono de Inglaterra. Era hija de un noble escocés y de Margarita Tudor, la abuela de María, de modo que tenía un lugar en la línea de sucesión por ser nieta de Enrique VII; sin embargo, en esa época no estaba nada contenta con el tratamiento que estaba recibiendo de su «prima» Isabel. Era una mujer esbelta, ágil y atractiva que tenía un rostro fuerte y andares enérgicos.

A pesar de que no la conocía, Gwenyth supo de inmediato de quién se trataba al verla acercarse con paso decidido. No tuvo tiempo de saludarla con cortesía, porque lady Margarita la señaló con el dedo y le espetó:

—¡Sois vos! Dicen que la reina María escribe más cartas a vuestro favor que por cualquier otro, pero no puede ser verdad. ¡Yo soy la madre de Enrique! Tengo sangre real en las venas, mientras que vos... vos sois la ramera de ese hombre que traicionó a su reina y se alió con Jacobo Estuardo. Debéis de tener embrujada a la reina, pequeña bruja impúdica, pero os pudriréis en el infierno tal y como ese hombre se pudre en el castillo de Edimburgo en este momento. ¡Le condenarán por traidor, y morirá como tal!

La doncella que acompañaba a la condesa se apresuró a posar una mano en el brazo de su señora, mientras que Annie se colocaba frente a Gwenyth como un bulldog, como si creyera que la mujer iba a recurrir a la violencia física. Incluso uno de los guardias fue corriendo hacia ellas.

Sin embargo, la condesa no había perdido la cabeza por entero, a pesar de que se creía digna de muchos privilegios por tener sangre de los Tudor. Se dio por satisfecha escupiendo al suelo, a los pies de Gwenyth, y se marchó sin más.

—¡Mi señora! —exclamó Annie, al volverse a mirarla.

Gwenyth sabía que había empalidecido. Nadie le había dicho que Rowan estaba en Edimburgo, que lo habían acusado de traición.

—Estoy bien, Annie. ¿Por qué no me lo dijiste? Tenías que saberlo, ¡alguien tenía que saberlo!

Por la expresión de la mujer, supo que tenía razón; Annie ya sabía lo de Rowan... al igual que Isabel.

—No debéis alteraros, mi querida muchacha. Pensad en el niño... —Annie se calló al ver que Gwenyth hacía una mueca que contenía una mezcla de dolor y de ironía.

—¿El niño...? El niño viene ya.

Gwenyth agradeció el dolor del parto, porque la ayudó a no martirizarse pensando en Rowan. La traición se consideraba un crimen muy grave que podía penalizarse con la muerte. Era posible que Rowan muriera sin llegar a conocer a su hijo... de hecho, ni siquiera sabía si estaba enterado de que estaba embarazada.

Cuando nació el niño, cuando el pequeño soltó un sonoro grito y Annie anunció que tenía un hijo hermoso y sano, se olvidó incluso del padre y lo acunó en sus brazos extasiada. Tenía el pelo rubio y los ojos azules, diez deditos en las manos, diez más en los pies... era un milagro, y tan perfecto... era suyo.

Suyo, y de Rowan.

Se obligó a apartar a un lado el miedo por un momento mientras contemplaba arrobada a su hijo. Lo observó mientras él se aclimataba a su nueva vida, lo adoró cuando se echó a llorar, se enamoró de él de nuevo mientras mamaba. No permitió que Annie lo apartara de su lado hasta que la partera le dijo que tenía que descansar, pero sólo logró dormirse gracias al brandy que le dieron.

En cuanto despertó, Annie se lo llevó de inmediato. Volvió a contarle los dedos, miró aquellos ojitos serios que parecían devolverle la mirada, y siguió maravillada; sin embargo, el miedo volvió a apoderarse de ella al cabo de un rato.

Se preguntó si Rowan estaría a punto de perder la cabeza, si iban a ahorcarlo... aún peor, a los escoceses traidores a veces se les destripaba y se les descuartizaba...

Cuando soltó un grito, Annie se apresuró a decirle con firmeza:

—Vais a hacer que el niño enferme. No podréis amamantarlo si os alteráis y la leche se echa a perder.

Gwenyth no sabía si aquello era posible, pero como no quería correr el riesgo, intentó convencerse de que no ejecutarían a Rowan, de que era imposible que creyeran que era un traidor.

Pero sabía que estaba engañándose a sí misma. ¿Cuántos habían sido ajusticiados cerca de donde acababa de dar a luz a su hijo? El árbol en el que habían colgado a miles de personas estaba muy cerca de allí, y sin duda muchas eran inocentes de los cargos por los que las habían condenado.

Estaba en Inglaterra, pero su querida Escocia podía ser igual de cruel. Las leyes y las tierras eran tan justas como los que las gobernaban, y María no era la reina compasiva de antes.

Thomas fue a ver al niño, y se esforzó por tranquilizarla mientras lo acunaba con ternura.

—La reina de los escoceses no se atreverá a hacerle daño a lord Rowan. No deja de posponer su juicio, porque sabe que muchos nobles se unirán a su hermano Jacobo si alza una mano en contra de un hombre justo que siempre ha luchado por Escocia. Al padre de este pequeño no le pasará nada. Ya lo veréis, mi señora.

—Thomas, tienes que decirme qué crimen cometió. ¿Acaso se rebeló contra la reina?

—No, lo arrestaron por su relación con Jacobo. La gente está de su parte. Podría haber huido o haber luchado, pero no lo hizo y confió en su reina. Ella no va a ejecutarlo. Lord Rowan nunca ha intentado tener más poder, y se ha negado a matar cuando no estaba luchando. Ni los nobles ni el pueblo aceptarían su ejecución, y la reina lo sabe.

—¿Por qué no me lo has contado hasta ahora?

—No creí que fuera oportuno, mi señora. No queríamos que os alterarais, podría haber sido peligroso para el niño.

—Necesita un nombre —apostilló Annie—. Tenemos que pensar en un nombre ideal para un niño perfecto.

—Rowan, por su padre —dijo Gwenyth.

—A lo mejor... no es decisión mía, pero como el padre de lord Rowan se llamaba Daniel, a lo mejor podría llamarse Daniel Rowan —propuso Thomas.

—Daniel Rowan Graham —dijo Gwenyth.

—Debéis hacer lo que mejor os parezca —le dijo Thomas.

—Daniel Rowan Graham —repitió Gwenyth—. Sí, así se llama. Tenemos que bautizarlo aquí cuanto antes, y sin que se sepa.

Tanto Thomas como Annie aceptaron su decisión sin protestar, ya que era tristemente cierto que el bautismo debía celebrarse lo antes posible. Los niños pequeños morían con facilidad, y nadie quería que uno partiera hacia el más allá sin estar debidamente bautizado.

Lo planearon todo de inmediato. Gwenyth decidió sin ningún género de duda que Annie y Thomas serían los padrinos, igual que habían sido los testigos de su boda.

—Los padrinos de este pequeño tendrían que ser gente más fina que nosotros, que tengan poder y riquezas... —protestó Thomas.

—No —le dijo ella con cierta amargura, ya que aquéllos con poder parecían haberle dado la espalda—. Quiero que seáis vosotros, dos personas que queréis a mi hijo, los que lo presenten ante Dios.

Thomas y Annie intercambiaron una mirada, y todo quedó listo.

Daniel, un pequeño robusto y precioso, fue bautizado debidamente cuando sólo tenía unos días de vida. A Gwenyth la complació que la ceremonia la oficiara el reverendo Ormsby, el mismo que la había casado.

En el último minuto, todos se sobresaltaron al oír un ruido que procedía del fondo de la capilla. Cuando Gwenyth se volvió con temor y lista para proteger la vida de su hijo, vio que Isabel había ido a presenciar el bautizo.

—Proceded —le dijo al sacerdote, aunque no sabía lo que significaba la aparición de la soberana.

La reina de Inglaterra no participó en la ceremonia y se limitó a estar allí, tal y como había hecho el día de la boda; cuando el bautizo acabó, se acercó a Gwenyth y le dijo que se había preparado una pequeña cena en la Torre Beauchamp, y que hablarían allí.

La reina no tocó al bebé mientras cenaban, pero al ver que lo contemplaba con aprobación, Gwenyth se preguntó si la soberana estaría preguntándose qué sentiría si tuviera un hijo propio, un heredero a la Corona; sin embargo, su actitud firme parecía indicar que estaba decidida a manejar sola su mundo durante toda su vida. Las dificultades a las que estaba enfrentándose su prima en Escocia debían de recordarle que era una mujer en un mundo de hombres. Era muy tenaz y no quería que nadie la cuestionara, así que no quería tener un marido a su lado.

El niño estaba en la cuna que ya había pertenecido al primer Daniel Graham, y que le habían llevado a la Torre desde la casa de su padre. De pie junto a él, Isabel le dio a Gwenyth un pergamino enrollado que estaba lacrado con el sello real.

—Gracias —a pesar de la curiosidad que sentía por saber de qué se trataba, las normas de educación le impedían abrirlo en ese momento.

Isabel sonrió, y le dijo:

—Es una concesión de tierras en Yorkshire, seguras en suelo inglés pero suficientemente cerca de vuestra Escocia natal. Son suyas —comentó, mientras señalaba hacia el bebé con un gesto de la cabeza—. Sólo suyas. Es el recién creado lord de Allenshire —Isabel respiró hondo antes de añadir—: Creo que es mejor no anunciar su nacimiento por ahora, pero debido al servicio y a la grata compañía que me han prestado sus padres, estoy encantada de ofrecerle mi protección.

Gwenyth permaneció en silencio. Estaba agradecida, y sintió que la recorría un escalofrío. Aunque era posible que Rowan ya hubiera muerto y que ella misma no pudiera regresar jamás a su hogar, Daniel tenía una protectora de la realeza.

Se hincó sobre una rodilla, y tomó a Isabel de la mano.

—Os agradezco vuestro regalo de todo corazón, muchas gracias.

—De nada. Son pocas las personas que se muestran totalmente honestas conmigo... sobre todo si sirven a otra —Isabel sonrió antes de añadir—: Me parece que tengo un regalo aún mejor para vos.

—No puede haber mejor regalo que vuestra protección para mi hijo, Majestad.

—Ah, pero sí que lo hay. Se dice que mi querida prima María va a dar a luz dentro de poco, y me ha enviado una carta pidiéndome que os libere para que podáis ir a su lado. Por mi parte, yo le he sugerido que libere a los prisioneros que retiene de forma injusta —bajó la voz al añadir—: El regalo que os doy es tiempo con vuestro hijo. Os sugiero encarecidamente que no lo llevéis a Escocia, porque antes debéis conseguir que la reina reconozca vuestro matrimonio. Supongo que no queréis que este niño sea considerado un hijo ilegítimo.

Gwenyth rechinó los dientes y agachó la cabeza mientras el mundo parecía girar a su alrededor. De pronto supo lo que significaba estar más que dispuesta a morir por otro ser humano. Sería capaz de luchar hasta su último aliento por su hijo... incluso si tenía que dejarlo en Inglaterra mientras iba hacia el norte para luchar por su marido y por sí misma.

—Me habéis entregado unos regalos de un valor incalculable —le dijo a la reina—. Os estoy más que agradecida, jamás podré devolveros vuestra generosidad.

—Lo que os pido a cambio es que mantengáis vuestra honestidad y vuestra ética. Los miembros de la realeza estamos rodeados de zalameros, y apreciamos la sinceridad. Hay alguien que va a venir a ver al niño esta semana, un hombre bastante triste y amargado.

—¿De quién se trata?

—De Jacobo Estuardo, el duque de Moray, que ha venido a mi país en busca de protección. No puedo darle ni armas ni mi aprobación para que luche contra la soberana legítima de Escocia, a pesar de que compartimos la misma causa y creo que tiene toda la razón.

Gwenyth se quedó atónita al saber que Jacobo estaba en Inglaterra, que al huir había dejado atrás la causa por la que luchaba. Seguramente, no se atrevía a volver a Escocia, y Rowan había sido acusado de apoyar su rebelión.

—Gracias —consiguió decir.

—Desearía poder decir que todo va a salir bien, pero me temo que he pasado por demasiadas cosas a lo largo de mi vida y no quiero mentiros. Lo que sí que puedo deciros es que creo que siempre haréis lo correcto, y que sin duda Dios os protegerá.

Gwenyth se preguntó si sería así. Tenía que ser fuerte, tenía que creer.

Jacobo llegó a finales de semana. Considerando lo cerrado y severo que era, se mostró excepcionalmente alegre. Siempre se había portado como un verdadero amigo con Rowan y con la reina María, así que lo que había sucedido era una verdadera lástima.

—¿Cuándo visteis por última vez a lord Rowan? —le preguntó nada más verlo.

Jacobo le contó el último encuentro que habían tenido cerca de la frontera.

—Creo que su fe quedará justificada con el tiempo. Los Lennox tienen miedo de su poder, pero... lady Lennox está aquí, ¿verdad? —contempló al niño de nuevo antes de decir—: Parece muy delicado, tiene el pelo de su padre —alzó la mirada hacia ella, y añadió—: y la sangre de un rey fluye por sus venas.

—Me temo que eso no me complace —admitió ella.

—¿Por qué?

—Tengo la impresión de que los hijos de reyes siempre temen a lo que puedan querer otros hijos de reyes.

—No quería hacerle daño a mi hermana. Sólo esperaba detener la tiranía del idiota con el que se casó, y evitar que su familia y los barones ambiciosos destrozaran mi país por sus ansias de poder.

Gwenyth se preguntó si María sabía y creía que su hermano jamás le habría hecho daño, y no pudo evitar un estremecimiento.

Se sorprendió cuando Jacobo le pasó un brazo por encima de los hombros en un gesto paternal y le dijo:

—María no ejecutará a Rowan, no le gusta la violencia.

—Sí, ya lo sé.

—Intentad mantener la calma. Mi hermana os ha llamado a su lado, ha rogado por vuestro regreso. Aunque ni ella misma lo sabe, os necesita para que aportéis un poco de cordura a su vida.

—Debe de estar muy enfadada con Rowan para haberlo encarcelado.

—Id a su lado en calidad de amiga, y entonces podréis abogar por Rowan.

—Intentaré recordar todo lo que habéis dicho, y todo lo que he aprendido de vos.

Jacobo sonrió, complacido, y le dijo:

—Sé que partiréis pronto, os deseo un buen viaje.

Gwenyth le dio las gracias y le aseguró que creía que su hermana y él acabarían haciendo las paces, aunque en realidad se preguntaba si aquello era posible y temía lo que pudiera pasar.

En las cuestiones de la realeza, la paz parecía ser algo que escaseaba.

Gwenyth permaneció en la Torre un mes más, aunque estuvo intranquila durante todo el tiempo. Por un lado, no podía dejar a su hijo cuando aún era tan pequeño, pero, por el otro, no se atrevía a aplazar mucho más el viaje, a pesar de que los informes que llegaban de Escocia indicaban que María iba a ir a ver a Rowan; al parecer, la reina estaba decidida a retrasar el juicio, y lo instaba a que declarara su absoluta lealtad a la Corona.

Al oír algunos de los informes, Gwenyth no pudo evitar enfadarse con Rowan y le rogaba en silencio que dijera todo lo que la reina le pidiera, que se salvara; sin embargo, lo conocía muy bien y sabía que optaría por mantenerse cauto y por aferrarse a la verdad. Rowan jamás juraría en falso, y aunque servía a la reina de forma incondicional, se negaría a jurarle lealtad a Darnley o a repudiar a Jacobo Estuardo.

Finalmente, llegó el día en que tuvo que dejar a su hijo al cargo de Thomas, de Annie, y de la nodriza.

—Estáis preciosa, habéis recuperado la figura con mucha rapidez. A veces, no parecéis lo bastante mayor para ser la madre de este niño —le dijo Annie, con lágrimas en los ojos. Estaba muy triste por no poder acompañarla a Escocia, pero su señora le había dicho que sólo podía confiarles el cuidado de Daniel a sus padrinos.

Gwenyth no pudo evitar llorar mientras abrazaba a su hijo, y después se despidió de Thomas y de Annie. Se le había asignado una escolta inglesa que la acompañaría hasta la frontera, donde la relevarían unos soldados escoceses que la llevarían a Edimburgo.

Cuando salió de la Torre, sola y en barca, miró hacia atrás y vio a lady Margarita Douglas en el patio. Aún estaba presa, y sin duda sabía que María había pedido la liberación de su dama de compañía en vez de la suya. Sintió que la recorría un escalofrío cuando la mujer le gritó:

—¡Bruja! ¡Marchaos, ramera! Isabel os deja iros porque habéis traicionado a la reina María. No penséis que no ruegan mi liberación, María ha escrito infinidad de cartas por mí. Le suplica a Isabel que me deje marchar, estoy retenida aquí de forma injusta, pero vos... vos hechizáis a la reina con vuestras malas artes, y ahora es el rey, ¡mi hijo! Sé que sois vos, sé que sois la causante de las disputas. Se oponen a mi hijo por culpa de brujas como vos, pero Dios intervendrá.

¡Moriréis, bruja descarada, y los fuegos del infierno os destruirán!

Gwenyth se dijo que aquella mujer era una demente, que había enloquecido porque había urdido toda clase de planes para que su hijo se casara con la reina de Escocia, y estaba pagando un alto precio por ello. Pero se dio cuenta de que estaba equivocada. Aquella mujer no estaba loca, y eso era lo más aterrador. Lady Margarita estaba furiosa, era una madre protegiendo a su hijo.

No tenía derecho a tratarla con tanta crueldad, pero eso era inconsecuente. Gwenyth sabía que tarde o temprano tendría que perdonarla e incluso forjar una relación cordial con ella, porque era la suegra de María y ella una de sus damas.

Rogó para que Isabel mantuviera presa a Margarita en la Torre durante mucho, mucho tiempo.

Rowan no estaba encarcelado en unas condiciones demasiado incómodas, pero como era un hombre de acción, le resultaban frustrantes. Permanecía encerrado en una habitación del castillo, y pasaba los días interminables paseando de un lado a otro y haciendo todo el ejercicio posible para mantenerse en forma y liberar la energía acumulada. Le cuidaban bien y estaba convencido de que María no le deseaba ningún mal, pero la soberana creía que se había aliado con Jacobo y estaba indignada con su medio hermano, ya que después de darle tierras y títulos, él la había correspondido con una gran ingratitud. La franqueza era uno de los peores defectos de María, ya que no era una persona dada a intrigas y planes solapados. En cualquier caso, él se había enterado de que su juicio aún no se había celebrado porque se estaban analizando con sumo cuidado las pruebas que pudieran demostrar que era un traidor.

María fue a visitarlo a principios de primavera, y no era la misma mujer a la que había visto meses antes.

En diciembre había empezado a rumorearse que estaba enferma, pero cuando se había hecho público que lo que pasaba era que estaba embarazada, toda Escocia se había llenado de alegría. Podría haberse creado un verdadero caos si la reina hubiera muerto sin descendencia, porque tanto Jacobo como otros posibles candidatos a la Corona eran ilegítimos. Darnley habría sido una opción, pero habría sido imposible que alguien tan impopular reinara, a pesar de los contactos de la familia Lennox.

Sin embargo, María no parecía tan feliz como cabría esperar en una futura madre cuando fue a ver a su «súbdito traidor». Llegó acompañada de un numeroso séquito en el que se encontraba su nuevo favorito, un músico que se había convertido en su secretario y que se llamaba Rizzio.

Rowan se tensó al verlo, ya que sabía que tanto Jacobo como muchos nobles, incluso los que aceptaban el matrimonio de la reina, desconfiaban de aquel hombre. La soberana había empezado a depender de él recientemente, y sin duda era otro error.

Cuando Rowan se levantó con el debido respeto, ella se volvió hacia sus acompañantes, entre los que no se encontraba su marido, y les dijo:

—Dejadnos.

Los demás vacilaron visiblemente, como si Rowan fuera un peligroso asesino en vez de un súbdito leal que se había sometido a aquel encarcelamiento para no crear más conflictos. Él se habría sentido resentido, de no ser porque la reina añadió con impaciencia:

—Dejadnos solos. Este hombre es mi sobrino, no va a hacerme ningún daño.

Cuando todo el mundo se fue y la puerta se cerró, Rowan le dijo a la soberana:

—Mis más profundas felicitaciones por vuestro embarazo, Majestad.

—Al menos, mi matrimonio es satisfactorio en ese sentido —comentó María con sequedad.

Rowan se mordió la lengua, porque sabía que a ella no le gustaba que la criticaran por haberse casado con Darnley.

—Estoy seguro de que siempre haréis lo que consideréis correcto, y Escocia estará satisfecha de tener un heredero.

—El heredero aún no ha nacido.

—No hay razón alguna para que os inquietéis. Sois joven, y tenéis la fuerza de... de una reina.

—Lamento tener que haceros pasar por esto, Rowan.

—Lo sé.

—Pero me traicionasteis.

—Jamás.

—Os negáis a declarar que Jacobo es un traidor.

—Nunca me rebelé contra vos.

—No, estabais ocupado seduciendo a una de mis damas.

—La amo, Majestad.

—Eso es una ridiculez.

—¿Disculpadme?

María hizo un gesto desdeñoso con la mano, y se sentó mientras Rowan permanecía de pie.

—Sólo los tontos creen en el amor —de repente, lo miró con expresión atormentada y añadió—: Me casé con Enrique ante Dios, lo he convertido en un rey, pero es un necio. Sí, muy apuesto, pero necio al fin y al cabo.

—Es el padre de vuestro hijo.

—Sí, y es una lástima —dijo ella con amargura.

Rowan permaneció en silencio, ya que sabía que todo lo que dijera sería un error.

—Yo misma me lo he buscado...

Rowan se arrodilló ante ella, tomó sus manos, y la miró a los ojos.

—María, sois mi reina, la reina de Escocia. Os casasteis porque eso era lo que queríais, fuisteis vos quien decidió convertir a Darnley en algo más que vuestro consorte.

Ella sonrió con ironía, y comentó:

—Me he dado cuenta de que un parlamento escocés jamás le concederá el título de rey por derecho propio, y ahora entiendo por qué. No le interesa el gobierno, es vano y egoísta. Sólo le interesa la caza, el juego, la bebida... y supongo que pasar noche tras noche con rameras. ¿Qué es lo que he hecho?

—María, habéis sido una buena reina, y debéis seguir siéndolo. Sois la soberana, y podéis negaros a acceder a los deseos de cualquiera. Os pido que seáis la reina María a la que aman vuestros súbditos, y que no permitáis que ningún hombre os arrebate vuestra propia identidad.

Ella asintió, y esbozó una pequeña sonrisa.

—Sabéis que no puedo dejaros libre, Rowan.

—Jamás os he hecho daño alguno, siempre os he sido leal.

—Os creo.

—¿Entonces...?

—No puedo liberaros, debe demostrarse que sois inocente de los cargos de los que os acusé.

—¿Y cómo puedo conseguir tal cosa?

—Repudiad a Jacobo públicamente, declarad que es un traidor.

—María, acabáis de decir que...

—Que me casé con un hombre anodino, sin carácter y depravado.

Rowan se limitó a arquear una ceja.

—Jacobo me engañó. Me dio a entender que los nobles apoyarían mi matrimonio, y después lo rechazó de plano. Isabel tiene razón al maquinar los jueguecitos con los que se entretiene, porque sabe que sus súbditos no aceptarían a ninguno de los hombres que podría elegir como marido.

No es justo que las reinas tengamos que sufrir toda esta idiotez, los reyes no tienen este problema. Lo que importa es que Jacobo no conocía lo suficiente a Enrique para rechazarlo, pero se puso furioso al ver que el poder cambiaba de manos.

—A lo mejor se sintió insultado al ver que no prestabais atención a sus consejos cuando conocisteis a Darnley.

—Las rencillas que nos separan... son muy amargas. Como la madre de Enrique era tan amiga de María Tudor y yo soy católica, mi hermano creyó que podría alzar a los protestantes en mi contra. ¡No he hecho nada malo!

—María, os ruego que reconsideréis vuestra actitud. Jacobo y vos habéis estado muy unidos, no podéis permitir que esto os enemiste para siempre.

—Apreciaría vuestros consejos sin reservas, pero... defendéis a mi hermano con tenacidad.

—Aun así, no estoy en vuestra contra.

María se levantó y fue hacia la puerta, mientras él seguía arrodillado.

—Ya sabéis que me puse furiosa con lord Bothwell y ordené que lo encerraran aquí, pero él escapó y ahora vuelve a tener mi favor.

—¿Estáis sugiriéndome que escape? —le preguntó él, con una sonrisa.

—Una reina jamás sugeriría tal cosa —María se inclinó hacia él, y lo besó en la mejilla—. Tenía que hablar con vos. Sé que puedo confiar en vos, que no revelaréis lo que os he dicho. Que tengáis un buen día.

Rowan no oyó el ruido de los cerrojos cuando la reina salió de la habitación, pero esperó y esperó hasta que la luna se alzaba sobre el castillo. La puerta no estaba cerrada, así que salió al pasillo y vio que no había nadie haciendo guardia. Fue hacia la escalera que llevaba desde la torre donde había permanecido preso hasta el patio, y tuvo cuidado de permanecer cerca de la pared cuando salió al exterior. Echó un rápido vistazo, y vio a varios guardias sobre los parapetos.

Un ligero movimiento lo alertó de la presencia de alguien y permaneció inmóvil, porque no quería cometer un asesinato. Siguió sin moverse cuando la persona avanzó con sigilo, y cuando la tuvo cerca pasó a la acción de golpe para tomarla desprevenida. Rodeó el torso del hombre con un brazo, le cubrió la boca con una mano, y susurró:

—No alertéis de mi presencia, no quiero haceros daño.

Con cuidado de mantener al individuo bien sujeto, lo volvió para poder verle la cara y sonrió de inmediato al ver de quién se trataba.

—Gavin —dijo con alivio, mientras lo soltaba.

—Acompañadme, mi señor. Debemos apresurarnos. No estoy seguro de lo que sucede, pero el perro faldero de la reina, ese tal Rizzio, me sugirió que viniera con un carro de heno y el hábito de un monje.

Saber que Rizzio estaba metido en el asunto no tranquilizó a Rowan, pero tenía entendido que la reina confiaba en él por completo. Mientras el hombre estuviera a las órdenes de María, y no del rey...

—¿Dónde está la ropa?

—Aquí, en el suelo. La dejé caer cuando os tomé por un guardia que estaba a punto de rebanarme el pescuezo.

—Perdona, yo también creí que eras un guardia.

—Tenemos que darnos prisa.

Cuando Gavin le dio la tosca prenda de lana marrón, Rowan se la puso sin demora y se cubrió con la capucha para que le tapara la cara.

—Por aquí —susurró Gavin.

Rowan agachó la cabeza como si estuviera rezando, y unió las manos ante sí. Pasaron junto a diversas personas ocupadas con sus quehaceres, a pesar de lo tarde que era. Un platero estaba enrollando la tela donde exponía los artículos que vendía, y un buhonero estaba cerrando la cesta que contenía su mercancía.

—El carro está allí —le dijo Gavin.

No avanzaron ni con rapidez ni poco a poco. Cuando llegaron al carro, Rowan vio que estaba tirado por un caballo blanco que pertenecía a sus cuadras del castillo de Grey. Se llamaba Ajax, y era un caballo de guerra que a pesar de ser un poco mayor no tendría problemas para llevar un buen ritmo cuando salieran del castillo.

—Será mejor que os ocultéis entre el heno, mi señor.

—No, será mejor que me siente a tu lado.

—¿Acaso estáis familiarizado con el comportamiento de los monjes?

—No, pero no me haría gracia que un guardia me ensartara si se le ocurriera meter el arma en el heno en busca de contrabando.

—Tenéis razón. Subid.

Cuando los dos estuvieron en el asiento del conductor del modesto carro, Rowan tomó las riendas y cruzaron el patio en dirección a las puertas, donde el guardia los miró con curiosidad.

—¿Adónde vais a estas horas de la noche?

—Al priorato que hay sobre la colina. Me ha hecho llamar una mujer que profesa la misma fe que la reina —le contestó Rowan.

El guardia frunció el ceño, pero no exigió verle el rostro. Fue hacia la parte posterior del carro, y empezó a comprobar el heno con la pica que llevaba.

—Podéis pasar —murmuró al fin.

Rowan chasqueó las riendas sin decir palabra, y Ajax se puso en marcha. Se obligó a mantener un paso lento mientras avanzaban por la ciudad, pero en cuanto llegaron a la arboleda que se extendía más allá de los campos, hizo que el caballo fuera más rápido.

Se dirigió hacia una granja que Gavin le indicó, pero al darse cuenta de que los seguían cuando ya casi habían llegado, se apresuró a sacar el carro del camino.

—¿Cuántos? —le preguntó Gavin con voz tensa, mientras esperaban entre los árboles.

—Dos —le contestó Rowan tras aguzar el oído.

Gavin desenfundó uno de los cuchillos que llevaba en las pantorrillas, y se apresuró a dárselo.

—No me atreví a traer armas más voluminosas.

—Da igual, tenemos que atraparlos y atarlos sin acabar con ellos.

Gavin lo miró como si hubiera enloquecido.

—Seguro que están armados con espadas, mi señor. ¿Queréis que muramos?

—No, iremos con mucho cuidado.

Después de quitarse el pesado hábito de monje, Rowan miró a su alrededor y le indicó un punto al otro lado del camino.

—Ve allí —le dijo, antes de empezar a subir por un viejo roble.

Los jinetes, que resultaron ser dos guardias del castillo, aparecieron apenas segundos después de que Gavin llegara a su puesto.

—¡Seguro que va hacia el norte, hacia su fortaleza de las Tierras Altas! —exclamó uno, sin molestarse en bajar la voz.

—Sí, y por eso sólo nos han mandado a nosotros dos a buscarlo en dirección sur —dijo el otro.

Los dos llevaban espada, pero el ataque los tomó desprevenidos. Rowan le hizo una indicación a Gavin, y cayeron sobre ellos en la oscuridad como arañas silenciosas.

Los hombres intentaron desenvainar sus espadas al caer al suelo, pero estaban sin aliento y desorientados. Rowan desarmó sin problemas al más corpulento, y de inmediato fue a ayudar a Gavin con el otro. Después de arrebatarle la espada, le apuntó al cuello con ella para mantenerlo a raya.

—Gavin, quítale las bridas al caballo de este buen hombre, necesitamos las riendas.

—El animal regresará al castillo —le dijo su compañero.

—Eso es inevitable.

Después de obedecer, Gavin se acercó con las riendas de cuero para atar a los guardias.

—Saben que habéis escapado, traidor —le dijo el más joven de los dos.

—Sí, ya lo sé —le contestó Rowan con calma. Al ver que el mayor se encogía ligeramente cuando se le acercó, le dijo con impaciencia—: Permaneced quieto, buen hombre. No pienso haceros daño.

Sus palabras no parecieron tranquilizar demasiado al guardia, que siguió mirándolo con cautela.

—Traidor —susurró el más joven.

—No, no es un traidor. Si lo fuera, ya estaríamos muertos —le dijo su compañero.

—Pero...

—Os agradezco que me perdonéis la vida, mi señor.

Rowan asintió mientras acababa de atarlo.

—Es un camino bastante transitado, así que alguien os ayudará cuando amanezca.

—¿Podéis sacarnos del camino?, sería una lástima haber sobrevivido a la... —el hombre se interrumpió, consciente de que en realidad no había habido ninguna pelea—. Sería una lástima que nos perdonarais la vida y que por la mañana nos pasara un carro por encima.

—No os preocupéis, os dejaremos junto a los árboles —le dijo Rowan.

Cuando estuvieron listos para partir, se apartaron un poco para que no los oyeran. Rowan le echó un buen vistazo al otro caballo de los guardias, que estaba atado a un árbol, y le dijo a Gavin:

—No has traído también a Styx, ¿verdad?

—Está cerca, debemos devolver el carro a la granja. La reina no quería causaros ningún daño, mi señor. Styx fue llevado al castillo de Grey en cuanto os apresaron.

—Menos mal.

—Tenemos que marcharnos de Escocia.

—Iremos a devolver el carro, y tomaremos este caballo. Tendremos que ir a buen paso, a pesar de que casi todos los hombres de la reina nos buscan en los caminos que llevan al norte.

Cabalgaron juntos en el caballo que le habían arrebatado a los guardias hasta que llegaron a la granja, donde los esperaba un hombre claramente nervioso. Rowan le dijo dónde podía encontrar su carro y le advirtió que debía ir lo más pronto posible, antes de que los guardias fueran descubiertos.

—El caballo que os hemos dejado, Ajax, es un buen animal. Gavin, tenemos algunas monedas para este buen hombre, ¿verdad?

—Por supuesto.

—Aseguraos de que mi caballo esté en buenas condiciones a mi regreso —añadió Rowan.

—Le daré unas jugosas manzanas con mis propias manos —le aseguró el granjero.

Rowan montó en Styx, que se encontraba en la granja, y Gavin montó en su propio caballo. Se apresuraron a marcharse, ya que no querían poner en peligro al granjero.

—¿Vamos a Londres, mi señor?

—Sí.

Rowan no había pensado en otra cosa durante todo aquel tiempo. Lo único que lo había animado a seguir adelante, lo único que lo había mantenido con vida, había sido el anhelo de volver a ver a Gwenyth; aun así, sintió una inesperada punzada de dolor en el pecho al darse cuenta de que se iba de Escocia en calidad de exiliado.

—No podemos hacer otra cosa —le dijo Gavin.
—Ya lo sé.
—Pero hay algo positivo en todo esto, mi señor.
—Sí, mi esposa.
—Y algo más —le dijo Gavin, con una gran sonrisa—. Vuestro hijo.

Rowan se quedó boquiabierto. Finalmente, logró recuperar el habla y dijo con voz ronca:

—¿Qué?

—Me lo dijo Maitland, mi señor. No es ningún rumor, aunque el nacimiento se mantuvo en secreto. Tenéis un hijo que nació hace varios meses, fuerte y sano. Vuestra señora lo bautizó con el nombre de Daniel Rowan.

Gwenyth llegó a Edimburgo al final de un largo día, y María Fleming salió a recibirla a caballo antes de que entrara por las puertas del castillo.

—¡Gwenyth!

Los diez hombres que habían reemplazado a la escolta inglesa en la frontera permanecieron a un lado mientras se saludaban, y la dama de compañía que Isabel había puesto al servicio de Gwenyth también se mantuvo a una distancia prudencial para no inmiscuirse. Se trataba de una muchacha de Stirling, que iba a seguir su camino hacia la casa de su padre.

María Fleming la abrazó con tanto entusiasmo, que Gwenyth temió caerse del caballo. Cuando se apartaron, la joven le dijo:

—Tengo que contarte muchísimas cosas. En cuanto te acomodes en Holyrood, te pondré al tanto de todo.

—¿Sabes lo que ha sucedido con lord Rowan?

—Escapó, y todos creen que fue la reina quien lo hizo posible. Ayer pidió en el Parlamento la condena definitiva de los lores rebeldes y la confiscación de sus bienes, pero a él no lo mencionó aunque está exiliado.

—¿Ha escapado? —Gwenyth se quedó atónita. Sin duda Dios no podía cometer la crueldad de dejarla ir a Edimburgo esperando ver a su marido, para encontrarse con que ya no estaba allí.

—Sí. Dicen que cruzó la frontera, que quizás esté en Newcastle con lord Jacobo —María Fleming posó una mano sobre su hombro, y añadió—: Está a salvo, Gwenyth. Consiguió dejar atados en el camino a unos guardias que lo siguieron, que por cierto hablaron muy bien de él. Su buena reputación va en aumento entre los nobles y el pueblo, y nadie cree que la reina quisiera dañarle. Lo que pasa es que la rebelión la indignó, y...

—Será mejor que entremos en Holyrood, lejos de miradas y oídos indiscretos.

Cuando llegaron a la habitación que le había sido asignada tanto tiempo atrás, Gwenyth se sentó en la cama mientras escuchaba a la otra dama.

—Llevas mucho tiempo fuera, te hemos echado de menos. A veces daba la impresión de que eras capaz de decir lo que nosotras debíamos callar, porque a pesar de que somos escocesas, regresamos siendo demasiado francesas. María siempre tuvo una gran fe en tus palabras, aunque debo reconocer que también confiaba ciegamente en su hermano Jacobo. Los problemas empezaron con la llegada de lord Darnley, y ahora... mientras la reina espera el nacimiento de su hijo, él pasa las noches bebiendo y haciendo Dios sabe qué. Creo que las intrigas y las conspiraciones nos rodean.

—¿En contra de la reina?

—Puede. Es muy difícil diferenciar la realidad de la ficción, sólo sé con certeza que ciertos nobles están furiosos por lo de Darnley. Susurran que se ha convertido en un monarca demasiado católico, y lo desprecian. Se dice que algunos están sugiriendo darle más poder, para que la reina pierda sus derechos y pueda ocupar su lugar un soberano protestante. Los secretos abundan a nuestras espaldas, y temo por María.

—Pero... está a punto de dar a luz, va a darle a Escocia un heredero y... se ganará a los nobles y al pueblo.

—Espero que sea así. Bueno, ahora debes prepararte, porque la reina ha ordenado que se sirva la cena para un pequeño grupo en sus aposentos. Sabe que estás aquí, y está encantada.

—¿Estará lord Darnley en esa cena?

—¿Estás de broma?, por supuesto que no. Lord Darnley... o el rey Enrique, que es como a él le gusta que lo llamen, estará por ahí bebiendo y divirtiéndose con otras mujeres. Aunque sus aposentos están justo debajo de los de la reina, casi nunca sube por la escalera privada que los conecta.

Gwenyth permaneció tumbada en la cama durante largo rato cuando María se marchó. Se sentía destrozada porque no iba a ver a Rowan, pero también estaba aliviada al saber que él se encontraba a salvo; sin embargo, la entristeció saber que había viajado de Inglaterra a Escocia justo cuando él estaba haciendo el trayecto contrario.

Finalmente, se levantó y se vistió con la ayuda de una doncella. Poco después, uno de los criados personales de la reina fue a avisarla de que había llegado la hora de ir a cenar.

Los aposentos de María se encontraban en el segundo piso de la torre noroeste, y estaban compuestos por varias estancias. En primer lugar había una antecámara a la que se accedía por una escalera, seguida por el dormitorio, que a su vez conducía a una sala más pequeña que contaba con una escalera de caracol abierta que comunicaba con los aposentos del rey.

Gwenyth se olvidó del pasado al entrar en la sala y ver a María; por su parte, la reina dejó a sus acompañantes en cuanto la vio entrar, y se apresuró a acercarse a ella.

A Gwenyth se le olvidó que estaba enfadada con su soberana al ver lo cambiada que estaba. La risa que antes brillaba casi constantemente en sus ojos se había apagado un poco, y parecía haber envejecido.

—Mi querida Gwenyth —le dijo María con aparente sinceridad, al abrazarla.

—Majestad —le contestó ella, con una reverencia.

—Ya conoces a mis queridas Marías, y sin duda recuerdas a Jane, lady Argyll, y a Robert Estuardo.

Jane y Robert eran dos medio hermanos ilegítimos de la reina, y era obvio que no estaban enfrentados con ella como Jacobo.

—Él es mi paje, Anthony Standen... mi escudero, Arthur Erskine... y David Rizzio, mi músico y más estimado secretario —se volvió hacia los demás, y les dijo—: Os presento a lady Gwenyth, que por fin ha sido liberada de las manos de mi prima Isabel.

Todos la saludaron con amabilidad. Gwenyth conocía de antes a Anthony y a Arthur, y sabía que eran hombres de bien que servían con lealtad a la reina. Jane siempre había apoyado a María con su amistad, Robert también parecía estar de su parte, y del afecto de las Marías por su soberana no había ninguna duda. Aunque no conocía a Rizzio, se dio cuenta de que María parecía haberse rodeado esa noche por aquéllos en cuya lealtad confiaba plenamente.

Mientras cenaban, Gwenyth se dio cuenta de que a pesar de que Rizzio era bastante feo, era inteligente y tenía una voz serena; además, era capaz de hacer reír a la reina, y estaba claro que María no había tenido demasiadas alegrías últimamente.

—Bienvenida a casa —le dijo el hombre, con una sonrisa—. Aún sé muy poco sobre esta tierra, aunque llevo muchos años aquí. Es un país que rebosa pasión y temperamento, está lleno de vitalidad.

Gwenyth sonrió y empezó a contestar, pero se interrumpió al oír un ruido procedente de la puerta que daba a la escalera que comunicaba con los aposentos del rey. Al mirar hacia la puerta vio que lord Darnley entraba en la sala, y no tardó en entender la desilusión de la reina; a pesar de su juventud, aquel hombre parecía envejecido y disoluto.

–¡Ha llegado el rey! –dijo Darnley.

Todos se pusieron en pie menos María, que le dijo:

–Qué detalle que te tomes la molestia de unirte a nosotros, Enrique.

Él sonrió. A pesar de la distancia que los separaba, el olor a cerveza que desprendía era apreciable. Entró en la sala, y se apartó a un lado para que entrara otro hombre al que Gwenyth reconoció de inmediato. Se trataba de Patrick, lord Ruthven, pero se sorprendió al verlo porque sabía que había estado enfermo; de hecho, parecía febril y demacrado.

–Espero que Su Majestad esté satisfecha –dijo Ruthven. Saludó con una reverencia a la reina, y estuvo a punto de caerse de bruces–. Espero que esté satisfecha, porque David Rizzio lleva demasiado tiempo en su sala privada.

–¿Acaso habéis enloquecido?, David ha venido porque yo se lo he pedido –María miró furiosa a lord Darnley, y añadió–: Ésta debe de ser alguna de tus ridículas maquinaciones.

–No culpéis a vuestro buen señor, mi reina –insistió Ruthven–. Rizzio os ha embrujado y no os dais cuenta de que la gente habla, de que se dice que habéis convertido a vuestro marido en un cornudo.

–¡Estoy embarazada! –exclamó la reina con incredulidad–. Juego a cartas y oigo música, mientras mi querido y beato esposo participa en otras diversiones.

María estaba tan fuera de sus casillas, que Gwenyth temió que rompiera a llorar y que su estado de alteración pudiera ser perjudicial para el bebé y para ella.

La sala empezó a llenarse de repente de hombres, entre los que alcanzó a reconocer a George Gordon hijo, a Thomas Scott y a Andrew Ker.

—Si tenéis alguna queja contra David Rizzio, comparecerá ante el Parlamento —dijo la reina con serenidad.

Sus palabras no tuvieron efecto alguno. Estaba claro que aquellos hombres estaban dispuestos a hacer uso de la violencia. David Rizzio se levantó de golpe como si estuviera dispuesto a huir, pero como no había escapatoria posible, se dirigió hacia la enorme ventana que había tras la reina.

Gwenyth retrocedió justo cuando los hombres se abalanzaron hacia Rizzio y volcaron la mesa. Todas las velas se apagaron menos una, que se convirtió en la única fuente de luz junto con el fuego que ardía en la chimenea.

—¡Justicia, justicia! ¡Mi señora, os lo ruego, salvad mi vida! —exclamó Rizzio, mientras se aferraba a las faldas de la reina e intentaba ocultarse tras ella.

Gwenyth agarró a María Fleming de la mano, y le dijo horrorizada:

—¡Necesitamos ayuda!, ¿acaso piensan asesinar a Rizzio?

—¡Quizás a la reina también! —exclamó la mujer.

Los hombres agarraron a Rizzio, lo apartaron de la reina mientras él no dejaba de gritar y de resistirse, y lo llevaron a rastras hacia el dormitorio.

—*Justizia, justizia, sauvez ma vie!*

Al oír que parecían bajarlo por la escalera de la antecámara, Gwenyth gritó:

—¡Socorro!, ¡a la reina! ¡La reina corre peligro!

La sala se convirtió en un caos. Los sirvientes de la reina llegaron a la carrera esgrimiendo escobas a modo de armas, los miembros del clan Douglas aparecieron también, ya que al parecer se encontraban en el castillo en ese momento, y poco después llegó la guardia.

Hubo gritos, acusaciones furiosas... y se armó una sangrienta refriega.

Tanto Gwenyth como el resto de sus damas rodearon a la reina para intentar escudarla, pero Ruthven se había atrevido a acercar su espada a la soberana cuando habían apresado a Rizzio.

Al final, los rebeldes obtuvieron el control de la situación. David Rizzio, el italiano menudo, yacía en un charco de sangre; tenía tantas heridas de daga, que apenas era reconocible. María se echó a llorar cuando la informaron de su muerte, pero hizo acopio de fuerzas y miró con valentía a los hombres que acababan de asesinar a su secretario.

–Me siento enferma. Llevo en mi vientre al heredero de Escocia, dejadme a solas con mis damas para que pueda descansar.

Los hombres intercambiaron miradas con incertidumbre, y aunque finalmente decidieron obedecerla, Gwenyth sabía que eran muy peligrosos. Mientras los rebeldes salían de la habitación, sintió un amor y una lealtad renovados hacia su reina, que le susurró mientras la ayudaba a acostarse:

–Esto no quedará impune. Presta atención a todo lo que digan nuestros captores, y mantente alerta. Conseguiremos huir.

Los ojos de la soberana relucían con un brillo acerado mientras se apoyaba pesadamente en el brazo de Gwenyth. Fingió estar indispuesta para que se fueran los pocos insurrectos que aún quedaban en el dormitorio, y cuando soltó un pequeño gemido de dolor, se quedó a solas por fin con sus damas y sus partidarios.

–Acércate más –le susurró a Gwenyth, y empezaron a urdir sus planes de inmediato.

Rowan llegó a Londres un día sorprendentemente hermoso, ya que hacía muy buen tiempo. Thomas y Annie salieron corriendo a recibirlo antes de que llegara a la puerta de entrada de su casa, y estuvieron a punto de avergonzarlo con su entusiasmo.

Había muchas cosas que debía saber, pero en ese momento tenía un solo pensamiento en la cabeza.

—¿Dónde está mi señora?

—Se... se fue a Edimburgo —le dijo Thomas, apesadumbrado.

—¡Dios del Cielo!

—Pero el niño, Daniel, está aquí, a salvo con nosotros. Ella lo quiso así —le dijo Annie.

Y de esa forma, abatido por la jugarreta del destino que los había enviado a ambos en direcciones opuestas, fue a conocer a su hijo.

—Dios mío... —susurró, sin aliento.

A pesar de que el niño estaba dormido, no pudo contener las ganas de tenerlo en sus brazos. El pequeño dio un sonoro berrido cargado de indignación, pero entonces se quedó mirando a su padre con sus enormes ojos azules. Tenía el pelo rubio, y Rowan se sintió emocionado como nunca antes en su vida cuando se sentó con él en los brazos.

Horas después, se lo entregó a su nodriza y fue con Gavin a solicitar una audiencia con la reina Isabel. Se sorprendió cuando la soberana lo recibió de inmediato en su gabinete privado.

—Antes de nada, debo deciros que la historia de vuestra osada huida es célebre en todo el país —le dijo la reina, divertida.

—No fue tan osada, recibí ayuda de alguien inesperado.

—Lo supongo. Creo que a los soberanos no nos gusta dañar a los demás. Me dijeron que mi hermana, María Tudor, lloró durante horas cuando sus asesores y el Consejo le exigieron que ejecutara a lady Jane Grey. No hay dolor tan intenso como el que sufrimos al luchar contra nuestros más allegados... que amenazan con ocupar nuestro lugar.

—Aún no conocéis en persona a María de Escocia —le recordó él.

—Tengo entendido que su situación es muy preocupante.

—Me parece que se arrepiente de haberse casado, Majestad.

—No sabéis lo que ha sucedido, ¿verdad? —le preguntó ella con voz suave.

Rowan sintió que le daba un vuelco el corazón.

—¿Gwenyth...?

—No tendría que haber permitido que se marchara de aquí. Todo indica que está bien, pero las noticias son confusas.

—Os ruego que me lo contéis todo.

—Por supuesto.

Gwenyth recorrió el palacio a la mañana siguiente intentando no llamar la atención, aunque como los rebeldes tenían un control tan total, no les importaba que las damas se ocuparan de sus quehaceres.

Se enteró de que el padre Black, un sacerdote católico, también había muerto a manos de aquellos hombres, pero que lord Huntly y lord Bothwell habían logrado escapar. En un momento dado, escuchó en silencio a dos de los seguidores de Ruthven, que estaban riendo y bromeando sobre su fácil victoria.

—He oído que llevarán a la reina a Stirling, para que permanezca allí hasta que dé a luz. Sin duda disfrutará de todas las comodidades —dijo uno.

—Sí, podrá entretenerse con su música y sus bordados... y podrá cuidar del niño y cazar mientras el buen rey gobierna el país —comentó otro.

—¿Darnley? Da la impresión de que ya empieza a flaquear y a tener remordimientos... o miedo.

—No va a ser él quien gobierne, lo harán en su nombre los nobles que tengan algo de sesera.

—La reina podría morir al ser tratada con tan poca consideración.

—En ese caso, Darnley tiene bastante sangre real. Será un buen testaferro, y como le gusta tanto fornicar, seguro que no tarda en engendrar otro heredero.

Gwenyth fue a llevarle aquella información a la reina. La encontró junto a varias damas, entre las que se encontraba lady Huntly.

—Tengo que escapar —dijo María, al enterarse de lo que se había planeado—. Debo hacerlo, y después los que me son leales agruparán a nuestras fuerzas y volveremos triunfales a Edimburgo.

—La huida es lo primero —susurró lady Huntly.

Gwenyth permaneció en silencio. El ataque a la reina formaba parte de una conspiración cuidadosamente articulada y muy peligrosa, y dudaba que los rebeldes pudieran ser derrotados con facilidad.

—¿Gwenyth? —la instó María.

Ella parpadeó con confusión, ya que se había sumido por completo en sus pensamientos.

—Prestad atención —le dijo lady Huntly.

Gwenyth se sumó de inmediato a la discusión. Se opuso a que la reina intentara escapar por la ventana con sábanas anudadas, y adujo que sería demasiado peligroso debido a su embarazo, y que alguien podría verla.

—Debemos conseguir que alguien nos ayude, alguien que forme parte de los conspiradores —añadió.

—Sé quién es la persona adecuada —dijo la reina, con cierta amargura.

Cuando Darnley fue a la mañana siguiente al dormitorio de su esposa, todas las damas se fueron a la sala adyacente, pero una de las Marías se quedó vigilando el pasillo por si llegaba alguien mientras las demás intentaban oír la conversación con las orejas pegadas a la pared.

Enrique Estuardo, lord Darnley, parecía estar a punto de echarse a llorar.

—María, no tenía que haber ningún asesinato.

Gwenyth sabía lo mucho que había crecido el odio que la reina sentía por su marido, pero también era consciente de que necesitaban su ayuda para escapar. María logró contenerse y se mostró tranquila al decirle que lo perdonaba, y entonces mencionó la posibilidad de que él también fuera un prisionero y fue convenciéndolo de que ambos estaban siendo cruelmente utilizados por unos nobles ambiciosos.

Más tarde, cuando Darnley regresó acompañado de los nobles que habían liderado el ataque, la reina se mostró igual de convincente al decirles que se les perdonaría todo, y en ese momento los avisaron de que Jacobo Estuardo había llegado.

—¿Mi hermano está aquí? —dijo María, complacida.

Gwenyth no se sintió tan optimista, porque al fin y al cabo, Jacobo se había enfrentado a la reina; sin embargo, María sólo parecía recordar que su hermano la había apoyado cuando había regresado a Escocia desde Francia.

Cuando se lanzó a sus brazos afirmando que nada de todo aquello habría ocurrido si lo hubiera tenido a su lado, él se comportó con severidad; a pesar de que Gwenyth no alcanzó a oír lo que decía, vio que el rostro de la soberana reflejaba una mezcla de furia y de indignación.

De repente, la reina lanzó una exclamación y anunció que estaba de parto. Mandaron a buscar a una partera a toda prisa, y entonces María pidió que la dejaran sola con sus damas. Dejó de fingir cuando todos se fueron, y juntas empezaron a sopesar las opciones que tenían.

Esa noche, pusieron en práctica los planes de huida.

Darnley llegó a media noche, y la reina y él bajaron por

la escalera por la que los asesinos habían llegado a los aposentos regios. Los sirvientes franceses habían sido alertados de la huida, y la escoltaron sigilosamente por los pasillos.

Gwenyth estaba haciendo guardia junto a la puerta del castillo cuando la reina y Darnley salieron de Holyrood, y se apresuró a conducirlos por el cementerio de la abadía. Se produjo un momento doloroso cuando María se detuvo junto a una tumba reciente que sin duda era la de Rizzio, y Darnley palideció visiblemente antes de intentar excusarse.

—Ssss... —dijo Gwenyth—. Debéis marcharos cuanto antes, no hay tiempo para remordimientos.

Los demás los esperaban cerca de la iglesia de la abadía. María montó detrás de Erskine, y tanto Darnley como Gwenyth montaron en los caballos que les dieron.

Emprendieron la marcha hacia el castillo de Dunbar, y a lo largo del trayecto, a Gwenyth le quedaron aún más claras las razones del desprecio que María sentía por su marido. A Darnley le aterraba que los atraparan los rebeldes a los que acababa de traicionar, y los obligó a aligerar el paso todo lo posible.

—Tened piedad de mi estado, estoy embarazada —le pidió la reina.

—Si ese niño muere, ya tendremos otros. ¡Vamos, deprisa!

Galoparon a toda velocidad durante cinco horas, y María por fin pudo descansar cuando llegaron a Dunbar.

Gwenyth se acostó sintiéndose exhausta, pero le costó mucho dormirse. Se sumió en una duermevela inquieta, pero incluso en sueños escuchó las palabras de lord Darnley, el hombre que se creía rey de Escocia... «Si ese niño muere, ya tendremos otros».

No, si el niño moría, Darnley no sería el padre del heredero, porque María no volvería a permitir que se le acercara por ningún motivo.

En un momento dado, se despertó de golpe y se echó a

llorar. Echaba de menos a su hijo, y el abrazo de Rowan. Él era un hombre que no flaqueaba ni se amilanaba, que no lloraría y rogaría clemencia tras rebelarse.

Permaneció allí tumbada, temblorosa y llena de angustia, sintiéndose más sola de lo que jamás habría creído posible.

María había escapado. El hijo mayor de lord Gordon, el noble que se había enfrentado a la reina, y James Hepburn, lord Bothwell, ya estaban alertando a todo el mundo sin haberse parado a dormir siquiera.

Sabía que tendría que sentirse agradecida por aquella victoria parcial, porque podrían haber muerto en el ataque que se había producido contra Rizzio o durante la huida. Y sí, claro que se sentía agradecida, pero también se sentía... se sentía muy sola.

Bothwell y Huntly realizaron su misión con una premura encomendable. Reunieron a ocho mil hombres en cuestión de días, aunque la proclama de la reina pidiendo que los habitantes de la zona de Dunbar fueran a Haddington con provisiones para ocho días ayudó a acelerar el proceso.

A finales de marzo, María encabezó a sus tropas a caballo, a pesar del embarazo. Darnley estaba a su lado muy a pesar suyo. Mientras avanzaban, los informaron de que los rebeldes se habían marchado de Edimburgo al darse cuenta de la traición de Darnley.

Tal y como había prometido, María entró victoriosa en Edimburgo.

Gwenyth se sintió aliviada de que no hubiera hecho falta luchar, y también de que la mayor parte de los rebeldes hubieran logrado huir, a pesar de que sabía que merecían que los ejecutaran.

Se alegró al saber que María había decidido perdonar a

su hermano Jacobo, aunque se rumoreaba que él se había asociado con los conspiradores; si Jacobo recibía el perdón, sin duda con Rowan ocurriría lo mismo.

Hacía tanto que no recibía una carta de él, que a veces tenía miedo de no reconocerlo siquiera si volvía a verlo. La mera idea la llenaba de angustia, porque lo amaba profundamente y jamás podría olvidarse de él.

Los primeros días tras el regreso a Edimburgo fueron un torbellino de emoción y de actividad.

Una de las primeras cosas que hizo María fue ordenar que se realizara un funeral católico adecuado por Rizzio, y a continuación se encargó de recompensar a los nobles que la habían apoyado y de castigar a los que se habían rebelado en su contra. Varios de los secuaces de los conspiradores fueron apresados, y se los condenó a muerte.

A todo aquello se sumaba la preocupación de la reina por el parto inminente.

—Me rompe el corazón saber que mi hijo va a nacer en un mundo tan agitado —comentó.

—¿Por eso sois tan compasiva con lord Darnley? —susurró María Fleming—, ¿para que vuestro hijo disfrute al menos de un poco de armonía?

—No habrá rumores de diferencias entre nosotros hasta el nacimiento del niño. Jamás habrá ninguna duda de que el niño es legítimo, y el heredero al trono —dijo María, aunque en su rostro se reflejaba la repulsión que sentía por su marido.

Gwenyth la conocía bien, y sabía que podría interpretar el papel de buena esposa hasta que naciera el bebé. Entendía el amor que sentía la soberana por su hijo y su necesidad de protegerlo, y pensaba hablar muy pronto con ella sobre Rowan y Daniel.

Tuvo oportunidad de hacerlo varios días después. María volvía a sentirse con el control de su mundo tras reconciliarse al fin con Jacobo, Argyle, Huntly, y muchos otros. Cuando pudo tomarse algo de tiempo a solas para seguir cosiendo la ropita para su hijo, Gwenyth consiguió hablar con ella.

—¿Qué me decís de lord Rowan? —le preguntó, y se asombró al ver que la reina la miraba con expresión acerada.

—¿Qué le pasa?

—Bueno, os habéis reconciliado con lord Jacobo...

María se puso de pie, y le dijo con firmeza:

—No me hables de ese hombre. Mis problemas empezaron el día que lo liberé, fui una tonta.

Gwenyth soltó una exclamación ahogada y se levantó también, tan sorprendida como consternada.

—¿Cómo podéis decir eso? Escapó a Inglaterra, se...

—Eso no lo sé con certeza. Fui compasiva y le facilité la huida, y poco después, los rebeldes irrumpieron en mis aposentos. No seas tonta, Gwenyth. He aprendido mucho sobre los hombres, y te advertí una vez que no te enamoraras de él.

Estaban solas, y Gwenyth se sintió tan furiosa y dolida, que se atrevió a decir lo que pensaba.

—Me advertisteis eso... ¡y entonces os enamorasteis perdidamente de un hombre como Darnley!

—Soy la reina, tenía que tener un esposo adecuado.

—Pero Darnley no lo era. Isabel...

—Isabel es intrigante, traicionera, y... y malvada. Fue ella quien mandó a Darnley a Escocia, quien planeó que me conquistara para que me casara con él, y así provocar un levantamiento que justificara su negativa a nombrarme heredera de la Corona inglesa.

Gwenyth respiró hondo, y luchó por recordar todo lo que le había pasado a María para poder mostrarse comprensiva. Estaba claro que la soberana había aprendido mucho sobre estrategias e intrigas a lo largo de su reinado, pero...

—María, soy su esposa.

—No, no lo eres. Eres una súbdita escocesa, mi súbdita, y he declarado que tu matrimonio es nulo. ¿Está claro? No estás casada con ese traidor, me encargaré de que permanezca exiliado en Inglaterra durante el resto de su vida si no quiere que lo ajusticien.

—¡María!

—¿Lo entiendes?

—No, jamás lo entenderé. No tenéis pruebas que demuestren que estuvo involucrado en ninguna trama en vuestra contra.

—Darnley me lo ha dicho.

—¿Y pensáis hacerle caso? —Gwenyth apenas podía creer lo que estaba oyendo.

—Ha confesado muchas cosas.

—Ha dado un montón de nombres para salvarse. ¿Acaso habéis perdido la razón?, ¡Rowan siempre ha despreciado a vuestro marido!

—Sí, igual que muchos otros que no dudaron en utilizarlo como un pelele en mi contra. Olvidaron que un hombre al que podían manipular con tanta facilidad también podía ser manipulado.

—Está mintiendo.

—No hay nada tan amargo como la traición de un ser querido.

—¡Rowan jamás os ha traicionado!

—Gwenyth, escúchame bien. Darnley es un ser patético, pero vuelvo a ostentar el poder y tiene miedo. Mencionó a Rowan, ¿no ves que está claro que también formó parte de la conspiración?

—Nunca creeré tal cosa.

—En ese caso, eres incluso más necia de lo que lo fui yo.

—Tengo un hijo con él.

María la miró boquiabierta. Pareció a punto de ceder por

un instante, pero había soportado demasiados golpes y le dijo con frialdad:

—Entonces, tienes un bastardo.

Gwenyth apretó los puños con fuerza, y le sostuvo la mirada con firmeza.

—Lo amo. A los ojos de Dios, es mi marido y el padre de mi hijo. Y si lo despreciáis tanto, no puedo seguir sirviéndoos.

María se quedó rígida.

—¿También tú vas a traicionarme?

—Jamás.

—Me encargaré de que no tengas que servirme.

—Me iré de Escocia cuanto antes.

—¿Crees que voy a dejar que te marches a un país donde se me odia tanto? Isabel nunca manda ayuda o apoyo desde Inglaterra. Yo también tengo mis espías, y sé que aunque le negó tropas a Jacobo para que luchara contra mí, le entregó dinero para financiar sus propósitos. No vas a regresar a Inglaterra, mi lady Gwenyth.

—¿Pensáis encarcelarme en el castillo de Edimburgo? —le preguntó, con cierto matiz despreciativo en la voz.

—No, en el castillo de Edimburgo no —le dijo la soberana con suavidad, antes de darle la espalda—. Sal de aquí.

—Majestad, os ruego una vez más que tengáis en cuenta...

—Sal de aquí ahora mismo.

Gwenyth regresó muy dolida a su habitación, donde empezó a pasearse de un lado a otro mientras se preguntaba qué pasaría.

No tuvo que esperar mucho para saberlo, porque llamaron a su puerta y vio a un grupo de guardias en el pasillo. Se trataba de los mismos hombres que la habían escoltado desde la frontera.

—Debéis acompañarnos, mi señora —le dijo el jefe, claramente consternado.

—¿Adónde?
—No podemos decíroslo.
—¿Soy una prisionera?
—Sí, mi señora. Lo lamento de corazón.
—¿Qué tipo de ropa debo llevar?
—Vamos hacia el norte.
—Estaré lista en breve.

Ni siquiera tenía a Annie a su lado. Estaba lejos de su hijo, y la alejaban aún más. Pero lo peor de todo era que Rowan había vuelto a ser declarado un traidor, y que la reina estaba convencida de su culpabilidad.

Tuvo ganas de lanzarse sobre la cama para llorar y desahogarse, de despotricar en contra de su reina, pero lo cierto era que no odiaba a María a pesar de que estaba furiosa con ella por negarse a ver la verdad... y furiosa consigo misma por no haberse dado cuenta del peligro.

Preparó su equipaje con rapidez, y tras salir al pasillo e indicarle al guardia que podía llevárselo, le pidió que se le permitiera ver a la reina.

María le concedió una audiencia, y al verla la abrazó de inmediato. Era obvio que había estado llorando.

—Dios del Cielo... nunca os traicionaría, María —le susurró.

La reina retrocedió un poco, y le contestó:

—Por eso voy a mantenerte alejada de la tentación.

—¿Qué queréis decir?

—Por desgracia, sé bien lo que es enamorarse y sentir pasión. Me dejé cegar por algo que brillaba ante mí, pero su belleza era superficial y estoy pagando el precio de mi necedad.

—Conocéis a Rowan —Gwenyth vaciló por un instante antes de añadir—: Lo conocéis bien —estuvo a punto de mencionar que eran parientes, pero se mordió la lengua. Darnley también tenía lazos de sangre con la reina, y a pesar de todo, era un hombre muy poco recomendable.

—Sí, lo conozco y tuve una gran fe en él. Ruego para que encuentre la forma de demostrar que lord Darnley me ha mentido.

—Vuestro marido fue quien os traicionó, ¿por qué confiáis en él?

—Porque ahora me teme. Después de traicionarme, le dio la espalda a sus cómplices, así que soy su única esperanza. Habrá una investigación, pero por ahora... os querré a ambos, y te mantendré a salvo.

—María...

—Lleváosla –le dijo con voz suave a los guardias que permanecían a la espera en la puerta.

La reina tenía las mejillas húmedas por las lágrimas, pero la vida la había endurecido y no dio su brazo a torcer.

18

—Sugeriría que os quedarais en Inglaterra sin más, lord Rowan —le dijo Isabel, cuando terminó de contarle lo que había sucedido en Escocia.

—Sabéis que no puedo hacerlo.

—Vuestro país es un hervidero de traidores, y parece que la elección de los nobles que han sido perdonados se ha hecho sin ton ni son. Sé por fuentes fiables que el complot existió, y aunque el querido Maitland de María no participó de forma activa, sabía lo que iba a pasar. No hay nada escrito que demuestre que los nobles rebeldes pensaban cometer un asesinato, pero firmaron un acuerdo protestante para apartar a María de la influencia de Rizzio y para concederle a Darnley la corona matrimonial; además, mi prima se ha reconciliado con Jacobo Estuardo, aunque hay indicios de que él estuvo implicado. Vuestra querida tierra tiene muchos problemas, Rowan.

—Pero ésa es la cuestión, Majestad. Realmente es mi querida tierra, y Gwenyth está allí.

—María ha declarado que no estáis legalmente casados en Escocia, y nadie sabe dónde tiene a Gwenyth.

—La encontraré.

—Perderéis la cabeza.

—Debo correr el riesgo.

Isabel se recostó en su asiento y lo observó con atención, con una mezcla de diversión y de curiosidad.

—Analizad la situación con cuidado, Rowan. Los jefes de los clanes escoceses siempre están enfrentándose, y cuando uno de ellos asciende de categoría, el resto reacciona como una jauría de perros furiosos.

—¿Y aquí es tan diferente?

—No recurrimos a la violencia con tanta facilidad —le dijo la reina, con una sonrisa—. Tengo más poder que María, apreso a los que sospecho que pueden traicionarme, observo y escucho, y a veces concedo el perdón. Temo lo que pueda pasaros, Rowan. Sois un hombre honesto entre ladrones.

—No lo entiendo, apenas conozco a Darnley. Lo que sé de él no me gusta, pero no le he hecho ningún daño. ¿Por qué se ha puesto en mi contra la reina?

—Os ayudó a escapar, y de inmediato sufrió un ataque. Sois un chivo expiatorio conveniente, porque siempre habéis apoyado a Jacobo y a los barones. Sé que opináis que en Escocia debe reinar la paz para que sea un país fuerte y unido, pero me temo que las acciones de María van a impedir que así sea. Tengo entendido que desprecia a Darnley, pero no le queda más remedio que apoyarlo porque no puede pedir una anulación o un divorcio.

—A causa de su hijo —dijo Rowan con amargura.

—Exacto. Va a apoyar públicamente a Darnley a causa del heredero, y hasta que nazca el niño no hará nada que pueda poner en duda la paternidad del bebé, para que nazca de forma legítima. Después, ya veremos lo que pasa. Estoy segura de que dejará de apoyar a Darnley.

—Pero tengo miedo de lo que pueda pasarle a Gwenyth mientras tanto —le dijo Rowan con voz queda.

—Os envidio a los dos.

—¿Por qué?

—A pesar de que las circunstancias han sido injustas, os une un compromiso muy profundo. Quizá vuestra fe y la fuerza de vuestro amor acabarán salvándoos, o puede que el tiempo y las dificultades os conviertan en enemigos, y que la ternura y el romanticismo se conviertan en amargura.

—Nunca permitiré tal cosa —le dijo Rowan con firmeza.

—No actuéis con la temeridad que caracteriza a vuestros paisanos.

—¿Mis paisanos?

—Los hombres de las Tierras Altas —le dijo ella, sonriente—. Sólo estoy aconsejándoos, aunque sé que al final haréis lo que creáis conveniente.

A principios de julio, Gwenyth recibió la noticia de que la reina María había dado a luz a un varón sano y fuerte, aunque el parto había sido duro.

Le escribió una larga carta en la que le decía lo mucho que se alegraba por ella, aunque en realidad se sentía desmoralizada y angustiada y se preguntaba si estaba condenada a seguir siendo una prisionera durante el resto de su vida. Deseaba enviarle una carta a Annie para que Thomas y ella fueran al norte con Daniel, pero como habían ocurrido tantos altercados, no se atrevía a hacerlo. Tenía que contentarse sabiendo que su hijo estaba a salvo en Londres.

Se encontraba en la fortaleza de James Hepburn, lord Bothwell, que había sido ascendido por su papel clave en la huida de la reina de Edimburgo. Al igual que en la Torre, la trataban bien, y pasaba mucho tiempo escribiendo cartas a la reina y a sus familiares y amigos... aunque dudaba que fueran enviadas.

Por lo menos, se le permitía recibir visitas, y su tío Angus fue a verla poco después de que se enterara del nacimiento del heredero real. Cuando Angus le había pedido que aceptara la decisión de la reina en lo concerniente a su matrimonio y que renunciara a considerarse la esposa de Rowan, se había sentido sorprendida al ver que era tan inconstante, porque sabía que admiraba a Rowan.

—La reina puede confiscarte todas tus posesiones, al igual que a lord Rowan. Se ha contentado con esperar la llegada de su hijo de momento, pero no sabemos lo que decidirá hacer ahora que ya ha dado a luz —Angus sacudió la cabeza, y la miró con cansancio—. Amor... ¿qué es eso? Los matrimonios son contratos que unen a diferentes familias, ya lo sabes.

—He visto las maravillas que pueden hacer esas uniones —le contestó Gwenyth con ironía.

Angus vaciló por un instante, y finalmente le dijo:

—Creo que deberías saber que la reina utiliza tu nombre algunas veces.

—¿Qué?

—Está ofreciéndote como recompensa a algunos de los que la apoyan.

—¡No soy tan rica como para ser una recompensa que valga la pena!

—La reina ha sugerido que a tu posible marido se le concederían algunas tierras que se les confiscaron a los rebeldes —Angus se acercó a la chimenea—. Un contrato de matrimonio es sólo eso. Viudas de sesenta años se han casado con hombres de veinte, y a menudo muchachas jóvenes se casan con viejos decrépitos. Así son las cosas. Pero un hombre que desee plantar su semilla en el futuro del mundo desea una esposa joven, y si es hermosa, mucho mejor.

—No puede casarme con nadie sin mi consentimiento, y tampoco creo que sea capaz de hacerlo.

—Sigues amando a tu María, ¿verdad?

—Estoy resentida con ella, por supuesto, pero he presenciado su cambio. La vi llegar con esperanza, con amor por Escocia, con la confianza de que sería una buena reina que llegaría a unificar a su país. Sé que en este momento está equivocada, pero estoy convencida de que al final se dará cuenta de la verdad.

—Ruego para que estés en lo cierto, muchacha. Pero como te veo tan segura, permaneceré sin armar jaleo en Islington, lejos de la política, y haré todo lo que pueda por ti —tras un momento de silencio, añadió—: Y por Daniel, pase lo que pase.

Gwenyth se preguntó por qué en el pasado había pensado que su tío era frío y adusto. Desde que había regresado de Francia, había descubierto que se trataba de un hombre honorable y constante, y se lo dijo mientras lo abrazaba con fuerza cuando llegó la hora de que se fuera.

Continuó escribiendo cartas para María, Annie, Thomas... y Rowan, a pesar de que sabía que ninguna de ellas le llegaría.

Por su parte, recibía muy poca correspondencia, y casi todas las cartas procedían de María. En una de ellas, la reina le sugería que se planteara casarse con Donald Hathaway, el recién nombrado señor de Strathern. María lo describía con entusiasmo, y afirmaba que era un hombre joven, sano y vigoroso.

Gwenyth tiró la carta al suelo con furia, pero se agachó a recogerla al ver que había varias líneas más que aún no había leído.

Quiero que entiendas que mis acciones se deben a lo mucho que te aprecio. Fuentes de confianza me han informado de que lord Rowan ha mostrado una indiferencia total por sus deberes con su propio país; al parecer, se ha casado con Elisia Stratfield, la hija de un conde, y se encuentra al servicio de la reina de Inglaterra.

Gwenyth se negó a creer lo que acababa de leer, pero tras una hora de lágrimas y de furia, sintió que la embargaba la desesperación.

Cuando faltaba poco para que el año terminara, se sorprendió con la llegada de una escolta que le dijo que la reina quería que regresara a su lado en cuanto terminara la época navideña. Aún estaba tan dolida y enfadada, que tuvo ganas de negarse, pero no tenía demasiadas opciones ante los deseos de la soberana y una escolta de seis hombres armados; además, no pensaba pasar el resto de su vida bajo la custodia protectora de la reina... ni aunque la noticia de la traición de Rowan fuera cierta.

—Allí —le indicó Gavin.
Rowan observó la llegada de los hombres del rey desde la cima de una colina. Gwenyth iba tras el cabecilla, ataviada con una espléndida capa que se extendía sobre las ancas de su yegua, y tras ella iban su doncella y cinco guardias armados.
—Ya la veo —murmuró.
—Sería una locura atacar. Estamos rodeados por los hombres del conde de Bothwell, y habéis ido con mucho cuidado de no dañar a nadie por cumplir con su deber.
—Sí, es cierto —dijo Rowan, sin apartar la mirada del grupo.
Ansiaba atacar, luchar, ganar o perder, pero había dos factores en su contra; en primer lugar, no quería matar a nadie, y en segundo lugar, tampoco quería arriesgar las vidas de sus diez hombres, que siempre habían estado a su lado.
Sabía que su llegada a Escocia no había pasado inadvertida, pero a pesar de que la reina lo había exiliado, la gente de su país lo había recibido con los brazos abiertos. Amigos que se mantenían al margen de la corte lo habían alojado en sus casas para que pudiera descansar, y la gente que lo había reconocido por el camino no había delatado su presencia.

Sin embargo, allí estaba rodeado por las fuerzas de un hombre tremendamente ambicioso, y que contaba con el favor de la reina.

—No vamos a atacar, los seguiremos.

Se pusieron en marcha, y se mantuvieron a una distancia prudencial del grupo. Gavin se adelantó para ir reconociendo el terreno, y regresó hacia el atardecer.

—Se han detenido a pasar la noche en la mansión Elwood.

—Nunca he estado allí —comentó Rowan.

—Yo sí —le dijo Gavin, con una sonrisa.

La mansión Elwood no era una fortificación, sino la residencia del reverendo Hepburn, un primo de Bothwell. Había ovejas y pollos en el patio delantero, y la casa principal estaba rodeada de unas pintorescas cabañas.

Era obvio que el reverendo había sido alertado de su llegada, porque estaba esperándolos en la puerta. Era un hombre fornido de pelo color gris acero, y parecía duro y rígido.

Los hombres de la reina fueron alojados en las cabañas, la doncella de Gwenyth en el ático, y a ella se le asignó una habitación en la misma mansión.

Mientras cenaban, no tardó en darse cuenta de que el reverendo era un hombre cortés pero decidido a predicar. Mientras les servían un plato de pescado, no dejó de hablar del estado en que se encontraba el país.

—Estamos muy satisfechos por el nacimiento del heredero, que nos proporcionará mayor gloria; sin embargo, todos debemos colaborar para que los escoceses puedan disfrutar de un país donde reine la paz.

—Por supuesto —murmuró ella, mientras se preguntaba de qué estaba hablándole aquel hombre.

—Eso significa que todos debemos obedecer a la reina —le

dijo él con firmeza. La señaló con el tenedor, y añadió–: Tenemos que cumplir con nuestro deber, mi señora. Las fantasías no tienen cabida en la realidad de la vida, y los traidores no deben tolerarse.

Gwenyth sabía que tendría que morderse la lengua y acabar de cenar cuanto antes, pero no pudo contenerse.

–Si os referís a lord Rowan, debéis saber que no es un traidor, y estoy convencida de que en el fondo la reina lo sabe. Tened en cuenta que no le ha expropiado las tierras, reverendo.

–Así que sois como el populacho que se niega a ver la verdad. Lo aclaman en las calles –dijo el hombre con desagrado.

–Su inocencia acabará demostrándose.

–La reina será vengada –el reverendo sonrió al añadir–: Os prometo que, si aparece por esta zona, dejará de ser un problema y le enviaremos su cuerpo inerte a la reina.

–¿Acaso estáis loco?, María nunca ha aprobado el asesinato.

–Todo hombre debe luchar para proteger su casa y sus tierras.

Gwenyth se puso de pie con indignación. Se sentía incapaz de seguir hablando con aquel hombre.

–He tenido un largo día de viaje, será mejor que me retire. Disculpadme.

Al ver que el reverendo también se levantaba, claramente dispuesto a seguir con la discusión, se apresuró a marcharse hacia la habitación que se le había asignado en la primera planta del ala este de la casa.

Audrey, la muchacha que la había atendido mientras había permanecido bajo custodia, fue a ver si necesitaba algo, pero ella le dijo con amabilidad que prefería que la dejara sola. No la conocía bien, y su presencia no la reconfortaba en nada. Anhelaba tener a Annie a su lado, pero era mejor que permaneciera junto a Daniel.

Lo único bueno del reverendo era su fina ironía, porque le había enviado una tosca bañera de madera con agua caliente... una indicación silenciosa de que debía bañarse para lavar sus pecados.

Mientras permanecía allí, a solas con sus pensamientos, fue alternando entre la furia y la desesperación. Estaba en un mundo de locos, de mentiras y de rumores, de mentirosos y de arribistas ladinos que sólo ansiaban saciar su sed de poder.

Finalmente salió de la bañera, convencida de que se había desprendido de unos cuantos pecados que sin duda no eran los que el reverendo le achacaba, y se acostó después de ponerse un camisón de lino.

Ansiaba dormir, pero no le resultó nada fácil; al parecer, el reverendo Hepburn había decidido que sería una buena penitencia que durmiera en el colchón más duro y lleno de bultos que hubiera disponible.

Se preguntó si estaría pecando al desear de corazón que aquel hombre se pudriera en el infierno.

La mansión estaba en un valle. Bajo la luz tenue de la luna estaba preciosa, y reflejaba la verdadera magia de la tierra a la que Rowan siempre había querido con toda el alma.

Dejaron los caballos en el bosque cercano bajo la vigilancia de un hombre, y se acercaron a la casa a pie. Todo estaba en silencio, y no había ningún guardia.

Rowan estaba convencido de que los escoltas que había enviado la reina no esperaban tener ningún contratiempo. Su misión era conducir a una de las damas de la soberana ante ella, y como no había razón alguna para que creyeran que podía surgir algún problema, a sus hombres y a él les resultó muy fácil observar la casa y encontrar la forma de entrar.

Al cabo de unos minutos, entró junto a Gavin por la ventana de un saloncito. Empezaron a recorrer un pasillo, abrió con cuidado una de las puertas, y volvió a cerrarla al ver al reverendo roncando a todo volumen. Conforme fueron avanzando, se dio cuenta de que todas las puertas tenían cerrojos por dentro, y rezó para que Gwenyth no lo tuviera echado.

Cuando al final encontró su habitación, el tiempo pareció detenerse mientras la veía dormir bañada por la luz de la luna. La había dejado mucho tiempo atrás así mismo, durmiendo, con el pelo extendido por la almohada y resplandeciendo como fuego dorado bajo la luz del fuego de la chimenea. Parecía un ángel y una sirena a la vez, ya que a pesar de que estaba vestida de blanco, el camisón se ceñía a las curvas perfectas de su cuerpo.

Tras permanecer en la puerta durante largos segundos, la cerró y echó el cerrojo, mientras Gavin se quedaba haciendo guardia en el pasillo. Cuando se acercó a ella y se sentó a su lado, vio el brillo húmedo de sus mejillas, y se dio cuenta de que había estado llorando antes de quedarse dormida. Hizo acopio de fuerzas durante unos segundos, porque desde que había llegado a Escocia, había oído en innumerables ocasiones que ella estaba a punto de casarse con uno de los nuevos favoritos de la reina.

Aunque también había oído el absurdo rumor de que él se había casado. Se preguntó si Gwenyth había tenido la fe y la fuerza mental necesarias para darse cuenta de que había gente a la que le encantaba vilipendiar a los demás, y que no dejaba de inventar mentiras descabelladas.

Gwenyth abrió los ojos en ese momento. Estaba preparado para taparle la boca si gritaba, pero no hizo falta. Ella se quedó mirándolo, y susurró:

—Estoy soñando.

Rowan se tragó un gemido de emoción y se inclinó hasta que sus labios quedaron a un suspiro de distancia.

—Entonces, deja que sueñe contigo —murmuró.

Más tarde, se daría cuenta de que tendría que haberle dicho algo más, que había muchas cosas por decir entre los dos, pero las emociones que los gobernaban en ese momento eran avasalladoras. A pesar de que parecía que llevaban una eternidad separados, el mundo fue enderezándose mientras se besaban y se acariciaban con un deseo febril. Se tumbó a su lado mientras la recorría con las manos por encima del camisón, y se quedó sin aliento al sentir la calidez y la forma de su cuerpo. Gwenyth se amoldó a él sin dejar de besarlo, mientras la acariciaba y la acercaba más y más. Ella también lo acarició y saboreó la textura de su piel hasta que él enloqueció y dejó de tener noción del tiempo, del lugar, y de la vida misma. Sus bocas se separaron al fin, pero sólo para poder recorrer otras zonas.

Al acariciar sus senos con las manos y con la boca, lo sacudió una oleada de deseo brutal, y apenas pudo soportar las caricias con las que ella lo atormentaba. Después de arrancarse la ropa mutuamente, unieron sus cuerpos al fin. Gwenyth se arqueó contra él, y se movió a un ritmo desbocado que fue un festín para un hombre hambriento como él.

Rowan se sumió en una vorágine descontrolada que apenas dejó sitio para la cordura; sin embargo, esa cordura, cimentada en orgullo, deseo sexual y amor, ganó la partida y le ayudó a mantener algo de control para poder contenerse, para hacer que Gwenyth siguiera y siguiera, hasta que el mundo que los rodeaba estalló en mil pedazos.

Estaba tan satisfecho y repleto, que al principio no oyó los golpecitos en la ventana. Fue Gwenyth la que se sentó en la cama de golpe y se quedó mirándolo alarmada.

—¡Rowan!

Era Gavin, que lo llamaba desde la ventana a pesar de que lo había dejado en el pasillo. Se incorporó de inmediato, y se vistió rápidamente.

—Hay un gran alboroto. Los hombres de la reina están recogiendo sus armas.

Cuando Gavin apenas había acabado de hablar, oyeron que alguien llamaba a la puerta.

—Vete de aquí —susurró Gwenyth con urgencia.

—Tienes que venir conmigo.

Rowan no supo cómo reaccionar cuando ella retrocedió y lo miró con expresión atormentada.

—No, Rowan.

—¡Sí!

—¿Lady Gwenyth? —dijo alguien desde el pasillo.

—Vete —le ordenó, mientras le daba un empujón en el pecho—. Vete, estoy... estoy a punto de casarme. Vete de aquí, idiota. ¿Quieres perder la cabeza o que te ahorquen?, ¡vete de aquí!

Rowan rechinó los dientes. No tenía ni idea de qué era lo que los había delatado y había causado aquel caos.

—Tú te vienes conmigo.

—Juro que gritaré si vuelves a tocarme, y verás cómo mueren tus hombres antes de seguir su misma suerte. Vete.

—¿Lady Gwenyth? —dijo la persona del pasillo, con más fuerza.

—Vete. Eres un fugitivo que ha traicionado a la reina, y te desprecio —le dijo ella con frialdad—. Me casaré con un noble de verdad, legalmente, y tú serás mi enemigo.

Rowan se quedó tan atónito como si acabara de abofetearlo.

Ella fue hacia la puerta como si estuviera dispuesta a abrir, y dijo en voz más alta:

—Estoy aquí. Me habéis despertado, dadme un momento para que me cubra.

Rowan ansiaba volverla para que lo mirara, obligarla a escucharlo, decirle que era su esposa y que él nunca había traicionado a la reina, pero al oír que Gavin gritaba, supo que uno de los guardias de la reina había encontrado a su amigo. Salió por la ventana a toda velocidad, aunque como seguía sin querer cometer un asesinato, se limitó a dejar inconsciente al guardia con un golpe en la cabeza. Cuando ayudó a Gavin a levantarse y vio que estaba ileso, le preguntó:

—¿Qué es lo que ha pasado?

—La gente está tomando las armas. Aún estaba en la casa cuando llegó un mensajero y despertó a la familia. Enrique Estuardo, lord Darnley...

—¿Qué le pasa?

—Ha sido asesinado.

Cuando Rowan salió por la ventana, Gwenyth se apresuró a ponerse una bata. Estaba tan alterada, que apenas atinó a descorrer el cerrojo.

—¡Abrid la puerta, mi señora! ¡Corréis un grave peligro!

Cuando apartó el cerrojo, la puerta se abrió de inmediato y el reverendo Hepburn estuvo a punto de chocar contra ella al entrar espada en mano.

—¿Qué sucede? —le preguntó ella.

—Sólo Dios lo sabe. El país entero está conmocionado, y el miedo se cierne sobre nuestra tierra. Darnley ha sido asesinado, y todos desconfían de todos.

Gwenyth sintió que la recorría un escalofrío, pero alcanzó a decir:

—¿La... la reina?

—A salvo, no estaba con su marido.

El reverendo entrecerró los ojos cuando examinó la habitación con más detenimiento, pero uno de los hombres de la reina llegó en ese momento.

—Lady Gwenyth corre peligro. No sé de ninguna facción que pueda desearle algún mal, pero había un individuo junto a su ventana. Uno de mis hombres se le acercó, pero otro desconocido lo atacó.

—¿Qué sabéis de todo esto? —le preguntó el reverendo a Gwenyth.

Ella sacudió la cabeza mientras fingía estar aterrada, y exclamó:

—¿Estoy a salvo?

—Calmaos, mi señora —le dijo el capitán de su escolta—. Vamos a rodear la casa. Os daremos privacidad para que os vistáis, y entonces...

—¿No habéis apresado a nadie?, ¿no sabéis quién quería atacarme? —le preguntó, sin dejar de aparentar que tenía miedo.

—No, mi señora —admitió el hombre, cabizbajo—. Eran como espectros, y desaparecieron en el bosque.

—¿Cuántos hombres han muerto? —susurró ella.

—Ninguno, aunque uno tiene un buen dolor de cabeza.

—Debemos partir hacia Edimburgo en cuanto amanezca, os lo ruego.

—Sí, mi señora —le dijo el capitán, antes de marcharse.

El reverendo la miró con desconfianza, pero como sólo tenía sospechas y no podía acusarla de nada, le dio las buenas noches y le dijo:

—No volváis a correr el cerrojo, tenemos que poder llegar hasta vos si vuelve a surgir algún peligro.

Ella accedió a su petición, pero le rogó que se encargara de apostar a un hombre en el exterior de la ventana, haciendo guardia.

Cuando el reverendo se fue, Gwenyth cerró la puerta y fue temblorosa hacia la cama. Había sido tan brutal y tan mágico a la vez... pero ya empezaba a preguntarse si había sido un sueño.

No, no lo había sido, porque la vida parecía ser la peor de las pesadillas. Rowan había ido a buscarla y había logrado escapar, pero sabía que le había roto el corazón para convencerlo de que se fuera.

La gente del pueblo lo apoyaba, pero el consorte de la reina había sido asesinado. Se le heló la sangre en las venas al pensar en las posibles repercusiones de aquella muerte. Tendría que sentir una gran pena, tendría que estar preocupada por la soberana y por el estado del reino, pero la atenazaba un miedo terrible por Rowan.

También tenía miedo por sí misma. Se preguntó si él entendería lo aterrada que se había sentido y su ansiedad por conseguir que se pusiera a salvo, o si creería que ella, al igual que la reina, le había traicionado.

No lloró, y tampoco concilió el sueño. Permaneció sentada durante toda la noche, entumecida y temblorosa.

Cuando Gwenyth llegó a la corte, la llevaron de inmediato a ver a la reina. María parecía serena, pero también aturdida.

—¡Querida Gwenyth! —exclamó, al ponerse de pie.

Después de que Gwenyth hiciera una profunda reverencia, María la abrazó con fuerza, como si jamás hubieran discutido.

—Mi vida está plagada de asesinatos —susurró al fin.

Gwenyth no la contradijo. Mientras se dirigían hacia Edimburgo habían ido llegándoles más noticias, y sabía que había habido un plan que incluía una explosión. Lord Darnley había enfermado y había ido a descansar a la casa que la reina tenía en Kirk O'Field, y aunque lo más probable era que hubiera muerto en la explosión, no había sido así. Lo habían encontrado estrangulado fuera de la casa.

Era toda una ironía. La reina despreciaba a su marido, y sólo lo toleraba porque no quería que hubiera dudas acerca de la legitimidad de su hijo, Jacobo.

—¡Podría haberme pasado a mí! De no haber tenido que asistir a una mascarada, es posible que hubiera estado con él.

Aquello era cierto, porque a pesar de que María se esforzaba por ser fuerte y justa, tenía algunos enemigos. Además, los jefes de los clanes estaban cambiando de parecer de nuevo; al fin y al cabo, Escocia tenía un heredero varón, legítimo y aceptado... y que sólo contaba con unos meses de vida. Y Darnley acababa de morir asesinado.

Sin duda, vivían en tiempos muy peligrosos.

Rowan permaneció en las Tierras Altas, aunque prefirió no quedarse en sus propios dominios para que sus seres queridos no sufrieran represalias. No le costó encontrar apoyos en la zona, y gracias a la lealtad familiar, nadie sabría dónde estaba; sus hombres y él se alojaban de momento con los MacGregor de High Tierney, un lugar con una fortaleza de piedra y muchas granjas. Estaban rodeados de colinas plagadas de cuevas en las que más de un noble se había refugiado a lo largo de los siglos.

En ese momento estaba sentado en lo alto de una colina, contemplando el océano y sumido en sus pensamientos. Apenas sentía la fuerza del viento, y a pesar de que las montañas que se alzaban en la distancia estaban cubiertas de nieve, bajo sus pies crecía la hierba. Mordisqueó una brizna, consciente de que tendría que estar planeando el mensaje que pensaba mandarle a la reina y que debía redactar con sumo cuidado, pero no podía concentrarse en ese asunto.

Ella había estado a punto de hacer que lo arrestaran, había puesto a sus hombres en peligro. No podía creerlo, pero como lo había presenciado, no tenía otro remedio.

Le había dicho que pensaba casarse con el hombre que la reina le había elegido.

Una vocecilla le advirtió que las mujeres eran volubles, pero otra le recordó la pasión con la que habían hecho el amor y le dijo que Gwenyth había actuado así por miedo, para defenderlo.

Había cometido un error al dejarse arrastrar por el deseo

que sentía por ella sin hablar antes, pero quizá lo que habían compartido decía más que las palabras.

Aunque también era posible que simplemente hubiera sido el encuentro de dos personas que llevaban mucho tiempo sin contacto físico.

No, no se trataba de eso. Cuando Catherine había enfermado, sólo se había permitido obtener placer físico en encuentros carentes de importancia que no empañaran el amor que sentía por su mujer, y sabía que lo que Gwenyth y él habían compartido en aquella cama había sido mucho más que eso.

Rechinó los dientes, y se levantó para encararse al viento.

De momento, iba a permanecer a la espera. Con cada día que pasaba aumentaba el respeto que la gente sentía por él, aunque no estaba seguro de por qué. A pesar de que el consorte de la reina le había señalado como conspirador y que la misma soberana lo había condenado, estaba convirtiéndose en un héroe para el pueblo. Aunque había tenido mucho cuidado de no cometer un asesinato, le habían acusado de ello.

Finalmente, empezó a pensar en la mejor manera de poder hablar con la reina María, que estaría de luto oficial durante cuarenta días. Gwenyth estaría junto a ella en ese tiempo, y no podría decidirse nada que no tuviera una importancia inmediata.

Y después... sólo Dios sabía en qué dirección soplaría el viento.

Los días posteriores a la muerte de Darnley fueron muy extraños. Hubo largos periodos de silencio y de verdadero dolor, y fueron sucediéndose las inevitables visitas de estado... y las acusaciones.

La condesa de Lennox había sido liberada, y estaba furiosa y destrozada; por su parte, el conde exigía que James Hepburn, lord Bothwell, fuera enjuiciado. Mientras tanto, lord Jacobo Estuardo, conde de Moray, se había apresurado a ir a Londres para asegurarle a Isabel que él no había tenido nada que ver con el magnicidio.

En medio de toda aquella confusión, María había acabado entendiendo que ella no había sido el objetivo, sino que los nobles habían conspirado para deshacerse de su marido. No lo habían matado porque no tenía un matrimonio feliz, sino porque lo querían fuera del marco del poder.

A pesar de que lord Bothwell la había ayudado anteriormente, María ordenó que lo juzgaran poco después de que el periodo oficial de duelo finalizara con una misa solemne de réquiem. Lennox no pudo asistir al juicio porque se encontraba en Londres; según las malas lenguas, lo retenían allí en contra de su voluntad. Gwenyth se enteró más tarde de que la reina Isabel había mandado un mensajero para pedir que el juicio se postergara, pero o María no había recibido el mensaje a tiempo, o había hecho caso omiso de él.

Los jueces admitieron por escrito que era de dominio público que James Hepburn había participado en el asesinato, pero como no había nadie que pudiera atestiguar en su contra, tuvieron que declararlo inocente.

A la reina no pareció importarle el resultado del juicio y siguió como hasta entonces, mostrando una actitud serena en público y ocupándose de los asuntos de estado, aunque cuando estaba en sus aposentos privados a veces se derrumbaba y lloraba. Después permanecía en silencio, como si aún estuviera conmocionada por todo lo sucedido.

María Fleming, que se había casado con Maitland... que también había caído en desgracia cuando la reina había creído que estaba implicado en la muerte de Rizzio, pero que había recuperado el beneplácito de la soberana... intentó hablar con la reina en vano, pero era ella quien iba manteniendo informada a Gwenyth de todo lo que pasaba.

—Los nobles están muy activos, y no sé si la reina se da cuenta de lo que está pasando —le dijo en confianza—. El problema es que es demasiado buena, y sólo quiere ver buenas intenciones en los que la rodean —bajó la voz y lanzó una mirada llena de nerviosismo hacia el dormitorio de la soberana, donde María estaba descansando—. No se da cuenta de lo malvados y ambiciosos que pueden llegar a ser los hombres. Lennox ya ha reunido a un grupo en contra de Bothwell, y las distintas facciones están cada vez más enfurecidas —vaciló por un momento al mirarla, y finalmente añadió—: Tienes que saber una cosa, pero te ruego que no intentes abogar aún por él. Se dice que, a pesar de que los barones se enfrentaron unos a otros en un consejo, todos ellos proclamaron la inocencia de lord Rowan, y María se puso de pie y dijo que a sus ojos estaba perdonado. Como no había cargos oficiales en su contra, creo que es un hombre libre, pero Bothwell se enfadó al enterarse de que Rowan había sido reivindicado. A pesar de que el país entero lo adora y de que la reina lo ha perdonado, sigue corriendo peligro.

Gwenyth la miró con ojos llenos de esperanza, y le dijo:

—Sólo Dios sabe las horas que he pasado rezando, pero... ¿acaso pueden perdonarlo por un crimen que no cometió?

—Supongo que es más bien el reconocimiento de que no hizo nada.

—¿Qué hay de los rumores sobre su matrimonio?

—Ni siquiera mi marido sabe si son ciertos. En la última audiencia que tuvo con la reina Isabel, ella no los negó, pero tampoco los confirmó. Gwenyth, debes tener fe y paciencia. La reina no ha vuelto a sugerir que deberías casarte con Donald, que forma parte del grupo de Bothwell, así que ya ves que no es ninguna tonta y se muestra cauta con cualquier posible cambio en la balanza del poder.

Tras un momento de vacilación, Gwenyth decidió confiar en su amiga y le contó lo sucedido en tierras de Bothwell, mientras ambas permanecían atentas a la puerta de la reina.

—¿Fingiste estar en su contra para salvarle la vida? —María Fleming se había ruborizado, aunque Gwenyth no le había contado en detalle su encuentro con Rowan.

—Pero él se dará cuenta de mis verdaderas intenciones, ¿no?

—Seguro que sí —le aseguró María, que era una romántica.

La reina las llamó en ese momento, y se apresuraron a entrar en el dormitorio. Estaba tan demacrada y desmejorada, que no las sorprendió que dijera:

—Voy a irme de la ciudad. Quiero ver el campo, ir a algún sitio que no tenga nada que ver con Edimburgo. Aquí hay demasiados altercados.

A pesar de que María no se encontraba bien, había insistido en viajar en secreto a Stirling, donde vivía su hijo, ya que se consideraba un lugar seguro. A Gwenyth le gustaba aquella zona de colinas y valles hermosos, que también era centro del orgullo nacional porque había sido allí donde William Wallace había derrotado a los ingleses. El castillo era cómodo, bien fortificado... y la última vez que había estado allí, había sido con Rowan. Había seguido el consejo de María Fleming y no lo había mencionado, pero se alegró al ver que era cierto que la gente hablaba de él con afecto y respeto.

Por su parte, la reina seguía estando enferma y frágil, y se desmayaba cuando se le hablaba de asuntos preocupantes. Sólo estaba contenta cuando estaba junto a su hijo, y a Gwenyth se le rompía el corazón al verla con el pequeño y pensar en el suyo. No había duda de que el mundo era un lugar cruel.

Su propio hijo no la reconocería a esas alturas. Lo echaba de menos como si fuera una de sus extremidades, y no podía evitar sentirse resentida cuando veía a la reina atendiendo a su pequeño y jugando con él.

Pero María no era la mujer apasionada y segura de sí misma que había llegado desde Francia. Los que la amaban temían que sufriera un colapso nervioso, y no dejaban de preocuparse. Tras la muerte de Rizzio se había comportado con valentía e inteligencia, había tomado decisiones rápidamente y había escapado de una situación peligrosa, pero en ese momento permanecía apática.

Estaba tan enferma cuando emprendieron el camino de regreso a Edimburgo, que tuvieron que detenerse en Linlithgow y pasaron la noche en el precioso lugar con vistas a un lago donde la reina había nacido.

El grupo sólo constaba de la reina, sus damas, lord Huntly, lord Maitland y lord Melville, además de una pequeña escolta. Cuando estaban a unos nueve kilómetros de Edimburgo, les salió al encuentro una tropa de unos ochocientos hombres armados a caballo; estaba encabezada por

Bothwell, que se adelantó y le dijo a la soberana que en Edimburgo la esperaba un peligro terrible y que debía acompañarlo a un sitio seguro.

Hubo discrepancias entre los acompañantes de la reina. Maitland mostró una especial desconfianza por Bothwell, pero la reina alzó una mano y anunció que no quería ser la causa de más disputas, y que si lord Bothwell pensaba que estarían más seguros en el castillo de Dunbar, que ella misma le había concedido un año atrás, entonces iban a acompañarlo.

Gwenyth se dio cuenta de que la reina no tenía otra opción en tales circunstancias. Bothwell tenía tropas que lo apoyaban, y María sólo contaba con treinta hombres.

Al anochecer estaban en el castillo de Dunbar, las puertas habían sido cerradas, y cientos de hombres estaban dispuestos a luchar contra cualquiera que se atreviera a intentar liberar a la reina. No tardaron en saber que no había habido peligro alguno en Edimburgo, y que todo había sido una estratagema para secuestrar a la soberana.

María permaneció junto a lord Bothwell y alejada de sus acompañantes durante días, y se rumoreó que habían planeado juntos todo aquello. Pero cuando empezó a decirse que la reina había accedido a tener relaciones íntimas con Bothwell, Gwenyth supo de inmediato que se trataba de una mentira, porque la soberana siempre había seguido unos patrones morales muy estrictos.

Cuando por fin permitieron que fuera a verla junto con las demás damas, le pareció igual de apática.

—He accedido a casarme con lord Bothwell —les dijo, sin alegría alguna en la voz.

—Pero... ¡está casado! —exclamó ella, atónita.

María se limitó a alzar una mano, y le dijo con calma:

—¿Os dais cuenta de lo poderoso que es? Ha secuestrado a una reina en medio de su país, y está preparándolo todo para obtener el divorcio —apartó la mirada, que parecía vacía y carente de brillo, y añadió—: Jane se casó con él porque parecía una buena alianza, no le importará que el matrimonio termine. Quizá le concedan una anulación. Será una ceremonia protestante.

Todas sus damas se quedaron horrorizadas, pero no podían hacer nada. Más tarde, María Fleming y Gwenyth hablaron del tema hasta tarde en la habitación que compartían.

—Parece paralizada —le dijo María—. Él la violó y no está lo bastante fuerte para protestar, la veo más perdida que nunca. Hay unos rumores horribles que afirman que ya se acostaba con él antes de la muerte de Darnley, pero no son ciertos. ¿Te acuerdas de cuando se enamoró tan perdidamente de Darnley? En aquel entonces se mostraba llena de vida, pero con Bothwell se comporta de una forma completamente diferente.

—Es una locura, el país entero se alzará.

—Sin duda.

—Esto... esto no puede estar pasando —susurró Gwenyth.

—Pero así es.

Finalmente, regresaron a Edimburgo con Bothwell a caballo junto a la reina. Se dispararon salvas en honor a la soberana, pero era obvio para todos que era él quien estaba al mando.

El matrimonio de Bothwell fue disuelto con una celeridad pasmosa, y doce días después se oficio el matrimonio de aquel hombre con la reina. El hecho de que fuera una ceremonia protestante indicaba lo mucho que María había cambiado, porque la mujer que había llegado desde Francia jamás habría dejado a un lado su fe. Mientras los novios intercambiaban sus votos, los habitantes de Edimburgo empezaron a lanzar gritos de protesta.

Gwenyth estaba convencida de que la reina no fue feliz

en los días posteriores. Era una mujer culta y delicada, mientras que Bothwell podía llegar a ser brutal y cruel. Aunque María lo había admirado en el pasado por su poder, se trataba de un hombre muy celoso, y a menudo provocaba que su esposa tuviera que excusarse llorosa y alejarse de sus allegados.

A finales de mes, estaba claro que no tardaría en haber un derramamiento de sangre, y en todo ese tiempo ella no había sabido nada de Rowan.

Semanas después del matrimonio, Bothwell y María fueron junto a su séquito al castillo de Borthwick, que fue rodeado por insurgentes casi de inmediato. Bothwell se fue en busca de refuerzos y dejó allí a María, a pesar de que sabía que el castillo no sería capaz de soportar un asedio.

Después de ayudarla a vestirse de hombre, Gwenyth hizo lo propio y oscureció sus rostros con hollín. Partieron en medio de la noche y se dirigieron hacia el castillo de Black, donde esperaban encontrar cobijo; sin embargo, cuando estaban cerca de su destino se detuvieron de golpe al oír un grito en la oscuridad. Se trataba de un mensajero de la familia Wauchope, que eran vecinos de Bothwell y lo apoyaban.

Cuando el jinete llegó junto a ellas, María ya estaba a punto de desfallecer.

—¿Es la reina? —preguntó el hombre con ansiedad al desmontar.

—Sí. Debéis llevárosla de inmediato, está a punto de perder el conocimiento —le dijo Gwenyth.

—¿Qué haréis vos, mi señora?

—Seguiré caminando, sólo necesito que me indiquéis el camino correcto.

Después de subir a la reina a su caballo con cuidado, el jinete montó tras ella. Miró con inquietud a Gwenyth, y lanzó una mirada al camino por el que habían llegado.

—Id deprisa —le ordenó ella.

—Volveré a buscaros.

—Gracias, que Dios os bendiga.

El jinete se fue de inmediato y Gwenyth se sintió aliviada al saber que la reina estaba en buenas manos, aunque no pudo evitar sentir miedo al verse sola en medio de la noche. Avanzó a paso rápido, más que consciente del susurro del viento y de los árboles, del chasquido de cada rama.

Intentó tranquilizarse, se dijo que sólo eran los sonidos de la noche. Aunque hubiera jabalís y otros animales peligrosos en aquel bosque, no había nada tan aterrador como los hombres ambiciosos.

De repente, oyó un ruido a su izquierda que sin duda no tenía nada que ver con la naturaleza y echó a correr, pero el bosque pareció cobrar vida y tuvo la impresión de que había hombres por todas partes.

—¡Es la reina! —gritó alguien.

—No seas tonto, no es tan alta como ella.

Gwenyth siguió corriendo, pero sus esfuerzos fueron inútiles. Sólo podía rezar para que María hubiera logrado escapar.

Por mucho que zigzagueó e intentó desaparecer entre los árboles, al final la atraparon y la tiraron al suelo, donde la mantuvo inmóvil el pie de un hombre en el pecho. La capucha se le cayó, y su pelo quedó a la vista. Lo único que pudo hacer fue mirar desafiante a su captor, pero se horrorizó al ver quien era. Hacía mucho tiempo que no lo veía, pero no se había olvidado de él... y él también la recordaba perfectamente.

—Vaya, si es la señora de Islington, Gwenyth MacLeod.

Era corpulento, y tenía una espesa barba. Se trataba de Fergus MacIvey, el hombre que la había tratado tan mal el día en que había salido a pasear por las tierras del castillo de Grey.

Rowan la había rescatado en aquella ocasión, pero sabía que esa vez no sería así.

Era lo que Rowan siempre había temido... una guerra civil.

La reina María había sido rescatada y conducida al castillo de Black, donde se había encontrado con su esposo. Desde allí habían regresado a Dunbar, y Bothwell había salido de nuevo en busca de refuerzos.

Al final, María había sido traicionada. Lord Balfour la había instado a que regresara a Edimburgo diciéndole que allí estaría más protegida, y la soberana había salido de Dunbar en compañía de varios cientos de seguidores. Los rebeldes contaban con un número parecido de hombres. Rowan estaba convencido de que la soberana lo había hecho sin miedo porque estaba convencida del amor de sus súbditos, y pensaba reunirse con Bothwell en el campo de batalla.

Los dos ejércitos se encontraron a unos doce kilómetros de Edimburgo, y muchos de los lores en los que María confiaba le dieron la espalda. La reina había encabezado sus defensas junto a su nuevo esposo y a Balfour.

Rowan no estaba en el campo de batalla. Ya había regresado al castillo de Grey, donde había reunido a sus hombres para estar preparado en cualquier caso. Estaba ansioso por regresar a la capital, por ir a hablar con Gwenyth después de recibir el perdón oficial de la reina, pero sabía por experiencia que tenía que ser cuidadoso, sobre todo en ese momento. El país se había sumido en el caos después de que Bothwell raptara a María y se casara con ella. Envió una carta a Thomas y a Annie, y otra a la reina Isabel en la que le pedía que proporcionara una escolta a los dos sirvientes, para que pudieran llevar a Daniel a Lochraven.

Al final, no se libró una gran batalla. Como los seguidores de María empezaron a caer, ella detuvo el baño de sangre pidiendo que permitieran que su esposo se marchara libremente, y ofreciéndose a ir a Edimburgo.

Sin embargo, no recibió el trato debido a una reina, y no costaba entender por qué. Los nobles tenían miedo de ella, porque a pesar de que habían puesto el grito en el cielo tras el asesinato de Darnley, muchos de ellos habían participado en la trama y temían ser acusados si ella se ganaba las simpatías del pueblo. De modo que no la llevaron a Edimburgo, sino a una propiedad de los Douglas.

Rowan no creía que los lores tuvieran intención de hacerle daño a la reina, pero su inquietud fue en aumento conforme fueron llegando noticias preocupantes; finalmente, fue a Edimburgo, donde se reunió con Maitland. Pensaba que los rumores sobre su implicación en la primera rebelión eran falsos, pero se dio cuenta de que no era así al ver que el hombre era incapaz de sostenerle la mirada.

—No me extraña que nos hayan derrotado tantas veces a lo largo de la historia, ni siquiera podemos sernos leales los unos a los otros.

—Por favor, Rowan, ya me siento bastante culpable. He servido durante muchos años a la reina, desde antes de que volviera a Escocia, y me duele ver su sufrimiento. Pero se negó a abandonar a Bothwell incluso cuando sus consejeros franceses le suplicaron que lo hiciera.

—Dejad que hable con ella.

—Los lores exigirán que Bothwell pague por la muerte de Darnley. Los rumores eran ciertos, fue él quien lo asesinó.

—Entonces, que sea él quien pague por el crimen, y no la reina.

—Los lores quieren que abdique, y que le ceda la corona a su hijo.

—Para poder gobernar ellos.

Tras un momento de silencio, Maitland le dijo:

—Ella se puso en vuestra contra, os mantuvo preso y declaró que vuestro matrimonio era nulo.

—Es la reina, y mi nombre quedó libre de toda sospecha.

—Probablemente, sois el único en quien confían ambos bandos. No hay duda de que Morton, Glencairn y Home os darán permiso para verla.

Los líderes rebeldes accedieron a su petición. Rowan sabía que sólo tenía una oportunidad para salvar a María, que tenía que convencerla de que le diera la espalda a Bothwell.

Se sorprendió al verla, porque estaba muy desmejorada. Estaba presa sin sus damas en la casa de la madre de Jacobo Estuardo, lady Margarita Douglas, que estaba resentida porque su hijo no había podido reinar; sin embargo, a pesar de que la mujer consideraba que el trono tendría que haber pasado a manos de Jacobo, no se mostraba cruel con María.

La reina se puso en pie al verlo entrar. Estaba pálida y había adelgazado, pero lo recibió con afecto y con una sonrisa sincera.

—¡Rowan! Os absolví de todos vuestros crímenes antes de que empezara esta farsa, y ahora aquí estoy, rogando vuestro perdón.

Él tomó sus manos, y vio las lágrimas que brillaban en sus ojos cuando se arrodilló delante de ella.

—Siempre me he esforzado en serviros lo mejor posible.

—Ya lo sé, me han engañado muchas veces —María hizo que se pusiera en pie, y añadió—: He confiado en demasiadas ocasiones en las personas equivocadas.

—Por eso estoy aquí.

—Sí, ya sé a qué habéis venido. Todo el mundo confía en vos. Yo estoy en el mayor de los apuros, mientras que vos sois laureado en todo el país. Ni siquiera puedo sugeriros que unáis vuestras fuerzas a las de Bothwell, porque lo han capturado en el norte.

—Mi reina, debéis permitir que se disuelva vuestro matrimonio. Si no lo hacéis, no habrá reconciliación posible con los nobles.

—No puedo hacerlo —le dijo ella con voz suave.

—Debéis hacerlo.

—No puedo, y no pienso hacerlo —insistió ella con firmeza—. Estoy embarazada, y no voy a permitir que ningún hijo mío sea ilegítimo.

Rowan se sintió desesperanzado, porque sabía que no iba a poder convencerla.

—En fin... no permiten que me llegue casi ninguna noticia, ¿cómo está Gwenyth? ¿Habéis traído ya a vuestro hijo a Escocia?

—¿Qué?

María sonrió al decirle:

—Nunca he visto a una mujer defendiendo con tanta determinación a la persona a la que ama. Supongo que os habréis reconciliado a pesar de los problemas que provoqué entre vosotros, ¿verdad?

—Creía que aún estaba a vuestro servicio, junto a las otras damas.

—La última vez que la vi, fue al huir del castillo de Black —le dijo María, consternada.

Rowan sintió que le flaqueaban todos los músculos del cuerpo, y le preguntó con incredulidad:

—¿No la habéis visto desde entonces?

—Ni he sabido nada de ella. Si la capturaron... sin duda nadie le haría ningún daño.

Rowan no pudo decir nada a favor de Escocia en ese momento, porque se temía que María estaba muy equivocada respecto a sus súbditos. Hizo una reverencia mientras temblaba de pies a cabeza, y le dijo:

—Disculpadme, Majestad, pero debo marcharme. Tengo que encontrarla.

En otra época, Gwenyth había tenido sueños, pero ya sólo tenía pesadillas.

No podía haberla capturado alguien que la despreciara más. Cuando los buenos hombres que estaban con Fergus MacIvey y con Michael, el hermano del difunto Bryce que había pasado a ser jefe del clan, no permitieron que la trataran mal, Fergus encontró otra forma de vengarse.

Ella sabía que todo había empezado con la furia y el miedo que la cegaron. Cuando los hombres gritaron que María era una ramera y una asesina, había reaccionado con indignación.

—La reina siempre ha sido una mujer buena e intachable, no tenéis derecho a hablar así de ella. Dios no olvidará vuestra crueldad.

—Dios te ha dado la espalda, ramera de Satán —le dijo Fergus. Su mirada tenía un brillo enloquecido, y sus palabras destilaban un odio escalofriante—. Tanto Dios como los hombres. Todo el país sabe que tu gran protector se ha casado con una inglesa.

Gwenyth se preguntó si aquello era cierto, aunque no estaba segura de que tuviera importancia; al fin y al cabo, Rowan estaba convencido de que había sido ella quien le había dado la espalda.

Intentó no pensar en Rowan, ni recordar aquella época en la que estaba rodeada de una felicidad que había creído imperecedera.

Al principio, la habían tratado bien. La habían llevado a la casa de sir Edmund Baxter, donde había permanecido presa. Le dijeron que era culpable de crímenes contra Escocia porque había ayudado a huir a la reina, pero al menos se había sentido aliviada al ver que Fergus y sus hombres se marchaban.

Llevaba allí varias semanas, confinada en una habitación, cuando oyó a varios hombres hablando en el pasillo y se enteró de que la reina había sido apresada; al parecer, se había entregado para evitar un derramamiento de sangre mayor, y la habían llevado a una casa de los Douglas.

Tras aquella noticia, Fergus MacIvey regresó junto a otro hombre, alguien al que ella ya casi había olvidado: el reverendo David Donahue.

No temió por su vida cuando la condujeron ante él, pero cuando el reverendo la señaló con el dedo, se dio cuenta de lo grave que era su situación.

—¡Bruja! Sí, lo supe en cuanto la vi por primera vez. En aquel entonces hablaba a favor de la ramera católica, igual que ahora.

—Embrujó y mató a Bryce MacIvey —dijo Fergus—. Después embrujó a lord Rowan, y finge ser su esposa.

—¡Sois un idiota!, ¿cómo podéis creer algo tan estúpido? —le espetó ella.

Vio en sus rostros que lo creían... o que la odiaban tanto, que querían creerlo. Al final, dio lo mismo.

—Llevadla a la iglesia de inmediato —ordenó Donahue.

Fergus MacIvey y Michael parecían dispuestos a llevarla a rastras, pero ella se negó a darles aquella satisfacción.

—Iré caminando adonde me digáis. Si es a la iglesia, mucho mejor. No tengo nada que temer de Dios.

Sus palabras los enfurecieron aún más, pero no se atrevieron a ponerle una mano encima; sin embargo, Gwenyth sintió que el alma se le caía a los pies cuando salieron de la casa. A ambos lados del camino había una multitud de hombres armados, mujeres, niños, granjeros, artesanos... muchos granjeros alzaron sus horcas, y alguien le lanzó un tomate podrido.

—¡Bruja de una reina ramera! —le gritó alguien.

Gwenyth se detuvo, y dijo con calma:

—María es una reina buena y decente.

Le lanzaron otro tomate, pero ella permaneció imperturbable. Como sabía que Fergus la obligaría a seguir si permanecía quieta demasiado tiempo, continuó caminando con la cabeza bien alta.

Finalmente llegaron a la iglesia, donde había otro reverendo. Por la forma en que la miró, era obvio que estaba esperándola.

—Soy el reverendo Martin, me encargo de identificar a las brujas. Quiero que confeséis vuestros pecados, muchacha.

Gwenyth miró a su alrededor. Había cientos de personas, y todas ellas estaban convencidas de que María había sido cómplice en el asesinado de su marido, lord Darnley, y que era una ramera que se había acostado con el asesino.

Todos los allí presentes estaban predispuestos a creer que ella era una bruja, porque había estado al servicio de la reina.

Fergus la empujó con rudeza hacia cuatro robustas mujeres de campo que estaban esperándola, y apretó los dientes con fuerza y se obligó a permanecer inmóvil cuando la agarraron. Intentó aferrarse a su ropa de forma instintiva, pero fue inútil; oyó que la tela se rasgaba, y entonces una de ellas exclamó:

—¡Aquí está! ¡Es la marca, la marca del mismísimo Demonio!

Al ver que el reverendo Martin se le acercaba con un cuchillo en la mano, Gwenyth creyó que iba a matarla allí mismo y permaneció quieta, consciente de que al resistirse sólo conseguiría satisfacer a sus enemigos.

—No protesta, no lo niega. Sí, no hay duda de que es la marca de Satán —el reverendo la agarró del pelo, y la obligó a ponerse de pie—. ¡Confesad!

Gwenyth se aferró a su ropa para mantenerse decente, y lo miró sin pestañear.

—¿Acaso debo confesar que amo a una mujer buena y decente, que sólo quería gobernar bien? Sí, eso sí que lo confieso.

—Habéis hecho un pacto con el Demonio —le dijo él con severidad.

Gwenyth miró a su alrededor, y vio el miedo y el odio en los rostros de los que la rodeaban. Todos los habitantes del pueblo se habían rebelado en contra de una mujer a la que creían culpable de asesinato, y como ella había estado a su servicio, era culpable dijera lo que dijese.

—Soy una criatura del Señor —susurró.

Cuando el reverendo Martin la abofeteó, sintió el sabor de la sangre en la boca.

—¿No os importa vuestra alma inmortal? —le preguntó él. Al ver que permanecía en silencio, sonrió y añadió—: Viajo con las herramientas necesarias, así que tengo a mi disposición muchos métodos para salvaros de los fuegos del infierno.

Gwenyth mantuvo la cabeza alzada, pero siguió sin hablar.

Cuando él volvió a abofetearla, le retumbaron los oídos y sintió como si se le hubiera partido la cabeza. Estuvo a punto de desplomarse, pero él la sujetó y dijo en voz alta:

—¿Qué?, ¿qué? —se inclinó hacia ella como si estuviera escuchándola, a pesar de que Gwenyth no dijo nada.

Cuando el reverendo permitió que cayera al suelo, Gwenyth sintió que se sumía en una profunda oscuridad, pero permaneció consciente el tiempo suficiente para oír sus palabras triunfales.

—¡Ha confesado!, ¡la bruja ha confesado!

Y estaba segura de que también oyó la risa de Fergus MacIvey.

Como la reina María había visto por última vez a Gwenyth en el camino que conducía al castillo de Black, Rowan se dirigió a caballo hacia allí a toda velocidad. Sus fuerzas, que en su ausencia habían estado bajo el mando de Tristan, ascendían a cientos de hombres, pero para ir más rápido sólo fue en compañía de Gavin, Brendan, y sus diez hombres de más confianza.

Cuando llegó al castillo pudo hablar con el hombre que había rescatado a María en el camino, y que a pesar de que no conocía la identidad de Gwenyth, la había reconocido como una de las damas de la soberana.

El hombre estaba entristecido por las pérdidas que había sufrido María, pero se mostró ansioso por ayudar a Rowan.

–Los rebeldes le pisaban los talones a la reina aquella noche. Intenté regresar para ayudar a la dama, tal y como le había prometido, pero el bosque estaba infestado de hombres y no pude encontrarla.

Rowan sintió que se le caía el alma a los pies al darse cuenta de que la había capturado alguien al servicio de la confederación de barones, y que no tenía ni idea de quién había sido. El hombre con el que estaba hablando fue incapaz de darle esa información, pero otro se adelantó un paso y le dijo:

—Me ordenaron que fuera a espiar, y me di cuenta de que era un grupo variado. Había montañeses de las Tierras Altas, y recuerdo que pensé que era extraño que se dirigieran hacia el sudeste en vez de regresar a sus casas.

De modo que fueron en dirección sudeste. Rowan luchó por no dejarse arrastrar por el pánico, por aferrarse a su cordura, y después de ordenarles a sus hombres que se vistieran con ropas sencillas, se dividieron para explorar el máximo de terreno posible mientras iban deteniéndose en granjas, pueblos, y ciudades.

Finalmente, cuando se unieron a un grupo que estaba bebiendo en la taberna de una posada, Rowan le lanzó una mirada de advertencia a Gavin cuando éste hizo ademán de levantarse al oír que alguien insultaba a la reina, y comentó con fingida indiferencia:

—Tengo entendido que atraparon a una de sus damas, pero nadie sabe nada de ella en Edimburgo.

Un hombre mayor alzó su jarra de cerveza, y sacudió la cabeza.

—He oído hablar de ella, es una historia muy triste. Se mantuvo leal a la reina cuando la atraparon en un camino. En el grupo que la encontró había algunos MacIvey, y parece ser que entre ellos había algunas rencillas —bajó la voz al añadir—: ¡Es una locura! Alegaron que con sus hechizos había causado la muerte del jefe de su clan, y mandaron llamar a un sacerdote para que confirmara que era una bruja.

Rowan luchó con desesperación por mantener algo de calma.

—¿Condenaron a una de las damas de la reina por brujería?

—Sí. Aquí no habría pasado algo así, somos gente tranquila con algo de sesera. Pero no hay nada que hacer, hay leyes en contra de la brujería.

—¿Dónde está ahora? —le preguntó Rowan con voz ronca, mientras rezaba en silencio para que no estuviera muerta.

—He oído que la han llevado a una de las viejas fortificaciones cercanas a la frontera.

No estaba demasiado lejos, aún tenía tiempo. Iba a hacer llamar a sus hombres y entraría en guerra le gustara o no, tendría que matar a los necios que seguían a hombres como los MacIvey.

—Van a ejecutarla mañana —le dijo el hombre con tristeza.

Rowan estuvo a punto de volcar la mesa al levantarse de golpe.

—Rowan, no —le advirtió Gavin, demasiado tarde.

El hombre con el que estaban hablando fue el único que lo oyó, y esbozó una sonrisa.

—Sois el señor de Lochraven, ¿verdad? —le preguntó con voz suave. Sacudió la cabeza, porque no le hacía falta una respuesta—. No podréis detener la ejecución por la fuerza, a menos que tengáis a vuestro alcance a cientos de hombres.

Rowan permaneció en silencio, ya que sabía que aquello era cierto.

—Soy Finnan Clough —siguió diciendo el hombre—. Puedo ofreceros poca cosa, pero no tenéis nada que temer de mí.

—¿Hay algún químico por aquí? —le preguntó Rowan, mientras pensaba a toda velocidad.

—Sí, lo hay. Y puedo encontraros todo lo que necesitéis, pero...

—Necesito un brebaje, un buen químico lo conocerá. Ralentiza el corazón y los pulmones, y hace que una persona parezca estar muerta —cuando el hombre se echó a reír, le preguntó—: ¿Qué sucede?

—Conozco ese brebaje, yo mismo debo estar alerta por si

descubro que se le ha administrado a alguien... soy el enterrador de la iglesia.

—¿El enterrador?

—Exacto.

—Podéis ayudarme mucho más de lo que imagináis, buen hombre. Tengo un plan.

Tanto Gavin como el viejo Finnan lo escucharon con atención.

—Es un plan arriesgado. Si descubren la trampa, moriréis por vuestra dama —le dijo Finnan al fin.

—No tengo más opción que correr el riesgo —le dijo Rowan.

Se alojaron en la posada, y al amanecer Rowan se vistió con su mejor tartán y se colocó un puñal a mano, cuchillos en las pantorrillas, y la espada envainada a la cintura. Sus hombres se vistieron con igual esmero, y se pusieron en marcha con un caballo extra que transportaba cierta «carga» liada en una manta.

Se sintió enfermo al ver el ambiente frívolo que reinaba en la ciudad cuando llegaron. Las calles rebosaban de gente... granjeros, mujeres, soldados... y en la cima de la colina había un patíbulo, y una hoguera que sin duda estaba preparada con ramas verdes para que tardaran más en arder, ya que de ese modo se prolongaba la agonía del acusado.

Fueron muchos los que notaron su presencia, ya que sus colores no pasaban desapercibidos. Se alegró de ello, ya que quería que lo reconocieran.

Fue derecho a la iglesia, donde encontró rezando a los reverendos Miller y Donahue. Se alegró cuando no vio a ninguno de los miembros del clan MacIvey, y supuso que pensaban llegar justo antes de que se encendiera la hoguera.

Entró haciendo todo el ruido posible, y los reverendos se

sobresaltaron y se apresuraron a ponerse en pie; al verlo, Donahue soltó una exclamación ahogada y dijo:

—Es Rowan, el señor de Lochraven.

El reverendo Martin se le acercó y le dijo:

—Hoy se hará justicia, mi señor. Lamento si os encaprichasteis en el pasado con la dama, porque debe morir.

—Por supuesto —le dijo Rowan con frialdad—. Tengo mis propias razones para despreciar su villanía.

Donahue suspiró aliviado, y Martin pareció complacido.

—Deseo verla. Quiero que sepa que he venido a presenciar su muerte —al ver que los dos hombres se miraban con nerviosismo, añadió—: Quiero verla antes de que la saquen ante el gentío, para detenerla... si tiene intención de lanzar cualquier acusación, de decir cualquier mentira, puede que intente hacerlo en la hoguera.

—Ya veo —dijo Donahue—. Pero ya ha llegado el momento.

—Entonces, llevadme ante ella cuanto antes.

—Yo os escoltaré a su celda. Seguidme, mi buen señor —le dijo Martin.

El hombre lo condujo desde la iglesia hasta lo que quedaba de la fortificación, que apenas podía describirse como un castillo; sin embargo, estaba techado, y dentro había veinte hombres jugando a las cartas... demasiados, considerando que sólo estaban custodiando a una mujer.

Uno de los carceleros se les acercó junto al juez, y al ver la cogulla negra que llevaba en una mano, Rowan se dio cuenta de que iba a ser el verdugo.

Bajaron por una escalera, y entonces fue cuando por fin vio a Gwenyth. El corazón le dio un brinco, y empezó a martillearle en el pecho. Su hermoso pelo estaba enredado, tenía la ropa rasgada y sucia, y estaba demasiado delgada, pero parecía más digna que nunca.

Mientras seguían caminando, el reverendo dijo:

—Así debe ser con la maldad. Los que se alían con el Demonio deben arder en la hoguera hasta morir. El fuego los purifica, y las raíces de la maldad serán cenizas que se llevará el viento.

Rowan se adelantó al reverendo, que a pesar de todo siguió hablando; entonces, oyó que Gwenyth decía con suavidad:

—Tened cuidado, reverendo. Me han condenado, pero afirmaré que soy inocente si hablo ahora ante la multitud. No voy a confesar una mentira ante la gente, ya que en ese caso es posible que el Todopoderoso decida abandonarme. Voy hacia mi muerte y camino del Cielo, ya que Nuestro Señor sabe que soy inocente y que estáis usando su nombre para libraros de una enemiga política. Me temo que seréis vos quien se pudra en el infierno.

—¡Blasfema!

Gwenyth se había mostrado desafiante al hablar con el reverendo, pero Rowan se dio cuenta de que su grito la había dejado sin habla. Le hizo una indicación al hombre que haría las veces de verdugo, que se apresuró a abrir la puerta de la celda. Consciente de que no tenía otra opción, la tomó del brazo con fuerza y la agarró del pelo para obligarla a que lo mirara.

—No se le puede permitir que hable ante la gente. Ella sabe que su alma está condenada a ir al infierno, y seguro que intentará arrastrar a otros hasta los pútridos dominios de Satán. Creedme, conozco demasiado bien la brujería de su hechizo.

La mantuvo sujeta para que los hombres que lo acompañaban no pudieran verles los rostros, se sacó el frasco de la manga, y lo acercó a sus labios.

—Bébetelo. Ya —le imploró al oído, en un susurro apenas audible.

Ella lo miró con tanto desprecio, que tuvo que hacer acopio de todas sus fuerzas para seguir controlándose.

—Por el amor de Dios, bébetelo ya —insistió.

Cuando ella obedeció, la luz de sus ojos fue apagándose en cuanto la poción empezó a hacerle efecto.

—¡Es la zorra de Satán!, ¡quiere burlarse de nosotros!

Gwenyth estaba casi inconsciente, iba hundiéndose contra él, pero cuando la agarró del cuello con ambas manos, logró susurrar con voz ronca:

—Malnacido.

Rowan alzó la voz de nuevo al decir:

—Nos encontraremos en el infierno, mi señora.

Ella cerró los ojos, pero Rowan mantuvo las manos alrededor de su cuello y fingió que la estrangulaba.

—¡Deteneos!, ¡vais a matarla! —le dijo el reverendo, molesto.

Rowan se quedó inmóvil. Intentó amortiguar un poco su caída, pero tuvo que soltarla para que no se dieran cuenta de que todo era una farsa.

—Está muerta —anunció, mientras el cuerpo inerte de Gwenyth se desplomaba sobre el frío suelo de piedra.

—¿Se la habéis arrebatado al fuego? —le espetó el reverendo Martin, cada vez más enfadado.

Rowan se volvió hacia él con furia, y le dijo:

—¡Sois un necio! No os imagináis siquiera las palabras que podría haber pronunciado en la hoguera, ¿habríais preferido que esta ejecución se volviera en vuestra contra?

Cuando se agachó para recoger a Gwenyth del suelo tuvo que contener las ganas de acariciarla, de sacudirla, de asegurarse de que realmente estaba viva. Se quitó el magnífico manto ribeteado de piel que le cubría los hombros y la envolvió en él, con cuidado de taparle la cara. Tenía que apresurarse, el tiempo corría en su contra.

—Nadie tiene por qué saber lo que ha pasado —anunció, mientras se incorporaba con ella en sus brazos—. Os sigo, reverendo.

Volvieron al piso principal de la fortificación, y cuando salieron al exterior, sus hombres se les acercaron a caballo.

—Así que ya está muerta —comentó Gavin, con fingida satisfacción.

Mientras él hablaba, los hombres empezaron a rodear a su señor.

—La gente está esperando —protestó el reverendo Martin.

—Que esperen, no pienso dejar que se queme un manto de tanta calidad —le espetó Rowan con irritación—. Gavin, tráeme una manta. No podemos dejar que la gente le vea la cara, no tienen que darse cuenta de que ya está muerta.

Actuaron con premura. Rowan tomó con ademanes exagerados el manto, que surcó el aire con teatralidad mientras era reemplazado con una tosca manta de lana. Sin prestar atención a los demás, se dirigió hacia el patíbulo, y la gente se apresuró a acercarse al lugar de la ejecución.

Rowan se inquietó al ver que el guardia al que se le había encomendado el papel de verdugo subía al patíbulo y le ayudaba a asegurar el cuerpo.

—Encended el fuego ya, antes de que alguien proteste por no poder verle la cara —le ordenó.

—De inmediato —el hombre miró a su alrededor, consciente de que el enfado de la gente recaería sobre sus hombros si surgía alguna protesta.

El fuego se encendió de inmediato, y los que estaban más cerca de la hoguera empezaron a toser cuando las ramas verdes crearon un humo espeso y oscuro.

—¡Esperad!, no he dicho las palabras... —empezó a protestar el reverendo.

—¡Ved cómo arde una bruja!, ¡es un castigo merecido para los seguidores de Satán! —exclamó Rowan.

Mientras hablaba, un grupo de jinetes subieron al galope por la colina, liderados por Fergus MacIvey y por el jefe del clan, Michael.

—¡Rowan de Lochraven! —gritó Fergus, atónito e inquieto. Hizo que el caballo se detuviera con brusquedad, y el animal se encabritó ante el fuego y el humo—. ¡No podréis detener la ejecución!

Rowan enarcó una ceja, y contestó con voz tranquila.

—¿Detenerla?, he sido yo quien ha traído a la dama a la hoguera —como no se atrevía a permanecer demasiado tiempo allí, añadió—: Ya está hecho.

Fue hacia donde Gavin lo esperaba con Styx y con su propio caballo, y el olor a carne quemándose empezó a flotar en el aire mientras ambos montaban. Rowan miró hacia atrás, y vio que Fergus y Michael MacIvey estaban contemplando el fuego.

—No podemos matarlos ahora —le advirtió Gavin.

—Sí, ya lo sé.

Ambos se apresuraron a bajar por la colina y a salir de la ciudad. No aminoraron la marcha hasta que llegaron al pueblo, donde Finnan los esperaba con el químico.

—Llevadla a la habitación —dijo este último, un hombre delgado llamado Samuel MacHeath.

A pesar de que parecían haber encontrado un oasis donde la gente era honesta y justa, Rowan se aseguró de mantener bien cubierta a Gwenyth hasta que subieron por la escalera y la puerta se cerró a sus espaldas.

—¿Está viva? Por el amor de Dios, decidme que está viva —le rogó al químico.

Después de comprobar el pulso de Gwenyth y de acercar la oreja a su pecho, el hombre sonrió y se enderezó.

—Sí, está viva. Dormirá bastante tiempo, quizás incluso tres días, pero está viva.

Finnan, que los había acompañado, suspiró con alivio y comentó:

—La buena de la vieja Amie McGee se habría sentido orgullosa, de haber sabido que su cuerpo sin vida serviría para salvar la vida de una pobre mujer inocente.

—Amie jamás sabrá lo agradecido que le estoy —murmuró Rowan.

—Rezad un par de oraciones por su alma, mi buen señor.

—Por supuesto.

—Tendríamos que alejarnos de aquí cuanto antes —comentó Gavin.

—Sí, es cierto —Rowan se volvió hacia los dos hombres que los habían ayudado y les dio unas monedas de oro, que irónicamente mostraban la efigie de la reina.

—No os hemos pedido dinero por hacer lo correcto —le dijo Finnan.

—No, no lo habéis hecho, pero os pido que aceptéis esta muestra tan pequeña de lo que tengo, ya que me habéis devuelto todo lo que importa.

—Vaya, sois poeta además de guerrero —comentó el hombre, con una sonrisa.

Rowan apretó a su esposa, su tesoro más preciado, contra su pecho; después de cubrirla cuidadosamente con una sábana de lino, se apresuró a bajar la escalera con ella en brazos. Sus hombres ya habían abrevado a los caballos, habían montado, y estaban listos.

Los MacIvey los alcanzaron una hora después.

—¡Graham!

Rowan hizo que Styx se volviera y vio a Fergus MacIvey con la espada desenvainada, listo para galopar hacia él a través del claro que los separaba.

—Nos has jugado alguna treta, y no vas a marcharte tan fácilmente.

—Tened cuidado, mi señor —le dijo Gavin.

Pero Rowan fue incapaz de seguir controlándose, y después de pasarle su esposa a Gavin, soltó un furioso grito de guerra y se lanzó al galope a través del claro. Fergus hizo lo propio, espada en alto.

Sus espadas chocaron cuando se encontraron en medio

del claro, pero ninguno de los dos cayó del caballo y empezaron a luchar; finalmente, Rowan consiguió tirarlo con un golpe brutal, y después de desmontar, le dio una patada a la espada de su contrincante para acercársela.

Fergus agarró el arma, se puso de pie de inmediato y se lanzó hacia él con un grito de furia; había perdido el control, y estaba dejándose arrastrar por sus emociones. Rowan sólo tuvo que cambiar de posición y dejar que su rival se abalanzara sobre él. Cuando Fergus intentó atacarlo con una estocada directa al corazón, él se apartó y le cortó el cuello.

Oyó el grito de advertencia de Gavin mientras Fergus se desplomaba muerto, y al volverse de golpe vio que Michael MacIvey se le había acercado por la espalda mientras su tío centraba su atención.

No tuvo tiempo de pensar, ni de plantearse si aquel hombre debía morir o no. Tuvo que girar rápidamente, y al hacerlo, lanzó a su enemigo hacia atrás al herirlo en el estómago con la espada.

Michael quedó tendido en el suelo con los ojos abiertos, mientras un hilo de sangre le caía de entre los labios. Había muerto con una expresión de sorpresa en el rostro.

Rowan alzó la mirada para ver cuál de los MacIvey iba a ser el siguiente en atacarle, pero se dio cuenta de que habían huido al ver que no podían vencer.

Brendan se le acercó, y le dijo:

—Ya está, lord Rowan. Llevemos a vuestra señora a casa.

—Sí, a casa —le contestó él.

Gwenyth despertó poco a poco, sintiéndose como si hubiera estado metida en una cueva oscura y profunda. Al principio, empezó a darse cuenta de los pequeños detalles.

Un resquicio de luz... algo suave bajo su cuerpo... el olor de sábanas limpias...

Pero, ¡si había muerto! No era posible que el Cielo tuviera los olores y las texturas de la tierra, ¿no?

Intentó abrir un poco más los ojos, y se dio cuenta de que ya no estaba vestida con harapos sino con un camisón limpio y blanco como la nieve; además, estaba tumbada en una cama que olía a limpio, y que tenía unas sábanas de un blanco impecable.

Por un instante, el mundo pareció estar lleno de una neblina blanca, y parpadeó para aclararse la vista.

Al ver dos rostros sonrientes mirándola con intensidad, parpadeó de nuevo.

¡Annie!, ¡y Liza Duff!

—¡Dios del Cielo, ha despertado! —exclamó Annie. La abrazó con fuerza mientras lloraba, y estuvo a punto de aplastar a Gwenyth con su voluminoso pecho.

—Sí, es verdad... ¡lord Rowan!, ¡lord Rowan! —gritó Liza.

Él apareció de repente con el rostro tenso, el pelo dorado resplandeciente, y los ojos brillando con un milagroso fuego azul.

—¡Mi señora!

—¿Rowan? —dijo con incredulidad.

—Sí, amor mío —le dijo él, al sentarse a su lado. Sus dedos se rozaron, y entonces la tomó en sus brazos con ternura y la apretó contra su pecho como si fuera tan frágil como el cristal.

—Es imposible —susurró, cuando él se apartó un poco. Lo miró atónita y confusa, y tuvo miedo de que aquello fuera una especie de sueño que precedía a la muerte; sin embargo, las sábanas eran de verdad, y la calidez de su abrazo era muy real.

—¿Se ha despertado? Gracias a Dios, nuestra señora vuelve a estar con nosotros —dijo Gavin.

—¡Bendita sea!

Gwenyth miró por encima del hombro de Rowan, y vio que Thomas también estaba allí.

—Teníamos una sustituta... en fin, un cadáver que iba a sustituirte en la hoguera, amor mío —se apresuró a explicarle Rowan—. Pero no tuve tiempo de hablar contigo antes. Como tenías que parecer muerta, te di una pócima. Siento mucho haberte hecho daño.

Gwenyth parpadeó, y le rodeó el cuello con los brazos.

—Pero... ¡estoy condenada por ley!

—Ésa es una cuestión que está siendo rectificada en este mismo momento.

—Los MacIvey no se olvidarán del asunto —le dijo, mientras se apartaba un poco para volver a mirarlo.

—Los MacIvey se han disgregado, y ya no suponen ninguna amenaza.

—Pero...

—María ha abdicado en favor de su hijo... supongo que a la fuerza, pero ya está hecho; sin embargo, antes se aseguró de que nuestro matrimonio fuera declarado legal en Escocia, y de que Daniel fuera reconocido como nuestro hijo legítimo. Jacobo ha firmado también los documentos, en calidad de regente.

Gwenyth soltó una exclamación ahogada. Era una noticia maravillosa, pero mezclada con otra de lo más triste; aun así, en ese momento sólo podía dar gracias a Dios por seguir con vida.

Abrazó a Rowan con fuerza, y le dijo:

—Nunca quise hacerte ningún daño. Tenía miedo de... había oído que...

Después de echarse un poco hacia atrás, él le apartó el pelo de la cara y la acarició con tanta ternura, que Gwenyth temió desmayarse de felicidad.

—Nunca se me pasó por la cabeza siquiera casarme con

otra mujer, amor mío. Y sé que te enfrentaste a mí para obligarme a que me fuera.

Aquella felicidad era más de lo que podía soportar. Pero entonces...

—Mi señora, hay alguien que quiere veros... si estáis lo bastante fuerte —le dijo Gavin.

Cuando lo vio acercarse a la cama, se dio cuenta de que no estaba solo, y se quedó sin aliento al ver al pequeño ser humano que tenía en sus brazos. Era un niño con unos brillantes ojos azules y el pelo dorado, que la miró con cautela y curiosidad.

—¿Mamá? —balbuceó.

—Ya habla —Rowan tomó al niño, y lo colocó en la cama entre los dos.

Gwenyth miró en silencio a su hijo, al niño que era imposible que la reconociera y que sin embargo la miraba con curiosidad expectante.

—Daniel —susurró. Alzó la mirada hacia Rowan, y se echó a llorar.

—Amor mío, mi vida... —le dijo él.

Gwenyth intentó recobrar la compostura, porque no quería que Daniel se alarmara y llorara también.

—Es que...

—No pasa nada, todo va a salir bien —le dijo Rowan, con una sonrisa—. No voy a volver a dejarte nunca más. Nunca. He servido a mi país y los dos hemos servido a nuestra reina, pero me he dado cuenta de que la Escocia a la que amo está aquí, en mis propias tierras y en mi propio corazón, que no puedo cambiar a los otros hombres ni mucho menos el mundo. Así que... siempre haré lo que pueda por hablar en favor de la reina, por crear paz y cordura, pero nunca volveré a apartarme de tu lado.

Gwenyth acarició el pelo de Daniel y sonrió cuando su mirada se encontró con la de Rowan.

—Y yo te amaré por siempre jamás —susurró, con los ojos llenos de lágrimas de felicidad.

El destino fue generoso con ellos.

Incluso el predicador Knox se puso furioso al enterarse de que los asuntos que tenían que ver con el alma se juzgaban en base a intereses políticos, y tanto el reverendo Miller como el reverendo Donahue fueron arrestados y juzgados.

Los poetas crearon hermosas historias que relataban cómo lord Rowan había rescatado a su esposa, con lo que su estatus quedó asegurado en Escocia y sus tierras quedaron a salvo.

Cuando la reina María perdió el bebé que esperaba, el instinto maternal que había hecho que apoyara a Bothwell se esfumó, pero la gente... su gente, que tanto la había amado... no pudo perdonarla por su supuesta complicidad en un asesinato perpetrado para poder casarse con su amante. Ella escapó de su cautiverio en la propiedad de los Douglas, ayudada por varios miembros de la familia, y huyó a Inglaterra.

Rowan y Gwenyth fueron a visitarla muchas veces a lo largo de los años que pasó encarcelada por su prima, y se sintieron agradecidos porque Isabel, a pesar de que se negaba a verla, no cedía ante los lores que le decían que María era una amenaza y debía ser ejecutada. Siempre existía la posibilidad de un levantamiento católico, pero Isabel era demasiado inteligente para provocarlo.

Conforme fueron pasando los años, a Daniel se le fueron sumando Ian, Mark, Ewan, Haven, Mary, y Elizabeth. Gwenyth estaba con sus hijos cuando Rowan le dio la noticia de la muerte de María de Escocia. Intentó decírselo con tacto, le dijo que María había ido al patíbulo rodeada de sus seres queridos, y que nadie podía negar que había muerto con gran dignidad y compostura. María les había dicho a sus seres queridos que los amaba, y le había asegurado a todos los presentes que estaba segura de que iba al Cielo con su Dios, y que estaba agotada y lista para descansar.

Las amenazas y la presión se habían incrementado demasiado, y la reina Isabel se había visto obligada a ceder.

María, la hermosa, vivaz y tempestuosa reina de los escoceses, una mujer apasionada y tenaz que siempre había estado decidida a ser la mejor soberana posible, y que a pesar de ser víctima de las tramas que se habían urdido a su alrededor seguía buscando lo mejor en todas las personas, había muerto con dignidad y elegancia.

A pesar de los esfuerzos de Rowan por suavizar el duro golpe, a Gwenyth se le rompió el corazón y lloró durante días. Necesitaba estar a solas, y su esposo se lo concedió. Estaba bastante atareado, porque la amenaza de una guerra contra Inglaterra se cernía en el horizonte; aunque los súbditos de María le habían dado la espalda cuando ella los necesitaba, no estaban dispuestos a tolerar sin más que la hubieran ejecutado. Pero Jacobo, el hijo de María, vivía con el sueño que le había sido inculcado desde niño: unir los tronos de Escocia y de Inglaterra. Podría haber iniciado una guerra, pero no lo hizo.

Varias semanas después de la muerte de la soberana, Gwenyth se levantó de su silla cuando toda la familia acabó de cenar y se colocó tras la silla de su marido. Lo rodeó con un brazo, le dio un beso en la mejilla, y susurró:

—Te necesito tanto esta noche...

Rowan se levantó de inmediato.

—Dios del Cielo —dijo Daniel, sacudiendo la cabeza.

—¿Qué pasa? —preguntó Mary, a quien en casa llamaban afectuosamente Marcy.

Daniel, que ya era todo un hombre, se echó a reír y miró a sus padres.

—Lo siento, pero es que lleváis casados muchos, pero que muchos y muchos...

—Sí, Daniel, continúa —le dijo Rowan.

—Bueno, es un poco mortificante —apostilló Ian.

—¿Qué es lo que pasa? —insistió Marcy.

—Que vamos a tener que buscar un nombre para otro bebé —le dijo Daniel, con un pequeño gemido.

—Daniel, es un problema con el que vamos a tener que lidiar —le dijo Rowan con firmeza, antes de guiñarle el ojo a Gwenyth.

Y entonces tomó en brazos a su mujer a pesar de sus protestas, y sin hacer caso de sus hijos, se la llevó riendo escaleras arriba.

Títulos publicados en Top Novel

Resplandor secreto – Sandra Brown
Una mujer independiente – Candace Camp
En mundos distintos – Linda Howard
Por encima de todo – Elaine Coffman
El premio – Brenda Joyce
Esencia de rosas – Kat Martin
Ojos de zafiro – Rosemary Rogers
Luz en la tormenta – Nora Roberts
Ladrón de corazones – Shannon Drake
Nuevas oportunidades – Debbie Macomber
El vals del diablo – Anne Stuart
Secretos – Diana Palmer
Un hombre peligroso – Candace Camp
La rosa de cristal – Rebecca Brandewyne
Volver a ti – Carly Phillips
Amor temerario – Elizabeth Lowell
La farsa – Brenda Joyce
Lejos de todo – Nora Roberts
La isla – Heather Graham
Lacy – Diana Palmer
Mundos opuestos – Nora Roberts
Apuesta de amor – Candace Camp
En sus sueños – Kat Martin
La novia robada – Brenda Joyce
Dos extraños – Sandra Brown
Cautiva del amor – Rosemary Rogers

www.ingramcontent.com/pod-product-compliance
Lightning Source LLC
LaVergne TN
LVHW030334070526
838199LV00067B/6280